Richard Schwartz
Das Erste Horn

PIPER

Zu diesem Buch

Ein Wintersturm hält die Gäste eines verschneiten Gasthofs im vereisten Niemandsland gefangen. Neben zwielichtigen Händlern und Soldaten befinden sich auch der geheimnisvolle Krieger Havald aus dem weit entfernten Reich Letasan und die Halbelfe Leandra, Zauberin und Meisterin der Schwerter, unter den Anwesenden. Als in der Nacht ein bestialischer Mord geschieht, geraten Havald und Leandra in größte Gefahr. Denn unter dem »Hammerkopf« verbirgt sich ein uraltes Geheimnis, das in eine längst vergangene Zeit zurückweist: die Ära des legendären Reichs Askir ... »Das Erste Horn« ist das fesselnde Debüt eines der größten Talente der deutschen Fantasy.

Richard Schwartz, geboren 1958 in Frankfurt, hat eine Ausbildung als Flugzeugmechaniker und ein Studium der Elektrotechnik und Informatik absolviert. Er arbeitete als Tankwart, Postfahrer und Systemprogrammierer und restauriert Autos und Motorräder. Am liebsten widmet er sich jedoch phantastischen Welten, die er in der Nacht zu Papier bringt – mit großem Erfolg: Seine Reihe um »Das Geheimnis von Askir« wurde mehrfach für den Deutschen Phantastik Preis nominiert. Zuletzt erschienen die neuen Reihen »Die Eisraben-Chroniken« und »Die Sax-Chroniken«.

Richard Schwartz

DAS
ERSTE HORN
Das Geheimnis von Askir 1

Entdecke die Welt der Piper Fantasy:

Piper ✦ Fantasy.de

Von Richard Schwartz liegen im Piper Verlag vor:
Der Falke von Aryn
Die Götterkriege (Serie)
Die Lytar-Chronik (Serie)
Die Sax-Chroniken (Serie)
Die Eisraben-Chroniken (Serie)
Schwarze Wacht
Das Geheimnis von Askir:
Band 1: Das Erste Horn
Band 2: Die Zweite Legion
Band 3: Das Auge der Wüste
Band 4: Der Herr der Puppen
Band 5: Die Feuerinseln
Band 6: Die Eule von Askir
Band 7: Der Kronrat

Originalausgabe
September 2006 (TB 6606)
ISBN 978-3-492-26817-2
1. Auflage Juni 2011
13. Auflage August 2025
© 2006 Piper Verlag GmbH, Georgenstraße 4, 80799 München, *www.piper.de*
Für einen direkten Kontakt und Fragen zum Produkt wenden Sie sich bitte an: *info@piper.de*
Umschlaggestaltung: Guter Punkt, München
Umschlagabbildung: Uwe Jarling
Satz: EDV-Fotosatz Huber / Verlagsservice G. Pfeifer, Germering
Druck und Bindung: CPI Books GmbH, Leck
Printed in the EU

1. Die Maestra

Ich war schon häufiger im Gasthof *Zum Hammerkopf* gewesen, und so besaß ich das Privileg, einen einzelnen Tisch in der Nähe der Theke mein Eigen nennen zu dürfen. Von dort aus hatte ich einen guten Blick auf die Tür, und der Zufall wollte es, dass ich in jenem Moment aufsah, als sie die Gaststube betrat.

Die Frau verstand es, einen Auftritt hinzulegen: erst der Blitz, welcher die dunkle Gaststube durch die Ritzen der Fensterläden erhellte, dann der Donner, der die Erde vibrieren ließ. Dass sie in diesem Moment die Tür zur Gaststube aufstieß und ein kalter Luftzug die Hälfte der rauchigen Talgkerzen in der Stube erlöschen ließ, war sicherlich Zufall.

Der Wind griff mit kalten Fingern nach der Tür und schlug sie hinter ihr mit solch einer Wucht in den Rahmen, dass ich fürchtete, das Lederband würde abreißen, das der Tür als Scharnier diente. Gleißende, blendende Helle strömte erneut durch jede Ritze der schweren Fensterläden und der Tür; ein weiterer Donnerschlag folgte, der den Gasthof zu erschüttern schien.

Nur das Pfeifen des Windes war zu hören, als wir die dunkle Gestalt sprachlos musterten, hier und da sah ich jemanden das Zeichen der Dreieinigkeit schlagen und Idole küssen oder hörte einen Söldner einen Gott anrufen, von dem kaum jemand hier jemals etwas gehört hatte.

Für einen Moment stand sie still da, ließ unsere Augen auf sich verharren. Der mitternachtsblaue Mantel, schwer und nass von ihrem Ritt durch einen der schlimmsten Schneestürme des Jahrzehnts, täuschte nicht über ihre Weiblichkeit hinweg, das nasse Gewebe betonte eher noch ihre Formen. Die Kapuze war tief ins Gesicht gezogen, gab uns im unsicheren Schein der verbliebenen Kerzen den Blick auf ein rundes, entschlossenes Kinn und einen vollen Mund frei, der nun zu einem dünnen Strich zusammengepresst war. Nach einem Ritt durch einen solchen Schneesturm wäre auch ich nicht bester Laune.

Ihre Haut war weiß, so weiß wie der Schnee, der diesen entlegenen Gasthof zu begraben drohte. Der lange Umhang verhüllte den Rest von ihr, bis auf die Spitzen ihrer Kettenstiefel, und trotz all der kleinen Flocken, die sich auf ihren Mantel niedergelegt hatten, war jenes dunkelblaue Funkeln auszumachen, das Mithril kennzeichnete.

Für jeden ersichtlich ragte der Griff des Bastardschwerts durch einen Schlitz im Umhang über ihre linke Schulter. Der silberne Drachenkopf war höher als ihr Haupt, das dunkle gewundene Leder des Griffs führte zu einem Parierstück, das aus zwei Pranken bestand, die silbernen Klauen wirkten beinahe lebendig in den unsicheren Schatten, und die Augen des Drachen waren eine Bedrohung aus dunklem Rubin. Ein Elmsfeuer lief über den Griff, über ihre ganze Gestalt, hüllte sie in schwaches blaues Leuchten, als sie die Hand hob, die Kapuze zurückschlug und den Mantel öffnete.

Ihr fahles Gesicht war nicht minder eindrucksvoll als ihr Auftritt. Eine klassische Schönheit, auch wenn ihre Augen rötlich glühten. Die Haare, die man nun sah, waren zu einem langen Zopf gebunden, ein weißes Blond, das im Elmsfeuer von einem inneren Leuchten erfüllt schien. Ein Albino – oder eine der legendären Elfen.

Die Rüstung, die der offene Mantel preisgab, zählte zu jenen Schätzen, über die Königreiche in Streit geraten konnten: ein Kettenhemd aus Mithril, fein und weich wie Seide und kaum schwerer als Leder; wie ein dunkelblauer Fluss fiel es über ihre Formen und hüllte sie in ein Lodern.

Ein Greif schimmerte in den Kettengliedern auf ihrer Brust, er schimmerte, ebbte ab und erschien erneut im Rhythmus ihrer Atemzüge.

Ein breiter Schwertgurt lag auf ihren Hüften auf, betonte ihre schlanke Taille und hielt ein weiteres Schwert, ein Langschwert, das nicht minder exquisit gefertigt war.

Die Handschuhe, die sie nun auszog, waren aus dunkelblauem Leder, weich und geschmeidig, glänzend und mit feinen Schuppen. Ich schüttelte langsam den Kopf, denn ich glaubte nicht, was ich hier erblickte. Ich erkannte Drachenhaut, wenn ich sie sah, und dieses Leder stammte nicht nur von einem solchen, sondern war von einer ganz besonderen Körperstelle entnommen worden. Welches Vieh auch immer ihr das Leder für diese Handschuhe gespendet hatte, es hatte keinen Nutzen mehr für seine Eier.

Vielleicht vierzig Leute befanden sich in der Gaststube, und sie hielt jeden von uns hypnotisiert wie ein Kaninchen vor der Schlange. Verantwortlich dafür war der Ausdruck in ihrem Gesicht, der Blick aus diesen roten Augen, als er über uns schweifte.

»Mein Name ist Sera Maestra de Girancourt. Ich trage Steinherz, die Klinge der Gerechtigkeit.«

Schwertgebunden war sie also auch noch. Das war kaum anders zu erwarten, mit dem Griff über ihrer Schulter. Der Drachenkopf schien den Gastraum genauso zu mustern wie sie.

Hoher Besuch für diese arme Hütte, in der Tat. Und eine Erklärung, wieso sie lebendig hier ankam. Eine Rüstung wie diese mochte zwar schützen, aber sie war auch ein Vermögen wert. Ich fragte mich, wie viele Räuber und Vogelfreie der Versuchung erlegen waren und Steinherz zu spüren bekommen hatten.

Ihre Stimme war wie sie: glasklar und von winterlicher Kälte. Sie erreichte jedes Ohr in diesem Raum und hinterließ den Eindruck von eiskalter Schönheit und noch kälterem Willen.

Der Wirt, ein kleiner, stämmiger Mann mit einer Halbglatze, erholte sich als Erster von seinem Schrecken. Er sah ihre Erwartung, dass er zu ihr kommen möge, und tat es nun mit einer tiefen Verbeugung.

»Willkommen im *Hammerkopf*, dem besten Gasthof zwischen Lassahndaar und Coldenstatt.« Wahr gesprochen, mein Freund. Vor allem, wenn man bedachte, dass es auch die einzige Bleibe war, falls man nicht in der alten Festung am Pass nächtigen wollte. Und das wollte niemand. Zu viele Geister.

»Ich bin Eberhard, der Wirt, mein bescheidenes Heim sei Euer. Ihr werdet mein bestes Zimmer erhalten, ich muss es nur noch räumen lassen.«

»Bis dahin wäre ich dankbar für einen guten Braten und einen anständigen Wein«, antwortete die Sera.

»Gewiss, gewiss ...« Immer wieder ehrfürchtig verbeugend, geleitete er die Dame zu dem Tisch neben meinem und versprach ihr sofortige Bedienung. Mit einer flüssigen Bewegung hängte sie Steinherz' Scheide aus und stellte es auf die Spitze neben ihren Tisch, wo es, ohne angelehnt zu sein, senkrecht stehen blieb – ein einfaches und doch beeindruckendes Zeichen, dass dies tatsächlich eines der gebundenen Schwerter war.

Eine Schankmagd eilte bereits herbei und stellte der Sera einen gewärmten Zinnbecher mit Rotwein und kostbaren Nelken auf den Tisch, knickste respektvoll, um sofort wieder in die Küche zu flüchten. Derweil drehte sich der Wirt zu mir um; ich ahnte schon, was er wollte.

»Ser! Ihr müsst verstehen ...«, sagte er. Ich wartete. »Die Sera bedarf eines Zimmers. Ihr werdet sicherlich nichts dagegen haben, Eures für eine solche Dame aufzugeben. Es ist das beste, wie Ihr wisst ...«

»Nein«, erwiderte ich bestimmt. »Es ist mein Zimmer. Ich zahle dafür mit des Königs Münze, und das für drei volle Wochen. Ich werde den Raum nicht freigeben.«

»Aber Ihr könnt doch nicht ...« Er rang mit den Händen, seine Verzweiflung stand ihm in die Augen geschrieben.

»Gebt ihr die zweitbeste Kammer.«

Seine Augen wanderten zu dem Söldnerführer am anderen Tisch, der dort mit fünf seiner Männer gesessen und Würfel gespielt hatte, bis die Abwechslung durch die Sera den Abend belebte. Der Mann lächelte bissig, seine Zähne gelb wie die eines Raubtiers. *Wagt Euch, kleiner Mann*, schien dieses Grinsen auszustrahlen.

Hilfe suchend wandte sich der Wirt wieder mir zu.

»Aber Herr, Ihr seht doch, dass die Söldner nicht bereit sind zu gehen. Ich bitte Euch!«

Dass die Sera das Gespräch verfolgte, war mir klar. Sie hatte sich in die bestmögliche Position begeben, hielt es wie ich von Vorteil, die Theke im Rücken zu haben, und beobachtete ebenfalls den Gastraum und ab und an auch mich. Nichts in ihrem Gesicht zeigte, dass sie ein Interesse an der Unterhaltung zwischen dem Wirt und mir hatte, dennoch wusste ich, dass es so war. Auch versäumte sie nicht, die Söldner zu mustern, deren Gier unter dem Schleier der Betrunkenheit leicht auszumachen war.

»Gebt ihr den nächsten Raum, der frei ist«, sagte ich. »Sie wird ihn nehmen und Euch wohlgesonnen sein, obwohl Ihr ihr das beste Zimmer angeboten habt, auch wenn es bereits vermietet war. Hättet Ihr es der Sera nicht versprochen, wärt Ihr nicht in Bedrängnis.«

»Aber ...«

»Tut es.« Ich hob meine Stimme kaum, aber mein Blick fing seinen ein, und seine Augen weiteten sich. Er nickte eifrig.

Mit zittriger Stimme erklärte er nun der Sera, dass er nur einen bescheidenen Raum für sie hatte, er wünschte sie nicht zu beleidigen, aber ...

Sie hob eine schlanke Hand. »Guter Mann, es ist in Ordnung. Sorgt nur dafür, dass die Flöhe nicht zu eifrig sind, das soll mir genügen.«

Dankbar nickte der Wirt, ganz fassungslos, dass ihm so leicht verziehen wurde, und eilte davon in die Küche, wo er den Braten mit besonderer Sorgfalt richten wollte.

Sie nutzte die Zeit, sich jeden hier im Raum anzuschauen und sich zu orientieren. Nun lagen ihre Augen auch auf mir. Ich erwiderte ihren Blick ohne Regung.

Ich wusste, was sie sah. Einen dunklen Umhang aus grobem Leinen und Leder, die Kapuze tief in mein Gesicht gezogen und ein langes ledernes Bündel, das hinter mir an der Wand lehnte. Ich hatte meine Hände noch in den Ärmeln, der Becher

Wein vor mir schien kaum angerührt. Unter meinem Umhang sah sie breite Schultern. Als ihr Blick zu meinen Füßen wanderte, konnte sie dort Kettenstiefel erkennen, nicht unähnlich ihren eigenen, aber weitaus weniger kostbar und nicht so fein gearbeitet. Mehr sollte von mir nicht zu sehen sein. Abgesehen davon war es kühl in der Stube, und inzwischen fror ich leichter als früher. Grund genug, mich in meinen Umhang zu hüllen.

»Ich suche Roderic von Thurgau«, begann sie in ihrer kühlen Stimme. »Man sagte mir in Lassahndaar, dass er sich hier in dieser götterverlassenen Gegend sein Winterquartier suchen wollte. Seine Beschreibung passt auf Euch, seid Ihr es, den ich suche?«

Ich seufzte innerlich. Ich musste es wohl sein, mein Äußeres ähnelte niemand anderem hier im Raum.

»Thurgau ist tot. Seit fast dreißig Jahren. Er fiel in der Schlacht bei Avincor.«

»So sagt man.« Sie erhob sich von ihrem Platz, nahm Steinherz gedankenlos mit zu meinem Tisch und stellte es wieder neben sich.

»Ihr erlaubt?«, fragte sie etwas verspätet, denn sie setzte sich schon. Ich hatte mich nicht gerührt.

»Nein.«

Sie zog eine Augenbraue hoch. »Ihr wünscht nicht, dass ich an Eurem Tisch Platz nehme?«

»Ihr habt es erfasst, Sera. Ich suche hier meine Ruhe nach einer langen Reise, und mir ist nicht nach weibischem Geschwätz zumute.«

Sie blinzelte einmal, zweimal.

»Ihr seid rüde.«

»Ja, und Ihr sitzt noch immer hier. Euer Wein wartet an Eurem Tisch.«

Sie nickte. »Der Wirt wird ihn mir sogleich bringen.«

Eberhard hörte es und eilte herbei, um ihr den Kelch aus dunklem Zinn zu reichen.

Sie schenkte ihm dafür ein Lächeln, und für einen Moment dachte ich, er stürbe auf der Stelle vor Verzückung, aber dann fing er sich und eilte wieder nach hinten.

»Ihr könnt Euch ja entfernen, wenn Ihr wollt«, schlug sie mit einem Lächeln vor. »Aber dann muss auch ich mich erneut bewegen, denn ich möchte Euch ein Geschäft vorschlagen.«

»Welches mich nicht interessiert«, erwiderte ich und wollte mich in der Tat erheben, als sie an ihren Hals griff und einen Beutel hervorholte. Sie entleerte ihn in ihre Hand und ließ von dort einen Ring auf den Tisch fallen.

Es war ein schwerer Siegelring, der Ring eines Mannes, obwohl das Ringmaß zu klein für einen männlichen Finger war. Jemand hatte ihn sich wohl enger machen lassen. Auf rubinrotem Grund zeigte er ein Relief aus Elfenbein. Ein Einhorn und eine Rose. Das Wappen derer von Thurgau.

Ich betrachtete es.

»Ein schönes Stück«, sagte ich mit betont neutraler Stimme.

»Einst war er das Pfand Eurer Ehre.«

»Ehre ist heutzutage völlig überbewertet. Sie bringt den Tod und wenig Glück«, antwortete ich ihr. Ich ließ eine Hand aus meinem Umhang gleiten – ohne den Dolch, den ich dort verborgen hatte – und hielt sie dann hoch. Sie war noch immer breit und kraftvoll, aber dunkle Altersflecken zierten das Pergament meiner Haut.

»Als Ser Roderic ihr diesen Ring gab, war sie gerade zehn Jahre alt. Dies ist über dreißig Jahre her, sie sah ihn nie wieder. Denn er starb, wie jeder weiß, im Pass von Avincor. Zusammen mit den Rittern des Bunds. Nicht einer überlebte, aber sie hielten den Pass.«

»Wisst Ihr noch, wie sie aussah?«, fragte sie mich.

Ich zuckte die Schultern. »Die Prinzessin, meint Ihr? Ich bewege mich nicht in so erlauchter Gesellschaft. Aber ich habe gehört, dass sie zierlich war, blond und krank. Auch Ser Roderic sah wohl kaum mehr als eine schlanke Hand, die seinen Ring in

Empfang nahm. So sagt man es in dieser Ballade. Ein jeder kennt die Geschichte.«

»Er und die vierzig Getreuen. Ein jeder schwor ihr, dass er sein Leben geben würde, um ihr Land vor den Barbaren zu schützen. Sie hielten den Pass. Zwölf Tage lang.« Ihre Stimme hatte sich gesenkt, sie sprach leise, fast ehrfürchtig. »Lange genug, damit das Heer des Grafen Filgan in Stellung war, um die Barbaren zu empfangen, sobald sie durch den Pass kämen. Aber sie kamen nie.«

»Und hätte der Graf einen Kundschafter geschickt, wäre ihm klar geworden, dass er gut die Hälfte der Getreuen hätte retten können. Aber so saß er in seinem perlenbestickten Zelt auf seinem Hintern und wartete einfach ab.«

Meine Stimme klang bitter. Aber der Groll war lediglich ein Echo, ein Schatten vergangener Tage. Schwach, wie ich es war. »Ich bin alt. Dies hat Ser Roderic gemein mit mir. Er müsste sechzig sein oder älter. Selbst wenn ich er wäre, wie könnte ein alter Mann einer Sera Maestra von Nutzen sein? Nicht nur, dass Ihr Steinherz tragt, Ihr seid auch gebildet im Umgang mit der Magie. Was könnte Ser Roderic für Euch tun, das Ihr nicht selbst vermögt?«

Ich drehte meine Hand vor ihren Augen.

»Ser Roderic ist weitaus älter, als Ihr es seid. Und was ich von ihm möchte, ist sein Rat.«

»Ich kann Euch den Rat geben, ihn zu vergessen. Ser Roderic ist in jenem Pass gestorben.«

»Wollt Ihr nicht wissen, warum ich seinen Rat benötige?«

Ich zuckte mit den Schultern und nahm einen Schluck aus meinem Kelch. Schließlich hatte ich den Wein bezahlt. Ich war angenehm überrascht. Man konnte ihn sogar trinken.

»Nicht wirklich. In wenigen Jahren wird mich nichts mehr interessieren. Vielleicht sind es nur Monate. Lange bin ich gewiss nicht mehr von dieser Welt.«

»Die Stadt Kelar fiel letzten Monat an das Imperium von Thalak.«

Kelar. Ich erinnerte mich an die hohen Mauern, die Lagerhäuser und die Speicher. Ihre Worte überraschten mich. Vor zweihundertneunzig Jahren war Kelar für fast zwanzig Jahre belagert worden, ohne zu fallen. Früher hätte mich das alles interessiert, aber heute ...

»Die Belagerung dauerte nun schon acht Jahre. Es war abzusehen.«

Sie blickte auf. »Habt Ihr denn kein Mitleid?«

»Wofür? Krieg ist Krieg.« Der Vorteil des Alters war, dass man solche Dinge sagen konnte, ohne sich dabei idiotisch anzuhören.

»Der Imperator ließ die Stadt schleifen. Jedes Kind, jede Frau und jeder Mann wurde hingerichtet. Und Melbaas, Angil und Jatzka ergaben sich, aus Furcht, das gleiche Schicksal könnte sie ereilen.«

»Melbaas ergab sich?« Das war eine weitere Überraschung. Eine unangenehme. Die Stadt galt als uneinnehmbar. Mit dem Hafen im Rücken hätte sie unbegrenzt aushalten können.

»Thalak hat dunkle Magie verwendet, um Kelar zu befrieden. Die Nachricht sagt, dass er seine eigenen toten Soldaten mit Katapulten über die Mauern der Stadt werfen ließ, um sie in der Nacht wieder zum Leben zu erwecken.«

»Eindrucksvoll. Und kreativ.«

Sie warf mir einen strafenden Blick zu. »Nach dem Fall von Kelar kapitulierte das Königreich Jasfar vollständig und sandte den Prinzen als Unterpfand nach Thalak.«

Ich seufzte. Jetzt wusste ich, wohin das führen sollte. Ich nickte langsam. »So steht kaum noch etwas zwischen unserem Reich und dem seinen. Unsere schöne Prinzessin wird ihr blondes Haupt vor dem Imperator beugen müssen. Das Schicksal gekrönter Häupter. Mal kniet man vor ihnen, mal müssen sie knien.«

Sie schlug mit der geballten Faust auf den Tisch, und gerade noch verhinderte ich, dass mein Becher umfiel. Er war noch fast voll, und vom vielen Reden bekam ich Durst. Ich trank einen Schluck, bevor der gute Wein sinnlos auf dem Tisch endete.

»Ser, wie könnt Ihr so etwas sagen! Es ist unsere Königin!«

Ich hob mahnend den Finger. »Nicht mein Land, nicht meine Königin. Ich stamme aus Letasan.«

»Ser Roderic ...«

Ich unterbrach sie erneut. Schlechte Manieren, jawohl, ein weiterer Vorteil des Alters. Außerdem hatte ich nichts zu verlieren, selbst wenn sie mich in einen Igel verwandelte. Wen interessierte das schon?

»Ich bin nicht Ser Roderic.« Ich beobachtete meine Hand, wie sie einen Finger in den Rotwein tunkte und ein Dreieck auf den Tisch zeichnete. Fasziniert sah ich zu, wie meine Hand eine kleine Geste machte und das Dreieck aufglühte. Der Geruch von brennendem Holz stieg auf. »Bei der Dreieinigkeit, ich bin nicht Ser Roderic.«

Eine weitere kleine Geste, und das Leuchten hörte auf, übrig blieb ein perfektes Dreieck, ins Holz gebrannt. Überraschend, woran man sich so alles erinnern konnte, wenn man nicht aufpasste.

Als ich wieder zu ihr aufblickte, sah ich das Verstehen in ihren Augen und die Niederlage. Von Ser Roderic war bekannt, dass er nicht einmal eine Kerze mit Magie entzünden konnte. Er war ein Krieger, ein famoser Kämpfer, aber ohne magisches Talent. Meine Stimme wurde leiser, freundlicher.

»Was genau wolltet Ihr von ihm, Sera Maestra?«, fragte ich sie.

»Ich brauche eine Eskorte durch die Donnerberge, die Steppe, dann das Kaiserreich Xian, bis hin nach Askir.«

»Askir? Existiert es überhaupt? Ich dachte, es sei eine Legende. Zudem würde diese Reise Monate dauern. Wenn alles glatt ginge.« Ich starrte in meinen Becher. Ich hatte doch wohl mehr getrunken als gedacht, er war fast leer. »Eine ziellose Reise, die man einem alten Mann nicht zumuten sollte. Ganz abgesehen davon, dass man, um zu den Donnerbergen zu gelangen, über den Pass muss.« Ich schüttelte den Kopf. »Auch mit Euren magischen Kräften ein vergebliches Unterfangen.«

Für eine Weile schwiegen wir. Im Hintergrund hörte ich die Unterhaltung der anderen Gäste, leiser als zuvor, immer wieder warfen sie Blicke in unsere Richtung. Etwas, das mir nicht gefiel. Man würde sich an die Sera erinnern, es war fast nicht möglich, dass man sie vergessen konnte. Genauso würde man sich an den alten Mann erinnern, dessen Gesellschaft sie so offensichtlich suchte.

2. Gefangene des Sturms

Draußen pfiff der Wind, das Feuer im Kamin tanzte im Zug der Esse, selbst die dicken Mauern des Gasthofs kühlten langsam ab. Eines der Schankmädchen bemühte sich, die Ritzen der Fenster mit in Talg getränkten Seilen abzudichten. Mehr als ein Söldner folgte ihren anmutigen Bewegungen mit gierigen Blicken, andere hatten die schlanke Gestalt an meinem Tisch fixiert.

Wenn mein Gefühl Recht behielt, so würden wir die nächsten Tage hier verbringen müssen. Bevor sie gekommen war, hatte es mich nicht wirklich interessiert, was geschehen würde. Aber nun war sie hier, und ich fing wieder an, mir Gedanken zu machen. Also sah ich mir die anderen Personen im Gasthof an, mit denen wir uns die nächste Zeit, ob wir wollten oder nicht, Essen und Dach teilen müssten. Allesamt waren wir Gefangene des Sturms.

Zum größten Teil waren die Gäste einfache Reisende. Zwei Händler waren kurz vor Mittag gemeinsam eingetroffen. Ihre großen Handelswagen standen schwer beladen im Hof, eine Versuchung für jeden Halsabschneider, der schnell reich werden wollte. Eine Versuchung, die kaum durch die acht Wachen gemindert wurde, die den kleinen Wagenzug begleiteten, zeigten sie doch nur, dass die Ware von erheblichem Wert sein musste.

Dort drüben, in der Ecke neben dem zweiten Kamin, befand sich eine Reisegesellschaft. Die Art der reichen und prächtigen Gewänder war mir unbekannt, ich hörte nur im Vorbeigehen, dass die Herrschaften aus Lehemar stammten. Wenn dies so war, dann hatten sie einen weiten Weg hinter sich. Die Gruppe bestand aus einem älteren Mann und zwei jungen Frauen, beide recht hübsch anzusehen. Sie wurden von drei Kämpfern begleitet, die ihren Sold wohl damit verdienten, Sorge darum zu tragen, dass die Ehre der Töchter unangetastet blieb. Die drei Kämpfer trugen das gleiche Wappen auf ihrer Brust, also waren sie nicht nur für die Reise angeheuert worden, sondern standen dauerhaft im Sold der Familie. Der Mann verbrachte seine Zeit damit, sich missbilligend umzusehen, die Töchter erschienen mir zu schüchtern, um ohne Erlaubnis zu atmen. Tief in ihre Umhänge gehüllt, betrachteten sie scheu das Geschehen um sich herum. Wenn eine von ihnen bisher gesprochen hatte, so war mir das entgangen. Ich konnte mir nur einen Grund vorstellen, warum eine solche Gesellschaft eine derartige Reise tat, und der war, eine oder beide Töchter zu verheiraten. Wahrscheinlich waren sie froh, den mürrischen Blicken des Vaters entkommen zu können.

Andere Gäste waren Bergarbeiter aus den nahe gelegenen Kupferminen, wohl auf der Heimreise, um die kommenden Festtage mit ihren Familien zu verbringen. Des Weiteren war da ein Kuhhirte, dessen Herde zum größten Teil außerhalb der Mauern des Gasthofs erfrieren würde. Schon jetzt hatte er seinen Kummer darüber ertränkt und lag laut schnarchend vor einem der beiden Kamine. Dann gab es da noch eine Person, ebenfalls tief in ihren Umhang gehüllt, die Kapuze weit ins Gesicht gezogen, die die zweitbeste Position des Raums für sich beanspruchte. Vom taktischen Standpunkt aus betrachtet. Die Wärme der beiden Kamine reichte wohl kaum in diese Ecke. Auch diese Person war ein später Gast: Erst kurz vor Sonnenuntergang hatte die schlanke Gestalt den Gasthof betreten, und noch konnte ich sie nicht so recht einordnen. Das Einzige, was ich von dieser Person wusste, war, dass die zwei Pferde, die sie in die Stallungen des Gasthofs eingestellt hatte, von bester Qualität waren. Ob dieser Gast unter seinem Umhang und dem Wams eine Rüstung trug, vermochte ich nicht zu erkennen, jedoch lehnte neben ihm ein Langschwert an der Wand.

Und natürlich die »Söldner« – um ihnen eine Bezeichnung zu geben, die vielleicht ein wenig zu schmeichelhaft war, aber erträglicher, als sie so zu bezeichnen, wie sie es wahrscheinlich verdienten: Briganten, Gesetzlose, Räuber, Mörder oder einfach nur Pack. Es gab neun von ihnen. Sie kamen zusammen, kurz nach Sonnenuntergang, aber ich war mir nicht sicher, ob sie wirklich zusammengehörten. Vielleicht zwei kleine Gruppen, die sich auf dem Weg zum Gasthof zusammengefunden hatten und für die Dauer des Schneesturms Frieden schlossen. Oder aber eine Zusammenarbeit vereinbart hatten.

Die eine Gruppe der Söldner bestand aus sechs hart gesottenen Gesellen, ihre Fellumhänge waren, wie der Rest von ihnen, völlig verdreckt. Es war deutlich zu erkennen, dass sie ihre Zeit selten unter Dächern verbrachten.

Selbst im Gemisch der Gerüche, die einen Gastraum erfüllten, inmitten des Geruchs von Bier, Schnaps und nasser Wolle, des Rauchs vom Kamin und des Bratengeruchs aus der Küche, konnte ich sie riechen, ein bitterer Gestank nach altem Schweiß und Blut. Den ganzen Abend schon musterten sie die anderen Gäste, ließen ihre Blicke wieder und wieder über die Wachen der Händler und der Reisegesellschaft schweifen, wanderten scheinbar ziellos durch den Gasthof, achteten auf Treppen, Türen, Ein- und Ausgänge. Oder musterten gierig die schlanke Form des Schankmädchens.

Die drei anderen Söldner waren vielleicht genau das, was sie zu sein schienen – gepflegter als die Sechsergruppe, trugen sie allesamt mit Stahlplättchen verstärkte Lederrüstungen und waren mit Dolch und Langschwert bewaffnet. Sie wirkten professionell und ruhig. Während die erste Gruppe immer lauter wurde und jeden im Raum aufforderte, über ihre anzüglichen Witze zu lachen, hielt sich diese Dreiergruppe zurück und leerte nur langsam, wenn auch stetig ihre Becher.

Der Gasthof verfügte über nur wenige Zimmer: zwei Einzelzimmer, zwei, die mit sechs Betten ausgestattet waren, sowie zwei größere Schlafsäle unter dem Dachfirst. Andere Gäste waren eingeladen, im Heu über den Stallungen zu übernachten. Bedachte man, wie kalt es wahrscheinlich werden würde, war der Stall keine schlechte Wahl. Es gab weit mehr Vieh als Menschen, und die Stallungen waren zum Bersten voll. Die Körperwärme des Viehs würde sicher vor dem Erfrieren schützen.

Ich besaß eines der beiden Einzelzimmer und wusste, dass alle Räume belegt waren. Die feine Reisegesellschaft hatte auch schon kein Zimmer mehr bekommen, und der Mann hatte so lange lautstark protestiert, dass wir alle erleichtert waren, als er sich endlich entschloss, sich hinzusetzen und ruhig zu sein.

Aus alldem folgte, dass die Sera im Stall schlafen konnte oder im Gemeinschaftsraum.

Die Gesellschaft war jedenfalls nicht die, welche ich mir gewünscht hätte, um eingeschneit zu werden.

Zum Gasthof selbst gehörte der Wirt, jemand in der Küche, den oder die ich nur mit den Töpfen hantieren hörte, ein Stallbursche, der wahrscheinlich mit der Menge an Vieh überfordert war, drei Schankmädchen im Alter zwischen fünfzehn und zwanzig Jahren, jung, schlank und nicht schlecht anzuschauen. Auch alte Augen konnten sich an anmutigen Bewegungen erfreuen. Die Männer sahen ihnen nach, aber bei den meisten im Raum machte mir das weniger Sorgen. Kopfzerbrechen bereitete mir, dass auch der Blick manch eines Söldners auf diesen weiblichen Rundungen lag, der von dem Verlangen sprach, sich zu nehmen, was ihm gefiel.

Da der Gasthof weit entfernt von jeder Siedlung lag, war es nicht verwunderlich, dass der Wirt auch zwei junge, kräftige Knechte beschäftigte, die die grobe Arbeit leisteten. Sie trugen kurze, mit Leder umwickelte Knüppel an ihrer Seite. Das mochte vielleicht reichen, um einem Betrunkenen Benehmen beizubringen, gegen die neun Söldner hatten sie wohl kaum eine Chance.

Ich wandte mich wieder der Sera Maestra zu.

»Ihr habt keinen geeigneten Zeitpunkt gewählt, um diesen Ort aufzusuchen.«

Sie zog eine Augenbraue hoch, fahl wie der Rest von ihr, aber dennoch markant. Ihre Augen hatten den rötlichen Schimmer verloren, vielleicht war es nur meine Einbildung oder der Widerschein des Feuers in einem der Kamine gewesen. Nun jedoch waren sie violett, eine unvergleichliche Farbe. In der Zeit, in der ich die Leute im Gastraum gemustert hatte, hatte sie sich wieder gefangen. Hatte sie zuvor zugleich traurig, erbost und frustriert gewirkt, schien sie sich jetzt zu amüsieren. Vielleicht über mich.

»Ihr fürchtet um meine Sicherheit?«

Ich sah sie an. »Ich weiß, dass Ihr eine Maestra seid. Ihr habt es lauthals verkündet, als Ihr den Raum betratet. Meine alten Ohren sind noch im Stande, Worte zu hören, wenn man sie nur laut genug proklamiert. Aber Ihr habt damit zugleich eine Herausforderung ausgesprochen. Manche Menschen sehen nur das Äußere. Und erliegen vielleicht der Verlockung, ohne sich über den Preis Gedanken zu machen. Und auch Ihr benötigt Euren Schlaf.«

»Worauf wollt Ihr hinaus?«

Ich seufzte. »Ich werde den Wirt anweisen, ein weiteres Bett in meinen Raum zu stellen.«

»Und bietet mir so galant Euren Schutz für die Nacht an?« Sie lachte. »Wärt Ihr ein anderer, würde ich Euch unlautere Absichten unterstellen.«

»Wenn Ihr unlautere Absichten wollt, dann wendet Euch an die Söldner.« Sie drehte sich in ihrem Sitz um. Die Unterhaltung der Sechsergruppe war leiser geworden, sie sprachen untereinander, aber immer wieder warfen sie Blicke auf die Schankmädchen, die mittlerweile vorsichtig waren, wenn sie an diesem Tisch bedienten. Diese Söldner, oder eher doch Briganten, erinnerten mich an ein Rudel Wölfe, welches sich überlegt, wie es am besten ein Reh aus der Herde löst.

Einer der Söldner, der Anführer, bemerkte den Blick der Maestra und musterte sie unverfroren; ein breites, gehässiges Lächeln entstand auf seinen Lippen und zeigte kräftige grauweiße Zähne wie die eines Raubtiers. Dieser Anblick war eher zu ertragen als das Lachen einiger seiner Kumpane, dort sah man auch den einen oder anderen geschwärzten Zahnstumpf. Zahnschmerzen führten nicht zu einem ruhigen Gemüt.

Sie reagierte nicht auf den Blick, ließ den ihren weiter über den Raum schweifen, vernahm wohl dasselbe wie ich und wandte sich wieder mir zu.

»Ich sehe, was Ihr meint. Aber ich sehe auch insgesamt elf Wachen.« Auch sie rechnete die Knechte des Gasthofs nicht hinzu.

Ich nickte. »Vielleicht ist der eine oder andere Gast ebenfalls bereit, mit kaltem Stahl sein Leben zu verteidigen. Also sagen wir, dass es vielleicht fünfzehn wehrhafte Personen gibt. Sollten unsere Freunde hier etwas planen, wären sie in der Unterzahl. Ist es das, was Ihr denkt?«

»So in etwa. Ich habe keine große Sorge. Ich bin gut ausgebildet in der Kunst des Schwertkampfs, und Steinherz wird mir beistehen.« Sie sah zu ihrem Schwert herüber. Die Rubine, die die Augen des Drachenkopfs bildeten, musterten mich spöttisch.

»Ein Bannschwert vermag viel. Aber es soll schon Gelegenheiten gegeben haben, bei denen auch ein Schwertgebundener verstarb, obwohl er die Klinge in seiner Hand hielt«, sagte ich trocken.

Es hieß, dass die Seelen derer, die ein solches Schwert vorher geführt hatten, in der Klinge ihre letzte Ruhe fanden und so den Fähigkeiten des Schwerts immer wieder neue hinzufügten.

»Gefällt Euch der Gedanke, Euch zu den anderen in der Klinge zu gesellen, wenn Eure Zeit gekommen ist?«, fragte ich sie.

»Nein. Aber es hat mich angenommen, und wäre Steinherz nicht gewesen, wäre meine Seele bereits verloren. Aber ich glaube nicht daran, dass die Seele selbst gebannt wird. Vielleicht das, was die Seele nicht mehr braucht, wenn sie die Hallen der Götter betritt: Wissen, Erfahrungen und anderes.«

Ich nickte. »Vielleicht ist es so. Ich stelle es mir jedenfalls nicht besonders angenehm vor, den Rest der Weltenzeit in ein Stück kalten Stahl gebannt zu verbringen.«

»Es muss nicht so kommen«, sagte sie mit einem Lächeln. »Bevor ich sterbe, muss ich es nur loslassen.«

»Ja, so sagt man«, entgegnete ich ihr. »Ich frage mich nur, ob dies auch möglich ist. Vielleicht, wenn man im Bett getötet wird, aber allzu oft sterben die Träger dieser Schwerter in ihren Stiefeln, mit dem Schwert in der Hand.«

»Ich habe vorerst nicht die Absicht zu sterben«, antwortete sie. Ihr Blick war bedeutungsschwer. Entweder weil sie eine Maestra war und die Meister der Magie oft ein unnatürlich langes Leben führten, oder weil sie auf ihre Abstammung anspielte. Sollte sie Elfenblut in sich tragen – wenn ich sie ansah, erschien mir das als wahrscheinlich –, dann zählte sie die Jahre wie ein Mensch die Wochen.

Vielleicht traf beides zu.

Jedenfalls sagte mir ihr Blick, dass sie wirklich nicht glaubte, sie könne sterben. Maestra oder Elfenblut, eine Spanne kalten Stahls durch das Herz durchtrennte jeden Lebensfaden. Eine bittere Lektion, die sie noch lernen musste.

»Wie dem auch sei, ich nehme Euer Angebot an.« Sie beugte sich etwas vor, und ich roch sie. Die Wolle des Umhangs, das Leder ihrer Weste, den Schnee, ihr Pferd und sie – und einen fernen Duft von Rosen. Parfüm. Wie lange war es her, dass ich mich in Gesellschaft bewegt hatte, die Parfüm verwendete? Ich wollte nicht daran denken.

Mein Blick ruhte auf ihrem Gesicht, der zarten, schimmernden Haut, den überraschend schwarzen Wimpern, den violetten Augen, die in einem Ton schimmerten, den ich nie zuvor gesehen hatte. Ihre Nase war scharf, aber doch fein gezeichnet; ich beobachtete fasziniert, wie ihre Nasenflügel bebten, folgte der Spur ihres Pulses an ihrem Hals und rief mich zur Ordnung. Ich dachte, ich wäre gegen die Versuchung durch die Weiblichkeit mittlerweile gefeit, aber sie hatte mich ergriffen.

Als sie mir ihre Geschichte erzählt hatte, überfiel mich eine ungeheuerliche Vermutung, und auch jetzt suchte ich in ihren Zügen nach einem Hinweis, aber dann schüttelte ich den Kopf.

»Was ist?«, fragte sie.

»Nichts. Ein dummer Gedanke. Sagt, wie kommt es, dass Ihr es seid, die auf diese gefährliche Mission geschickt wurde?«

»Niemand schickte mich«, informierte sie mich. »Ich bot meine Dienste freiwillig an. Die Königin hat nur wenige Getreue, deren Loyalität ihr und der Krone gegenüber ohne Zweifel ist. Gebunden an Steinherz, als Meister der Magie und ausgebildet in der Kunst des Kampfes, der Strategie und der Diplomatie, denke ich, dass ich ein geeigneter Bote ihrer Worte bin.«

»Ich nehme an, Ihr kennt die Königin gut?«, fragte ich, wider Willen neugierig. »Wie ist sie, die Königin von Illian?«

»Krank und ans Bett gefesselt, schon seit langem«, seufzte die Sera. Ihr Blick ruhte nun in der Ferne, sah vielleicht die alte Kronburg und die königliche Kammer darin. »Aber ihr Geist ist von bewundernswerter Schärfe und ihr Wille ungebrochen.« Sie legte die Hände um ihren Becher und drückte so fest zu, dass die Knöchel bleich hervorstanden. »Man sagt, das Volk liebt sie wegen ihrer Weisheit. Trüge man sie auf einer Bahre in die Schlacht, ein jeder würde ihr folgen. Sieht man sie, so ist man beeindruckt von der Willensstärke, die in ihren Augen lodert wie eine Flamme.«

»Also wurde ihre Verletzung nie geheilt?«, fragte ich.

Sie schüttelte den Kopf. »Es ist wohl so, dass eine Verletzung des Rückgrats auch mit Magie nur schwer heilbar ist. Ich bin in der Kunst der Heilung nicht besonders bewandert, es scheint aber so, als gäbe es eine Verbindung zwischen dem, was man in Händen und Beinen fühlt, und dem Kopf, wo der Verstand sitzt, der die Glieder lenkt. Diese Verbindung läuft durch das Rückgrat.«

Ich nickte. Das war mir bekannt. Ein Hieb dorthin, und ein Gegner stand selten wieder auf.

»Als sie damals als Prinzessin von den Zinnen stürzte, war es ein Wunder, dass sie überhaupt überlebte. Aber ihr Rückgrat brach und trennte dabei wohl jene Verbindung, einem Schwertstreich gleich.«

Ich konnte fast ihre Gedanken lesen. »Es war nicht minder heimtückisch. Konnte man den Täter jemals fassen?«

Sie funkelte mich an, dann holte sie tief Luft. Unwillkürlich folgten meine Augen der Bewegung ihrer Brüste, woraufhin ihr Gesichtsausdruck spöttisch wurde. Ich beeilte mich wegzuschauen.

»Nein. Der Täter wurde niemals gefunden. Fünf kommen infrage, das weiß sie, aber alle fünf sind über jeden Verdacht erhaben und zu wichtig, um einfach so einer Befragung unterzogen zu werden.«

»Kann nicht auch die Magie Wahrheit von Lüge unterscheiden?«, fragte ich unschuldig.

»Kann sie. Wenn gewisse Umstände gegeben sind.« Sie klang frustriert. »Meint Ihr nicht, dass wir auf diesen Gedanken nicht auch schon gekommen wären? Aber allein die Aufforderung, sich im Tempel des Boron einer Befragung durch einen Priester oder mich zu unterziehen, grenzt an eine Beleidigung.«

»Man sollte meinen, dass die vier, die unschuldig sind, einer solchen Befragung zustimmen würden, allein, um des Täters habhaft zu werden.«

»Sollte man meinen, ja.« Sie sah wieder in die Ferne, und ihr Gesicht verriet die Verachtung, die sie empfand. »Aber aus irgendwelchen Gründen scheinen sie es anders zu sehen. Vielleicht sind sie ja alle daran beteiligt, vielleicht war es eine Verschwörung. Vielleicht ...«

»... war es auch jemand anders. Ein ungeschickter Küchenjunge oder ein betrunkener Soldat. Oder kann sich die Königin wieder erinnern?«

Sie schüttelte den Kopf. »Nein. Sie stand auf den Zinnen, in Gedanken versunken, als sie den Stoß von hinten spürte. Im Fallen sah sie einen roten Mantel. Dies schließt den Küchenjungen aus, aber kaum jemanden sonst. Ihr seid sicher, dass Ihr nicht Ser Roderic seid?«

Ich nickte. »Ziemlich sicher.« Mit dem Finger tippte ich auf das Zeichen der Dreieinigkeit, das ich zuvor in den Tisch gebrannt hatte. »Das sollte Beweis genug sein. Krieger können nicht zaubern.«

»Ich wüsste allerdings Möglichkeiten, das Zeichen auch ohne magische Fähigkeiten zu vollziehen, und andere damit in die Irre zu führen.« Sie hielt meinen Blick einen Moment lang fest, konnte aber in meinen Augen nichts entdecken. »Da wir wohl demnächst Zimmer und Bettlager teilen werden, bitte ich um Euren Namen, Ser.«

Ich lehnte mich zurück, die formale Art ihrer Frage erheiterte mich. »Nennt mich einfach Havald.«

»Ich kenne dieses Wort. Heißt es nicht *der Vergessene*?«

»Unter anderem. Das ist wohl die gebräuchlichste Bedeutung. Eine andere nennt mich *verflucht*.«

»Nun, seid Ihr es? Verflucht?«

»Manchmal meine ich es zu sein«, antwortete ich ihr. »Aber wenn ich ehrlich bin, denke ich, dass ich genauso verflucht bin wie ein jeder, dessen Schicksal Widrigkeiten in sich birgt. Oft hat man das Gefühl, für irgendetwas bestraft zu werden. Aber es ist kein Fluch, der auf einem lastet, sondern nur das Leben.« Ich lehnte mich zurück und starrte in die Ferne. »Wenn man ein gewisses Alter erreicht, kommen einem die Taten der Jugend oft sinnlos vor, erscheint es, als ob das Leben, das man führte, keinen Wert hatte. Vergessen trifft es wohl eher als verflucht.«

Sie sah etwas erstaunt aus. »Es war eigentlich keine ernst gemeinte Frage, und doch habt Ihr Euch die Antwort gut überlegt. Ich bräuchte nicht darüber nachzudenken.«

Ich lachte leise. »Ihr seid auch noch jung.«

»Woher wollt Ihr das wissen? Ich könnte älter sein als Ihr, mein Aussehen sagt nichts über die Zahl der Jahre, die ich trage.« Sie wirkte leicht pikiert und vielleicht auch etwas neugierig. Ich ertappte mich dabei, dass ich begann, ihre Gesellschaft zu genießen. Es war wirklich zu lange her, dass ich den Duft von Rosen gerochen hatte.

»Es ist nicht Euer Aussehen, Sera, es ist Eure Art, Euer Enthusiasmus, wie Ihr sprecht und dabei Euer Gesicht Eure Gedanken verrät.«

»Ich bin schon lange erwachsen.«

»Ja, das mag sein.« Ich sah es nur zu gut, selbst unter ihrem Umhang und dem Kettenmantel erahnte ich eine vollkommene Frau.

»Ihr seid erwachsen, ja, aber Ihr seid nicht alt. Wenn Ihr alt werdet, werdet Ihr wissen, was ich meine.«

»Muss ich jetzt mein Haupt vor der Weisheit des Alters beugen?«, fragte sie mich mit einem schelmischen Lächeln.

Ich schüttelte den Kopf. »Mitnichten, Sera. Weisheit kommt nicht von allein, nur weil man älter wird, man muss sie suchen. Ich befürchte, ich suchte eher das Gegenteil. Torheit kann ich in jedem Maße bieten, aber Weisheit findet Ihr bei einem anderen.« Ich trank noch einen Schluck Wein. »Nun kennt Ihr meinen Namen, Sera. Ich war zugegen und weiß, wie Ihr Euch vorgestellt habt. De Girancourt. Ein ungewöhnlicher Name, flamisch vielleicht?«

Sie nickte. »Ich bin im Herzogtum Flamen geboren, da habt Ihr Recht.«

»Nun, ich habe nicht die Absicht, Euch ständig mit Eurem vollen Titel anzusprechen. Gibt es einen Namen, der etwas weniger aufträgt? Es ist vielleicht nicht die beste Art, um Euch vor einer Gefahr zu warnen: *Sera Maestra de Girancourt, ducken!*«

»Wenn ich denn der Warnung bedarf. Nach Euren eigenen Worten seid Ihr alt und verbraucht, nach meinen bin ich jung und kampferprobt.« Sie lachte, als sie mein Gesicht sah. »Ihr seid so ernst, Havald. Mein Name ist Leandra. Nennt mich Lea, wenn Ihr wollt.«

»Leandra. Lea.« Ein schöner Name. Die Tapfere. Tapfer zu sein hatte oft mit der Unbill des Lebens oder mit Schmerzen zu tun. Ich wünschte ihr, dass sie nicht oft tapfer sein musste.

Mittlerweile war das Geräusch des Sturms etwas zurückgegangen, klang gedämpfter. Jeder hier im Gastraum wusste, was dies bedeutete. Ich nickte Lea zu und erhob mich, begab mich zum Wirt, um ihm mitzuteilen, dass er ein weiteres Bett in mein Zimmer bringen möge.

»Ich habe kein einzelnes Bett mehr frei«, sagte er mit einem ängstlichen Blick in Leas Richtung. »Es tut mir wirklich sehr Leid.«

Ich winkte ab. Ich hatte ja noch die Zeit, zu überlegen, ob ich in meinem Alter galant sein und ihr das Bett anbieten wollte oder ob sie ihre jungen Knochen auf den Boden betten musste. Eines war sicher, sollte ich auf dem Boden schlafen, wäre ich am nächsten Tag steif wie ein Türpfosten.

»Ich könnte vielleicht …«, unterbrach der Wirt meine Gedanken.

»Ja?«

»Ich könnte vielleicht mein Bett in Euren Raum bringen lassen. Meine Frau ist schon vor langer Zeit von mir gegangen, und meine Töchter …« Seine Stimme versagte, als er meinen Blick sah. An seinem Familienleben war ich nun wirklich nicht interessiert.

»Gut, das erscheint mir eine geeignete Lösung«, sagte ich dann. »Seht zu, dass es bald geschieht.«

»Ihr wollt Euch schon zur Ruhe begeben?« Diesmal lag sein ängstlicher Blick auf den Briganten. Einer von ihnen zog gerade eines der Schankmädchen auf seinen Schoß und befingerte es, während es verzweifelt versuchte zu entkommen. Als es ihr unter lautem Gegröle gelang, konnte man mehr Haut sehen, als ihr wohl lieb war.

Die meisten Schankmädchen waren einem Abenteuer mit einem Gast nicht abgeneigt. Der Klang von Silber oder gar Gold war bekannt dafür, die prüdesten Weiberherzen zu erwärmen. Selbst ungewaschen und verdreckt, wie diese Männer waren – eine Goldmünze wirkte wahrscheinlich Wunder.

Doch vielleicht verhielt es sich auch anders. Es gab eine gewisse Ähnlichkeit zwischen den Mädchen und dem Wirt, und seine besorgten Augen sagten mir den Rest. »Eure Töchter?«

»Ja«, antwortete er leise. »Alle drei.«

Ich folgte seinem Blick und sah das Mädchen, wie es seine Kleider ordnete, mit hochrotem Kopf und, wie es mir schien, den Tränen nah.

»Sind sie züchtig?«

»Züchtig genug. Eine jede von ihnen hat schon einen Galan gefunden, aber wie nicht anders zu erwarten, waren es keine, die blieben. Aber sie sind nicht verdorben, und wenn sie ihre Gunst verschenken, ist es nicht gegen Gold oder Silber.«

So sicher wie er war ich mir da nicht, aber ich verstand, was er meinte. Ich hatte insgeheim die Hoffnung, dass die Banditen sich vielleicht mit den Mädchen entspannten und sogar ihre Pläne, so sie denn welche hatten, aufgaben. Nun wusste ich es besser. Die Mädchen würden nicht zur Ruhe beitragen, im Gegenteil.

Ich begab mich zur Tür des Gasthofs, eine solide Angelegenheit, auf der ganzen linken Seite von einem stabilen Lederband getragen und sauber in den Rahmen eingepasst. Im Mauerwerk konnte man die Spuren älterer Türangeln erkennen; vor langer Zeit war diese Tür wohl einmal zerschlagen worden. Umlaufende Lederfalze halfen gegen den kalten Zug an Wintertagen, aber selbst hier, nahe der Tür, verspürte ich keinen Zug, nur Kälte.

In Augenhöhe des Wirts war eine hölzerne Klappe in die Tür eingelassen; ich musste mich etwas bücken, als ich sie zur Seite schob, um nach draußen zu blicken.

Schnee war das, was ich sah, hochgetürmt bis über die Klappe. In der relativ kurzen Zeit, seitdem Leandra das Gasthaus betreten hatte, war das geschehen, was ich befürchtet hatte.

Wir waren tatsächlich tief eingeschneit.

3. Der Turm

Der Gasthof war karreeartig angeordnet, jede der Seiten bestand aus einem Gebäude – linker Hand befand sich das Haupthaus, dann die Schmiede, das Lager und, das größte von ihnen, die Stallungen. Ich ging zu meinem, nein, unserem Tisch zurück und nahm mein Lederbündel auf.

Als ich mich abwandte, erhob sich Lea ebenfalls. Sie nahm Steinherz und hängte es in das Geschirr ein, eine abwesende Geste, so häufig durchgeführt, dass es keines Gedankens ihrerseits bedurfte.

»Wo wollt Ihr hin?«, fragte sie mich.

»Zum Turm.«

In einer solchen Gegend war der Baumeister eines Gasthofs gut beraten, ihn wehrhaft zu gestalten. So verhielt es sich auch mit diesem Gebäude. Der hintere Teil des Haupthauses schloss an einen rechteckigen Turm an, der das Haus um zwei Stockwerke überragte. Einer ernsthaften Belagerung würde der Turm kaum standhalten, aber gegen einen Überfall von Räubern oder gegen umherstreifende Briganten mochte er Schutz gewähren. Sofern sie nicht bereits durch die Tore eingetreten waren. Betrieb man einen Gasthof, konnte man sich nie sicher sein, wem man Haus und Hof öffnete.

»Ich will mir ansehen, wie schlimm es ist.«

»Ich komme mit.«

Ich nickte nur und ging voran. Es war nicht das erste Mal, dass ich im *Hammerkopf* nächtigte. Ich war schon eine Zeit lang hier und hatte die Absicht, hier den Winter zu verbringen. Ohne die Söldner wäre dies ein angenehmer Plan gewesen, vielleicht hätte ich auch die Gunst einer der Töchter gewinnen können. Kaum etwas wärmte einem die alten Knochen so gut wie eine junge Frau.

Die Tür zum Turm war nicht verschlossen. Ich musterte sie eingehend. Es war eine schwere Eichentür, mit Stahlbändern verstärkt und, soviel ich wusste, der einzige Zugang zum Turm. Vom Gastraum aus führte nur ein schmaler Gang hierher, so dass man kaum eine Ramme verwenden konnte, um die Tür einzuschlagen. Die Tür selbst war oben und unten im Stein verzapft. Ungewöhnlich war auch das schwere Schloss; selten sah man Derartiges an abgelegenen Orten wie diesem. Es erschien mir alt, aber mit großem Geschick gefertigt. Dieses Schloss war nicht das Einzige, was die Insassen des Turms zu schützen vermochte: Der innen liegende Riegel bestand aus solidem Stahl, so schwer, dass man vermutlich zwei Männer brauchte, um ihn vorzulegen. Oder einen, wenn er nur verzweifelt genug war.

Wir tauschten einen Blick, Lea und ich. Der Stein des Turms war mehr als angemessen für seine Aufgabe, etwa die doppelte Breite eines erwachsenen Mannes, gut und sauber verfugt. Wer auch immer den Turm gebaut hatte, wusste, was er tat, der Stein hatte sich so gut wie gar nicht gesetzt, und die Fugen zwischen dem Stein waren zu fein, um die Klinge eines Dolches einzuführen.

Durch die stabile Tür gelangten wir in den unteren Raum des Turms. Eine steile Leiter führte zum nächsten Stockwerk, höher über unseren Köpfen als üblich. Eine Festung war das nicht, aber mit den bescheidenen Mitteln, die einem Gasthof zur Verfügung standen, hatte jemand auch daran gedacht.

Lea berührte mich mit ihrer Hand und wies mich auf den Fuß der Leiter hin.

Die Sprossen waren ausgetreten, die Leiter selbst ziemlich massiv. An den Seiten waren noch die eisernen Ringe zu erkennen, durch die einst ein Seil nach oben geführt hatte. Schon vor langer Zeit hatte jemand die Leiter mit groben Zargen im Boden befestigt, vielleicht hatte sie ihm zu sehr gewackelt. Sollte jemand danach trachten, diesen Raum zu erstürmen, war es nicht mehr möglich, die Leiter nach oben zu ziehen, auch wenn der Baumeister es einst so beabsichtigt hatte.

Hinter der Leiter führte eine offene Falltür in den Keller. Ich warf nur einen kurzen Blick hinein; er zeigte mir den Keller voller Säcke und Fässer mit versiegelten Spundlöchern: Vorrat für den Winter war wohl genug vorhanden.

Im ersten Stock fanden wir die Quartiere des Wirts, drei kleine Zimmer, eines für ihn, eines, das ihm wohl als Arbeitszimmer diente, und eines für seine drei Töchter, alle an den Kamin angrenzend, an welchem sich die Wendeltreppe nach oben anlehnte.

Wir hörten Schritte unter uns, tauschten einen weiteren Blick und wichen an die Wände zurück. Wer auch immer die steile Stiege heraufkam, würde mich sehen und Leandra im Rücken haben.

Es war nur der Wirt, gekommen, um sein Bett abzubauen. Er sah mich ängstlich an.

»Guter Mann, wir wollen nur auf den Turmfried, einen Blick auf das Wetter werfen.«

»Dies sind meine privaten Räume. Ich erlaube ... ich möchte nicht, dass sich Gäste hier aufhalten.«

»Ich verstehe. Aber wir verfolgen keine üble Absicht. Sagt, guter Mann, habt Ihr vielleicht irgendwo zweimal dreißig Fuß an Seil, das die Last eines Ochsen tragen könnte?«

Verunsichert nickte er. Mit dieser Frage hatte er nicht gerechnet. »Ja, sicherlich. Im Stall müsste so etwas zu finden sein. Warum?«

Ich fuhr mit der Hand über die hölzerne Winde, die hinter mir, gegenüber der stabilen Falltür, welche den Aufgang verschließen konnte, an die Wand montiert war. Sie war alt, das Holz schon gedunkelt, und hier und da hatten sich Spinnweben angesammelt. Aber ich hegte keinen Zweifel daran, dass sie noch funktionierte.

»Es wäre vielleicht von Vorteil, wenn man die Stiege hinaufziehen könnte.« Ich sah, wie sein Blick meiner Hand folgte, die Stiege und die Winde musterte und dann erschreckt zu mir zurückkehrte. Seine Augen weiteten sich, als er sich der Bedeutung meiner Worte bewusst wurde.

»Meint Ihr, es wird dazu kommen?«, fragte er.

»Vielleicht. Vielleicht opfern sich auch Eure Töchter.« Lea gab einen erbosten Laut von sich. Ich sah zu ihr hinüber, und ihre Augen funkelten wieder.

»Ich würde das nicht wollen.« Die Stimme des Wirts war leise. Ich konnte ihn verstehen. Hätte ich Töchter, ich wollte sie nicht im selben Land mit diesem Halunkenpack wissen, und seine befanden sich im selben Raum.

»Besorgt das Seil, löst die Krampen«, teilte ich ihm mit. »Nur zur Vorsicht. Heute Nacht wird wohl kaum etwas passieren, noch habt Ihr Zeit. Nutzt sie, um Euch vorzubereiten.«

Er war nun bleich im Gesicht, aber er nickte.

Ich wandte mich der Treppe zu, mit der Absicht, den Turm weiter zu erkunden, als er mich am Ärmel fasste.

»Herr, wenn es so weit kommen sollte, mögen die Götter verhindern, dass es geschieht, aber, Ser, Sera, werdet Ihr mir helfen? Ich weiß, dass wir nur unbedeutende Freibauern sind, aber ich liebe meine Töchter, und sie können nichts dafür, in unbedeutendem Stand geboren zu sein.«

Ich sah auf seine Hand hinunter, die sich nun langsam von meinem Ärmel löste.

»Sehe ich aus, als wäre ich in hohem Stand geboren?«

»Nein. Aber ich weiß, dass Ihr viele Sprachen sprecht, lesen und schreiben könnt, und ich sah, wie Ihr zu essen pflegt. Kein Freibauer hat diese Tischsitten.« Er wurde rot. »Ich bat sogar meine Töchter, besonders aufmerksam an Eurem Tisch zu bedienen, damit sie lernen, wie man am Hofe speist.«

Ich spürte Leas Blick in meinem Rücken, sah die Augen des Wirts und musste lächeln ob seiner Einschätzung, auch wenn mir nicht wirklich nach Lächeln war.

»Gut. Aber wie kommt Ihr darauf, dass es unser Stand ist, der uns beeinflussen würde, Euch zu helfen oder nicht?«

Er senkte den Blick zu Boden. »Es war nur eine Frage, Ser, geboren aus dem verängstigten Herzen eines Vaters.«

»Wollt Ihr meine Meinung hören?«, fragte ich den Mann. Er sah hoffnungsvoll zu mir auf und nickte.

»Ihr solltet nachsehen, wie es um Eure Vorräte hier bestellt ist. Vielleicht ist nicht alles hier, was Ihr braucht, vielleicht sind andere Waren woanders verteilt. Seht zu, dass die Stiege wieder hochgezogen werden kann. Haltet Waffen, hauptsächlich Armbrüste, sofern Ihr sie besitzt, bereit. Schlaft hier, schließt die Tür unten, wenn Ihr Euch zur Ruhe begebt, und vergewissert Euch, dass niemand im Turm auf Euch wartet, wenn Ihr Euch hierher zurückzieht.«

»Und meine Mädchen?«

Ich zögerte einen Moment. Was sollte ich ihm raten? Mir erschien es am ungefährlichsten, wenn sich die Mädchen den Wünschen der Männer fügten. Taten sie es nicht, befürchtete ich, dass die Männer sich trotzdem nahmen, was sie wollten, doch dann mit Gewalt. Ich sah die ängstlichen Augen des Wirts auf mir ruhen und entschloss mich, ihm eine Antwort zu geben, die mir so einfühlsam wie möglich erschien.

»Sprecht mit ihnen. Macht ihnen klar, was sie erwartet. Sollte etwas passieren, so soll eine jede direkt hierher fliehen, wenn sie das noch kann. Denkt nicht an Kampf. Und diejenige, die als Erste ergriffen wird, soll Zeit kaufen für ihre Schwestern. Vielleicht ist ihr der Gedanke ein Trost, dass ihnen nicht das Gleiche widerfährt.«

Der Wirt blickte hoch zu mir. »Ihr seid ein kalter Mann, Ser.«

Ich zuckte mit den Schultern. »Ich weiß nicht, was passieren wird. So rettet Ihr vielleicht zwei von dreien. Überlegt es Euch.«

Er schüttelte den Kopf. »Ich wäre kein Vater, der den Göttern mit erhobenen Augen entgegentreten kann, könnte ich so entscheiden.«

Ich legte ihm die Hand auf die Schulter. »Nicht Ihr entscheidet. Ich sagte nicht, dass Ihr eine Eurer Töchter den Wölfen zum Fraß vorwerfen sollt. Ich sagte, Ihr sollt die anderen retten. Darin liegt ein Unterschied.«

»Ja. Ich sehe ihn wohl. Aber er liegt nicht im Ergebnis. Dennoch danke ich Euch für Euren Rat. Ich werde beten, dass ich ihn nicht beherzigen muss.« Er machte eine Geste hin zur Treppe.

»Geht und seht, was Ihr zu sehen wünscht. Ich wäre den hohen Herrschaften verbunden, wenn ich mein Heim bald wieder mein Eigen nennen könnte.« Noch lieber hätte er uns der Räume verwiesen.

Ich nahm die Hand von seiner Schulter. Er wich mir nicht aus. Hier stand ein Mann vor mir, dachte ich, der gerade eine Entscheidung gefällt hatte.

4. Eine überflüssige Lektion

Ich ging die steile Treppe hinauf. Hier fand sich, was der Familie des Wirts wohl als Wohnzimmer diente. Hier, so weit über dem Boden, waren auch die ersten Fenster des Turms, geschlossen im Moment, die Fugen der schweren Läden mit getalgtem Leinen abgedichtet.

Es war ein großer Raum, dominiert von einem Kamin, groß genug, dass ich darin hätte stehen können. Eine Wand war von geschichtetem Holz verdeckt.

Auf einem Ständer neben einem der Fenster befand sich ein dicker Foliant mit dem Zeichen der Einigkeit, dem goldenen Dreieck, auf dem Einband. Ein gläubiger Mensch, unser Wirt. Ich schlug den Einband auf.

Auf der linken Seite sah ich in feiner Schrift seine Ahnenreihe. Er hieß Eberhard, die Töchter Sieglinde, Maria und Lisbeth. Irgendwie gefiel es mir nicht, dass ich nun ihre Namen kannte.

Sieglinde musste die Blonde sein, mit dem netten Lächeln. Sie knickste immer, wenn ich ihr einen Kupfer Trinkgeld gab. Sie war zwei Jahre älter als die nächstjüngere Schwester. Maria war brünett, hilfsbereit, fleißig. Sie lächelte nicht so häufig wie Sieglinde, verhielt sich eher still, aber ihre Augen blickten aufmerksam und ihr Lachen klang hell und rein. Lisbeth war die Jüngste, gerade erst vierzehn, sehr scheu und zurückhaltend.

Auf der anderen Seite des Buchs sah ich das Dreieck. Gerechtigkeit, Liebe, Weisheit: die drei Spitzen.

»Ihr seid herzlos und kalt, Havald«, vernahm ich Leas Stimme hinter mir. Sie war an mich herangetreten und musterte ebenfalls das Buch der Götter. »Ich für meinen Teil werde nicht stillhalten, wenn man den Mädchen Gewalt antut«, sagte sie mit entschlossener Stimme.

Ich klappte das Buch zu, legte es zurück an seinen Platz und drehte mich zu ihr um. »Seht Ihr diesen Webstuhl dort? Ich denke, es ist Sieglinde, die hier webt. Genau wie das Garn, das sie spinnt, oder der Stoff auf dem Webstuhl, ist unser aller Leben eingewoben in das Tuch des Schicksals. Nichts passiert, was nicht vorbestimmt ist. Es bleibt uns nur, es dem Schicksal so schwer wie möglich zu machen, uns zu erwischen.«

»Und? Ich kenne niemanden, der nicht möchte, dass er seines eigenen Schicksals Herr ist.«

»Sicher.« Meine Stimme klang bitter. »Was soll ich ihm sagen, unserem guten Wirt? Dass er hätte vorsichtiger sein sollen? Dass er mehr Wachen hätte anheuern sollen? Geübtere vor allem? Dass er die Mädchen hätte wegschicken sollen? An einen sichereren Ort? Ich kenne die Antworten. Er kann sich keine professionellen Wachen leisten, seine Töchter sind ihm eine Hilfe hier im Gasthaus, er liebt sie und hat sie gerne um sich, und bisher ist nie etwas geschehen. Das Wirtshaus ist gut besucht, und häufig sind hier Gäste, die durch ihre Anwesenheit dem Haus Schutz gewähren. Er ist Freisasse, dieses Land gehört ihm, er zahlt seinen Zehnten an den Grafen. Der Graf selbst gilt als ehrbar. Wenn hier etwas geschieht, wird der Graf einen Trupp Soldaten den Räubern hinterherschicken. Finden die Soldaten sie, werden sie gehängt. All dies ist Schutz genug. Aber nicht, wenn Lämmer mit Wölfen eingeschneit werden. Dann kommen die Wölfe auf dumme Ideen.«

Sie blickte entschlossen zu mir auf. »Wir könnten es verhindern. Zusammen mit den Wachen der Händler und denen der adligen Reisegesellschaft sind wir dreizehn. Gegen neun, vielleicht sogar nur sechs. Ich denke, dass wir es mit zwei Gruppen zu tun haben. Wir könnten sie überwältigen, sie bis zum Ende des Sturms in einen Keller sperren, und die Gefahr wäre gebannt.«

Ich schüttelte den Kopf. »Nein. Wenn, dann muss man sie hängen. Lässt man sie laufen, werden sie zurückkehren und Rache üben.« Ich sah ihr an, dass diese Einsicht ihr schwer fiel. »Denkt darüber nach, was sie wollen. Vielleicht haben sie keinen Funken Anstand mehr im Leib, dann morden und brandschatzen sie. Aber ich denke eher, dass sie nur plündern wollen. Sie möchten bedient werden, ihren Spaß haben, das Gold des Wirts stehlen, und dann, wenn der Schnee zurückgeht, ihres Weges ziehen. Der Rat, den ich dem Wirt gab, ist falsch. Es wird sie erbosen, vor der verriegelten Tür zu stehen. Sie werden es an dem Mädchen auslassen, das sie vielleicht gerade in ihren Händen haben, vielleicht ihm mit dem Tode drohen. Tatsächlich ist es am gescheitesten, ihnen zu geben, was sie wollen, und sie ziehen zu lassen. Wenn man noch lebt, kann man hinterher seine Wunden lecken und das Leben neu gestalten. In kalter Erde ist der Trost von göttlicher Gnade gering.«

»Und was werdet Ihr machen, wenn sie Euch auffordern, ihnen Euer Gold zu geben?«

Ich lachte. Die Vorstellung war absurd. »Wie kommt Ihr darauf, dass ich welches besitze? Ein paar armselige Silberstücke kann ich zu ihrer Kriegskasse beisteuern, wenig genug, um damit mein Leben zu bezahlen.«

»Das Ihr nicht mehr schätzt und von dem Ihr sagt, dass es vielleicht bald vorbei ist. Ist es nicht besser verwendet, wenn Ihr diesen armen Menschen helft? Wenn *Ihr* Euer Leben nicht mehr schätzt, *sie* schätzen das ihrige sehr wohl.«

Ich blickte sie an, und sie sah wohl die Verblüffung in meinem Gesicht. »Wie alt, habt Ihr gesagt, seid Ihr?«

»Ich sagte nichts.« Sie warf trotzig den Kopf in den Nacken. »Aber, wenn Ihr es denn wissen wollt, ich bin zwei Dutzend und vier Jahre alt. Seit drei Jahren trage ich den Rang einer Maestra. Seit meinem sechsten Jahr trainiere ich mit der Klinge, seit knapp einem Jahr bin ich an Steinherz gebunden.«

»Und wann habt Ihr Eure Unschuld verloren?«

Ich musste meinen Kopf nur leicht bewegen, um ihrem Schlag auszuweichen. Zum einen ahnte ich schon, wie sie reagieren würde, zum anderen kündigte sie ihre Absicht deutlich an.

»Das geht Euch nichts an«, fauchte sie, während ihre Hand herabsank und sich zur Faust ballte. »So gut kennen wir uns nicht.«

»Also gar nicht«, stellte ich fest. Sie funkelte mich wütend an, und ich hob abwehrend meine Hand. »Aber von diesem kostbar behüteten Gut spreche ich gar nicht. Worauf ich hinauswollte, ist, zu erfahren, wann Ihr Steinherz zum ersten Mal das Herzblut eines Feindes gegeben habt?«

Sie blieb stumm.

»Noch gar nicht?« Ich war erstaunt. Sie war weit gereist, und ich hätte nicht gedacht, dass sie auf keine Gefahr gestoßen war.

»Musstet Ihr auf Eurem Weg nicht kämpfen?«, fragte ich sie ungläubig.

»Doch«, zischte sie durch zusammengebissene Zähne. »Manche wollten einfach nicht glauben, dass ich mich verteidigen kann.«

»Aber Ihr habt ihr Leben verschont?«

Sie nickte langsam.

»Was habt Ihr getan? Sie niedergeschlagen und ihnen anschließend aus dem Guten Buch vorgelesen?«

»Ich habe die linke Ferse eines jeden gelähmt. Sie hatten es verdient.«

»In Eurer Gnade habt Ihr sie also verkrüppelt. Manche hätten es wohl vorgezogen, gehängt zu werden. Andere wiederum werden jede Nacht zu Soltar beten, dass er ihnen eine Gelegenheit bietet, Euch in die Finger zu bekommen.«

Eine instinktive Bewegung, so lange geübt, dass ich sie nicht einmal mehr bewusst wahrnahm, schüttelte meinen besten Dolch aus meinem Ärmel. Lea hatte gute Reflexe, Steinherz sprang in ihre Hand, gerade als mein Stahl ihre Kehle berührte. Sie stand da, in der klassischen Haltung eines Schwertkämpfers, bereit für den Drachenschlag, von schräg rechts oben nach links unten. Führte sie ihn aus, würde mein Körper in zwei Teile gespalten vor ihr auf den Boden sinken. Oder aber *mit* ihr, denn ich hätte noch die Zeit gehabt, ihr meinen Dolch durch die Kehle ins Hirn zu rammen.

Ihre Augen sahen mich entschlossen an, die Augenbrauen zusammengezogen zu einem fahlen Strich. Sie war ruhig, der

Mund entschlossen, sie wartete konzentriert auf ihre Gelegenheit. Fasziniert beobachtete ich, wie sich ein Tropfen Blut von ihrer blassen Haut löste und die Klinge meines Dolches herunterrann.

Die Augen des Drachen am Knauf ihres Schwerts leuchteten, die Klinge wusste mehr als sie. Ich kannte Steinherz nicht, und bevor es mir meinen Plan vermasselte, handelte ich. Während sie mir entschlossen in die Augen sah, hatte ich meinen Fuß positioniert. Ich war vielleicht alt, nicht mehr der Schnellste, aber Alter und Erfahrung haben Jugend und Tollkühnheit schon immer geschlagen.

Dennoch trennte mir Steinherz' Klinge eine Locke ab, als ich mich zur Seite rollte und Lea niederfiel.

Nein, ich stach sie nicht nieder. Es war der Knauf meines Dolches, der sie hinter dem Ohr traf, und genau dieser Zeitraum, den ich dafür brauchte, den Griff zu wechseln und zuzuschlagen, war es, der es Steinherz erlaubte, mein Haar zu berühren. Auf dem Boden lagen ein Teil meiner Kapuze, ebenfalls sauber abgetrennt, sowie Leas Bannklinge. Ich wusste es besser, als sie mit bloßer Hand zu berühren. Ich schob die Klinge mit dem Fuß beiseite und glaubte trotzdem ihre Wut zu spüren.

Leandra lag vor mir, und als ich sie so ansah, regte sich tief in mir etwas lang Vergessenes, vielleicht sogar Totgeglaubtes. Sie lag reglos da, so wie mein Schlag sie niedergestreckt hatte. Ihr Haar glänzte im Licht der einsamen Talgkerze, die diesen Raum notdürftig erhellte, ihre Augen waren geschlossen, das Gesicht friedlich. Der Kettenmantel betonte jede Linie ihres Körpers, folgte dem sanften Schwung ihrer Hüfte, betonte die anmutigen Linien ihrer Beine und Arme.

Sie sah aus, als ob sie schliefe.

Ich bückte mich und nahm den Teil meiner Kapuze auf. Ich musste daran denken, die Kapuze wieder zu flicken. Mein Kopf fühlte sich an dieser Stelle schon jetzt kühl an.

Vor dem Spinnrad stand Sieglindes Stuhl, einfach, wie jedes der Möbel hier. Ich zog ihn heran und ließ mich auf ihm nieder, meinen ledernen Packen quer über die Oberschenkel gelegt, und wartete. Von unten hörte ich den Wirt rumoren. Was er sich dabei gedacht haben mochte, als er es über sich poltern hörte, wusste ich nicht. Auf jeden Fall hatte er sich entschieden, nicht nachzusehen.

Es dauerte eine Weile, bis Lea ihre violetten Augen wieder aufschlug. Zeit genug für mich, einigen sinnlosen Gedanken nachzuhängen. Warum hatte ich das eben getan? Wollte ich ihr eine Lektion erteilen? Ihr einen Gefallen tun? Oder ihr einfach nur beweisen, dass ich, entgegen meiner eigenen Aussagen, nicht gar so verbraucht und unnütz war, wie ich es vorgab zu sein.

Als sie erwachte, bewegte sie den Kopf nur wenig und musterte mich.

»Wenn Ihr mir zeigen wolltet, dass es ein Fehler ist, jemandem zu vertrauen, den ich nicht kenne, dann darf ich Euch gratulieren.« Ihre Stimme war betont neutral. »Wollt Ihr die Lektion fortführen? Vielleicht wollt Ihr Euch ja auch an mir vergehen?«

Die Bewegung ihrer Schulter war fast nicht zu sehen. Aus meiner Position heraus konnte ich ihre rechte Hand nicht erkennen, sie lag hinter ihrem Körper verborgen, aber dennoch wusste ich, was sie tat. Abgesehen davon sah ich den Lichtschein. Ich hob die Hand.

»Ihr könnt von einer Vorführung Eurer arkanen Macht absehen. Nachdem ihr Euch als Maestra vorgestellt habt, kommt auch der dümmste Brigant auf die Idee, Euch die Finger zu brechen, bevor er sich mit Euch vergnügt.«

Sie rollte sich herum und hielt die rechte Hand hoch. Über ihrem Handteller schwebte ein kleiner weißer Lichtpunkt. Kaltes Licht, so kalt, dass mich der Anblick frösteln ließ.

»Eis?«, fragte ich.

Sie stand auf und blickte auf ihre Hand hinab. Langsam schlossen sich ihre Finger um den Lichtschein, bis er in ihrer Hand versiegte.

»Ja, Eis. Je nachdem, wie gut Eure Gesundheit ist, wärt Ihr für einige Zeit gefroren oder vielleicht auch für immer.«

Ich nickte. »Ich erinnere mich. Eis ist ein sehr beliebter Zauber. Nicht tödlich, aber effektvoll und funktioniert fast immer. Besonders im Sommer. Im Winter dagegen eher seltener. Das hat wohl etwas mit der Balance der Magie zu tun, aber ich glaube gehört zu haben, dass er im Winter nicht einmal bei jedem zweiten Versuch funktioniert.«

Ich konnte es kaum glauben, aber ich schwöre, sie wurde rot. Sie sah zu Boden. Abwesend öffnete sie eine Hand, und Steinherz sprang vom Boden hoch. Die Klinge glänzte fahl, als sie den Griff erfasste. Sie zog die Schneide über ihren linken Handteller, und wir sahen beide zu, wie ihr Blut von dem blassen Stahl aufgesogen wurde. Dann erst versenkte sie das Schwert wieder in der Scheide. Sie leckte über die Wunde an ihrer Hand, schloss versuchsweise die Finger und ballte sie dann zur Faust zusammen.

»Ich sollte wohl mehr mit Feuer arbeiten«, sagte sie dann leise.

»Ja. Feuer ist Furcht erregend und mächtig. Gerade im Winter. Jedes Wesen hat Angst vor dem Feuer. Wenn es so weit kommen sollte, lasst die Flammen für Euch sprechen. Verbrennt ihnen die Augen.«

»Euer Rat an mich?«

»Ja. Mein Rat an Euch.«

»Und sollte ich verlieren, sollten sie über mich herfallen, was werdet Ihr dann tun?«

»Wahrscheinlich werde ich zusehen.« Ich wusste nicht, warum ich es so herzlos formulierte. Was ich meinte, war, dass ich dann bereits nichts anderes mehr zu tun im Stande wäre. Aber ich wollte ihr nicht sagen, dass ich mich längst entschlossen hatte, dafür zu sorgen, dass ihr nichts geschah. Ihr nicht und auch nicht den Töchtern des Wirts.

Ich stand auf und begab mich zur Treppe, ignorierte die beiden nächsthöheren Stockwerke und stieß mit einiger Mühe die Tür zum Turmfried auf.

Hier oben pfiff der Wind mit voller Macht, der Schnee hatte die Zinnen zugeweht, nur auf der windabgewandten Seite war die Schneedecke dünner. Nicht, dass ich davon viel sehen konnte. Die Welt um mich herum war dunkel und kalt, nur einen kurzen Augenblick lang sah ich den Schnee waagerecht durch die Luft schießen, dann hatte der Luftzug die Talgkerze, die ich mit ins Turmhaus genommen hatte, ausgeblasen.

Die Dunkelheit und Kälte waren absolut. Innerhalb weniger Augenblicke war ich ausgekühlt, gezwungen, mich in das Turmhaus zurückzuziehen. Nun weigerte sich die Tür, wieder richtig zu schließen; es dauerte einige Zeit, bis ich den Riegel wieder vorlegen konnte.

Es war, wie ich befürchtet hatte. Wir befanden uns inmitten eines der schlimmsten Stürme, die ich je gesehen hatte.

Wehe dem Wanderer, der in dieser Nacht fernab von Schutz von diesem Wetter ereilt wurde. Niemand von uns würde in den nächsten Tagen diesen Ort verlassen. Wahrscheinlich würde allein der Versuch, den Hof zu überqueren, einen das Leben kosten.

Als ich wieder hinunterstieg und die Kerze neben dem Spinnrad abstellte, war der Raum leer. Im Zimmer des Wirts fehlte das Bett, ich war allein im Turm.

Langsam begab ich mich zurück zum Gastraum, wo die Lage scheinbar unverändert war. Es erschien mir nur wärmer als zuvor. Die Feuer in den beiden Kaminen waren wie entfesselt, die Flammen tanzten im Zug der Esse, und aus dem Kamin selbst hörte man ein Pfeifen und Heulen, als ob die Geister der Unterwelt uns einen Besuch abstatteten. Es war irgendwie gemütlich. Leandra war nirgends zu sehen. Wahrscheinlich war das auch gut so.

Vielleicht lag es am Geheul des Sturms, dem ich eben noch ausgesetzt gewesen war, vielleicht war es aber tatsächlich so, dass die Unterhaltung leiser geworden war. Ich begab mich zu meinem Tisch zurück, und auf mein Zeichen brachte mir eines der Mädchen einen neuen Wein, diesmal mit Nelken gewürzt. Es war Maria. Ich sah ihr nach, wie sie an dem Tisch der Söldner vorbeieilte, vorbei an dem Lachen der Kerle, die sehr wohl wahrnahmen, dass die Mädchen nunmehr Angst vor ihnen hatten.

Ich sah mich um und warf auch einen Blick auf die Händler. Sie unterhielten sich noch immer in gedämpftem Tonfall, aber ihre Wachen saßen nun anders. Einige hatten die Position gewechselt, so dass sie den Raum überblicken konnten. Hier und da entdeckte ich eine Teeschale, wo vorhin noch ein Bierhumpen gestanden hatte.

Als Lisbeth, die Jüngste, von einem der Söldner auf den Schoß gezogen wurde, beobachtete ich die Reaktion der Händlereskorte. Lisbeth kam mit einem sabbernden Kuss davon, noch war es nicht so weit, dass sich die Briganten offen nahmen, was sie wollten. Auch sie wussten noch nicht, wie weit sie gehen konnten.

Ich lehnte mich zurück gegen die Wand, schloss die Augen und nahm einen Schluck Wein. Es war, wie ich es mir dachte. Die Wachen waren vielleicht bereit, das Hab und Gut und Leben ihrer Auftraggeber zu verteidigen, aber keiner von ihnen würde wegen eines Schankmädchens eingreifen.

Ich öffnete die Augen wieder und musterte die anderen Gäste erneut. Heute Nacht würde bestimmt noch nichts geschehen. Die Söldner, so sie denn welche waren, erschienen mir bereits zu betrunken, um ernsthaft eine Gefahr darzustellen. Sie wussten genauso gut wie ich, dass sie in diesem Zustand über ihre eigenen Füße stolpern würden, sollte es zu einem Kampf kommen.

Die Dreiergruppe hingegen bereitete mir Sorgen. Soweit ich es erkennen konnte, waren sie noch immer einigermaßen nüchtern. Sie schienen auf etwas zu warten, war der Gedanke, der sich mir aufdrängte. Aber bei diesem Wetter würde, wer auch immer da erwartet wurde, nicht mehr eintreffen. Nicht heute Nacht und mit großer Wahrscheinlichkeit auch nicht innerhalb der nächsten Tage.

Ich trank meinen Wein aus, ergriff mein Bündel und begab mich hoch in mein Zimmer.

5. Ortenthaler Wein

Die Tür war verriegelt, also klopfte ich an. Eine Weile geschah nichts, und ich hatte die Hand bereits zum erneuten Klopfen gehoben, als sich die Tür schließlich öffnete und sie unmittelbar vor mir stand.

Ihre Haare waren offen, sie trug ein einfaches weißes Leinengewand, das ihr zu kurz war, ihr Langschwert hielt sie blankgezogen in der Hand. Die Spitze des Schwertes war das Erste, was ich sah, danach ihre stürmischen Augen, erst dann konnte ich genießen, wie das einfache Nachthemd ihre Figur betonte, und dass es, gegen das Licht der einsamen Kerze auf dem Tisch hinter ihr, durchscheinend war.

»Warum sollte ich Euch hereinlassen?«, fragte sie.

»Vielleicht, weil es mein Zimmer ist?«

Sie legte den Kopf zur Seite. »Das ist zumindest ein Argument.« Sie trat zurück, ich schlüpfte hinein und schloss die Tür hinter mir. Sie musterte mich prüfend, erst dann ließ sie die Klinge sinken.

Den Raum zierten ein Tisch und zwei Stühle sowie eine Anrichte, auf der eine Schüssel mit überfrorenem Wasser stand. Er verfügte sogar über einen eigenen Kamin, in dem die Flammen genauso munter tanzten wie in den Kaminen unten in der Schankstube. Dennoch konnte man nicht wirklich behaupten, es wäre warm. Sie folgte meinem Blick und landete auf ihrem eigenen Busen. Sie schaute wieder hoch und sah mir geradewegs in die Augen. »Mir ist kalt.«

»Dann solltet ihr Euch zur Ruhe begeben«, antwortete ich. Ich löste mich von dem verführerischen Anblick und begab mich hinüber zu dem kleinen Tisch. Dort lag aufgeschlagen ein kleines Buch mit sehr feinen Seiten, die Schrift tanzte vor meinen Augen, wand und umschlang sich selbst, so dass mir fast schwindelig wurde, als ich hinschaute.

Ich blinzelte und sah von dem Buch weg. »Ritualmagie? Ich dachte, heutzutage befasse man sich mehr mit unmittelbarer Einwirkung.«

»Ihr wisst eine Menge für einen alten Mann.«

»Das hat das Alter so an sich. Man schnappt hier und da etwas auf.«

Sie hatte sich die Bettdecke um ihren Körper geschlungen und tappte nun barfuß zu mir herüber, um dann an dem Tisch Platz zu nehmen. »Ritualmagie ist langsamer als unmittelbares Wirken.« Ihre Stimme war leise. »Aber sie ist ungleich mächtiger. Man kann andere Dinge mit ihr entfachen. Magie, die über eine längere Zeit Bestand hat.« Sie schloss das Buch, lehnte sich zurück und intonierte einen Sprechgesang, der so von gutturalen Lauten durchzogen war, dass ich um ihre Kehle fürchtete. Während der ganzen Zeit rührte ich mich nicht. Ich wusste nicht, was sie tat, und wollte sie weder ablenken noch aus Versehen in den Wirkungsbereich dessen gelangen, was sie gerade erschuf.

Für einen Moment wurde es dunkler im Raum, die Kerze verlöschte fast, sogar das Feuer im Kamin sank etwas in sich zusammen, und unnatürliche Kälte ließ mich frösteln. Ich verspürte den üblichen Druck auf den Schläfen, dann wie er wieder verschwand.

»Fertig«, sagte sie und lehnte sich erschöpft zurück.

»Was war das?«

»Ich habe die Tür geschlossen. Niemand wird sie vor dem Morgengrauen öffnen können.«

»Auch ich nicht?«

Mit immer noch geschlossenen Augen schüttelte sie den Kopf. »Niemand. Außer mir. Erst wenn ich die Tür berühre, ist der Spruch aufgehoben.«

Ich bewegte mich zur Tür hinüber und rüttelte an ihr. Das hieß, ich versuchte an ihr zu rütteln. Sie bewegte sich nicht. Ich klopfte gegen das Holz: Die Resonanz war in etwa so, als hätte ich eine Steinplatte berührt.

»Beeindruckend.« Ich sah zu ihr hinüber. Sie saß zurückgelehnt da, die Augen geschlossen, den Kopf in den Nacken gelegt. An ihrem Hals konnte ich die kleine Wunde sehen, die ich ihr vorhin zugefügt hatte.

»Lernt man das in den Tempeln?«

Sie schüttelte langsam den Kopf. »Nein. Ritualmagie wird kaum noch verwendet. Sie erfordert zu viel Konzentration.«

Ich ging zu meinem, unserem Bett und setzte mich auf die Strohmatratze. Der Wirt hatte sich Mühe gegeben: Das Seil unten am Rahmen war fest verspannt, die Matratze frisch gefüllt.

Das Ganze war um die Hälfte breiter als mein altes Bett und füllte den Raum deutlich mehr aus. Am Fußende sah ich meinen Packen, daneben den ihren. Ihrer war deutlich größer als meiner, was mich kaum wunderte, denn ich war es seit langer Zeit gewohnt, leicht bepackt zu reisen. An der Wand befanden sich stabile Haken, dort hatte sie sorgfältig ihre Rüstung und Kleidung aufgehängt. Ihre wollenen Untersachen hingen über dem Kaminschirm, nahe genug, um bis zum Morgen trocken zu sein, weit genug weg, dass sie nicht entflammten.

Die Kerze auf dem Tisch, das Flackern des Feuers im Kamin, ihre Sachen hier im Raum verteilt, letztlich sie in einem dünnen Nachthemd, Wärme suchend in eine Decke gehüllt, barfuß: All das berührte mich seltsam.

Ich lehnte mich auf dem Bett zurück. Es war vielleicht möglich, mit ihr zusammen zu schlafen, ohne sie zu berühren, aber ich glaubte nicht daran.

Trotz des Feuers war es kühl im Raum. Die Kälte wartete außerhalb der Mauern, und im Laufe der Nacht würde sie sich einschleichen, immer tiefer eindringen in das, was wir Menschen Zuflucht nannten.

Schon jetzt hatten sich an der Außenwand feine Kristalle gebildet. Kälte und Hitze hatten etwas gemeinsam, beide breiteten sich auch durch Mauern hindurch aus.

Ich ging zum Fenster hinüber und schob das schwere Leder des Wintervorhangs zur Seite. Der Fensterladen war, wie alles in diesem Gasthof, solide und von bester Qualität. Alt, aber hervorragend verarbeitet. Die Angeln bestanden aus Messing, Eisenbänder verstärkten den Laden, in der Mitte gab es eine senkrechte Klappe, eine Schießscharte für eine Armbrust, ebenfalls mit Hanf und Talg gegen die Kälte abgedichtet. Alles war von einer hauchdünnen Eisschicht überzogen. Hier in der Fensternische, in dem Raum zwischen dem Holz des Fensterladens und dem schweren Ledervorhang, sammelte sich die Kälte wie ein Tier, das auf sein Opfer lauerte.

»Was denkt Ihr?«, fragte sie hinter mir. Ich brauchte mich nicht umzudrehen, ich nahm sie wahr, roch sie, den Rosenduft und das, was sie war. Ich lehnte die Stirn gegen den Fensterladen und spürte die Kälte des Holzes.

»Ich frage mich, wie es dazu kam, dass wir uns alle an diesem Ort befinden. Hier und jetzt.«

Ich löste mich vom Fenster, verschloss den ledernen Vorhang sorgfältig und sah sie an.

»Ist es von Belang?«, fragte sie. »Meine Reise war umsonst, Ihr seid nicht der, den ich suchte. Also werde ich meinen Weg ohne Euch fortsetzen. Dieser Ort ist nur eine Station.«

Ich begab mich zu meinem Packen am Fußende des Betts, öffnete ihn und wühlte eine Weile darin, bis ich fand, was ich suchte. Mit meinem Messer öffnete ich das Siegel am Deckel des Holzzylinders und zog die bronzefarbene Flasche sorgfältig aus ihrem Bett aus Stroh. Wie lange hatte ich diese Flasche mit mir herumgetragen? Zehn Jahre, zwanzig? Ich wusste es nicht mehr, es schien, als hätte ich sie schon ewig gehabt. Zwei Zinnbecher fanden sich auch noch. Mit ihnen und der Flasche in der Hand begab ich mich zum Tisch und nahm neben Lea Platz. Als ich die Flasche und die Becher auf den Tisch stellte, musterte sie diese mit sichtbarer Überraschung, dann sah sie zu mir herüber. »Ich dachte, Ihr mögt kein weibisches Geschwätz?«

»Ihr müsst ja nicht schwätzen.«

Ich betrachtete die Flasche. Das bronzefarbene Glas verriet ihre Herkunft – nur an einem Ort der Weltenscheibe wurde in diese Flaschen abgefüllt.

»Ortenthaler Elfenwein?«, fragte sie und hob eine Augenbraue. »Welch überraschende Kostbarkeit.«

»Ihr mögt keinen Wein?«

»Das habe ich nicht gesagt.« Sie musterte mich. »Wie komme ich zu dieser Ehre?«

Ich löste mit meinem Messer das Siegel am Korken und war vertieft in meine Arbeit, während ich überlegte, was und vor allem wie ich ihr antworten sollte. Vorsichtig drehte ich den Korkenhaken ein und entkorkte die Flasche. Sogleich erreichte der Geruch des schweren Weins meine Nase.

Die Legende besagte, dass die Elfen wie alle Rassen nicht von dieser Weltenscheibe stammten. In ihrer Heimat soll es Wein gegeben haben, so gut und schwer, dass er die Götter selbst neidisch machen konnte. Ein Wein mit magischen Eigenschaften, ein Wein so vorzüglich, dass ein Sterblicher, der davon trank, süchtig wurde nach diesem Tropfen.

Die Legende besagte auch, dass ein paar wenige Trauben mit den Elfen gekommen wären, und eine einzige Rebe entsprang ihnen, und dieser einzigen Rebe wiederum entsprangen die Weinfelder des Ortenthals. Vor langer Zeit war ich selbst einmal dort gewesen und hatte die Trauben mit eigenen Augen gesehen. Der Hang schien von flüssigem Gold eingehüllt, jede der Trauben leuchtete in einem goldenen Licht, als habe sie selbst die Kraft der Sonne aufgesogen. Man sagte, dass die Reben außerhalb des Ortenthals nicht wachsen könnten, man sagte auch, dass es die Magie der Elfen sei, mit der sie diesen Ort segneten, auf dass dieser Wein dort gedieh. Man sagte überhaupt eine Menge über Elfen.

Auf jeden Fall war der Wein vorzüglich und fand sich meist nur an der Tafel von Fürsten, Königen und reichen Äbten.

»Seht es als Entschuldigung an«, bat ich, als ich ihr einschenkte. Der Wein floss schwer und träge in das Glas, eine goldene Flüssigkeit, die meinen müden Augen kleine goldene Sterne vorgaukelte, ein feines, goldenes Licht, das den Becher füllte.

Vielleicht war es keine Einbildung, denn meist trank ich diesen Wein an Orten, an denen es hell war. Vielleicht war es mir bisher nur noch nie aufgefallen.

Schweigend sah sie zu, wie ich auch mir einschenkte und anschließend die Flasche wieder sorgsam verkorkte.

Ich hob meinen Becher und sah sie an. Einen Moment nur zögerte sie, dann ergriff sie ihren. Mit einem leisen Klang berührten sich unsere zinnernen Gefäße.

»Auf dass Eure Reise weitergeht, Sera Maestra, und Ihr am Ende Eures Wegs Frieden findet.«

Sie nickte und nahm einen Schluck. Während ich trank, spürte ich, wie das flüssige Gold meine Kehle herunterrann und meinen Gaumen mit einem längst vergangenen Sommer füllte. Ich beobachtete fasziniert, wie sie schluckte. Es gab keinen Zweifel, zu lange schon war ich nicht mehr in so bezaubernder Gesellschaft gewesen.

»Was bedrückt Euch, Havald?« Ihre Augen waren fragend und aufmerksam auf mich gerichtet.

»Ich befürchte, dass dieser Sturm das Ende von vielen hier im Gasthof bringen wird.« Ich setzte das Glas ab, stand auf und begann mich meiner Rüstung und meines Obergewands zu entledigen. Mein Kettenmantel, schwer und ungeschlacht neben dem feinen Mithril ihrer Kette, landete an dem Haken neben dem ihren. Wahrhaft ein Kontrast: grob und schwarz meine Rüstung, flüssiges blaues Metall die ihre. Auch mein Lederwams wirkte alt und verbraucht neben ihrem. Wir waren gleicher Art gerüstet, und beide mochten wir gleichermaßen sorgfältig hergerichtet sein, doch ließ sich der Unterschied nicht verleugnen.

Eine Rüstung war für mich etwas Praktisches. Sie musste nicht schön sein, es käme mir gar nicht in den Sinn, eine andere Schönheit als die der Handwerkskunst in ihr zu suchen. Aber ihre Rüstung … Nicht nur, dass sie schützender war als meine, sie schmückte zugleich. Es schien, als könne es nicht anders sein, als müsse die Sera derart gewandet werden, als müsse man sie mit schönen Dingen schmücken. Maestra der arkanen Künste mochte sie sein, vielleicht eine mächtige Magierin, aber es war der uralte Zauber der Weiblichkeit, der mich hier berührte. Mich, der sich immun dagegen glaubte.

Ich entledigte mich meines Wamses. Mein Hemd, aus einfachem Leinen, war nicht mehr sauber, sondern verschwitzt und fleckig. Wie kam es, dass ein Mann dies nicht wahrnahm, bis der Blick einer Frau auf ihm ruhte? Ich zog das Hemd aus – ich hatte noch ein frisches in meinem Packen –, als sie überrascht die Luft durch die Zähne zog.

»Was ist?«

»Ich sehe gerade Eure Narben«, sagte sie, blickte zu mir hoch, dann weg von mir, in ihren Becher. »Ich hätte nicht gedacht, dass man solche Wunden überlebt.«

Ich zuckte mit den Schultern. Die meisten von ihnen waren alt, so alt, dass ich mich kaum erinnerte, woher sie stammten. Was Narben anging, waren sie besser als die meisten, nur feine weiße Striche, nicht dicke Wülste, wie das Handwerk eines Feldschers sie so gerne auf dem Fleisch zurückließ. Nur selten schmerzten oder behinderten sie mich, ich vergaß sie leicht.

»Wie alt, sagtet Ihr, seid Ihr?«, fragte sie mich.

»Ich erwähnte mein Alter nicht«, entgegnete ich ihr mit einem Lächeln. »Aber es ist gut das dreifache des Euren.«

»Menschen werden nicht so alt. Ihr seht nicht viel älter aus als vier Dutzend und zwei. Selbst dafür seid Ihr gut erhalten. Nicht so zerbrechlich, wie Ihr mich glauben ließet.«

»Es kommt auf das Leben an, das man führt.« Ich nahm das frische Hemd aus dem Packen und fühlte mich insgeheim erleichtert, dass es tatsächlich sauber war. Nicht mein Verdienst: Eine Magd im letzten Gasthof, in dem ich länger verweilt hatte, hatte mir meine Kleidung gewaschen, als Dank dafür, dass ich sie von einem schmerzenden Zahn erlöste.

»Es ist nicht jenes Alter, das man in seinen Knochen spürt, das wirklich zählt, sondern das, welches hier und hier lastet.« Ich berührte Herz und Stirn. In meinem Körper fühlte ich mich schon lange alt, was ich vor allem meinen Knochen zu verdanken hatte.

»Warum glaubt Ihr, dass hier Leute sterben werden?«

»Abgesehen von den Söldnern?«, fragte ich mit einem schiefen Lächeln.

Sie nickte. »Abgesehen von den Söldnern.«

Ich begab mich zurück zum Tisch und setzte mich hin. Meine Schritte wirkten seltsam leicht ohne das Gewicht des schweren Kettenhemds. Ich rollte meine Schultern und streckte mich, bevor ich mich wieder ihr widmete, ihr und dem Wein.

»Vor langer Zeit war ich schon einmal eingeschneit.« Ich schloss die Augen und sah jenen Ort wieder vor mir, als wäre es gestern gewesen und nicht ein Menschenleben her.

»Damals stand ich im Dienst des Grafen von Bertenstein. Es gab eine kleine Streitigkeit aufgrund der Mitgift seiner Tochter, ein Landgut, welches seiner Familie noch nominal gehörte, aber schon lange nicht mehr genutzt wurde. Die Bauern dort hatten ein lokales Recht. Wenn ein Herr seine Besitzungen für zwanzig Jahre nicht betrat, fielen diese an den Pächter.«

»Scheint sinnvoll. Es zwingt den Herrn, sich um seinen Besitz zu kümmern«, sagte sie.

Ich lächelte. »Ihr seid eine Rebellin, Sera.«

Sie lächelte zurück, und ich nahm zum ersten Mal die Perlenreihe ihrer Zähne wahr. Hastig führte ich meinen Becher zu den Lippen und nahm einen weiteren Schluck des goldenen Weins. »Abgesehen von seinem Besitz gab es noch eine Handels- und eine Zollstation an einem Pass, über den eine Handelsstraße lief. Dort befand sich auch noch ein Wehrturm. Diese Straße kontrollierte das ganze Tal, und dorthin wurde ich entsandt. Ich und zehn Männer, ein Zeichen dafür, dass der Herr Graf auch mit Gewalt das halten wollte, was er sein Eigen glaubte.«

»Kam es zum Kampf?«

»Ja. Später. Aber das ist nicht der Kern meiner Geschichte. Ähnlich wie hier lag dieser Wehrturm am Fuß eines Passes.«

»Ihr erwähntet es schon.«

»Ja. Mit dem Unterschied allerdings, dass dieser Wehrturm lange nicht benutzt worden war. Als ich dort mit meinen Kameraden eintraf, musste erst noch viel gerichtet werden. Keine Tür und kein Fensterladen waren noch an ihrem Platz, das Dach der Stallanlagen war undicht, und ein Boden im Turm war zusammengebrochen. Tauben nisteten dort, der Vogelmist bedeckte den Grund knöcheltief. Es stank, aber nicht sehr, denn es war kalt. Später Herbst. Drei Wochen schufteten wir dort. Die Einheimischen, die wir mit unserer Waffengewalt beeindrucken sollten, erschienen ab und an und sahen uns bei unserer Arbeit zu, in etwa so, wie man exotische Tiere ansieht. Eines Tages kam eine junge Frau den Pfad zum Turm hoch und teilte uns mit, dass wir den Turm noch heute verlassen sollten. Der Feldwebel, der diese Expedition leitete, lachte nur. Er fragte sie, ob sie ihm drohen wollte. Das Mädchen schüttelte nur ernsthaft den Kopf. Es wäre ein Rat und keine Drohung. Der Feldwebel sah es anders. Er gab sie der Mannschaft zum Spiel.«

Sie sah mich an. »Ihr wart Teil der Mannschaft?«

Ich nickte. »Ja. Und auch ich hatte lange keine Frau mehr gehabt. Ich wollte, ich könnte nun sagen, ich hätte mich nicht beteiligt, aber das wäre eine Lüge.«

Nichts war in ihren Augen zu lesen, als sie mich bat, fortzufahren.

»Am Morgen danach fragte der Feldwebel, ob die Frau noch lebte.« Ich sah auf meine Hände hinunter. »Wir waren vielleicht ausgehungert, aber keine Mörder. Tatsächlich ließen wir bald von ihr ab, und den Rest der Nacht verbrachten wir damit, sie trösten zu wollen.« Ich lächelte bitter. »Manchmal verstehe ich uns Männer auch nicht. Ja, sie lebte und es ging ihr nicht schlecht, sie hatte vielleicht den einen oder anderen blauen Fleck, das war alles.«

»Nicht ganz«, hörte ich Lea.

»Nicht ganz. Ja. Auf jeden Fall suchte der Feldwebel einen anderen Soldaten aus, der sie zurück ins Tal bringen sollte, aber sie weigerte sich. Sie sagte, sie wolle mit mir gehen. Der Feldwebel war überrascht, wie wir alle. Allerdings war es ihm auch einerlei. Also stimmte er zu, und ich erhielt den Auftrag, sie zurückzubringen. Der Turm war einige Wegstunden von der Siedlung entfernt, und der Pfad führte durch einen Wald. Im späten Herbst waren hier verstärkt Wölfe und auch Bären gesichtet worden. Vielleicht hatte auch der Feldwebel Gewissensbisse, wer will das sagen?«

»Warum wählte sie Euch?«

»Ich fragte sie das später auch. Ich war nicht brutal zu ihr gewesen, ließ sie anschließend in meinem Bett in Ruhe schlafen. Ich dachte, das wäre es gewesen, aber nein. Die Antwort ist einfach. Es war die Tatsache, dass ich ihr Wasser, Tuch und Seife zum Waschen gebracht hatte und sie hielt, als sie weinte.«

Sie nickte langsam. »Wie ging es weiter?«

»Noch an diesem Tag, während wir durch den Wald unterwegs waren zum Dorf, zogen die Wolken auf. Dichter Schnee hinderte schon im Wald unser Vorankommen, und erst am Abend erreichten wir die Siedlung, völlig erschöpft. Ich trug sie den größten Teil der Strecke, und ich sage Euch, dass ich selten so erfreut war, einen warmen Raum zu betreten, als ich den Bauernhof erreichte, der ihr Heim war. Auch wenn ich nicht willkommen war. Die Bauern wussten, was ihrer Tochter widerfahren war, aber sie half mir, sie sprach nur von den anderen. Abgesehen davon trug ich Rüstung und Schwert. Sechs Tage blieb ich auf dem Bauernhof, dann machte ich mich wieder auf zum Wehrturm.«

»Was war geschehen?«

»Als ich dort ankam, fand ich sie alle. Der Feldwebel hielt ewige Wache auf den Zinnen des Turms, er war hart wie ein Stein, als ich ihn fand. Die anderen ... Sie hatten sich gegenseitig angefallen, fast zerfleischt. Einer, des Lesens und Schreibens kundig, hatte mit seinem eigenen Blut eine Warnung an die Wand geschrieben: *Es kommt, es sucht, es frisst.*«

»Sie haben sich gegenseitig umgebracht?«

Ich fuhr mir über die Stirn. »Ich weiß es nicht. Ich sage mir, dass es so war. Die Einheimischen jedoch sprachen von einem Wesen, einem Eisdämon, der mit dem Winter vom Pass herunterkommt und sich seine Opfer sucht. Man sagte, er möge die Wärme des Bluts und treibe seine Opfer in den Wahnsinn. Blut gab es genug im Turm und Wahnsinn wohl auch.«

Sie blickte gedankenverloren in ihren Becher. »Vielleicht habt Ihr Recht. Auch ich hörte schon Geschichten, in denen diejenigen, die eingeschneit wurden, den Verstand verloren. Seltsames geschieht mit Menschen, wenn man sie einsperrt.« Sie blickte auf zu mir. »Ich beabsichtige jedoch, diesen Ort bei klarem Geist und guter Gesundheit wieder zu verlassen. Ich gedenke nun zu Bett zu gehen. Wo werdet Ihr schlafen?«

Ich lehnte mich zurück und lachte. »Im Bett, Sera, im Bett. Ihr müsst Euch um Eure Unschuld keine Gedanken machen. Wenn Ihr wollt, könnt Ihr Euer Schwert zwischen uns legen. Oder auf dem Boden schlafen.«

»Die Götter gaben mir Verstand, Ser«, antwortete sie mit einem bedeutsamen Blick. »Meine Unschuld ist nicht das Problem. Die Kälte ist es. Und es gibt nur eine Decke.«

»Ich habe noch eine Lederplane in meinem Packen. Sie riecht vielleicht nicht so besonders gut, aber ...«

Sie stand auf. »Ihr werdet es lächerlich finden, Ser, aber ich habe noch nie mit einem Mann zusammen in einem Bett geschlafen. Ich denke, es ist wahrscheinlich, dass ich Eure Wärme suche. Sollte dies geschehen, denkt Euch nichts dabei. Packt die Plane aus, lieber rieche ich Leder, als dass ich mich zu Tode friere.«

»Seid unbesorgt, ich werde mir nichts Übles dabei denken, solltet Ihr Euch an mich drücken. Wollt Ihr kein Versprechen von mir, dass ich nicht über Euch herfalle?«

»Entweder Ihr tut es, dann ist ein Versprechen nichts wert, oder Ihr tut es nicht, dann brauche ich es nicht. Ser Havald, ich kann eine gute Freundin sein. Aber Ihr werdet schwerlich einen übleren Feind finden.«

Ich sah zu, wie sie ins Bett stieg und sich am anderen Rand schmal machte. Sie wählte die Seite an der Wand. Ich bückte mich und zog das Bett mit lautem Knirschen von der Wand fort.

»An kalter Wand fällt die Luft«, erklärte ich ihr auf ihren fragenden Blick hin.

»Warum stellt man dann ein Bett so oft an eine Wand?«

»Weil es selten eine solche Kälte gibt.«

Ich rollte die Lederplane ab und breitete sie über unser Bett aus. Ihre Klinge Steinherz stand neben dem Tisch. Ich sah zu ihr hinüber. Sie schüttelte den Kopf. »Wenn ich ihn brauche, kommt er.«

Ich legte meinen Dolch unter mein Bündel, das mir als Kopfkissen diente, und begab mich zu Bett. Auf dem Tisch brannte noch immer die einsame Kerze. Mit einer Handbewegung und etwas, was sie undeutlich murmelte, verlöschte sie, und Dunkelheit umfing mich.

Eine Weile lag ich noch wach. Ich hörte ihre regelmäßigen Atemzüge. Dann schlief auch ich ein.

Als ich später erwachte, lag sie an mich geschmiegt, ihr Atem blies mir in mein Ohr, und ihr Geruch erfüllte meine Sinne. Im Kamin war das Feuer zur Glut heruntergebrannt, und im schwachen Schein des Feuers sah ich, dass die Eiskristalle die ganze Wand entlanggekrochen waren. Unser Atem hatte sich auf der Lederplane niedergeschlagen. Ich zog Lea näher an mich, bedeckte uns nun fast vollständig mit meinem Reiseleder und schloss die Augen. Das Letzte, was ich sah, waren die düster glimmenden Rubine von Steinherz' Drachenkopf, die mich argwöhnisch zu mustern schienen.

6. Ein Toter im Stall

Das Poltern an der Tür weckte mich. Dunkelheit umgab uns, die Glut im Kamin war nahezu erloschen. Leandra und ich waren ineinander verschlungen, hatten jeden Millimeter Haut und Wärme gesucht, die man nur finden konnte. Selten war ich fester umarmt worden. Sie murmelte etwas, noch nicht ganz wach. Ich erlaubte mir ein Lächeln, schloss meine Augen, suchte und fand die Kerze auf dem Tisch, ohne das Bett zu verlassen, und sandte einen Funken an den Docht. Den einen oder anderen kleinen Trick lernte man auch, ohne dass man im Tempel studierte.

Das Poltern an der Tür war nur gedämpft, ich meinte allerdings auch die Stimme unseres Wirts zu hören. Barfuß und schaudernd, als ich den kalten Boden spürte, begab ich mich zur Tür und wollte den Riegel anheben. Der war jedoch wie festgefroren. In meinem verschlafenen Zustand nahm ich an, dass er genau dies wäre, und zog eine Weile vergeblich an ihm, bis mir einfiel, dass meine Bettgefährtin die Tür magisch verschlossen hatte.

Ich begab mich zurück zum Bett. Das Licht der Kerze war ausreichend, um mir Lea zu zeigen, verschlafen, ihr weißes Haar wie eine helle Flamme über das Bett ausgebreitet, zusammengerollt unter den Decken, eine Schulter aus dem Leinengewand herausgerutscht und schutzlos der Kälte preisgegeben.

Ich verspürte den Drang, sie zuzudecken. Wünschte, ich könnte sie mit einer Blume oder einem heißen Honigtee wecken. Dachte viele seltsame Dinge, als ich sie sanft an der Schulter schüttelte, bis sie verschlafen die Augen aufschlug. Sie erblickte mich und lächelte, ein Lächeln, das mich die Kälte vergessen ließ. Dann schien sie sich zu besinnen, und ihr Gesicht und ihr Blick wurden betont neutral.

»Was ist?«

»Jemand will etwas von uns. Aber die Tür ist verschlossen.«

Sie setzte sich auf, strich sich die Haare mit jener typisch weiblichen Geste aus dem Gesicht und gab einen überraschten leisen Laut von sich, als ihre bloßen Füße den kalten Boden berührten. Sie verzog das Gesicht, stand entschlossen auf, ging hinüber zur Tür und hob den Riegel an.

Der Wirt fiel ihr beinahe entgegen.

»Sera, Ser, Ihr müsst mir helfen! Es ist etwas Schreckliches passiert heute Nacht! Ich brauche Eure Hilfe, bei den Göttern, ich weiß nicht, was ich tun soll.«

Dann erst schien er uns zu sehen. Sie stand an der Tür, auf einem Bein, mit dem anderen Fuß rieb sie ihre Wade, ihr Haar offen und zerzaust, und hinter ihr stand ich, nur gekleidet in eine knielange Hose und ein offenes Hemd.

»Ich bitte vielmals um Verzeihung, die hohen Herrschaften, ich wusste ja nicht ...«

»Schon gut«, sprach ich und schob Lea sanft zur Seite. »Besteht unmittelbare Gefahr, oder können wir uns ankleiden?«

»Ihr könnt Euch ankleiden, sicherlich könnt Ihr das. Gefahr? Ich weiß nicht ...«

»Gut«, sagte ich. »Geht hinunter in den Gastraum und bereitet ein gutes, wärmendes Frühstück vor. So lange hat es doch noch Zeit, oder?«

»Vielleicht ...«, stammelte der Wirt. »Das Frühstück wird auf die Herrschaften warten, aber vielleicht könntet Ihr doch einen Blick darauf werfen ...«

»Guter Mann, so beruhigt Euch doch«, sagte Lea und legte ihm ihre schlanke Hand auf die Schulter. Der Wirt nahm sie in seine Hände, kniete sich hin und küsste ihre Hand, bevor sie sie zurückziehen konnte. Er klammerte sich an sie, als wäre sie seine einzige Rettung. Sanft, aber bestimmt löste sie ihre Hand aus seinem Griff. Er verharrte in seiner knienden Position und sah zu uns auf.

Es war lange her, dass jemand vor mir gekniet hatte, und ich mochte es heute noch weniger als damals. Ich bedeutete ihm, sich zu erheben.

»Was habt Ihr?«

»Es ist Theobald. Er war mir wie ein Sohn. Ich hatte sogar gehofft ...«

»Was ist passiert? Sagt es möglichst kurz«, wies ich ihn an.

Er holte tief Luft. »Irgendetwas hat in der Nacht meinen Stallburschen gefressen.«

Die Tür geschlossen, der Wirt draußen unterwegs, das Frühstück bereiten zu lassen, und wir stehend im Raum. Unwillkürlich warf ich einen Blick auf das Bett, wo die Decken noch immer unsere Körper nachzeichneten, und dann zu ihr. Sie errötete leicht und blickte von mir zu dem Kaminschirm, auf dem die Kleidung wartete.

»Etwas hat ihn gefressen?«, fragte sie.

»So sagte der Wirt.« Ich beobachtete sie fasziniert. Ich hatte nicht die geringste Neigung, mich abzuwenden, und sie wusste das. Sie holte tief Luft und zog mit einer entschlossenen Bewegung das leinene Nachtgewand aus, über ihren Kopf hinweg. Sie beugte sich dabei vor, damit es einfacher ging, und als sie sich wieder aufrichtete, stand sie nackt vor mir.

Sie warf mir einen Blick zu, der tausend Bedeutungen haben mochte oder keine, und fing an, sich anzukleiden.

»Sera?«

»Ja?« Ihre Stimme war belegt.

»Ihr seid schön.«

»Danke. Ich weiß«, war ihre Antwort. Ich trat hinter sie und berührte ihre Schulter. Lea schien zu erstarren, hielt sogar den Atem an.

»Wenn Ihr erlaubt«, sagte ich und ließ meine Hand durch ihr Haar gleiten.

»Was?« Es klang etwas atemlos.

»Wenn Ihr erlaubt, flechte ich Euer Haar. Ich tat das oft für meine Schwester.«

»Ich bin nicht Eure Schwester.«

»Aber Ihr habt genauso schönes Haar.«

Als wir zusammen unsere Kammer verließen und die Stiege zum Gastraum hinuntergingen, schwiegen wir. Ich hatte mein Lederbündel auf den Rücken geschlungen, und sie trug Steinherz in der gleichen Position.

Der Wirt erwartete uns händeringend am Fuß der Treppe, mit seiner Geduld am Ende.

Mein Zeitgefühl sagte mir, dass es eigentlich Tag sein müsste, früher Morgen, aber hier herrschte finsterste Nacht. Der Gastraum war deutlich abgekühlt. Drei Wanderer hatten sich ein Lager vor dem Kamin bereitet, unter ihren Decken rührte sich nichts. Die unbekannte Gestalt in der Ecke hatte sich dort zusammengekauert, fern von den anderen und sicherlich nicht am wärmsten Ort für die Nachtruhe. Meine Knochen schmerzten allein bei dem Anblick. Eine schlanke, schwarz behandschuhte Hand umschloss das Heft des Langschwertes, das neben ihr auf dem Boden lag. Ein vorsichtiger Mensch, selbst im Schlaf.

Der Geruch von altem Bier und Schweiß sowie Rauch und nasser Wolle lag in der Luft, ich verspürte den Impuls, die Tür aufzureißen und frische Luft hineinzulassen, wusste aber, dass ich nur eine weiße Wand sehen würde. Erfroren waren schon viele, erstunken wohl kaum einer.

Dennoch, angenehm war der Geruch wahrlich nicht.

»Folgt mir, Herrschaften.« Eberhard sah meinen Gesichtsausdruck. »Ich will es nicht beschönigen, es ist besser, wenn Ihr vorher nichts esst …«

»So schlimm?«, meinte Leandra.

Der Wirt eilte voraus und öffnete eine der Türen, die das Haupthaus mit den Nebengebäuden verbanden. »Ja. Ich bin nicht so weit herumgekommen wie die hohen Herrschaften, aber auch meine Augen haben schon einiges gesehen. Doch dies ist wahrlich kein schöner Anblick.«

Die Tür führte in die Schmiede, das zweitgrößte Gebäude des Hofs. Hier gab es Licht, denn hoch oben war das Dach überlappend angeordnet. War die Schmiede in Betrieb, konnte so die Luft leichter abziehen, nicht nur durch den mächtigen Schornstein. Durch das offene Dach heulte der Sturm unvermindert; zusammen mit den Schneeflocken, die alles unter einer dünnen weißen Schicht begraben hatten, fiel fahles graues Licht herein, das erste natürliche Licht, das ich seit Stunden gesehen hatte. Der Schnee ließ den Raum hell erscheinen, es war eisig, aber nicht so kalt wie außerhalb der Mauern. Die Luft war sauber und roch frisch, und ich wollte einfach nur verweilen, um tief durchzuatmen. Eine dünne Spur verlief quer durch die Schmiede zu einer anderen Tür. Wie ich wusste, führte sie zu einem Lager, und von diesem wiederum konnte man in die Stallungen gelangen.

Der Wirt war dabei, weiterzueilen, als ich ihn festhielt. »Wartet kurz.« Ich musterte die Spur im Schnee. Es brauchte keinen Fährtenleser, um zu erkennen, dass es in der Tat die des Wirts war. Keine andere Spur war zu sehen; wenn hier jemand entlanggegangen war, dann war dies geschehen, bevor die Schneeschicht alles bedeckt hatte.

Ich ließ den Wirt los, und er drängte weiter. Es ging nun durch das Lager. Hier blieb mir nicht viel mehr in Erinnerung als große gestapelte Fässer, Kisten und Ballen. Wir folgten dem schmalen Pfad zwischen dem Frachtgut, der zu einer Art kleiner Wohnstatt führte: eine Laterne mit einer Talgkerze, ein kleines Fass mit einem Brett darauf als Tisch, eine schmale Kiste als Stuhl, eine andere, größere Kiste mit Stroh gefüllt. In einer Ecke befand sich ein kleiner Altar, ebenfalls aus einer Kiste gefertigt. Sorgsam hatte der Stallbursche hier das Dreieck hineingeschnitten. Ein Herbstapfel lag als Gabe inmitten des Dreiecks. Auf dem behelfsmäßigen Tisch stand auf einem Holzbrett das Frühstück für den Stallburschen, eine Schüssel Gerstenbrei, ein weiterer Apfel und ein Kanten frisches Brot.

Lea musterte das Lager. »Hier schlief der Stallbursche? Und Ihr habt ihm sein Frühstück gebracht?«

»Das tue ich immer. Heute früher als sonst, diese Nacht schlief ich nicht gut.« Er warf mir einen Blick zu. »Ich habe die Seile an der Stiege befestigt, und ich sprach mit meinen Töchtern über Euren Rat.«

»Tut mir Leid«, sagte ich ehrlich.

Er straffte die Schultern. »Es mag nicht in mein Herz wollen, aber mein Verstand sagt mir, dass Ihr Recht habt. Meine Töchter wissen das auch. Es führte trotzdem nicht zu einem erholsamen Schlaf. Wir haben lange gebetet, und ich schlief ein. Doch ich hielt es nur kurz im Bett aus. Also begab ich mich nach unten und räumte ein wenig auf. Was man so macht, wenn einem nichts Besseres einfällt.«

»Wie früh ist es eigentlich?«, fragte ich.

Er zuckte mit den Schultern. »Nicht so früh. Ich habe jedes Zeitgefühl verloren. Aber es ist spät genug für die Tiere.«

Einen Moment lang wusste ich nicht, was er meinte. Das Geheul des Sturms war allgegenwärtig, auch hier, aber ich hörte auch ein anderes Geräusch von jenseits der Tür, die zum Stall führte.

»Die Kühe«, sagte Lea.

Der Wirt nickte. »Ich hörte sie, als ich das Essen hier abstellte, und wunderte mich schon. Theobald ist … war ein ordentlicher Junge, es sah ihm nicht ähnlich. Ich ging also hinüber in den Stall …«, er schluckte. »Seht selbst.«

Er öffnete die Tür und ließ uns den Vortritt. Ich sah, dass Lea die Hand um den Knauf ihres Langschwerts schloss.

Hinter uns kam der Wirt herein und hielt die Laterne hoch.

Der Stall war nicht so abgedichtet wie die anderen Gebäude, hier und da fiel durch Ritzen Licht, aber das gedrängt stehende Vieh gab genug Wärme, dass es fast anheimelnd war. Für einen Moment konnte ich nichts erkennen, außer dass die Tiere nervös waren und die Kühe jämmerlich muhten.

Dann erkannte ich langsam die beiden Haufen auf dem Boden.

»Sein Hund«, erklärte der Wirt, als ich mich dem ersten näherte. Es war wohl mal ein Wolfshund gewesen, ich erinnerte mich vage an ihn, von mittlerer Größe und noch jung, er war freundlich genug, meine Hand zu beschnüffeln und mit dem Schwanz zu wedeln. Ein gutmütiges Biest.

Eine Klaue hatte ihn vom Bauchfell bis zum Brustkorb geöffnet, ein einzelner Streich, wie es schien. Der Hund war danach gegen die Wand geschleudert worden – dunkle Tropfen zeichneten seine Flugbahn nach – und an dieser herabgeglitten, um so zur Ruhe zu kommen, wie er nun vor uns lag. Ein Schlag, und das Tier war zerschmettert worden.

Ich hielt meinen Dolch in der Hand – ich erinnerte mich gar nicht, ihn gezogen zu haben – und schob mit der Spitze die Lefzen des Tieres nach oben. Sie ließen sich, wenn auch nur widerwillig, bewegen. Lange war das Tier noch nicht tot, und vor seinem Ende hatte es sich heftig gewehrt. Seine Zähne waren blutig, und es erschien mir, als ob sich Haare zwischen seinen Zähnen verfangen hätten.

Ich erhob mich wieder und ging langsam zu dem zweiten Haufen hinüber. Ich versuchte mich an den Stallburschen zu erinnern. Nicht viel älter als Lisbeth, ein sommersprossiges Gesicht, eingehüllt in mehrere Lagen viel zu großer Kleidungsstücke. Er hatte ein freundliches Wort für Zeus, mein Pferd, gehabt. Sommersprossen. Ich erinnerte mich an seine Sommersprossen.

Meine Augen wichen dem, was vor mir lag, aus und fanden eine Mistgabel mit hölzernen Zinken. Sie war zerbrochen ... Ich kniete mich nieder und studierte sie. Hinter mir standen Lea und der Wirt, niemand sagte etwas, es gab nur die Tiere und das Geräusch des ewigen Schneesturms. Das Schnauben im Hintergrund erkannte ich: Zeus hatte mich gerochen, aber er musste warten.

Der Schaft der Mistgabel war nicht gebrochen. Etwas hatte ihn entzweigebissen, die Abdrücke der Zähne waren deutlich zu sehen.

Schließlich wandte ich mich doch wieder dem Jungen zu.

Er lag da wie eine zerbrochene Puppe, Arme und Beine unnatürlich abgewinkelt, an seinem Oberschenkel hatte sich ein Knochen durch sein Beinkleid gedrückt. Vom Becken bis zum Brustbein war er ausgehöhlt, die Rippen aufgebrochen. Die Bauchhöhle und der Brustraum waren sauber ausgeweidet, vielleicht sogar ausgeleckt. Er lag inmitten eines großen dunklen Flecks, seinem Blut, es war noch zäh und klebrig, schon kalt, aber nicht gefroren.

Seine Augen fehlten, genau wie Nase und Ohren.

Sein Wams war auseinander gerissen worden, die Holzknöpfe aufgesprungen, als es zerfetzt worden war.

»Ich habe noch nie von einem Tier gehört, das sein Opfer entkleidet.« Es war meine Stimme, die sprach, es war mir nur nicht bewusst, dass ich meine Gedanken laut äußerte. Ich sah mich im Stall um. Er war groß, das größte Gebäude auf dem Hof, und bot im Normalfall Platz für gut vierzig Pferde. Heute mochten siebzig Tiere hier sein: die wertvollsten Tiere der Kuhherde, die Pferde der Gäste und das eigene Nutzvieh des Wirts.

Der Stall hatte einen doppelten Heuboden, zwei offene Ebenen, die über eine Leiter zu erreichen waren. Dort oben rührte sich etwas, und ein zerzauster Kopf erschien. Ich hatte ganz vergessen, dass ein Teil der Gäste hier nächtigte. Es war eine der jungen Frauen aus der adligen Reisegesellschaft. Für einen Moment sah sie verständnislos zu uns herab, dann erkannte sie langsam, was das Licht der Laterne beleuchtete. Sie fing an zu schreien, ein Schrei, der sich endlos hochschraubte, die Tiere nervös machte und meine Zähne schmerzen ließ. Er schien eine Ewigkeit anzuhalten. Ich sah den Wirt hektische Gesten machen, aber sie hörte nicht auf, bis eine Hand von hinten erschien, ihr den Mund schloss und sie aus meinem Sichtbereich zerrte.

Der Kopf des Vaters des Mädchens erschien über der Kante, und eine der Wachen, nur zum Teil angekleidet, aber ein Schwert in der Hand, kletterte eilig die Leiter herab, erreichte unweit von uns den Boden und kam zu uns herüber, um vor der Leiche des Jungen stehen zu bleiben.

»Schöne Schweinerei«, sagte er, griff in seine Jacke und holte eine Rolle Kautabak heraus. Abwesend bot er sie uns an, auch Lea, die wie wir alle den Kopf schüttelte. Er biss sich ein Stück ab, kaute gemächlich darauf herum, beugte sich dann zu dem Stallburschen herunter und drückte auf die Wange des toten Jungen. Sie gab nach.

»Noch nicht sehr lange tot.« Er blickte sich im Stall um, sah nach oben, von wo der Rest der Familie zu uns herunterschaute, dann wieder zu uns.

»Ihr habt nichts gehört?«, stellte Lea die Frage, die mir auf der Zunge lag.

»Die Tiere waren heute Morgen unruhig. Ich war schon drauf und dran, herunterzuklettern und die verdammten Kühe selbst zu melken. Warme Milch zum Frühstück ist nicht verkehrt. Aber sonst ist mir nichts aufgefallen.«

»Habt Ihr Wache gehalten?«, war meine Frage.

Er kratzte sich gedankenverloren zwischen den Beinen und spuckte ein Stück Kautabak aus. Er verfehlte dabei nur knapp meine Stiefel.

»Nicht in dem Sinne. Ich selbst lag an der Leiter. Wir haben Heuballen aufgeschichtet, so einen Raum gebaut ... jemand hätte über mich steigen müssen, um zu meinen Herrschaften zu gelangen. Mein Name ist übrigens Sternheim.«

»Ich bin Havald, dies dort ist Maestra de Girancourt.«

»Eure Tochter?«, fragte Sternheim.

»Nein«, entgegnete Lea ihm knapp. Wir betrachteten alle fasziniert, wie eine feine Röte in ihr Gesicht stieg. »Er ist nicht mein Vater.«

Sternheim zuckte die Achseln. »Die Geschmäcker sind verschieden.« Er blickte wieder zu dem toten Stallburschen hinunter, dann wieder hoch zu den Gesichtern über uns.

»Das wird Ärger geben. Er wird verlangen, dass ein Zimmer für ihn geräumt wird.«

»Ich habe keine anderen Zimmer frei«, erinnerte ihn der Wirt.

Wieder zuckte Sternheim die Achseln. »Meistens ist er eigentlich ganz vernünftig, aber manchmal ...« Er machte eine bezeichnende Handbewegung in Nähe seiner Schläfe. »Das wird ein anstrengender Tag.«

»Und Ihr habt wirklich nichts gehört?«, fragte Lea noch einmal nach. »Nichts?«

»Nichts, was dem gleicht, was ich hätte hören müssen.« Er musterte den toten Jungen. »Er sieht nicht aus, als wäre er leise gestorben.«

»Und das stört Euch nicht?«, fragte Lea.

»Mich?« Wieder das Achselzucken. »Wenn es zu mir kommt, kriegt es meinen Stahl in den Bauch, und damit ist das Thema erledigt. Ich frage mich nur, wo sich das Biest befindet.«

Ich sah ihn an, bis er mir in die Augen blickte.

»Das, mein Freund, ist eine gute Frage, findet Ihr nicht?«

7. Eine Bestie

»Was soll ich nun tun?«, fragte der Wirt leise.

Ich blickte zu ihm herunter. »Kümmert Euch um die Tiere.« Ich wechselte einen Blick mit Lea. Sie nickte leicht. »Wir kümmern uns um den Jungen und den Hund, bevor sie beide festfrieren.«

Während wir dies taten, schlichen die anderen Gäste an uns vorbei, bleiche Gesichter und angstgeweitete Augen musterten uns und das, was wir in altes Leinentuch einwickelten. Hund und junges Herrchen brachten wir in das Lager nebenan und verstauten sie in einer Kiste. Dort war es kalt genug. Anschließend kratzte ich die Erde ab, ein mühsames Unterfangen, weil es schon anfing zu frieren, tat sie in einen Beutel und beschloss, auch diesen im Lager in der gleichen Kiste unterzubringen, neben der Leiche des Jungen. Als ich mit dem Beutel in der Hand das Lager betrat, sah ich, dass Lea vor dem kleinen Altar kniete und betete.

Schweigend entsorgte ich den Beutel mit blutgetränkter Erde und wartete, bis sie fertig war.

»Wir können jede Hilfe brauchen«, sagte ich.

Sie nickte langsam. »Kann ich etwas tun?«, fragte sie mich dann.

»Holt eine Flasche Wein aus dem Schankraum. Ich helfe dem Wirt, die Kühe zu melken.«

»Wofür Wein? Ihr wollt doch nicht am frühen Morgen …«

»Holt ihn einfach. Ihr werdet sehen.« Sie musterte mich mit einem fragenden Blick und ging.

Zu zweit sollte es eine Frage von wenigen Minuten sein, bis die letzte Kuh gemolken war. Der Wirt hatte die meisten schon erleichtert, bevor ich überhaupt anfing.

»Ser«, rief der Wirt mich zu sich. »Seht Euch das an.«

Ich ging zu ihm, er war bleich, bleicher noch als beim Anblick des Jungen. Er hielt mir den Eimer entgegen; er hatte ihn kurz vorher in einen größeren Bottich geleert, so befand sich nicht viel Milch darin. Sie sah seltsam aus, dann erreichte der Geruch meine Nase.

»Seht.« Er griff an den Euter und molk kurz weiter. Die Kuh gab dabei einen jämmerlichen Muhlaut von sich.

»Geronnen.«

Im Euter geronnen. Der Wirt und ich waren sprachlos. Die Kuh stand nicht weit von dem Ort, an dem der Junge gelegen hatte, und sie war mehr als nur nervös. Als ich meine Hand auf ihr Fell legte, spürte ich, wie sie zitterte.

»Sagt niemandem etwas davon«, wies ich den Wirt an. Er nickte nur und molk die Kuh weiter. Ich wusste nicht, was mit ihr geschehen würde, bliebe sie mit dieser Milch im Euter zurück, ich wollte es auch nicht wissen.

Ich war mit meiner letzten Kuh fertig, als Lea mit einer Flasche in der Hand erschien. Ich ging zu ihr, schlug mit meinem Dolch den Hals der Flasche ab und ließ einen Schluck in meine Kehle laufen. Das brachte mir einen missbilligenden Blick ihrerseits ein.

»Nicht der beste Jahrgang«, sagte ich und verzog dabei das Gesicht. Sauer, wie die meisten Weine. Aber gut für das, was ich wollte. Ich verteilte den Inhalt der Flasche über den Boden.

»Tiere mögen den Geruch von Wein nicht. Aber sie mögen ihn lieber als den von Blut.«

Sie sah mich an und verstand. »Es beruhigt mich, dass Ihr kein Säufer seid.«

»In der momentanen Situation macht es keinen Unterschied. Wir sind alle aufeinander angewiesen, Säufer oder nicht.«

Ich warf die Flasche in eine Tonne mit anderem Unrat und ging zu meinem Hengst hinüber, der mich mit einem vorwurfsvollen Blick begrüßte, der mir sagte, dass ich mich zu wenig um ihn gekümmert hatte. Auch Lea ging zu ihrem Pferd, und wir führten sie beide aus den Boxen heraus und verbrachten eine ruhige und wortlose Zeit damit, unsere Tiere zu striegeln und zu füttern. Sie ritt eine Stute, und unsere Pferde beäugten sich, wie es mir schien, genauso misstrauisch, wie es ihre Reiter manchmal taten.

Ich säuberte gerade Zeus' Hufe, als Lea das Schweigen brach.

»Nun, Havald, was denkt Ihr?«

Ich pulte den Dreck aus dem Huf heraus und gab Zeus das Zeichen, den anderen Huf zu heben, was er auch folgsam tat.

»Zwei Dinge. Es ist noch hier, und es ist kein gewöhnliches Tier.«

»Ja«, sagte sie. »Ich sehe es genauso, auch wenn ich es nicht glauben mag. Was meint Ihr, war der Junge das Ziel, oder war es nur Zufall?«

»Keine Ahnung«, entgegnete ich. Ich wandte mich Zeus' Hinterhufen zu. »Das werden wir beim nächsten Mal wissen.«

»Ihr denkt, es wird ein nächstes Mal geben?«

»Ja. Was auch immer es ist, es ist ein Raubtier. Raubtiere fressen jeden Tag, wenn sie können. Es wird nicht widerstehen.« Ich klopfte Zeus auf den Rücken, und er schwenkte seinen Kopf herum, sah mich aus seinen großen Augen an.

»Fertig, mein Junge.« Ich führte ihn in seine Box zurück und gab ihm einen verrunzelten Apfel, den ich aus einer kleinen Tonne nahe dem Eingang geklaut hatte. Winterapfel oder nicht, Zeus machte kurzen Prozess mit ihm.

»Und hier ist Nahrung in Hülle und Fülle.« Ich hielt meine Hand hoch, so dass Lea sie sah. »Die Krallen sind breiter als meine gestreckte Hand. Es ist demzufolge groß, vielleicht so groß wie ich es bin. Und stark. Ich könnte den Hund nicht so weit werfen, wie es ihn geworfen hat. Es hat ein Maul so groß wie das eines Bären, vielleicht sogar größer. Aber es ist kein Bär.«

»Sondern?«

»Das weiß ich nicht. Aber ich zeige Euch etwas.«

Sie führte ihr Pferd zurück, verriegelte die Box und folgte mir. Ich hatte meinen Dolch benutzt, um das Stück Erde auszuschneiden, und es an die Stalltür gelehnt, damit es schneller einfror. In dem Stück blutgetränkte Erde war ein Tatzenabdruck zu sehen.

»Ich erinnere mich gar nicht, eine Spur gesehen zu haben«, sagte sie.

»Es waren auch keine zu sehen. Diese hier war unter dem Stoff der Jacke des Jungen verborgen.«

»Wollt Ihr sagen, dass das Biest seine Spuren verwischte?«

»Ja.«

Wir studierten den Abdruck. Er war in der Tat so groß wie die Pranke eines Bären. Doch ich kannte solche Spuren, hatte sie oft genug im Schnee gesehen und wusste, dass es sich um etwas anderes handeln musste.

»Wolf«, sagte sie.

»Ja, vermutlich. Aber ein ziemlich großer Wolf.«

»Jetzt kommt mir nicht mit Werwölfen! Das sind Ammenmärchen«, sagte sie voller Hoffnung, das Thema sei damit erledigt. Doch zugleich glaubte sie selbst nicht daran.

»Es heißt auch immer, es gäbe keine Drachen. Aber ich selbst sah einen.«

»Na, dass es Drachen gibt, weiß ich. Die Geschichte würde ich trotzdem gerne einmal hören«, sagte sie dann.

»Vielleicht erzähle ich sie Euch heute Nacht, bevor wir zu Bett gehen.«

»Das hört sich seltsam an für mich«, sagte sie. Ihren Blick vermochte ich nicht zu deuten.

»Ich weiß«, meine Stimme war kaum mehr als ein Flüstern. »Als seien wir ein Paar. Jetzt aber sollten wir uns um unser Frühstück kümmern.«

»Ihr habt nach dem Ganzen noch Hunger?«

»Nein. Aber ich lebe gerne. Deshalb habe ich eine eiserne Regel«, erklärte ich ihr, als ich die Tür zum Lager für sie aufhielt. Wir warfen beide einen verstohlenen Blick in Richtung der Kiste, in der der Junge mit seinem Hund ruhte.

»Und diese Regel lautet?«

»Kein Essen ausschlagen, denn man weiß nicht, wann man die Kraft braucht, die es einem gibt. Kälte, Leandra, zehrt an den Kräften wie kaum etwas anderes.«

In der Schmiede blieb sie plötzlich stehen und legte mir ihre Hand auf den Arm.

»Ihr sagtet eben etwas.«

»Ich weiß nicht, was Ihr meint.«

»Ihr sagtet, Ihr lebt gerne. Gestern Abend hatte ich nicht den Eindruck. Eher dachte ich, Ihr wartet darauf, dass Euch der Tod ereilt.«

Ich sah sie überrascht an. Mir wurde bewusst, dass ich lächelte. Es fühlte sich ungewohnt an. »Nun, seitdem muss etwas passiert sein, was mich anders denken lässt.«

Ihre violetten Augen ruhten einen Moment lang auf mir, dann lächelte sie leicht. »Das freut mich, Havald.«

Als ich ihr folgte, bewunderte ich ihren Gang. Packte man einen Mann in einen schweren Kettenmantel, hängte ihm ein Schwert und ein Bastardschwert um, würde er stampfen wie ein Walross. Aber sie, sie ging mit der Geschmeidigkeit einer Katze. Ich warf einen Blick nach oben Richtung Himmel. Sie hatte wirklich Recht: Ich hatte vergessen, dass das Leben einen erfreuen konnte. Ich dankte den Göttern für das Geschenk, das sie uns Männern gaben.

Den Gang der Frauen genießen zu können.

8. Ein schlechter Rat

Der Gastraum war noch nicht wieder gefüllt, manche Gäste, speziell unsere Söldner, schliefen noch ihren Rausch aus. Wer wach war, zeigte nicht die beste Laune, die Unterhaltungen waren leise und zurückhaltend. Sieglinde, die an unserem Tisch bediente, warf immer wieder besorgte Blicke zu Lisbeth hinüber, die hinter der Theke die Becher und Humpen spülte. Lisbeth verrichtete ihre Arbeit, aber ihre Schultern zuckten, und ab und zu wischte sie sich eine Träne aus dem Gesicht.

Sieglinde schenkte uns beiden Tee ein und verharrte an unserem Tisch, dabei nervös von einem Fuß auf den anderen tretend.

»Was ist?« Ich sah ihren Blick und wies auf einen Stuhl. »Setzt Euch und erzählt.«

»Sera, Ser, Vater erzählte mir, was Ihr ihm geraten habt«, sagte sie leise.

»So weit wird es nicht kommen«, sagte Lea in einem bestimmenden Tonfall.

»Ich habe selbst Augen im Kopf. Und Ohren. Ich habe gehört, was die Söldner untereinander sprachen.« Sie wurde rot, blickte zu Lea hinüber. »Mit Verlaub, Sera, ich befürchte, Ihr werdet es nicht verhindern können. Wenn die Götter es geben, hoffe ich, dass Ihr verschont werdet.«

»Nun.« Ich sah sie an. »Es muss nicht geschehen.«

»Ich werde so etwas nicht zulassen«, meinte Lea.

»Verzeiht, Sera, aber Ihr solltet Euch selbst schützen. Ich sah schon Blicke auf Euch ruhen«, sagte Sieglinde, und Lea zog scharf die Luft ein.

Das Mädchen wandte sich mir zu. »Vielleicht geschieht es ja nicht, vielleicht doch. Ich selbst denke, Ihr habt Recht. Jetzt brauche ich Euren Rat.«

Nein, nicht schon wieder. »Ich bin nicht der beste Ratgeber. Es ist nicht so, dass ich jede Antwort wüsste.«

Sieglinde nickte zu ihrer Schwester hinüber. »Wenn es Sommer ist, nimmt uns Vater manchmal mit auf die Jagd. Ich sah einmal, wie ein Rudel Wölfe aus einer Herde ein verwundetes Reh ausgrenzte.«

»Ja?«, fragte ich. Ich wusste nicht, worauf sie hinauswollte.

»Ich frage Euch, sind Männer genauso? Werden sie sich auf Lisbeth stürzen? Es ist ein offenes Geheimnis, sie und Theobald ... sie waren ein Paar.«

Wie sollte ich das beantworten? Ich erinnerte mich an die Geschichte, die ich Lea erzählt hatte – um wie vieles, wenn überhaupt, war ich besser als diese Briganten? Ein wenig nur. Aber bei den Göttern, diesen Unterschied gab es.

»Das kann ich dir nicht beantworten. Manchmal ja, manchmal suchen sie sich auch die, die widerspenstig sind, um sie zu brechen. Lisbeth, deine Schwester, ist schon gebrochen und stellt keine Herausforderung dar.«

»Wenn man die Banditen also reizt ...«

»Davon würde ich abraten. Es führt nur dazu, dass sie Appetit gewinnen«, sagte ich leise.

»Es sind sechs, vielleicht neun. Ich hatte schon zwei Männer.« Sieglinde sprach leise. »Ich bin gesund und kräftig, ich werde es überleben.«

»Woran denkst du?« Lea flüsterte ebenfalls, ihr Blick war besorgt.

Sieglinde biss sich auf ihre Unterlippe, sah dann schnell von mir zu Lea und zurück. »Ich bin zehn Jahre und neun, und ich arbeite schon seit drei Jahren im Schankraum. Ich habe schon einige schlimme Gesellen gesehen und weiß, wie ich auf sie wirke. Wenn ich ... Wenn ich mich ihnen hingebe ... was meint Ihr, werden sie dann meine Schwestern verschonen?«

»Aber ...«

Ich legte Lea die Hand auf den Arm und sie verstummte. »Willst du die Antwort, die ich dir geben sollte, oder willst du wissen, was ich ehrlich denke? Überlege es dir gut, bevor du etwas sagst.«

»Ich will wissen, wie Ihr die Sache seht.« Sie gab sich tapfer, aber ihre Unterlippe zitterte.

Ich zögerte, beide Frauen sahen mich gebannt an. »Die Stimmung hier … Es wird schlimmer werden. Der Sturm, die Kälte, all das drückt auf die Nerven. Dazu noch der Mord im Stall. Es wird nicht viel brauchen, bis hier die Vernunft unterliegt. Meine ehrliche Meinung ist die, dass du dazu beitragen könntest, die Stimmung zu entspannen. Ein Mann wird ruhig und träge, wenn er gut gegessen und gut gevögelt hat. Kannst du gut genug schauspielern? Kannst du die Wünsche von sechs solchen Männern erfüllen und so tun, als gefalle es dir? Auch wenn sie Widernatürliches von dir verlangen?«

»Widernatürliches?« Ihre Augen weiteten sich, auch die von Lea wurden größer. Ich rutschte unruhig auf meinem Stuhl hin und her. Hatte ich je ein solches Gespräch geführt? Wenn ja, hatte ich es verdrängt. Bei den Göttern. Sie hatte zwei Männer gehabt und dachte nun, sie sei erfahren.

»Die Gelüste von Männern können seltsam sein.«

»Wie meint Ihr das?«, fragte Sieglinde. Ich beugte mich vor und flüsterte ihr etwas ins Ohr.

»Das glaube ich nicht!«, entfuhr es Lea. Sie zeigte somit, dass sie gute Ohren besaß. Auch Sieglinde hielt erschrocken die Hand vor den Mund.

Ich seufzte. Ich war hier in der Situation, zwei unschuldigen Frauen zu erklären, was Männer von ihnen fordern könnten. Vielleicht sollte ich doch mal in einen Tempel gehen und etwas beten, vielleicht würden mich die Götter dann mit solchen Dingen verschonen.

»Glaubt es oder glaubt es nicht. Was auch immer sie tun werden, du wirst es am eigenen Leib erfahren.«

»Wird es wehtun?«

Götter, diese großen Augen.

»Vielleicht, Sieglinde, wird es das. Du musst dann so tun, als ob es dir gefiele. Vielleicht …« Ich sah sie lange an. »Es besteht keine Garantie dafür, dass sie dir sonst nichts tun.«

Sie schluckte. »Maria und Lisbeth würden sterben, würde man ihnen das antun. Ich bin die Älteste.« Sie blickte zu Boden, dann wieder hoch zu mir. »Ich danke Euch. Was hättet Ihr mir raten *sollen?*«

Ich hatte Schwierigkeiten, ihrem Blick nicht auszuweichen. »Deine Ehre bis zuletzt zu verteidigen.«

»Ich habe keine Ehre«, sagte sie. »Ich bin nicht im Stand geboren.« Sie wollte sich erheben, aber ich hielt sie am Arm fest.

»Sieglinde, du hast mehr Ehre als so mancher hoher Herr, den ich kennen lernte.«

Sie zögerte. »Das mag sein. Aber ich tue nur, was ich tun muss, um meine Liebsten zu schützen. Mein Vater ... Gestern Nacht versuchte er mit einem Schwert zu üben, das ein Gast als Pfand daließ. Er schnitt sich beinah in den Fuß. Ich schütze nicht nur meine Schwestern.«

Sie erhob sich, warf uns einen weiteren verlegenen Blick zu und eilte davon. Ich sah ihr hinterher und spürte dabei, wie Leas Augen mich durchbohrten.

»Wie konntet Ihr dem Mädchen das raten?« Sie klang empört.

Ich nahm einen Schluck von meinem Tee. Vorhin, als er eingeschenkt wurde, hatte er noch gedampft, jetzt war er kaum mehr lauwarm. Hier im Gastraum war es nun wärmer, unter meinem Gewand war es mir sogar zu warm. Wahrscheinlich hatte der Wirt auch die Nacht über das Feuer in den Kaminen hier geschürt. Ich konnte die Hitze der Flammen auf meinem Gesicht spüren, mein Rücken jedoch war kühl und klamm. Ich sah mich in dem Raum um, musterte die dicken Wände, die sorgsam verzurrten Ledervorhänge vor den Fenstern. Noch wuchsen hier keine Blumen aus Eis. Der Stapel Holz neben dem Kamin war über Nacht gewachsen.

Der Wirt erschien mir als ein sorgfältiger Mensch. Hier und dort hatte ich schon sauber geschichtetes Holz gesehen, er hatte einen guten Vorrat an Brennbarem angelegt. Würde es aber reichen, wenn er die Kamine Tag und Nacht befeuerte?

»Nun?«

Sie hatte eine Frage gestellt und ich seufzte innerlich, wies mit der Teetasse in Richtung der Tische, an denen die Händler sich niedergelassen hatten. »Gestern Abend wurden die sechs etwas anzüglicher.« Es waren dieselben Tische wie am Vorabend. Der Mensch war komisch in dieser Beziehung, auch wir beide saßen an demselben, an unserem Tisch.

»Die Wachen sahen nur zu, einer machte sogar eine anzügliche Bemerkung, ein paar lachten. Sie werden nicht eingreifen. Solange sie sich nicht selbst bedroht fühlen, werden sie nichts unternehmen. Die Briganten können den Gasthof abbrennen, solange die Ware der Händler verschont bleibt, kümmert es sie nicht.«

Meine Teetasse zeigte auf die Reisegesellschaft zwei Tische weiter. Sternheim blickte auf, sah es als einen Toast und hob seinen eigenen Becher. Er lächelte uns an, oder eher Lea, und wandte sich dann wieder seinem Herrn zu.

»Sternheim habt Ihr ja heute Morgen kennen gelernt. Er ist wohl der Anführer dieses Trupps. Sagt, denkt Ihr, er wird sein Schwert ziehen, um die Ehre einer Schankmagd zu verteidigen?«

Lea kaute auf ihrer Unterlippe, als sie sich im Gastraum umsah. Dann senkte sie den Kopf. »Nein. Also muss ich es tun. Vielleicht helft Ihr mir?«

»Ich werde Euch nicht helfen. Weil Ihr es nicht tun werdet. Es sei denn«, ich beugte mich vor, so dass ich leise genug sprechen konnte, »Ihr kennt einen Spruch, einen Zauber, der vielleicht alle vier gleichzeitig in Asche verwandelt. So etwas wäre nützlich.«

»Ich kann sie vielleicht alle gleichzeitig etwas verletzen. So als ob ich einen Eimer kochendes Wasser über sie ausschütte«, antwortete sie leise.

»Das wird sie nur in Rage bringen. Könnt Ihr einen direkt töten? Es gibt solche Zauber, ich habe sie schon gesehen.«

»Das sind Zauber eines hohen Zirkels. Oft werden sie von mehreren Maestros gewirkt. Aber ich habe den Schwertkampf gegen mehrere Gegner zugleich trainiert.«

»Ja«, sagte ich. »Ich weiß, wie das vor sich geht. Vier Gegner stellen sich um Euch herum auf und versuchen, Euch zu treffen. Ihr turnt herum, wehrt diesen Schlag ab und jenen. Schon einmal gewonnen?«

»Ja«, sagte sie.

»Wo war das?«

»In Illianstadt. Der Waffenmeister selbst unterrichtete mich.«

»Ihr seid eine Getreue der Königin, tragt sogar ihren Ring als Unterpfand. Ihr begebt Euch auf diese Reise ... Sagt, seid Ihr geachtet und bekannt in der Kronburg?«

Sie nickte fest.

»Mag man Euch? Sehen die Wachen und Ritter Euch gerne, haben sie ein Kompliment und eine hübsche Verbeugung für Euch übrig, wenn Ihr in den Waffensaal schreitet?«

Sie zögerte kurz. Dann nickte sie. »Ja. Ich glaube, ich bin gern gesehen.« Sie sagte es reichlich zögerlich.

»Ich könnte mir auch nicht vorstellen, dass man Euch nicht leiden mochte. Ich glaube auch kaum, dass jemand an Eurem Mut und Eurer Ehre zweifelt.«

»Ihr glaubt, man ließ mich gewinnen.«

»Ich glaube es nicht, ich weiß es. Nicht absichtlich, o nein. Wenn der Waffenmeister sein Gold wert ist, dann darf das nicht geschehen. Aber wenn sie Euch mögen, dann war es ein Trainingskampf. Sie wollten Euch nicht ernsthaft verletzen.«

»Könnte es nicht sein, dass ich einfach gut genug bin?«

»Habt Ihr gegen den Waffenmeister gewonnen?«

»Ja. Einmal.«

»Wer ist es? Noch immer Solgnein?«

»Solgnein? Der ist schon lange tot.« Sie warf mir einen seltsamen Blick zu. »Es ist Lisgur. Ich glaube, er ist sein Enkel.«

Solgnein tot? Es erschien mir, als hätten wir erst gestern zusammen getrunken und gehurt. Die Zeit verging wirklich schnell, wenn man nicht darauf achtete. Ich wischte den Gedanken beiseite.

»Wie oft bekamt Ihr Sand ins Gesicht? Wie oft habt Ihr mit verbundenen Augen trainiert?«

Sie war überrascht. »Nie! Das geht wohl auch kaum.«

Ich lehnte mich zurück. »Ihr seid eine Maestra. Es wäre nichts leichter, als Euer magisches Talent in Euren Kampfstil mit einzubinden.« Ich musterte sie, bis sie unruhig wurde unter meinem Blick. »Ich hatte vorhin das Vergnügen zu sehen, wie die Götter Euch schufen. Ihr habt hart gearbeitet, seid hervorragend in Form. Sagt mir, welche Eurer Studien habt Ihr am meisten vernachlässigt? Die Kunst des Schwerts oder die Kunst der Magie?«

»Keine. Ich gab in beiden alles, was ich konnte.« Diesmal beachtete ich die feine Röte in ihrem Gesicht kaum.

Ich machte eine Geste, die den Gastraum einschloss. »Stellt Euch vor, Ihr kämpft hier gegen sechs oder gar neun Mörder. Andere Gäste sind vielleicht auch noch da. Tische, Stühle und Bänke stehen im Weg herum, die Kerzen sind umgefallen, nur das Feuer im Kamin bringt Licht. Einer von ihnen hat Euch seinen Rum ins Gesicht geschüttet, ein anderer wirft mit einem Stuhl nach Euch, ein Dritter seinen Dolch, der Vierte … der Vierte hält Euch Lisbeth entgegen, um Euren Streich abzufangen.« Ich beugte mich wieder vor. »Oder er hält Lisbeth die Klinge an die Kehle und teilt Euch mit, dass er sie aufschlitzen wird, wenn Ihr nicht Eure Waffen niederlegt.«

Seit ich sie an diesem Morgen gesehen hatte, hatte ich eine andere Sorge. Ihr Schwert mochte die Briganten vielleicht abschrecken – die Legenden, die sich um eine Bannklinge rankten, waren zahllos –, aber hätten sie Leandra gesehen, wie ich sie sah … Keine Klinge dieser Welt würde ihre Gier zügeln. Nur beenden.

Sieglinde war hübsch, vielleicht sogar schön in manchen Augen. In einer anderen Welt und in einer anderen Zeit hätte ich ihr vielleicht sogar einen Antrag gemacht. Einst hatten sich meine Träume um solcherlei gedreht: die Tochter eines Wirts ehelichen und irgendwann das Schwert am Gürtel gegen eine Schürze tauschen und eine Schar von Kindern in die Welt setzen. Aber Leandra ... sie berührte mich dort, wo mich kaum jemand sonst berührt hatte. Das letzte Mal, als mich große, kindliche Augen aufgefordert hatten, mein Leben für sie aufzugeben, war ich dieser Bitte gefolgt. Natürlich starb ich dann auch. Eine bittere, aber lehrreiche Lektion, so hatte ich bis zu diesem Zeitpunkt gedacht.

»Aber ich habe so oft die Balladen gehört. Nehmt Ser Roderic ...« Ich warf ihr einen scharfen Blick zu. Sie ignorierte ihn.

»Es heißt, er habe allein zwei Dutzend Briganten verfolgt und sie nacheinander im Namen des Königs gehängt.«

Ich rollte mit den Augen. »Ich kenne die Ballade:

> *Wie ein Schatten schlich er sich*
> *Durch die Bäume ganz geschickt*
> *Der Räuber Lager er nun sah*
> *Sein Ruf erschallte durch die Nacht*
> *Mit kaltem Stahl er Ihnen Recht gebracht.*

Fürchterliche Reimform.«

»Gesungen und nicht mit diesem ironischen Unterton deklamiert, hört es sich besser an. Worauf wollt Ihr hinaus?«

»Der gute Barde verliert kein Wort über das Wie.«

»Kennt Ihr es, das Wie?« Ich sah ihre Augen funkeln und das Lächeln in ihren Mundwinkeln.

»Nein, woher denn? Meine Vermutung ist, dass er zum einen nicht allein war und zum anderen ihnen keinen fairen Kampf bot. Sie waren Briganten, keine Ritter. Wenn überhaupt, schlich er sich ins Lager und schnitt ihnen der Reihe nach im Schlaf die Kehlen durch. Thema erledigt, auch tote Körper kann man aufhängen. So hätte ich es gemacht.«

»Nicht der geeignete Stoff für Balladen, das gebe ich zu. Etwas zu unehrenhaft«, stimmte sie mir lächelnd zu.

Laute Stimmen rissen uns aus unserem Gespräch. Die Söldner waren erwacht, und schon bevor sie den Gastraum erreichten, riefen sie nach Bier. Lisbeth war nirgendwo zu sehen, hinter der

Theke stand unser guter Wirt mit hochrotem Kopf. Er warf mir einen hilflosen Blick zu, während Sieglinde auf ihn einredete.

Dann nahm er sie in die Arme und drückte sie heftig. Wir sahen beide, wie er sich verstohlen eine Träne abwischte und tief Luft holte. Als die neun lautstark ihre Plätze einnahmen, tat er, als wäre nichts geschehen. Wieder teilten sich die Söldner in sechs und drei auf, aber diesmal war ich mir nicht so sicher, ob sie nicht doch zusammengehörten. Zeitgleich aufgestanden? Das mochte wohl sein, aber nicht zufällig.

Ich beobachtete Sieglinde, wie sie ihnen ihr Frühstück brachte. Zu meiner Erleichterung verhielt sie sich nicht anders als sonst. Schlaues Mädchen.

»Vielleicht wäre das eine Möglichkeit. Man schneidet ihnen einfach die Kehlen durch, wenn sie schlafen«, sagte Lea leise.

Ich seufzte. »Keine schlechte Idee, aber sie schlafen in zwei Räumen hinter festen Türen. Und sie rechnen mit so etwas. Wahrscheinlich schläft einer von ihnen direkt hinter dem Eingang.«

Ich hielt Sieglinde meine Teetasse hoch, sie nickte und eilte mit einer Kanne herbei, um nachzufüllen, gefolgt von den gierigen Blicken der Sechsergruppe. Die Dreiergruppe jedoch schaute in unsere Richtung, nachdenkliche Blicke, überlegende Blicke.

»Wir sind hier doch nicht dabei, ernsthaft zu überlegen, ob wir sie im Schlaf ermorden wollen? Bisher haben sie nichts getan. Außer etwas zu laut zu fluchen, die Bedienung anzugrabschen und zu viel zu trinken. Kein Grund, sie aufzuhängen.«

»Ihr wisst so gut wie ich, dass sie nicht alle Söldner sind oder dass sie zumindest so wenig Skrupel haben, dass es keinen Unterschied macht«, entgegnete sie mir.

»Seid Ihr zum Ritter geschlagen, Sera?«

»Ja, natürlich.«

»Natürlich. Ihr wisst, dass manchem diese Ehre nicht widerfährt. Nun, dann könnt Ihr in Illian einen Leibeigenen erschlagen, wie es Euch beliebt. Und Euch seine Tochter greifen … in

Eurem Fall vielleicht den Sohn. Und sie aufhängen. In Illian. Aber wir sind hier, falls es Euch entgangen ist, in Letasan. Hier besitzt Ihr dieses Recht nicht.« Ich zuckte mit den Schultern. »Vielleicht wird man es tolerieren, vielleicht erklärt Euch der Graf aber auch selbst zum Briganten.«

»Ich glaube, er wird mir zustimmen«, sagte sie. Und sie hatte damit wahrscheinlich Recht. Man musste sie nur ansehen, dann glaubte man ihr augenblicklich.

»Es wäre die einfachste Lösung«, beharrte sie.

»Gut. Nehmen wir an, Ihr wüsstet, wie man an der Tür oder den Fensterläden vorbeikommt. Vielleicht verwandelt Ihr Euch in Rauch und fahrt durch die Esse nieder. Aber könntet Ihr es tun? Ihnen die Hälse der Reihe nach durchschneiden?«

»Wenn ich muss.«

Ich nahm ihre Hand in meine. Kurz widerstand sie, dann ließ sie sie mich halten. Sie war schlank, aber kräftig, ich sah die feinen Narben darauf. Als sie Steinherz zur Ruhe gebettet hatte, hatte sie nicht gezögert, ihm seinen Blutzoll zu geben. Auf meinem Handrücken sah ich die Altersflecken, die Falten, die hervorgetretenen Adern: die Hände eines alten Mannes. Ihre Hand dagegen war jung und glatt, trotz all der Narben. Und um ein gutes Drittel kleiner. Ich bildete es mir wahrscheinlich nur ein, aber ich vermutete, dass ich mit einem Griff ihre Knochen brechen konnte.

»Sera«, sagte ich ernsthaft. »Es ist noch nichts passiert.«

»Der Junge ist tot.«

Damit hatte sie Recht. Irgendwie hatte ich das vergessen. Es erschien mir unwirklich, wer glaubte schon an Werwölfe?

»Damit kommen wir zu einem Problem, das wichtiger ist als unsere Briganten.«

»Gestern noch habt Ihr sie für gefährlich genug gehalten.«

»Und heute Morgen fanden wir das, was ein Werwolf von seinem Mahl übrig gelassen hat.«

»Ich glaube noch immer nicht an Werwölfe.«

»Die Milch der Kuh, die am nächsten an der Leiche stand, ist in ihrem Euter sauer geworden«, berichtete ich ihr leise.

Sie wurde bleich. »Das auch?«

Ich nickte. »Es gibt viele Legenden, an denen etwas Wahres ist. Vielleicht sind Werwölfe sehr selten, aber ich kann es nicht mehr ausschließen. Selbst wenn es keiner ist, dann ist es ein Tier, das seine Opfer entkleidet und sich in einem eingeschneiten Gasthof unentdeckt verborgen hält. Und das bei der Größe eines kleinen Bären.« Ich hielt ihre Hand noch immer fest. »Wenn die Legenden stimmen, dann können Werwölfe nicht durch herkömmliche Waffen getötet werden. Es gibt somit in diesem Gasthof nur eine Klinge, die dem Werwolf schaden kann. Steinherz. Alle anderen werden ihn nicht verwunden.«

»Ich habe auch schon daran gedacht.«

»Ich mache es Euch noch deutlicher. Wenn nun der Werwolf offen durch diese Tür hier träte, bräuchte er nur Euch zu besiegen, um sich dann genüsslich und in aller Ruhe die anderen einzuverleiben. Ihr seid die Einzige, die ihm gefährlich werden kann. Und er weiß es, der Mensch in ihm weiß es. Denn Ihr habt Steinherz laut genug vorgestellt. Ein Dolch in Euren Rücken von einem, den Ihr für unverdächtig haltet, und er kann tun und lassen, was er will.«

»Die Kettenglieder meiner Rüstung sind zu fein für einen Dolch.«

»Dann nimmt er eine Zimmermannsahle. Oder schneidet Eure Kehle durch. Achtet auf Euren Rücken.«

»Werdet Ihr das nicht tun?«

»Doch. Wenn Ihr bei mir seid. Geht nicht allein irgendwohin.«

»Die Absicht habe ich nicht.«

Das Gelächter am Tisch der Briganten lenkte unsere Aufmerksamkeit wieder auf sie. Einer von ihnen hatte Sieglinde ergriffen und küsste sie. Sie strampelte, befreite sich, funkelte den Mann an, wischte sich den Kuss von den Lippen und ging davon, ihn mit Missachtung strafend, aber mit einem gewissen Schwung in den Hüften. Ich blickte ihr bewundernd nach, wie viele andere hier im Raum. Plötzlich schien die Temperatur zu steigen.

Ich bemerkte Leas Blick und sah zu ihr hinüber. Sie musterte mich nachdenklich.

»Sie erregt Euch auch, nicht wahr?« Sie sagte es so leise, dass ich sie kaum hörte.

Stimmte das womöglich? Ich sah zu Sieglinde hinüber. Der oberste Knopf ihrer Bluse war offen, vorhin war er es nicht gewesen; gestern schon hatten die Briganten versucht, ihr die Bluse zu öffnen. Heute ließ sie den Knopf gleich auf. Ihre Haare hatten sich zum Teil aus ihrem strengen Zopf gelöst, ihre Wangen waren gerötet, und ihre Augen hatten einen gewissen Glanz. Er mochte vielerlei Ursachen haben, aber hier in dieser Situation konnte man ihre Angst für Erregung halten.

Ihr Busen hob und senkte sich, als sie das schwere Tablett aufnahm und eine neue Lage an den Tisch der Briganten brachte.

Einer von ihnen griff ihr an den Hintern, und sie schüttete ihm wortlos sein Bier über. Er sprang auf, aber die anderen Briganten lachten und johlten. Sieglinde, die bemerkte, dass sie möglicherweise etwas zu weit gegangen war, lachte mit, begab sich zu ihm, küsste ihn kurz, aber hart auf das biernasse Gesicht, bevor sie seiner Hand elegant auswich und das leere Tablett zur Theke zurückbrachte, von wo ihr Vater mit steinernem Gesicht die ganze Sache beobachtete. Das Schauspiel wurde mit lautem Gejohle quittiert, sogar der biergetränkte Brigant war wieder bester Laune.

Ich sah zu Lea zurück, die mich die ganze Zeit über nicht aus den Augen gelassen hatte.

»Ihr habt Recht. Sie ist eine attraktive Frau.«

»Und Ihr seid alt genug, um ihr Großvater zu sein.« Ihre Stimme klang vorwurfsvoll.

»Ich werde wohl kaum über sie herfallen.«

»Ihr habt ihr nur geraten zu huren. Wie lastet das auf Euren Schultern?«

»Im Vergleich zu anderem leicht. Wartet die Zeit ab, bis der Sturm uns aus seinen Klauen entlässt, dann stellt die Frage noch einmal.«

»Dann stelle ich eine andere: Wer kann der Werwolf sein?«, fragte sie und wechselte damit, sehr zu meiner Erleichterung, das Thema. Ich nahm mir vor das nächste Mal zu lügen.

»Gibt es nicht für Euch eine Möglichkeit, das herauszufinden? Gibt es nicht einen Spruch, der übernatürliche Wesen erkennbar macht?«

»Ja, so etwas gibt es«, sagte sie. »Und er steht in meinem Buch geschrieben. Aber es ist Ritualmagie. ›Erkennbar machen‹ ist vielleicht auch nicht ganz korrekt ... Ich kann ihn zwingen, seine Gestalt zu verändern.«

»Gut. So können wir ihn finden. Zwingt ihn, seine Form zu ändern, und erschlagt ihn mit Steinherz.«

»Vorher bitte ich ihn, in dem Ritualkreis Platz zu nehmen, den ich mit geriebenem Silber ausgelegt und an dem ich drei Stunden lang ein Ritual zelebriert habe, das unter anderem als Ingredienz etwas benötigt, was von einem Werwolf selbst stammt. Klaue, Pfote, Zahn. Es muss nicht von ihm sein, ein anderer Werwolf genügt. Es ist ein Ritual des sechsten Zirkels. Eines, das meine Kräfte gerade so erreichen könnten. Danach werde ich wahrscheinlich zwei Tage wie tot schlafen.«

»Gut. Ich bitte den nächsten Werwolf, den ich sehe, mir eine Klaue zu leihen.«

»Eben.«

Ich grübelte. »Gibt es sonst nichts?«

»Ich muss mein Buch studieren. Wisst Ihr, es ist alt. Ich fand es in der Bibliothek der Kronburg. Die Schrift ist so alt, dass ich sie neu erlernen musste, und ich habe es noch nicht ganz durchgearbeitet. Viele der Rituale benötigen Bestandteile, es ist wie ein Rezeptbuch. Spontane Magie braucht so etwas nicht. Ich habe mich nur den Sprüchen gewidmet, die kein Rezept benötigen, denn manche Stoffe sind mir nicht bekannt. Wisst Ihr zum Beispiel, was ein Urlgardwurz ist? Ich habe das Wort überall gesucht, konnte die Bedeutung aber nicht finden, außer, dass es eine Wurzel sein müsste.«

»Alraune. Urlgard ist der almanische Name für die Erdenmutter. Die Erdfrau, die Alraune.«

Sie lehnte sich in ihrem Stuhl zurück und kreuzte die Arme unter ihrem Busen. »Aha. Ihr seid wahrhaftig voller Überraschungen, Havald. Woher wisst Ihr das?«

»Ich lebte einige Zeit im Norden. Dort spricht man die alte Sprache noch zum Teil. Nützt Euch das?«

»Nun, ich weiß jetzt, wie ich einen Zauber wirken kann, der sicherstellt, dass ich Zwillinge bekomme, wenn wir miteinander schlafen.«

Ich verschluckte mich an meinem Tee. »Bitte?«

Sie zuckte mit den Schultern. »Das Buch ist voll von solchen Dingen.«

Ich sah sie an. »Habt Ihr auch etwas in Eurem Buch, das Fruchtbarkeit verhindert?«

Sie sah überrascht auf und folgte dann meinem Blick zu Sieglinde.

»Oh.«

Ja, oh. Ich beobachtete Sieglinde bei ihrem Tanz mit den Wölfen. Die Briganten lachten mehr, ließen sie kaum noch aus den Augen, und die Stimmung war besser. Was nichts heißen musste. Sie hatten noch den ganzen Tag, um sich zu besaufen. Auch aus Gelächter heraus konnte es gefährlich werden, ich wusste das nur zu gut. Keiner schien sich zu wundern, dass die beiden anderen Töchter nicht zu sehen waren und der Vater selbst mit bediente.

Sieglinde hatte meine Hochachtung. Könnte ich mich solchen Männern hilflos ausliefern? Jede Faser meines Seins sträubte sich bei dem Gedanken. Was erforderte wohl mehr Mut? Sich einem Trupp Barbaren entgegenzustellen oder sich in die Gewalt dieser Leute zu begeben?

Wenn ich eine Möglichkeit fand, würde ich ihr das ersparen. Wenn nicht … Es bestand eine gute Chance, dass sie mit ihrem Opfer auch mich rettete. Wenn wir das Ende des Sturms erlebten, dann hatte ich vor, ihre Zukunft zu sichern. Mein Rat lastete schwerer auf meinen Schultern, als ich es selbst vermutet hätte.

9. Zokora

Ich blickte auf meine Hände hinab. Ich fühlte mich unnütz, alt und verbraucht. Zwanzig Jahre wartete ich nun schon auf den Tod. Ich spürte mit jedem Tag, wie die Jahre mich schneller einholten.

Ich sah zu Lea hinüber. Gestern Abend hatte sie angemerkt, dass ich kaum älter als fünfzig Jahre aussah. Vor drei Jahren noch hatte ich ausgesehen wie dreißig, vor einem Monat noch hätte man mich für vierzig halten können. Das Tempo, mit dem die gestohlenen Jahre mich einholten, verstärkte sich. Ein Monat, vielleicht zwei ... Ich rechnete nicht damit, den Winter zu überleben. Lea. Sie trug eine Bannklinge, war vielleicht elfischer Abstammung, besaß die Magie ... Sie sagte selbst, dass sie auch in hundert Jahren noch jung sein würde. War es das? War das die Last des Alters, dass man andere um sich herum sterben sah, bis man nur noch allein dastand? Wäre es anders, wenn man nicht allein war, wenn der Kreis der Jahre auch eine andere unberührt ließ?

Auf meinen Wanderungen war ich hin und wieder anderen begegnet, auf denen die Jahre leicht oder gar nicht lasteten. Man sah sich, nickte sich zu und verlor sich wieder aus den Augen.

Elfen, so sagte man, lebten Jahrhunderte oder seien gar unsterblich. Ich hatte hier und da einen Elfen gesehen, und ich glaubte den Legenden, denn die Augen in den jungen Gesichtern waren oft alt und weise. Ich sah immer noch auf meine Hände hinab und bemerkte nun zum ersten Mal, dass meine linke Hand leicht zitterte. Auch das war neu. Mein Gehör war nicht mehr das, als was ich es in Erinnerung hatte, und manchmal, wenn ich etwas sehen wollte, kniff ich die Augen zusammen und konnte es dennoch nicht immer klar erkennen. Ich war meinem Ziel nahe, noch wenige Monate, dann hatte ich es hinter mir, dann war vorbei, was schon viel zu lange währte.

Zwanzig Jahre hatte es gebraucht. Und jetzt kam sie, und ich wollte wieder leben.

Ich wusste, dass sie mich beobachtete. Sie war geduldig, hatte nicht noch einmal nach Roderic gefragt, mich nicht gedrängt. Die nächsten zehn Tage oder so würde ich diesen Ort wohl kaum verlassen, genug Zeit für sie. Wenn wir dies überleben würden.

Ich blickte auf von meinen Händen und sah ihr in die Augen, als plötzlich einer der Händler aufsprang.

»Hört ihr es nicht? Seid ihr alle taub?« Der andere Händler versuchte ihn zu beruhigen, aber der Mann riss sich los. »Ich bin nicht verrückt! Ihr müsst es doch hören!«

»Vielleicht, wenn du nicht so herumschreist.« Der Anführer der Briganten hatte sich zu dem Händler herumgedreht. »Wenn du nicht still bist, stopfe ich dir das Maul.«

Ich sah, wie sich Lea anspannte. Eben noch war alles verhältnismäßig friedlich gewesen, nun lag Gewalt in der Luft.

»Ich kann nichts hören«, sagte Sternheim vom anderen Tisch.

»Eben! Der Sturm hat aufgehört! Wir sind frei!«, rief der Händler und riss sich aus den Händen seines Kollegen los.

Verdutztes Schweigen und – Totenstille. Die meisten legten den Kopf zur Seite oder schlossen die Augen, um zu lauschen, und auch ich ertappte mich dabei, wie ich angestrengt hörte. Überraschte Augen sprangen auf, befreites Lachen war zu hören, hier und da ein erleichtertes Kichern. Der Händler hatte Recht, das endlos scheinende Geheul des Sturms war nicht mehr unser ständiger Begleiter, auch die Flammen in den Kaminen tobten nicht mehr, sondern brannten ruhiger.

Lea blickte auf zur Decke des Gasthofs, sah dann wieder mich an und lächelte.

»Es scheint, als habe sich Eure Prognose nicht bestätigt. Vielleicht wird es nicht so schlimm, wie Ihr denkt.«

»Es würde mich freuen, wenn ich mich irre«, antwortete ich ihr, aber meine Blicke lagen immer noch auf dem Händler. Der Mann war nicht besonders groß, aber stämmig. Seine Kleider waren gut, aber nicht fein, seine Hände kräftig. Ich mochte wetten, dass er die harten Zügel eines Fuhrwerks oft selbst in den Händen hielt. Eigentlich jemand, dem ich größere Selbstbeherrschung zugetraut hätte. Der Söldner ignorierte ihn mittlerweile, die Herrschaften unterhielten sich angeregt untereinander und griffen nach Dolch und Schwert, als ob sie irgendwohin aufbrechen wollten.

Der Händler machte sich unterdessen an der Eingangstür zu schaffen. Ich stand auf, begab mich in seine Richtung, aber es war die schlanke Gestalt, die schon gestern Abend, in ihren Umhang gehüllt, diese eine Ecke für sich beansprucht hatte, die ihm nun entgegentrat. Eine schlanke, behandschuhte Hand legte sich auf den Riegel der Tür.

»Händler«, hörte ich die Stimme. »Das willst du nicht tun.«
Eine Frau. Bei den Göttern.

»Und warum nicht?« Der Händler schien sich etwas gefangen zu haben, war nun eher überrascht als verärgert, dennoch ließ er seine Hand an der Tür.

Die Frau schlug zum ersten Mal die Kapuze zurück, und nicht nur ich blinzelte überrascht. Das rabenschwarze Haar floss wie eine dunkle Welle über ihre Schultern, die dunkelbraune Haut wirkte in der unsicheren Beleuchtung des Gastraums fast wie eine Ansammlung von Schatten. Ihre Gesichtszüge vereinten in sich die grazile Schönheit der Elfen und diese gewisse Wildheit, die allen ihres Volks eigen war. Eine Dunkelelfe.

Der Händler wich erschrocken zurück, machte das Zeichen der Einigkeit, als ob das die Frau auf der Stelle niederschlagen sollte. »Fasst mich nicht an!«, rief er, obwohl er nun schon einen guten Meter zurückgewichen war.

Ich war angekommen und befand mich etwas seitlich zwischen ihnen. »Beruhigt Euch, guter Mann«, sagte ich. »Sie tut Euch nichts.«

Der Händler sah zu mir hoch, ich war gut zwei Köpfe größer als er, aber er warf mir nur einen flüchtigen Blick zu. »Es ist ein Wunder, dass wir alle noch leben und nicht in dieser Nacht schon von ihrem blutigen Messer niedergemetzelt wurden!«

»Ich bin ein Gast wie du es bist. Nach altem Recht ist in einer Herberge kein Händel erlaubt«, erklärte sie ruhig.

»Und warum wollt Ihr verhindern, dass ich den Gasthof verlasse?«, rief er erbost. Seine Hand lag nun am Knauf seines Dolchs.

»Ser«, versuchte ich erneut einzuschreiten, abermals ignorierte er mich.

»Sagt es mir!«, forderte er, und zu mir gewandt: »Haltet Euch da heraus, alter Mann.«

Alter Mann. An einige Dinge musste ich mich noch gewöhnen.

»Ich will niemanden hindern, den Gasthof zu verlassen, auch wenn es nicht von hohen Geistesgaben zeugt.« Sie war immer noch ruhig, aber ihre dunklen Augen blitzten. Ich wusste, dass es sie gab, aber ich hatte noch nie zuvor einen Dunkelelfen gesehen. Sie war klein und zierlich, aber allein ihre Haltung zeigte, dass sie sich anders sah, es war fast schon eine Warnung, sie nicht zu unterschätzen. Sie nahm einfach mehr Raum ein, als man ihr im ersten Moment zugestehen würde. Doch ein zweiter Blick hätte zur Vorsicht mahnen sollen. Dieser Händler jedoch war blind.

»Aber es ist nicht klug, diesen Weg zu wählen. Versuch es vom Stall aus, dort ist das Tor größer.«

»Und warum nicht diese Tür öffnen?«

Sie hob den Riegel an und zog, die Tür öffnete sich knirschend, kleinere Eispartikel fielen herunter. Vor uns war eine weiße Wand aus Schnee, von einer glitzernden Eisschicht überzogen, welche den Konturen der Tür folgte.

»Deshalb. Der Schnee ist ungebrochen und hilft uns, unsere Wärme zu erhalten.« Sie legte die Hand auf das Eis. »Dieses Eis ist so kalt, wie Eis nun mal ist ... aber nichts gegen das, was der Sturm an Wärme frisst. Dieses Eis schützt uns, ich will keine Wunde in den Panzer schlagen, der unser Leben bewahrt.«

»Der Sturm ist vorüber, Verfluchte!«, rief der Händler. »Wen schert das Eis denn noch?«

»Ser. Sie hat Recht. Der Sturm ist noch nicht ...«

Er fuhr zu mir herum. »Ich sagte, haltet Euch heraus, alter Mann!« Und damit schob er mich mit aller Macht zurück, etwas, worauf ich nicht vorbereitet war. Ich stolperte über die Kante einer Bank, krachte mit dem Rücken gegen die Ecke eines Tischs und maß meine Länge auf dem Boden ab, viel zu überrascht, um darauf zu reagieren, als sich Lea neben mich hockte und mit einem Lächeln auf mich herabsah.

»Man muss immer auf alles vorbereitet sein, nicht wahr?«, sagte sie.

»Danke für den Rat«, antwortete ich. Wenigstens war dies meine Absicht, aber mir fehlte die Luft zum Sprechen. »Haltet hier keine Maulaffen feil, sondern sorgt dafür, dass er sich beruhigt«, versuchte ich zu sagen, aber meine Stimme war leise und kraftlos, und ich hatte Schwierigkeiten zu atmen. Was war nur geschehen?

Ihre Ohren jedoch waren gut genug, um mich zu verstehen. »Ich sehe, es geht Euch gut«, sagte sie, warf mir einen letzten Blick zu, stand auf und platzierte sich solide zwischen der Dunkelelfe und dem Händler.

»Ser.« Ihre Stimme war bestimmt und forderte seine Aufmerksamkeit. Aber es half seinen Manieren nicht auf die Sprünge. »Was wollt Ihr nun von mir? Wollt Ihr dieser Verfluchten Beistand leisten? Wäre es nicht Eure Pflicht, sie zu vernichten?«, fuhr er sie grob an.

Leandra verzog das Gesicht, als habe sie etwas Unangenehmes gerochen. »Sie ist ein Gast. Wie Ihr es seid oder ich.«

Ich hatte mich indes herumgewälzt und befand mich auf dem Weg, wieder aufzustehen. Zurzeit hatte ich das Stadium des vierfüßigen Kriechens erreicht. Eine übliche Zwischenstation zum aufrechten Gang. Jedes Kind kannte sie. Gleich würde ich stehen. Sobald ich wieder Luft bekam. Das war leichter gesagt als getan. Als mein Brustkorb sich endlich wieder hob, spürte ich den stechenden Schmerz im Rücken. Ich kannte diesen Schmerz von früher: Ich hatte mir an der götterverfluchten Ecke des Tisches eine oder gar mehrere Rippen gebrochen!

Ich erhob mich schließlich, stützte mich am selben Tisch ab, der meine Knochen gebrochen hatte, und warf einen Blick zurück in den Gastraum. Unser kleines Tableau, die Dunkelelfe, Leandra, der Händler und ich, wir waren im Zentrum der Aufmerksamkeit, wobei die Blicke weniger an mir haften blieben, sondern zwischen Leandra und der Elfe hin- und herpendelten.

Es war ein Kontrast, wie er stärker nicht sein konnte: Leandra, hoch gewachsen, schlank, athletisch, weißhaarig, die Elfe hingegen zierlich, einen Kopf kleiner und mit Haar wie dem Gefieder eines Raben.

»Wahrscheinlich ist sie es, die den armen Jungen zerfleischt hat!«, fuhr der Händler fort. Innerlich seufzte ich. Ich kannte das. Wahrscheinlich war der Mann zu spät aufgebrochen, hatte gehofft, den Pass noch erreichen zu können. Diese Rast hier kostete ihn Zeit und Geld, seine Reise, die vielleicht lange währte, schien nun sinnlos und kostspielig, er war frustriert, und hier stand eine, die geeignet erschien, Frust und Zorn ein Ziel zu bieten.

»Man hört doch, dass sie wie wilde Tiere sind!«

Ja, Ser, dachte ich, macht weiter so. Ich sah im Gastraum schon einige nachdenkliche Gesichter und vereinzelt andere, die bestätigend nickten. Noch ein paar Worte, und Ihr habt einen Mob erschaffen.

»Ja, das sagt man von uns«, entgegnete die Elfe in derselben ruhigen Stimme. »Weißt du auch, wer es ist, der das sagt?« Sie wartete die Antwort nicht ab. »Es sind unsere geliebten Cousins, die so von uns sprechen. Die hohen Elfen in ihren Palästen. Es sind dieselben, die Menschen junge Hunde nennen, die erst erzogen und dressiert werden müssen, bevor sie Nutzen zeigen können. Da weiß ich doch, welchen Vergleich ich vorziehe.«

»Ich hörte einst, dass Dunkelelfen eine Stadt der Menschen angegriffen haben, jeden erschlugen und die Kinder raubten! Versklavt haben sie die armen Leute!«, kam eine erboste Stimme von hinten. Ich warf einen Blick zurück: Es war der Herr Baron, er war aufgestanden und schüttelte erbost seine Faust. »Vielleicht ist sie wirklich der Werwolf! Wir sollten sie verbrennen, um sicherzugehen!«

Zustimmendes Nicken von allen Seiten. Im Hintergrund sah ich zuerst die Briganten, die sich, zurückgelehnt in ihren Stühlen, das Schauspiel gelassen und erheitert ansahen, dann, weiter hinten, Sieglinde, die in den Armen des Vaters Schutz suchte. Der Blick des Wirts begegnete meinem, und ich war erleichtert, dass er nicht Gleiches forderte, sondern dass er mich stumm um Hilfe bat. Als ob meine Hilfe bisher von Nutzen gewesen wäre.

»Ich bin Zokora von Ysenloh. Meine Mutter war Ysbeta, ihre Mutter war Lohese, und sie wiederum entsprang den Lenden von Jehala. Ich bin vom Blut der Dornen, mein Omen ist die Katze und mein Wort ist das einer geweihten Kriegerin der Solante, der Schwester von Astarte, die ihr Menschen verehrt.« Stolz stand sie da, das Kinn hochgereckt, die dunklen Augen funkelten. »Sucht den Wolf nicht in mir, denn mein Omen ist das der Katze!«

»Sie war es nicht.« Dies war die überraschend feste Stimme von Eberhard, dem Wirt. »Ich war die ganze Nacht unterwegs, habe das Feuer geschürt. Nicht einmal hat sie sich von ihrem Platz wegbewegt.«

»Wer weiß schon ...«, hob der Händler zu einer erhitzten Antwort an. Und stockte. Denn als ich diesmal an ihn herantrat, ignorierte er mich nicht. Es mochte daran liegen, dass er die Spitze meines Dolches in der Seite spürte, verborgen vor den Blicken hinter mir, aber erkennbar für Lea und die Dunkelelfe. Lea hob überrascht die Augenbrauen, die Dunkelelfe betrachtete mich nur nachdenklich.

»Hört gut auf meine Worte, Händler«, sagte ich leise. Meine Stimme war kalt wie der Sturm, den er vorbeigezogen wähnte. »Und regt Euch nicht, sprecht nicht mehr, als ich es von Euch wünsche. Wenn Ihr antwortet, antwortet so, dass nur ich Euch höre und niemand sonst. Habt Ihr mich verstanden, so nickt.«

Schweißperlen entstanden auf seiner Stirn. Er nickte.

»Zum einen etwas, was Euch aufmuntern sollte. Ihr habt soeben einen Ritter zu Boden gestoßen. Einen alten Mann, aber einen Ritter. Ich schätze, Ihr seid selbst von Adel, dass Ihr Euch das traut?«

»Nein, Ser.« Seine Augen waren nun geweitet, als er sich darüber klar wurde, was die Tragweite seines Handelns sein konnte.

»Mein Name ist Havald. Ser Havald für Euch. Sagt mir Euren.«

»Rigurd. Sohn von Anval.«

»Woher stammt Ihr, guter Mann?«

»Aus Losaar.«

Ich nickte. »Ein nettes Städtchen, malerisch gelegen am Fluss Lo. Guter Handel dort, nicht wahr? Und Illian fordert kaum mehr als den Handelszehnten von Euch.«

Er ließ hilflos die Schultern hängen und erstarrte dann, als diese Bewegung die Spitze meines Dolches über seine Haut kratzen ließ.

»Wir beide setzen uns nun dort an den Tisch. Mit ihr und der Maestra, der Ihr ebenfalls nicht genügend Respekt entgegengebracht habt. Habt Ihr mich verstanden? Nickt.«

Er nickte.

»Gut.« Ich wandte mich zu der Dunkelelfe. »Sera Zokora, würdet Ihr uns Gesellschaft auf einen heißen Tee leisten? Und schließt bitte die Tür, der Anblick von so viel Schnee deprimiert mich.«

10. Janos Dunkelhand

»Was macht Ihr da, alter Mann?«, rief eine Stimme von hinten. Ich ließ Rigurd, den Händler, los und schubste ihn in Richtung des Tisches. Eine seiner Wachen hatte sich erhoben. »Wagt es nicht, Hand an ihn zu legen.«

Ich gönnte dem Mann einen Blick. »Wenn Ihr ihm helfen wollt, packt eine Schaufel und legt vor dem Tor der Stallungen einen Weg frei, damit er klare Luft atmen und den Himmel sehen kann. Keinem von uns wird es schaden, die Gestirne zu erblicken.«

»Meister Rigurd?«, fragte die Wache.

»Palus, tut, was der Ser sagt. Ich will den Himmel sehen«, antwortete ihm der Händler. Er saß am Tisch, seine Hände waren zwar zu Fäusten geballt, aber ansonsten schien er wieder ruhig. Er warf einen unsicheren Blick zu Lea hinüber, die mit einem nicht sehr freundlichen Lächeln neben ihm Platz genommen hatte.

»Ihr habt es gehört, Palus«, sagte ich zur Wache. »Macht Euch nützlich.«

»Alter Mann, niemand hat Euch über uns erhoben«, sagte Palus.

»Junger Mann. Werdet so alt, wie ich es bin, bevor Ihr urteilt. Geht und nehmt eine Schaufel in die Hand. Bewegung ist gut für die Seele.«

Ich wandte mich an alle im Gastraum. Ich musste leise sprechen; versuchte ich lauter zu sein, würde mich die gebrochene Rippe schier umbringen.

»Allen von uns wird es gut tun, an die frische Luft zu kommen. Je mehr von uns graben, desto schneller wird dies geschehen.«

Der Anführer der Söldner stand auf und reckte sich. Er war vielleicht eine Handbreit kleiner als ich, aber er war massiv und kaum älter als dreißig.

»Kein schlechter Vorschlag, alter Mann. Trotzdem, er hat Recht. Wer hat Euch über uns alle erhoben?«

»Niemand. Aber wenn es ein guter Vorschlag ist, ist es dann nicht egal, aus wessen Mund er stammt? Hattet Ihr nicht Ähnliches vor?«

»Nicht ganz«, sagte er mit einem Seitenblick zu Sieglinde, den diese den Göttern sei Dank nicht mitbekam. »Aber, bei Soltars Höllen, es ist eine feine Idee.« Er wandte sich an seine Kumpane. »Los, setzt eure müden Knochen in Bewegung. Helft mir graben, ich will ebenfalls ein bisschen Freiheit spüren.«

Er lachte schallend, stemmte die Hände in die Hüften und sah sich um, wohl gewiss, dass alle Augen auf ihm ruhten. »Ich jedenfalls bin nicht zu feige, um nachzusehen, ob der Himmel nicht gestern auf uns herabfiel!«

Er warf mir einen merkwürdigen Blick zu, dann trat er den Stuhl unter einem seiner Freunde weg, woraufhin dieser fluchend aufsprang, es sich aber anders überlegte und seinem Anführer folgte. An der Tür zur Schmiede hielt der Anführer inne.

»Wie war Euer Name?«, rief er quer durch den Raum.

»Man nennt mich Havald.«

Er lachte. »Ich hätte gedacht, Ihr tragt einen Namen, den ich kenne. Nun, sei es, wie es sei. Vielleicht kennt Ihr meinen: Janos Dunkelhand.« Und damit zog er die Tür hinter sich zu, dennoch war sein Gelächter weiterhin zu hören.

Er hinterließ betretene Gesichter. Auch das Gesicht von Rigurd, dem Händler, war auf einmal fahl und blass.

Ohne dass ich es bemerkte, hatte sich Zokora ebenfalls an dem Tisch niedergelassen. Ich ließ mich langsam auf den Stuhl sinken. Sieglinde brachte uns vier Teeschalen und eine ganze Kanne, knickste höflich und verschwand wieder in Richtung Theke. Einige andere Gäste waren auch im Aufbruch begriffen; die Verlockung, wieder freien Himmel zu erblicken, war groß. Ein paar blieben zurück: der andere Händler und die Wachen sowie der Baron, der vorhin von den Gräueltaten der Dunkelelfen berichtet hatte.

Ich tauschte einen Blick mit Leandra und sogar Zokora, aber beide schüttelten den Kopf. Wir sahen den Händler an.

»Nun, Rigurd, sollte uns sein Name etwas sagen?«

Der Händler sah fassungslos aus. »Ihr habt wirklich nicht von ihm gehört?«

»Nein. Sonst würde er nicht fragen«, antwortete ihm Leandra. Sie blickte immer wieder prüfend zu mir herüber, als ich mich vorsichtig nur auf einer Seite an den Stuhl lehnte. Irgendetwas machte ich jedoch falsch, denn der stechende Schmerz ließ mich schwarze Flecken sehen.

»Janos Dunkelhand ist ein Wegelagerer, ein Bandit. Es heißt, mehr als hundert Mann folgen seinem Kommando. Man sagt auch, er habe sogar einmal eine Burg geschleift. Sein Zeichen ist die rechte Hand eines seiner Opfer. Er lässt sie stets, in Teer getränkt und angezündet, am Ort seiner Überfälle zurück.«

»Nette Geste«, sagte Leandra.

»Hat sie eine Bedeutung?«, fragte Zokora mit ihrer ruhigen Stimme. Es schwang etwas darin mit … Ich hatte eine solche Stimme schon einmal gehört, nicht ihre, es war die Stimme eines Mannes, aber dieser Unterton kam mir bekannt vor. Vielleicht fiel es mir wieder ein.

»Nein. Es ist eine Warnung und eine Herausforderung.«

»Dumm«, gab Zokora ihre Meinung kund. Ihr Blick lag auf mir und Leandra. Aber hauptsächlich auf Lea.

Ich besann mich auf den Grund, weshalb ich den Händler so freundlich an diesen Tisch gebeten hatte. »Rigurd. Ihr seid vielleicht zwei Dutzend und acht.«

Er nickte. »Ja, in etwa.«

»Ich denke, Ihr seid viel herumgekommen. Habt Ihr noch nie davon gehört, dass Menschen, sperrt man sie zusammen ein, verrückt werden? Dass die Gemüter sich erregen, dass Ärger leichter von einem Besitz ergreift?«

Er nickte bestätigend.

»Gut. Eure Worte haben beinahe ein Blutbad provoziert. Ihr erwähntet einen Werwolf. Wie kamt Ihr darauf?«

»Jeder weiß, dass ein Werwolf den Jungen gefressen hat. Nichts sonst frisst einen Menschen so gründlich auf, dass keine Spuren zurückbleiben!«

»Keine Spuren?«

»Ich habe mir den Ort angesehen. Aufgewühlte Erde, sonst nichts. Spurlos verschwunden!«

Ich schloss die Augen und massierte mir die Schläfen. »Dass Ihr keine Leiche gesehen habt, mein guter Mann, liegt daran, dass wir sie zur Seite geschafft und mit einer Segnung der Götter vorläufig zur Ruhe gebettet haben. Vielleicht solltet Ihr Eurer Fakten sicherer sein, bevor Ihr etwas sagt.«

»Es gab eine Leiche?«

»Ja.«

»Aber ... Dann gibt es keinen Werwolf?« Er wirkte sichtlich erleichtert. Ich wechselte einen Blick mit Leandra. Sie nickte leicht.

»Das heißt nicht, dass es keinen Werwolf gibt. Nur wird sie es nicht sein.« Ich deutete mit dem Kinn auf Zokora.

»Warum nicht?« Er schien sich daran zu erinnern, dass er die Dunkelelfe nicht mochte, schließlich berichteten die Legenden nur von grausamen Wesen.

»Wisst Ihr, welcher Gott das Volk der Dunkelelfen führt?«

»Ja, natürlich. Omagor, der Gott der tiefen Dunkelheit. Jedes Kind weiß das.«

»Ja. Selbstverständlich. Jedes Kind weiß auch, dass Omagor ein blutrünstiger Gott ist.«

Er nickte eifrig.

»Und Solante?«

Er zuckte die Achseln. »Nie gehört.«

»Aber ich«, warf Leandra ein. »Sie nannte Solante die dunkle Schwester Astartes. In der Theologie nennt man sie anders. Sie selbst trägt den Namen Solante, wenn sie die Huldigungen der dunklen Elfen entgegennimmt ...«

»Zokora ist in gewissem Sinn ein Paladin Astartes«, beendete ich Leandras Satz.

Der Händler blickte überrascht auf. »Möge mir die Göttin verzeihen, ist das wahr?« Er richtete seine Frage nun direkt an Zokora.

Diese legte den Kopf zur Seite. Ich glaubte mich zu erinnern, irgendwo gehört zu haben, dass diese Geste dem menschlichen Schulterzucken gleichkam. »Ich weiß nicht, was ein Paladin ist.«

»Ein Krieger seines Gottes, der die Aufgaben, die ihm sein Gott gab, gewissenhaft ausführt, das Wort des Gottes verkündet und bereit ist, das Schwert zu erheben, um seinen Glauben zu verteidigen«, erklärte Lea.

»Dann passt dies zu großen Teilen auf mich.«

Jetzt wusste ich auch, woher ich diesen Unterton in der Stimme kannte.

»Ihr verwendet Magie, um mit uns zu sprechen, nicht wahr?«, fragte ich die Dunkelelfe.

»Ja. Die Zunge der Vielfalt, eine Gnade meiner Göttin.« »Kannst du es sehen?«, fragte sie mich dann.

Ich schüttelte den Kopf. »Nein, nur hören.« Leandra und sie warfen mir einen überraschten Blick zu, den ich ignorierte.

»Meister Rigurd. Wir sind hier eingeschlossen. Vielleicht vierzig Fremde, die sich nicht kennen. Ich habe noch nichts von diesem Janos gehört, ich bin von weit her. Genauso weit wie Ihr, mein Freund. Auch meine Heimat ist das Königreich Illian, genau wie es Ihres ist.« Ich wies mit meiner Teetasse auf Leandra. »Wir sind Landsleute. Vielleicht habt Ihr einmal in einem ihrer Dörfer oder Städte Eure Waren verkauft. Wir sollten zusammenhalten und uns nicht aufstacheln, Menschen zu erschlagen, nur weil sie anders sind.«

»Ich besitze nur wenige Liegenschaften in Illian«, musste mich Leandra korrigieren. Zeitgleich fand es Zokora wichtig, etwas anderes klarzustellen: »Ich bin kein Mensch.«

Ich seufzte. Ich sehnte mich zurück nach einer richtigen Schlacht. Da wusste man zwar auch nicht immer, wo vorne und hinten war, aber man hatte eine Ahnung, was passieren würde. Das Ganze war wesentlich einfacher, nicht so verworren – man schlug einem den Schädel ein, und das war's. Dies hier erforderte weit mehr Geschick. Seit wann war es mir gegeben, zu schlichten und Streit zu verhindern? Es konnte mir doch egal sein. Oder?

Ich wandte mich wieder an den Händler. »Dieser Janos hat soeben nichts anders getan, als eine Kriegserklärung auszusprechen. Er weiß so gut wie ich, dass der Sturm nicht vorbei ist.«

»Aber er hat aufgehört.«

»Ich werde Euch gleich etwas zeigen, Meister Rigurd. Aber zuerst solltet Ihr darüber nachdenken, ob es nicht mehr Sinn macht, wenn wir zusammenhalten, anstatt uns gegenseitig zu zerfleischen. Janos zumindest lauert nur auf eine Uneinigkeit.«

»Da habt Ihr Recht, Ser Havald ... dieser Sturm ... er macht mich verrückt. Wahrscheinlich hat mich der Wetterumschwung ruiniert. Ein solcher Gedanke ist nicht leicht zu ertragen und lastet auf einem.«

»Das ist wahrlich zu bedauern, Ihr habt sicherlich viel Arbeit, Zeit und Gold investiert, um diesen Wagen zu beladen. Aber sagt, Ser, seid Ihr lieber ruiniert oder verstorben?«

»So gestellt ist die Frage einfach zu beantworten.« Er sah mit einem schiefen Lächeln zu mir hoch. »Ser, ich bitte Euch um Verzeihung, dass ich Euch gestoßen habe.« Er sah meinen zweifelnden Blick. »Ich meine es ernst. Ich bedauere es sehr. Auch meinen Ausbruch ihr gegenüber. Wahrscheinlich übertreiben die Legenden.«

»Tun sie nicht«, warf Zokora ein. Ich hätte sie schütteln können, aber sie war noch nicht fertig.

»Sie sagen jedoch nicht alles. Mein Volk und euer Volk haben miteinander wenig zu tun. Ich war dabei, als jene Stadt vernichtet wurde. Die Menschen hatten einen heiligen Frieden gebrochen, plünderten ein Königsgrab und wollten uns die Übeltäter nicht herausgeben. Dies ist nun dreihundert Jahre her. *Eine* Stadt in dreihundert Jahren, errichtet auf unserem eigenen Land, ohne die Erlaubnis unserer Herrscher, ohne den Segen unserer Priesterinnen. Wie viele Städte habt ihr Menschen selbst seitdem untereinander geschleift?«

»Zu viele«, bestätigte Leandra zerknirscht.

»Habt ihr die Menschen wirklich versklavt?«, wollte der Händler wissen. Zokora legte den Kopf wieder zur Seite. »Warum sollten wir nicht? Ihr macht das doch auch. Menschen sind als Sklaven gut geeignet. Sie vermehren sich schnell, wann und wo immer sie können, sind gelehrig und folgsam. Ich habe zwei Liebhaber, die dieser Zucht entstammen.«

Ich seufzte, laut und vernehmlich, während der Händler sie noch immer schockiert ansah. »Das ist barbarisch«, sagte er.

»Sklaverei ist auch unter Menschen üblich«, sagte Leandra. »Das Imperium von Thalak nimmt unsere Frauen als Sklaven. Genauso weibliche Kinder und Babys. Alles, was männlich ist, wird getötet. So geschehen zuletzt in Kelar.«

»Kelar ist gefallen? Wie ist das möglich?«, fragte der Händler überrascht und zugleich erschrocken. »Ich dachte, die Stadt wäre uneinnehmbar!«

»Dunkle Magie. Es heißt, der Imperator selbst habe seine dunklen Mächte auf die Stadt gelenkt«, erklärte Lea.

Ich erhob mich vorsichtig. »Ich denke, die anderen haben nun genug gegraben. Ich wollte Euch etwas zeigen. Kommt, wir sollten uns den Anblick des Himmels ebenfalls gönnen.«

»Nur noch eines.« Der Händler wandte sich an die Dunkelelfe. »Sagt, warum seid Ihr hierher gekommen?«

»Ich wollte nach Coldenstatt. Ich habe Handelswaren. Wir finden oft solche Steine, und manches, was die Menschen so erfinden, ist für uns von Nutzen.« Bevor ich sie aufhalten konnte, hatte sie ihre Hand in ihrem Beutel versenkt und präsentierte unserem Händler nun ein gutes Dutzend grauer Steine. Rigurd blieb wie vom Blitz getroffen stehen und starrte fassungslos auf ihre Hand.

»Das sind Rohdiamanten«, hauchte er.

Sie legte den Kopf zur Seite. »Wie gesagt, man nimmt die Steine dort gerne. Wir verstehen zwar nicht, warum, aber wenn Menschen Werkzeuge und guten Stahl gegen Steine tauschen wollen, sollen sie es tun.« Sie steckte die Steine wieder ein. »Allerdings dachte ich nicht, dass ich hier enden würde.«

»Es ist immer ein Risiko, den Pass um diese Jahreszeit zu bereisen«, sagte Eberhard, der Wirt, der nun zu uns trat und die Teeschalen sowie die Kanne vom Tisch abräumte. »Auch wenn es früh ist für den Schnee.«

»Vielleicht. Der Pass hätte frei sein sollen. Aber als ich spürte, wie das Wetter versammelt wurde, beeilte ich mich, hierher zu kommen. Ich mag die Kälte, aber ich mag es nicht zu erfrieren.«

Leandra drehte sich langsam zu ihr um. »Habt Ihr Euch soeben versprochen, Sera?«, fragte sie leise. Ich blinzelte. Irgendetwas war mir entgangen. Im Alter sollte man auch die Geistesschärfe verlieren, hieß es …

»Nein. Die Zunge der Vielfalt ist perfekt, sie ist von meiner Göttin gegeben, du hast das gehört, was ich sagte.«

»Das meinte ich nicht«, winkte Leandra ab. »Ihr spracht davon, dass das Wetter versammelt *wurde*. Nicht dass es sich ansammelte. Ist es das Werk von jemandem?«

Die Dunkelelfe sah Lea überrascht an. »Ich dachte, Maestra hieße, dass du in der Kunst der Magie unterrichtet wurdest? Ich sehe außerdem, dass in Teilen das Blut unserer Cousins in dir fließt. Sie mögen zwar dekadent sein, doch die Magie fühlen sie dennoch. Hast du es nicht gespürt?«

»Was?«

»Der Sturm. Er ist nicht natürlich.«

»Seid Ihr dessen sicher?«, fragte ich. Ich konnte mir das nicht vorstellen. Niemand konnte sich das Wetter untertan machen.

»Ja. Der Sturm wurde nicht komplett erzeugt, die Magie … wie soll ich sagen … wertete ihn nur auf. Ich denke, es war ein Fehler, hier Zuflucht zu suchen.«

»Ich werde mich zurückhalten«, versprach Rigurd. »Schließlich habe ich erfahren, dass wir so etwas wie Kollegen sind. Ihr handelt mit Waren, ich handle, vielleicht …«

Sie ignorierte ihn und sah stattdessen Lea an.

»Alles Unheil konzentriert sich hier.«

11. Das Auge des Sturms

Das große Tor des Stalls lief in Rollen auf einer eisernen Schiene über der Toröffnung. Es war unten nicht verankert, sondern pendelte in dieser Schiene. Man hob es an und schob es zur Seite.

Es gab den Blick frei auf eine blau schimmernde Wand. Der Schnee war vom Dach des Stalls abgerutscht und staute sich nun bis zur Dachkante auf. Die Wärme aus dem Stall ließ den Schnee von innen gefrieren, so dass sich Bögen aus Eis und Schnee vor uns spannten und eine kalte, aber verräterisch schöne Wand bildeten.

In diese hatte man ein Loch geschlagen. Die anderen hatten bereits, von diesem Loch ausgehend, einen Graben ausgehoben, der im rechten Winkel vom Stall weg in Richtung Brunnenhaus führte, das nur als ein Hügel im weißen Schnee zu erkennen war. Weit ging der Graben nicht, nur wenige Meter, aber genug, dass man unter dem Stalldach hervortreten und nach oben schauen konnte.

Als wir im Stall ankamen, waren nur zwei Personen im Graben, um sich den Himmel anzusehen, Janos, der Bandit, und Sternheim. Die beiden unterhielten sich dort, als wären sie sich bestens bekannt.

Die anderen, rotwangig und mit Frost in Haar, Bart und Wimpern, hatten sich vom Loch in der Eiswand zurückgezogen, weitere hielten sich in der Nähe der Tiere auf.

»Es ist wunderschön«, sagte Leandra leise und betrachtete die Wand aus gebogenem Eis. Ich gab ihr Recht, auch wenn es mir ironisch schien, dass das, was uns umbringen konnte, derart ästhetisch und erhaben sein sollte. Die Hand der Götter war in diesen glitzernden Bögen zu erkennen.

»Kommt«, sagte ich zu dem Händler und ging voran in den Graben. Der Himmel über uns war von tiefstem Blau. Wie hingehängt für uns, wirkten die beiden Monde, zwei fahle Sicheln, die ich selten in solcher Klarheit erblickt hatte.

Die Kälte erschien wie eine unbarmherzige Hand; in wenigen Sekunden hatte sie mich fest im Griff, ließ Wimpern und Haar in feinem grauen Frost erstarren. Nach drei Schritten spannte die Haut meines Gesichts. Janos und Sternheim musterten uns wortlos. Ich ignorierte sie. Ich hatte in meiner Erinnerung Recht behalten. Blickte man von hier nach Norden, konnte man die weißen Berge sehen – wie ein tiefes V ruhte der Pass zwischen den hohen Spitzen.

»Seht«, sagte ich zu Rigurd. Nicht nur er, sondern auch Janos und Sternheim folgten meinem deutenden Finger.

Das V war von einer grauen Wand erfüllt. Dieses Grau wuchs über die Spitzen der Berge empor, wo sich waagerechte dunklere Schlieren abzeichneten. Ich drehte mich langsam um die eigene Achse, mein Finger beschrieb einen Kreis und deutete dabei immer auf die gleiche graue Wand. Sie hatte uns umzingelt.

»Wir befinden uns im Auge des Sturms«, teilte ich dem Händler mit, der fassungslos meinem Finger folgte.

»Man sagt, dass so die Götter besser sehen können, was der Sturm anrichtet«, sagte Sternheim trocken.

»Aber die Wand bewegt sich nicht. Was geschieht hier?«, fragte der Händler leise.

»Was hier geschieht, weiß ich auch nicht«, antwortete ich ihm. Ich sah auf zu dem klaren blauen Himmel, in dem die Sterne funkelten, als könne man hingreifen und sie herunterholen.

»Spürt Ihr diese Kälte?«

»Das lässt sich ja wohl kaum vermeiden.«

»Schon bemerkt, dass in einer sternenklaren Nacht die Kälte stärker wird?« Er nickte langsam. Sowohl Janos als auch Sternheim sahen mich fasziniert an.

»Solange der Sturm sich nicht bewegt, wird die Kälte stärker. Er saugt die Wärme und die Feuchtigkeit aus seinem Inneren. Es nährt ihn. Es wird kälter und kälter werden, vielleicht so kalt, dass die Luft selbst gefriert.«

»Ist das möglich?« Es war überraschenderweise Janos, der sich an mich richtete.

»Fragt die Maestra. Ich weiß es nicht. Ich weiß nur eines: Niemals in meinen Jahren habe ich einen solchen Sturm gesehen.« Ich wandte mich an den Räuberhauptmann und die Wache. »Hat er sich bewegt, seitdem ihr mit dem Graben angefangen habt?«

Sie sahen sich an, schauten auf zur grauen Mauer, wieder zurück zu mir und schüttelten den Kopf.

Ich hob meine Hand und hauchte sie an, sah zu, wie sich der feine Frost auf meiner Haut niederschlug. Ich schloss sie wieder, sie fühlte sich bereits steif an. Kein Windhauch ging, es war absolut still. Überhaupt war es ungewohnt ruhig, selbst die Tiere in der Stallung gaben keinen Laut von sich.

»Wir werden schon noch erfahren, warum Soltar für die schlimmsten Mörder und Verräter eine Hölle aus Eis bereithält«, sagte ich. Ich warf einen Blick in Janos' Richtung. Dieser schaute ausdruckslos zurück.

»Woher wollt Ihr das alles wissen?«, fragte mich schließlich Sternheim.

»Manches hat man schon mal erlebt und kommt so in den Genuss, bereits vorher zu wissen, was einen später umbringen wird.«

»Kein Sturm wird mich töten«, zischte Janos. Seine Augen glitzerten herausfordernd unter den vereisten Augenbrauen.

»Ich habe auch nicht die Absicht zu sterben.« Ich wusste nicht, warum ich ihm das sagte. »Aber man weiß nie, was geschehen wird.« Damit begab ich mich wieder durch den Graben zurück zum Stall. Vorhin waren mir die Stallungen noch kühl erschienen, jetzt aber fühlten sie sich an wie ein offener Kamin, dem ich mich näherte. Die Haut im Gesicht und auf den Händen fing an zu kribbeln und zu jucken.

Rigurd hob seine Hand, um sich den Frost aus dem Haar zu bürsten, doch ich hielt ihn auf. »Wartet damit. Fahrt Ihr nun durch Eure Haare, könnte es sein, dass sie brechen.«

»Das glaube ich nicht«, sagte er. Er tat es und behielt Recht.

»Also wisst Ihr doch nicht alles.«

»Ich habe es auch nie behauptet. Ich hörte nur, dass so etwas geschehen kann. Vielleicht versucht Ihr es morgen früh noch einmal. Es wird noch deutlich kälter werden.«

Plötzlich musste ich husten, die kalte Luft hatte auch meine Kehle angegriffen. Aber meine Kehle erschien mir mein geringstes Problem, denn als ich hustete und mir dabei die Hand vor den Mund hielt, hatte ich das Gefühl, dass mich tausend glühende Spieße durchbohrten. Eine Säule bot mir Halt, vielleicht wäre ich ohne sie zusammengebrochen.

Ich hob meine Hand und sah sie an; sie war rot gesprenkelt. Ich ließ sie wieder sinken, hoffte, dass es niemand sonst gesehen hatte, und lehnte mich gegen den Pfosten, als ob ich nachdenken würde, die Arme vor mir verschränkt.

Viele Dinge hörte man so im Leben. Unter anderem auch, dass es sein konnte, dass eine Rippe einem die Lunge durchbohrte, wenn sie ungünstig brach. Dann, so hatte ich gehört, floss das Blut in die Lunge und der Unglückliche ertrank in seinem eigenen Blut.

Heilung gab es keine.

So unspektakulär also. Kein Kampf, jedenfalls keinen, den man zählen sollte. Kein heldenhafter letzter Einsatz, keine große Tat. Nur ein Sturz, wie er jedem passieren konnte. Ich hob meinen Blick zum Stalldach hinauf. Wer sagte, dass die Götter keinen Sinn für Ironie hatten? Wie lange noch? Stunden? Die nächste Nacht? Der Morgen? Hier und jetzt? Sollte ich mich hinlegen oder sollte ich stehen? Sollte ich versuchen auf mein Zimmer zu gelangen?

Wie starb es sich, wenn man langsam im eigenen Blut ertrank? Hatte man dabei Schmerzen oder war es ein leiser Tod? Als ich davon hörte, dass so etwas passieren konnte, hatte ich vergessen zu fragen.

»Was ist?«, fragte Lea mich leise. Sie war neben mich getreten und beobachtete mich besorgt. Offenbar war ich nicht so gut im Schauspielern wie ich dachte.

Ich überlegte kurz und entschloss mich, ehrlich zu sein.

»Beim Sturz habe ich mir eine Rippe gebrochen. Sie hat sich wohl in meine Lunge gebohrt. Ich verblute im Inneren.«

»Oh.«

Ich sah zu ihr hinunter. Nur ein wenig, sie war zwei Handbreit kleiner als ich, eine große Frau, Leandra. »Achtet auf Euch, ja?«

»Vielleicht täuscht Ihr Euch ja«, sagte sie hoffnungsvoll. Ich hob wortlos meine Hand und zeigte ihr das Blut.

»So etwas habe ich schon öfter gesehen. Vielleicht seid Ihr nur krank …« Ja, richtig. Alle Krankheiten, von denen ich gehört hatte, bei denen man Blut hustete, waren nicht minder tödlich, vor allem im Winter. Aber nein, krank war ich nicht. Ich war schon lange nicht mehr krank gewesen. Sehr lange.

»Nein, es ist die Rippe. Ich spüre es.« Ich legte meine Hand an die Stelle. »Hier.«

»Wie fühlt es sich an?«

»Ein leichtes Brennen, nicht mehr. Die Rippe selbst schmerzt deutlicher.«

Sie legte den Kopf zur Seite und sah mich aus ihren violetten Augen an. Wieder konnte ich ihren Ausdruck nicht deuten. »Ihr nehmt es recht gelassen. Vorhin noch wolltet Ihr leben«, sagte sie dann.

Ich zuckte die Achseln, ein Fehler, wie mir meine Seite mitteilte. Ich wartete, bis ich wieder Luft bekam. »Es ist wohl Schicksal. Ich habe schon mal einen Menschen so sterben sehen. Ich glaube, ich bleibe hier stehen und warte, bis die Kälte mich mitnimmt. Das sollte ein angenehmerer Tod sein, als mich zu Tode zu husten. Es heißt, Erfrieren wäre, als schliefe man ein.«

»Ich dachte, Ihr wärt bereit zu kämpfen. Wollt Ihr einfach aufgeben? Euch hier hinstellen und auf den Tod warten? Ihr könntet Euch immer noch täuschen.«

»Ja«, sagte ich. Irgendwie war ich erleichtert. So hatte das Schicksal mir die Entscheidung doch abgenommen. Hätte ich nicht solche Schmerzen verspürt, hätte ich darüber gelacht.

»Gebt nicht einfach auf.« Sie war näher herangetreten, so

nahe, dass sich unsere Lippen beinahe berührten. Ich spürte ihren Atem auf meinem Gesicht.

»Gerne würde ich Euch den Gefallen tun, Sera. Verratet mir nur, was ich machen soll.«

»Vielleicht kann man die Rippe richten, sie herausziehen ...«

Ungläubig starrte ich sie an. »Ich weiß nicht, ob man ein Loch in der Lunge nähen kann. Ich weiß auch nicht so genau, wie eine Lunge aussieht. Wie ein Schwamm, glaube ich, der sich voll saugen wird ...«

»Vielleicht kann man das Blut ablassen«, sagte sie, aber ihre Stimme klang zweifelnd.

»Wie bei einem Fass? Wollt Ihr mir einen Spundhahn setzen?«

»Wovon redet Ihr?« Es war Rigurd, der Händler. Leandra erklärte es ihm in kurzen Worten und einem Tonfall, der ihn bleich werden ließ. Es war ziemlich klar, wen sie dafür verantwortlich machte.

»Oh«, sagte er dann.

Das hörte ich nun zum zweiten Mal. Ich starb und der andere brachte lediglich ein *Oh* hervor. Ich war aus irgendeinem Grund erheitert. Als ob mein eigener Tod für mich einen Witz verborgen hielt, den nur ich kannte. In gewissem Sinn war es auch so. Er brachte mich um und sagte einfach nur *Oh*. Wenn ich nicht gewusst hätte, dass es schadet, ich hätte wirklich laut gelacht.

»Wie könnt Ihr nur dastehen und so etwas sagen? Als ob Ihr über das Essen reden würdet!«, sprach Leandra, ihr Ton fast schon erbost. Hört auf, dachte ich, sonst muss ich wirklich noch losprusten. Auch früher schon war ich gestürzt, aber da hatte ich auch noch Knochen gehabt, die nicht so brüchig waren.

»Was soll ich sonst tun, Maestra? Habt Ihr einen Vorschlag, ich folge ihm gerne.«

»Gilt das auch für mich?«, fragte Zokora.

»Sicherlich.« Ich hätte eine Verbeugung gemacht, sah aber davon ab. Ich hatte die seltsame Vorstellung, dass, senkte ich meinen Kopf, ich auslaufen würde wie eine alte, verbeulte Kanne.

»Ich weiß nicht, wie die helle Schwester es handhabt, aber im

Dienst von Solante frage ich dich, ob du etwas besitzt, was du meiner Göttin geben kannst, etwas, was von Wert für dich ist, um dich zu heilen.«

»Heilen?«, fragte Leandra. »Durch Magie?«

Zokora warf ihr einen mitleidigen Blick zu. »Nein. Durch die Hand meiner Göttin.«

»Ihr seid im Stande, so etwas zu heilen?«, fragte ich. Zokora sah mich an. »Genau das sagte ich. Hörst du schlecht? *Das* kann ich nämlich nicht behandeln.«

»Ich habe die Worte vernommen, aber ich bin überrascht.«

»Ob du überrascht bist oder nicht, interessiert mich wenig. Du bist ein Mensch, Menschen wissen nicht viel. Also, besitzt du etwas von Wert, was du meiner Göttin geben kannst? Wärst du jünger, könntest du ihr vielleicht fünf Jahre Arbeit geben. Oder ... vielleicht dein Pferd?«

Irgendwie passte es mir nicht, ihr Zeus zu verkaufen. Es hieß, die dunklen Elfen lebten in Höhlen unter der Erde. Zeus würde sich da nicht wohl fühlen.

»Nein. Ich besitze sonst nicht viel. Wenn ich alles verkaufte, was ich besitze, vor allem mein treues Reittier, käme ich auf vielleicht zwanzig Goldstücke. Aber ich weiß nicht, ob jemand bereit wäre, mein Pferd zu erwerben.«

»Gold zählt nicht viel, es mag vielleicht von Wert sein, aber nicht als Ausgleich für eine Person. Keine Persönlichkeit ist damit verbunden, die die Spende wertvoll machen würde. Was ist mit diesem Packen auf deiner Schulter?«

»Nein, auch das nicht.« Ich sah Leandra an. »Sofern es möglich ist, möchte ich, dass dies hier ungeöffnet mit mir begraben wird. Markiert mein Grab nicht.«

»Zurzeit sieht es eher so aus, als ob ich Euch zu dem Stallburschen in die Kiste legen müsste«, antwortete sie trocken. Sie hatte sich wieder gefangen, ihr Blick schweifte zwischen mir und der Dunkelelfe hin und her.

»Aber ich werde versuchen, Euren Wünschen zu entsprechen.«

Ich wandte mich an Zokora. »Ihr seht, mein Leben ist nicht

wertvoll. Es wäre auch so bald beendet gewesen.«

»Probleme, alter Mann?«, fragte Janos, der von draußen hereinkam. Ich wusste nicht, wie er es so lange dort ausgehalten hatte, er war über und über mit Frost bedeckt.

»Nicht der Rede wert«, meinte ich.

Er nickte mir zu. »Dann ist es ja gut. Ich gehe jetzt einen trinken. Es ist etwas kühl dort draußen.«

Damit ging er, dicht gefolgt von Sternheim, der sich bewegte, als wäre er doppelt so alt wie ich. Ich sah sein Gesicht, die weiße Haut ... und nickte für mich. Bald würde er wissen, dass er einen hohen Preis für seine Sturheit bezahlte. Ich erkannte Frostbrand, wenn ich ihn sah.

»Es tut mir Leid«, sagte Rigurd zerknirscht. Er wandte sich an Zokora. »Es war meine Schuld, wie Ihr wisst. Kann ich für ihn bezahlen?«

Zokora sah ihn an. »Du magst mich nicht, hältst mich für ein Ungeheuer. Soll ich deine Worte jetzt ernster nehmen als vorhin?«

Er nickte. »Es ist eine Ehrenschuld.«

»Ihr Menschen und eure Ehre. Sag, Händler, hast du eine Frau?« Vorsichtig nickte er.

»Kinder?« Wieder nickte er.

»Gut. Dann will ich ein Kind von dir.«

Erschrocken wich der Händler zurück. »Niemals! Eher sterbe ich!«

Zokora sah ihn überrascht an. Lea fing an zu lachen.

»Ich dachte, ihr Menschen vögelt gerne? Meine Liebhaber sagen, ich wäre gut im Bettsport.«

»Ach, das ...« Der Händler blinzelte ungläubig.

»Menschen sind fruchtbarer, als wir es sind. Meine Liebhaber sind schon zu lange bei uns, und nach zu langer Zeit in den Höhlen können auch sie nicht mehr zeugen. Gib mir eine Nacht, diese Nacht. Damit sei deine Schuld dann beglichen.«

»Was wird in dieser Nacht passieren?«, fragte er zögerlich. Leandra und ich verfolgten das Gespräch zwischen der Dunkelelfe und dem Händler. Es war unterhaltender als manches Schauspiel.

Zokora legte den Kopf auf die Seite. »Du wirst mich besteigen. Oder ich dich ...«

»Das meinte ich nicht.« Der Händler klang gleichzeitig nervös, verlegen und verängstigt. »Ich meine ... wird es Blut geben?«

Zokoras Augen weiteten sich, dann lachte sie und sah zum ersten Mal wirklich menschlich aus. »Du meinst, ob ich dich fesseln, mit Klingen, Klauen und Zähnen traktieren und dich hinterher gar braten und in kleinen Stücken auffressen werde? Du musst mir mehr von diesen Geschichten erzählen, die du über uns gehört hast.« Sie warf Leandra und mir einen Blick zu, ich könnte schwören, dass er schelmisch war. »Ich denke, es wird nicht anders sein als zwischen Menschen auch. Es ist, wie soll ich sagen, die gleiche Weise.« Sie trat an den Händler heran und ließ einen behandschuhten Finger über seine noch von der Kälte gerötete Wange gleiten. »Nur ...«, sagte sie mit einem Lächeln, das eine ganz besondere Qualität in sich barg. »Nur vielleicht etwas ... wilder.«

»Oh«, sagte er.

Zokora trat an mich heran, griff in ihren Beutel und nahm etwas heraus, das aussah wie eine Bernsteinkugel.

»Mund auf.« Ich öffnete den Mund.

»Schlucken.« Ich schluckte.

Ein warmes Gefühl breitete sich in mir aus, und etwas knirschte in mir, ein dumpfer Druck an meiner Seite ließ nach.

»Das war es«, sagte sie.

»Das war es?«, fragte ich zweifelnd. Ich hatte schon viel gesehen oder erlebt, noch mehr auf Basaren und in Gasthäusern gehört, aber das hier ...

»Auch eure Maestros sind in der Lage, heilende Tränke zu brauen«, sagte sie dann.

Lea nickte. »In Laboren und mit langen Ritualen, ja. Ich kann es nicht, nicht hier, nicht aus dem Stegreif.«

»Nun, so in etwa ist es bei uns auch. Nur ist es kein Trank,

sondern eine Traube. Eine Weintraube.«
»Ortenthal?«
»Die gleiche Rebe. Als Grundlage.« Sie musterte mich. »Fühlst du dich schon besser?«

Ich verharrte in meiner Haltung, aber ich nickte. »Ja. Ich danke Euch. Ich denke, die Geschichten über Euch sind wirklich übertrieben. Ihr kennt doch Gnade. Etwas, das man Eurem Volk immer absprechen will.«

Sie lächelte. »Ich weiß nicht, ob das so ist. Ich lernte hundert Jahre die Kunst der Heilung. Und doppelt so lange lernte ich die Kunst des Folterns. Frevelt gegen meine Göttin, und Ihr werdet wissen, dass manche Geschichten wahr sein können. Außerdem war es keine Gnade. Ich vermute, es wird mir nutzen, wenn du lebst.«

»Egoismus?«, fragte Leandra mit einem Lächeln.

»Nichts anderes als das«, bestätigte die Dunkelelfe mit einem dünnen Lächeln. Sie wandte sich an den Händler, der regungslos dastand und sie anstarrte. »Rigurd heißt du, nicht wahr? Heute Nacht.«

»Aber ...«

»Wenn du Angst hast, kannst du deine Wachen mitbringen.«

»Das wird nicht nötig sein«, stammelte er. Sie nickte und ging wortlos davon. Er sah ihr nach, dann zu uns, um ihr dann ebenfalls zu folgen.

»Interessante Frau«, sagte Lea und sah mich an. »Euch geht es wirklich besser?«

»Ja.« Ich löste mich von der Säule und holte vorsichtig tief Luft. Es schmerzte nicht. »Müsstet Ihr sie nicht hassen, weil sie eine Dunkelelfe ist? Der Zwist zwischen Elfen und Dunkelelfen ist legendär.«

Sie machte eine gleichgültige Geste. »Vielleicht würde meine Großmutter sie hassen. Sie lebt wohl noch, aber ich habe sie nie kennen gelernt, also kann es mir einerlei sein. Ich finde Zokora einfach nur faszinierend.«

»Das ist sie, ohne Zweifel. Ich glaube, die Geschichten stimmen alle, aber man muss sie anders lesen.«

»Ich glaube, ich weiß, was Ihr meint. Ich frage mich, von wie vielen anderen der Geschichten man das auch sagen kann.«

»Es werden einige sein«, antwortete ich und begab mich näher an das Loch im Eiswall. Ich sah nach draußen: Der Himmel war dunkler geworden, die Nacht nahte langsam, die Kälte, die durch das Loch hereinkam, war schneidend. Wir waren allein, alle anderen hatten sich zurückgezogen. Das Tor stand noch offen.

Gemeinsam und mit allerlei Mühe schoben wir es wieder zu.

Dann gingen auch wir zurück zum Gastraum. Wir schwiegen beide, hingen unseren Gedanken nach. Was sie dachte, wusste ich nicht. Mir jedenfalls gingen die seltsamsten Gedanken durch den Kopf.

12. Das Geschenk der Fee

Nach der schneidenden, aber frischen Luft draußen widerte es mich an, in die dunkle, stinkende Höhle des Gastraums zurückzukehren. Vom Hof aus hatte man sehen können, dass die Gebäude bis unter die Dachlatten mit Schnee bedeckt waren, in mancher Ecke hatte der Wind den Schnee mehr als doppelt mannshoch zusammengetragen. Das Haupthaus hatte zwei Stockwerke, die Fenster des obersten Stocks müssten sich noch öffnen lassen. Aber sie blieben geschlossen, um die kostbare Wärme zu halten. Allerdings war ich mir so langsam nicht mehr sicher, ob wirklich noch niemals jemand am Gestank verstorben war.

Zokora saß wieder in ihrer Ecke, als hätte sie sich nie bewegt. In der anderen Ecke saß Rigurd und unterhielt sich angeregt mit dem Händler, der ab und zu einen ungläubigen Blick auf Zokora warf.

Sternheim saß zurückgelehnt an seinem alten Platz und massierte sein Gesicht; er wirkte unglücklich. Sein Gesicht war fleckig, weiß in Teilen, in anderen hochrot. Vielleicht war er ein Glückspilz und er behielt nichts Bleibendes.

Einer der Knechte stand auf einem Schemel und brachte ein Büschel Kräuter über der Tür zum Gang an, einen Moment lang dachte ich, dass dies ein wohlgemeinter Versuch des Wirts war, den Geruch hier im Gastraum zu verbessern, dann erkannte ich das Kraut. Wolfswurz. Ich hatte so meine Zweifel, ob dieser Aberglaube etwas nützte, aber schaden würde es sicher auch nicht.

Als wir uns an unserem Tisch niederließen, eilte Sieglinde unaufgefordert herbei und schenkte uns Tee ein.

Zwar warf man Zokora ab und an noch einen Blick zu, aber die Aufmerksamkeit der Gäste galt hauptsächlich den Briganten. Janos war bester Laune, auch seine Kumpane wirkten entspannter. Was die Stimmung der Briganten angehoben hatte, vermochte ich nicht zu sagen.

»Wie fühlt man sich, wenn man Soltars Hand dankend ablehnen konnte?«, fragte mich Lea etwas später.
»Lebendig.«
Sie warf mir einen ironischen Blick zu. »Ich werde wahnsinnig.«
Ich lehnte mich zurück, genoss die Wärme des Tees und sah sie über den Rand meiner Tasse hinweg an. »Sagt mir Bescheid, bevor Ihr gewalttätig werdet. Ich begebe mich dann woanders hin.«
»Ich langweile mich«, sagte sie.
Ich lachte. »Ihr sagt es so, als wäre es meine Pflicht, Euch zu unterhalten.«
»Es wäre eine nette Geste von Euch.«
Ich setzte meinen Tee ab. Sie hatte nicht Unrecht. Der Mensch war seltsam, es war nun wirklich nicht lange her, dass ich mich mit meinem Tod abgefunden hatte, aber auch ich war von einer seltsamen Lethargie umfangen und genau wie sie ödete mich das Nichtstun an.

Die Söldner hingegen schienen es zu genießen. Sieglinde bewegte sich mittlerweile natürlicher in ihrer Gesellschaft, vielleicht weil bisher noch nichts Schlimmes passiert war; wenn einer der Männer sie einfing und auf seinen Schoß zog, wehrte sie sich nicht mehr so sehr, erduldete einen Moment seine Hände oder seine aufdringlichen Küsse und wand sich dann mit einem Lachen aus seinem Griff und bediente weiter.

Janos warf immer wieder einen Blick zu uns herüber, einmal beugte er sich zu der Dreiergruppe, die ich immer noch nicht einschätzen konnte, tauschte dort Worte aus, woraufhin sie alle in unsere Richtung schauten. Als er sah, dass ich seinen Blick bemerkte, lächelte er und hob seinen Bierhumpen in einem spöttischen Toast. All dies gefiel mir nicht.

Mir kam eine Idee. »Spielt Ihr Shah?«, fragte ich Lea.

»Nein, aber ich habe von dem Spiel gehört. Ein Spiel für Könige und Generäle, nicht wahr? Man braucht das Verständnis der Strategie.«

Ich nickte. »Das ist richtig.«

»Wie geht es?«, fragte sie neugierig. »Ihr könntet es mir beibringen.«

»Wir brauchen ein Brett und Spielfiguren.«

»Führt Ihr so etwas mit Euch?«

Ich schüttelte den Kopf. »Nein, aber es ist nicht so schwer, das herzustellen. Für das Brett braucht es nur ein Muster von zweiunddreißig dunklen und hellen Flächen, für die Figuren ein scharfes Messer, etwas Holz und ein wenig Geduld.«

»Man sollte Dinge nicht aufschieben«, sagte sie mit einem Lächeln.

Ich erhob mich und deutete eine Verbeugung an. »Euer Wunsch ist mir Befehl.«

Neben dem Kamin stand eine große Kiste mit Feuerholz. Kleinere Stücke lagen dort schon auf dem Boden, genügend für meine Zwecke. Als ich nach einem letzten passenden Holzstück suchte, trat der Wirt an mich heran.

»Habt Ihr und die Sera Zeit für mich?«, fragte er leise. Ich hatte gedacht, dass auch er sich vielleicht etwas entspannt hätte, aber dem schien nicht so; er wirkte eher nervöser als zuvor.

Ich warf einen Blick auf Sieglinde.

»Eberhard«, entgegnete ich ihm leise. »Es sieht so aus, als hätten sie beschlossen, Eure Tochter zu verführen, sie wetteifern um ihre Gunst. Das ist besser als erhofft, versucht Euch etwas zu beruhigen.«

Er warf einen kurzen Blick zu Sieglinde hinüber, Janos flüsterte ihr gerade etwas ins Ohr, woraufhin sie lächelte, den Kopf schüttelte und aufsprang. Er gab ihr einen spielerischen Klaps auf den Hintern, was sie mit einem koketten Lächeln quittierte.

»Es muss mir dennoch nicht gefallen«, grummelte er. »Aber es ist etwas anderes, was ich Euch zeigen wollte, Euch und der Sera.«

»Gut«, antwortete ich ihm. »Ich sage ihr Bescheid, und wir kommen dann zu Euch.« Ich blickte zu unserem Tisch, Lea war nicht dort. Sie hatte sich zu Zokora begeben, und die beiden hatten die Köpfe zusammengesteckt und tuschelten. Frauen. Entweder hassten sie sich oder sie wurden sofort beste Freundinnen.

Ich begab mich zu Zokoras Tisch und räusperte mich.

»Wenn ich stören dürfte ...«, begann ich.

Zokora blickte kurz zu mir auf. »Nein. Wir unterhalten uns.«

»Gut«, sagte ich und setzte mich dazu. »Unterhaltung ist immer gut.«

Zokora wandte sich mir zu. »Wie ich schon sagte, Altersschwerhörigkeit lässt sich nicht heilen.« Sie holte tief Luft und sah mich direkt an, deutete mit einem Finger auf ihre Lippen. »Lies meine Lippen: Ich unterhalte mich. Du störst. Geh.« Sie sagte es laut und deutlich.

Ich wandte mich an Lea, die das Ganze mit einem erheiterten Lächeln verfolgte. »Der Wirt will uns sprechen.«

»Soll er warten. Zokora hat Recht, es hat sich etwas Wichtiges ergeben, wichtiger, als Ihr es Euch vorstellen könnt. Gebt mir noch den Fingerbreit einer Kerze, dann geselle ich mich wieder zu Euch.« Sie sah mich ernst an. »Es ist wirklich wichtig.«

»Geh schon«, sagte Zokora. »Wenn ich dich sprechen will, rufe ich dich«, teilte sie mir hoheitsvoll mit.

Ich erhob mich wieder, in deutlich besserer Laune. Was auch immer man den Dunkelelfen an Schrecklichem nachsagte, ich mochte Zokora. Ich warf ihr einen Luftkuss zu, erntete einen verblüfften Ausdruck auf ihrem Gesicht und ging zu meinem Tisch zurück.

Von seinem Platz hinter der Theke sah mich der Wirt fragend an; ich zuckte mit den Achseln und hob meine Tasse an. Er kam, um sie mir aufzufüllen.

»Sie haben etwas zu bereden. Sie kommt bald«, teilte ich ihm mit, als er den Tee eingoss.

Er nickte nur und verschwand wieder.

Ich breitete das ausgewählte Holz vor mir auf dem Tisch aus, sortierte es nach meinem Belieben und musterte ein jedes Stück, bis ich in dem Holz die Figuren sehen konnte, die ich brauchte.

Bei der Schnitzkunst war es wie mit anderen Dingen. Wenn man vorher sah, was nachher sein würde, war das von Nutzen.

Ich fing mit einem Bauern an, hatte ihn bildlich vor mir, müde von der Arbeit des Tages, aber stolz den Dreschflegel auf der Schulter tragend.

Ich war vertieft in meine Arbeit, doch plötzlich fiel mir auf, dass alles ruhig wurde, und etwas polterte laut. Ich blickte auf.

Die Briganten hatten in einer Ecke drei Bauern von einem Tisch vertrieben und schoben nun dort zwei Tische zusammen. Unter lautem Gejohle wurde Sieglinde von dem einen um die Hüfte geschwungen und auf die Tische gehoben, nicht ohne dass er mehr von ihr ertastete als das, was sittsam sein sollte.

Sie warf einen Hilfe suchenden Blick zu ihrem Vater hinüber und sagte ihm etwas. Eberhards Augenbrauen waren verärgert zusammengezogen, aber was auch immer sie von ihm wollte, er konnte es ihr nicht lange verwehren. Er nickte und verschwand mit eiligen Schritten durch die Tür hinter der Theke, während Sieglinde dastand und nervös mit ihren Händen spielte. Ein paar anzügliche Bemerkungen flogen auch, hörten aber auf, als Janos einem seiner Männer einen Hieb in den Nacken versetzte, der diesen beinahe aus seinem Stuhl warf.

Es wurde still genug, dass ich ihn verstehen konnte.

»Wartet einfach«, hörte ich ihn sagen. »Es wird genug Zeit für alles sein, man muss sich nicht jetzt schon wie eine tollwütige Töle aufführen.«

Der niedergeschlagene Mann brummte etwas; was es war, konnte ich nicht verstehen, aber Janos war mit einem Satz bei ihm, und sein Stuhl flog mit lautem Poltern nach hinten weg. In Janos' Hand glänzte kalter Stahl, und bevor der andere Bandit reagieren konnte, spürte er die Spitze von Janos' Dolch an seinem Hals.

»Warte, bis du dran bist. Du bekommst das, was übrig bleibt, oder such dir deine eigene Unterhaltung. Es gibt genug Auswahl. Verstanden?« Während Janos sprach, schnitt er dem Mann am Hals entlang. Dieselbe Spur zog man, wenn man einem die Kehle durchschnitt, aber Janos schnitt nur so viel, dass etwas Blut floss und nichts weiter geschah.

Der Bandit nickte hastig, woraufhin Janos ihn zurückstieß und dann von ihm abließ, während der Mann mit beiden Händen seinen Hals betastete, als ob er fühlen wolle, ob er ihn noch besaß, um dann eilig nach seinem Wein zu greifen. Janos ließ sich wieder nieder. Es herrschte Schweigen, keinem war dieses kleine Zwischenspiel entgangen, mehr als ein Gast hielt sich selbst ebenfalls den Hals, als ob ein jeder spüren könnte, wie das eigene Blut herunterrann.

Janos sah sich um, lachte laut und sagte etwas, das ich nicht verstehen konnte, und alle anderen Banditen fielen in sein Gelächter ein, auch der soeben verletzte. Sieglinde verstand wohl, was gesprochen wurde, denn sie wurde bleich, ihr Blick suchte und fand den meinen. Vorhin hatte auch ich kurz gedacht, sie hätte selbst Gefallen an dem Spiel gefunden, doch nun sah ich, dass sie noch immer Angst hatte, die sie nur gut zu verbergen verstand.

Ich versuchte sie mit meinen Augen so gut aufzumuntern wie möglich, aber es half wohl nicht viel, denn sie schenkte mir nur ein tapferes Lächeln und schluckte.

Dann war auch schon der Wirt zurück und reichte ihr eine kleine Geige hoch, kaum größer als zwei Hände, mit einem normal großen Bogen.

Sie nahm das Instrument vorsichtig auf.

»Dies …«, sagte sie, und der Gasthof wurde ruhiger, sogar die Banditen mäßigten sich. Obwohl sie nun schon ein paar Minuten dort gestanden hatte, schien man überrascht, dass sie nun etwas zu sagen hatte.

Sie schluckte. »Dies ist die Geige meiner Mutter. Sie ist schon lange in unserem Besitz, sehr lange. Vor vielen Jahren, es mögen vielleicht sogar zwei Jahrhunderte sein, ging meine Ahnin in einen Wald nicht weit von hier, um Blumen zu sammeln. Als sie sich dort einer Wiese näherte, auf der die schönsten Blumen blühten, sah sie einen Fuchs vor einem hohlen Baumstamm lauern. Und aus diesem Baumstamm hörte sie eine wunderschöne, aber kindlich klingende Stimme, die versuchte, Gevatter Fuchs dazu zu bewegen, doch endlich von ihr abzulassen. Neugierig geworden, begab sich meine Ahnin zu dem hohlen Stumpf, sah darin nicht ein Kind, sondern eine Frau, erwachsen, aber nicht viel höher als vier Hände. Sie trug ein seltsam glitzerndes Kleid, war wunderschön und hatte Augen, so klar und grün wie edle Steine. Der Fuchs knurrte auch meine Ahnin an, die selbst kaum mehr als ein Mädchen war, aber es war nur ein Fuchs, und so sammelte sie ein paar Steine und warf diese so lange nach ihm, bis er sich davonmachte, nicht ohne sie noch einmal anzuknurren. Die Frau im Baum kletterte erleichtert heraus. Sie sagte zu meiner Ahnin, in einer Stimme so klar wie eine gläserne Glocke, sie wolle ihr danken. Sie dürfe sich nun etwas wünschen. Meine Ahnin wusste nicht, was sie sagen sollte. Sie hatte von den Feen gehört, wohl nicht mehr oder weniger als wir heute, und wusste, dass so etwas oft ein übler Spaß war. Die Fee konnte sie beruhigen. Es wäre ihr ernst mit den Wünschen. Aber die Ahnin war ein glückliches Kind, ihr fiel nichts ein, was sie sich wünschen könnte, denn die Fee erklärte ihr, es müsse ein Wunsch für sie selbst sein. Die Ahnin war ratlos, aber es gab etwas, was ihr gefiel. Die Augen der Fee, das Grün darin. Solche Augen hätte sie auch gerne. Die Fee lachte und sagte, das wäre wohl der kleinste der Wünsche, und strich mit ihrer Hand über die Augen meiner Ahnin. Einmal im Jahr, unter bestimmten Umständen, würde sie die Augen einer Fee haben, dann, wenn es ihr am meisten nützte. Meine Ahnin war etwas enttäuscht. Aber sie nickte, sagte artig danke, wollte sich abwenden, um weiter die Blumen zu pflücken, denn sie fühlte sich befangen in der Nähe dieser schönen, aber kleinen Fee. Halt, sagte diese, dieser Wunsch war klein, ich schulde Euch mehr. Die Stimme, sagte sie dann schüchtern, sie gefalle ihr auch. Die Fee lachte erneut und berührte meine Ahnin am Hals. Einmal im Jahr, sagte sie … Meine Ahnin nickte, sie war wiederum enttäuscht. Sie wusste es schon. Wenn es ihr am meisten nützen würde, hätte sie die Stimme der Fee. Mittlerweile war sie der Meinung, dass die Geschichten über die Feen wohl wahr wären und man ihren Gaben nicht trauen konnte. Aber wenigstens war nichts Schlechtes dabei. Also sagte sie erneut artig danke und wandte sich ab, um wieder zurückgehalten zu werden. Auch dies sei nur ein kleiner Wunsch gewesen, sagte die Fee, es stände ihr immer noch mehr zu. Meine Ahnin indes stimmte ihr insgeheim zu, die beiden erfüllten Wünsche erschienen auch ihr klein, als seien sie nicht wahr. Diesmal, sagte sie, wünsche sie sich etwas, was sie greifen, sehen, nach Hause tragen und ihrem Vater zeigen könnte. Etwas, was sie erfreuen würde und andere Menschen auch. Etwas, was glücklich mache und niemandem schade, was ewig hält und stets neu ist. Dann stand sie da und wartete. Die Fee setzte sich nieder auf den Baumstamm, ein zierlicher Fuß wippte auf und ab, als sie nachdachte, die Bitte meiner Ahnin hatte sie überrascht. Schließlich schnippte sie mit dem Finger und rief, sie habe gefunden, was sie bräuchte. Sie nahm einen Ast vom Boden auf, küsste ihn, und dieser Ast verwandelte sich in die Geige, die ihr hier seht. Denn Musik erfreut, macht glücklich und schadet niemandem.«

Sieglinde hob die Geige an, so dass alle sie sehen konnten, es herrschte Stille im Raum. Dann schloss sie langsam die Augen, legte die Geige in die Beuge ihres Halses und fing an zu spielen.

Als sie die Augen wieder öffnete, ging ein Raunen durch die Zuschauer, selbst die Banditen schienen verblüfft, denn Sieglindes Augen waren nun von einem überirdischen Grün.

Als der Bogen die Geige berührte, erschien es mir, vielleicht auch den anderen, als ob die Geige zu leuchten begann. Die Töne, die dem Instrument entsprangen, waren so klar, so rein, dass sie schmerzten.

Sieglinde fing an zu singen, und ihre Stimme berührte mich.

Sie sang die Ballade vom alten Grafen, der sich seiner Jugendliebe erinnerte ...

Es reitet schweigend und allein
Der alte Graf zum Wald hinein.
Er reitet über Stein und Dorn,
Zur Seiten schlendert Schwert und Horn.

Und immer düstrer wird die Bahn,
Wie raget Fels an Fels hinan.
Zu einer Mühle kommt er da,
Doch ist kein Leben fern und nah.

Zerfallen sind die Gänge all.
Kein Mühlrad treibt der Wasser Schwall.
Durchs offne Dach der Himmel schaut,
Getrümmer rings und Wucherkraut.

Nur eine Bank erblickt er drin,
Drauf setzt der düstre Gast sich hin,
Verschränkt die Arme auf der Brust,
Und schließt das Auge unbewusst.

Da wird's lebendig um ihn her,
Die Werke poltern dumpf und schwer,
Das Wasser braust, es lebt der Hain,
Das Mühlrad klappert lustig drein.
Und sieh, mit Säcken ein und aus
Kommt Knecht um Knecht durch Saus und Braus,
Vom Mühlgang erst noch leer und wüst,
Der Müller freundlich niedergrüßt.

Jetzt fliegt der Steig herab im Sprung
Sein Töchterlein, gar frisch und jung,
Das Antlitz wie der Himmel klar,
In Flechten tanzt ihr schönes Haar.

Das naht dem Grafen und kredenzt
Das Glas, drin flüss'ges Gold erglänzt.
Wohl fühlt da wie in alter Zeit
Sein Herz der Liebe Seligkeit.

Und auf das Kind den Blick gewandt,
Hin streckt er nach dem Glas die Hand.
Doch wie nach ihm er greift mit Hast,
Da ist's nur Luft, was er erfasst.

Verschwunden ist so Glas als Wein,
Der Müller und sein Töchterlein.
Kein Mühlrad geht, kein Wasser braust,
Der Wind nur durchs Gebälke saust.

Es mag wohl an der Magie der Geige gelegen haben oder aber an der seltsamen Stimmung, die mich umfing, aber mir war, als ob ich jene Mühle sehen könnte, das Mädchen, wie es mir das Glas voll Wein reichte. Ich konnte den alten Grafen gut verstehen.

Janos erhob sich, streckte sich und lachte laut.

»Schönes Lied, Mädchen, schönes Lied und ach gar so traurig! Spiel ein anderes, das mich schmunzeln lässt. Spiel eine Weise, die nicht von vergangener Liebe spricht. Was kümmert mich, was war!«

Sieglinde stand auf den Tischen und sah mit ihren grünen Augen den Banditen an. Ich konnte sehr wohl spüren, wenn Magie am Wirken war, und ich glaubte jedes Wort der kleinen Geschichte, die sie am Anfang erzählt hatte. Magie, so leicht gesponnen und doch so weit reichend, konnte nur den Feen entstammen.

Immer noch mit diesem Lächeln, setzte sie den Bogen erneut an, die folgende Weise war schnell und munter, ein Reigen, wie man ihn um den Brunnen eines Dorfes tanzen mochte.

Ich saß und spann vor meiner Tür,
Da kam ein junger Mann gegangen;
Sein braunes Auge lachte mir,
Und röter glühten seine Wangen.
Ich sah vom Rocken auf und sann
Und saß verschämt und spann und spann.

Gar freundlich bot er guten Tag
Und trat mit holder Scheu mir näher;
Mir ward so angst, der Faden brach,
Das Herz im Busen schlug mir höher.
Betroffen knüpft ich wieder an
Und saß verschämt und spann und spann.

Er lehnt auf meinen Stuhl den Arm
Und rühmte sehr das feine Fädchen;
Sein naher Mund, so rot und warm,
Wie zärtlich haucht er: Süßes Mädchen!
Wie blickte mich sein Auge an!
Ich saß verschämt und spann und spann.

Indes an meine Wange her
Sein schönes Angesicht sich bückte,
Begegnet ihm von ungefähr
Mein Haupt, das sanft im Spinnen nickte.
Da küsste mich der schöne Mann.
Ich saß verschämt und spann und spann.

Mit großem Ernst verwies ich's ihm.
Doch ward er kühner stets und freier,
Umarmte mich voll Ungestüm
Und küsste mich so rot wie Feuer.
O, sagt mir Schwestern, sagt mir an:
War's möglich, dass ich weiter spann?

Dieses Lied wurde mit lautem Gelächter und Gejohle aufgenommen, und einer der Banditen warf Sieglinde einen Luftkuss zu. Sie verbeugte sich so graziös, dass sie damit an jedem Hof hätte vorstellig werden können.

»Spielt weiter!«, rief ein anderer. »Spielt auf!«

»O nein«, sprach sie. »Die Musik ist ein Geschenk, sie kommt nicht von mir. Ich vermag euch nicht zu sagen, warum es so ist, aber nur zwei Lieder gönnt mir meine Geige an einem Abend.« Sie strich mit dem Bogen über die Saiten, ein Ton erschallte, der meine Backenknochen schmerzen ließ. »Aber morgen Abend werde ich wieder für euch spielen!«

Einer der Banditen sprang auf.

»Mädchen, ich bin nicht dumm geboren! Spiel oder ...« Janos drehte sich um und bedeutete dem Mann zu schweigen, dies tat er auch, mit einem bösen Blick auf seinen Anführer.

»Eine vortreffliche Kurzweil habt Ihr uns geboten, Eurer Kunst und Stimme gebührt Dank, kein Fordern.«

Er machte eine überraschend galante Verbeugung und hob die Hand, um Sieglinde so vom Tisch herunterzuführen.

»Eure Ahnin war ein gewitztes Mädchen, und das seid Ihr wohl auch. Darf ich mal sehen?« Er streckte seine Hand aus, und zögerlich gab Sieglinde ihm die kleine Geige. Er nahm sie, hielt sie an sein Ohr und zupfte eine Saite.

Ein Ton erfüllte den Raum, so falsch und schrecklich, dass einer der Banditen mit einem Fluch aufsprang: Er hatte gerade eine Flasche aus Ton angesetzt, als diese ihm in der Hand zersprang.

»Mir scheint Eure Geschichte wahr zu sein«, sagte Janos. Es war still im Gasthaus, ein jeder beobachtete gespannt, was er sagte oder tat. So war jedes Wort leicht zu hören. »Ihr sagt, Eure Ahnin traf die Fee nicht weit von hier in einem Wald?«

Sieglinde nickte. Ihre Augen hatten wieder ihr natürliches Braun, aber etwas von der Gabe der Fee blieb in ihr zurück; ich konnte nicht den Finger darauf legen, was es denn sein mochte.

»Jedes Wort ist wahr.«

Janos drehte sich zu seinen Leuten um. »Hört ihr? Es war nicht weit von hier. So weit, wie ein Mädchen geht, das Blumen pflücken will! Man sagt, die Feen sammeln sich dort, wo die Magie am stärksten ist.« Er sagte es, als wäre es etwas Bedeutsames, und so schien es in der Tat auch zu sein, denn seine Leute sahen sich gegenseitig an und wirkten zufriedener als zuvor.

Plötzlich sah er sich um, ließ seinen Blick über uns und die anderen Gäste schweifen und lachte. »Seid ihr noch nicht genug unterhalten?« Er machte einen Kratzfuß vor Sieglinde, warf die Geige Eberhard zu, was sowohl diesen wie auch Sieglinde erbleichen ließ. Der Wirt fiel fast hin, als er verzweifelt versuchte, die Geige zu fangen. Es gelang ihm, auch wenn er schwer gegen die Theke prallte und sich keuchend auf ein Knie niederließ; mit einer Hand drückte er die Geige an sich, mit der anderen hielt er sich die Brust.

Indes hatte Janos Sieglinde gegriffen, presste sie an sich, wirbelte sie herum, so dass ihr ein erschreckter Laut entfuhr.

»Fröhlich lasst uns sein, einen Tanz wirst du mir nicht verwehren, Mädchen!« Und unter dem Gejohle und Getrampel seiner Leute führte er einen wilden Tanz auf, indem er Sieglinde fest an sich drückte, einen Arm in ihrem Nacken, die andere Hand auf ihrem Hintern, in den er so fest hineingriff, dass sich seine Knöchel weiß abzeichneten. Als er so mit ihr herumwirbelte, sah ich ihr Gesicht, die angstgeweiteten Augen und die Tränen darin. Wider besseres Wissen hatte ich mich schon halb erhoben, als er sie losließ, nein, von sich stieß und seinen Kratzfuß vor ihr wiederholte.

»Siehst du, Mädchen, auch ohne deinen Gesang kann man sich trefflich amüsieren.« Er nahm sie bei der Hand und führte sie zur Theke. »Einen Becher Wein wünsche ich jetzt von dir, ein guter Tropfen soll es sein. Ich trinke ihn auf dein Geigenspiel und den Gesang und darauf, dass du uns auch morgen Abend unterhalten wirst.« Er beugte sich vor, so dass sein Mund an ihrem Ohr lag. »Auf die eine oder andere Weise.« Dann lachte er, ließ sie los und drehte sich zum Gastraum um. Jeder sah ihn an, und so wollte er es wohl auch haben.

»Was glotzt ihr so? Bin ich zu eurer Unterhaltung da? Sucht euch was anderes zum Glotzen, und wenn ihr euch die Münder zerreißt, tut es so, dass ich nicht eure Zunge mit dem Stahl entfernen muss!«

Unter Gelächter ließ er sich wieder in seinen Stuhl fallen.

13. Der Keller

Neben mir ließ sich Lea in ihrem Stuhl nieder. Ich sah zu ihr auf, aber sie schaute prüfend zu Janos hinüber. »Er spielt mit ihr wie eine Katze mit der Maus«, sagte sie dann.

»Mit uns allen, wolltet Ihr wohl sagen. Wir sind keine Ausnahme.«

»Es wird einen Weg geben, um ihn unschädlich zu machen, und ich werde ihn finden.« Sie sah meinen zweifelnden Blick und seufzte. »Man muss nur lange genug suchen, dann ergibt sich meistens eine Lösung. Zudem habt Ihr gut reden. Für einen Moment dachte ich, Ihr würdet Euch auf ihn stürzen, all Euren eigenen Warnungen zum Trotz.«

»Ihr täuscht Euch.«

»Ich sah Euch halb aufstehen.«

»Ihr habt auch gesehen, wie ich mich wieder hinsetzte.«

»Gut, von mir aus. Aber erinnert Euch an Eure eigenen Worte, allein werdet Ihr nichts ausrichten.«

Ich nickte nur.

»Was wolltet Ihr vorhin?«, fragte sie dann.

»Der Wirt will uns etwas zeigen.«

»Warum habt Ihr es Euch nicht allein angesehen?«

»Aus irgendwelchen Gründen dachte ich, wir sollten zusammenbleiben.«

»Damit Ihr auf meinen Rücken aufpassen könnt.«

Ich entgegnete nichts.

»Havald, Ihr seid ein Künstler.«

Ich blickte hinunter auf den Tisch. Ohne dass ich weiter darauf geachtet hatte, waren meine Hände nicht untätig geblieben: Aus dem Stück Holz hatte sich der Bauer herausgeschält. Armselig, unwichtig, aber stolz.

Ich blickte auf die fast fertige Figur in meinen Händen, nur noch der Rücken hielt den Bauer im Holz gefangen.

Ich stellte die Figur vor mir auf den Tisch. »Ich war einst ungeduldiger, als ich es heute bin, das Warten fiel mir schwer, also suchte ich eine Beschäftigung für meine Hände. Es ist nichts Besonderes.«

»Es spricht von Talent.«

»Es spricht auch von etwas anderem«, antwortete ich ihr. »Ein Bauer ist auf dem Spielfeld, oder auch auf dem Schlachtfeld, die unwichtigste Figur. Leicht wirft man einen Trupp von ihnen gegen die schwere Reiterei, nicht um sie zu besiegen, sondern um sie aufzuhalten. Um Zeit für einen eigenen Zug zu gewinnen.« Ich drehte die Figur, so dass sie nun in Leas Richtung sah. »Aber man sollte sie nie unterschätzen. Als ich das Spiel erlernte, gab es eine Regel, die mir besonders gefiel. Kommt ein solcher Bauer ans Ende des Spielfelds, so verwandelt er sich in die Königin, eine Figur, wichtiger und weiser als der König selbst, eine Figur, vorausschauend und behände, mit den Eigenschaften einer jeden anderen Figur auf dem Feld, bis auf die des Ritters.« Ich schob den Bauer in ihre Richtung. »Unterschätzt nicht den einfachen Mann, Sera. Als ich älter wurde, sah ich oft genug, wie einer von ihnen die Schicksale von Reichen bestimmte.«

»Ein einfacher Mann.« Sie sah von der Figur zu mir auf. »Seid auch Ihr ein einfacher Mann?«

»Ich wurde einst so geboren.«

»Habt auch Ihr die andere Seite des Schlachtfelds erreicht?«

Ich drehte die Figur in der Hand. »Lasst es mich so ausdrücken: Auch im Spiel der Könige passiert es oft, dass, nachdem die hohen Herren im Feld geschlagen werden, es die Bauern sind, die übrig bleiben.« Ich legte die Figur auf den Tisch. »Ich blieb in manchen Schlachten ebenfalls ... übrig.«

Sie wollte gerade etwas sagen, aber ich unterbrach sie. »Eberhard, der Wirt, sucht unsere Aufmerksamkeit. Er wollte uns etwas sagen oder zeigen.«

Ich trank meine Tasse aus und hielt sie empor, und Eberhard eilte heran. Als er uns einschenkte, warf er einen hastigen Blick auf Janos, der zu diesem Zeitpunkt mit seinen Leuten die Köpfe zusammensteckte, ein Anblick, der nichts Gutes verhieß.

»Ich kann meine Sieglinde nicht allein lassen, aber ich bitte Euch, seht Euch an, was ich gefunden habe, und sagt mir, was ich tun soll!«

Lea schien nicht so erbaut von dem Gedanken zu sein. »Also zeigt es uns.«

»Es ist nichts, was ich in der Tasche trage.« Für einen Moment hatte ich das Gefühl, als hätte der Wirt beinahe gelächelt. »Im Turm, unter der Stiege, gibt es eine Falltür.«

»Wir haben sie gesehen«, sagte ich, »sie führt zu Eurem Vorratskeller.«

»Ja. Geht dorthin, es ist nicht zu übersehen. Es geschah letzte Nacht, während ich Feuerholz aus dem Lager hierher trug, damit die Feuer im Kamin nicht erlöschen. Aber ... ich hatte die Tür zum Turm verschlossen.« Er griff unter seine Schürze und legte einen schweren eisernen Schlüssel vor uns auf den Tisch. »Ihr werdet den hier brauchen.«

Er nickte uns noch einmal zu und folgte dann dem Ruf eines anderen Gasts, um diesem nachzuschenken.

»Ein komplizierter Schlüssel.« Lea musterte den Gegenstand vor uns mit nachdenklichem Blick.

»Ich kenne mich mit Schlössern nicht so aus, die meisten, die ich kenne, haben nur einen einfachen Bart. Eines ist ihnen allerdings allen gemein: Sie neigen dazu, zu verklemmen.«

»Glaubt mir, dieses Schloss ist nicht gewöhnlich. Solche Schlösser findet man an Türen, die zu herrschaftlichen Schatzkammern führen. Was mich überrascht, ist, dass der Schlüssel alt wirkt. Ich dachte nicht, dass man früher solche Schlösser fertigen konnte.«

»Nun, nicht alles, was einem neu erscheint, ist es auch.« Ich nahm den Schlüssel und steckte ihn ein. »Anderen Orts mag es Schlosser geben, die über dieses Schloss lächeln.«

»Das glaube ich nicht. Ein solches Schloss ist ein kompliziertes Werk und wird es immer sein.«

Ich erhob mich und griff mein Bündel. »Ich hörte von einem anderen komplizierten Werk. Ein Mechanismus, der die Zeit misst und mit einem Glockenschlag kundtut.«

Sie lachte. »Ein sinnloses Unterfangen. In der Kronstadt steht ein großer Tempel von Astarte. Zu jedem Viertel des Tages läuten die Mönche die Glocken, sie sind weithin zu hören und erinnern die Gläubigen an die Einheit des Tages mit der Nacht. Wer braucht einen Mechanismus, wenn es die Mönche als einen Dienst an ihrer Göttin sehen?« Sie nahm Steinherz und folgte mir. »Ihr seid jemand, der vieles hört. Sagt, habt Ihr diesen Mechanismus selbst gesehen?«

Ich hielt ihr die Tür auf zum hinteren Haus, zum Gang, der zum Turm führte. »Nein. Ich habe ihn nicht gesehen. Aber ich hörte die Glocken.«

»Wahrscheinlich hingen doch Mönche an den Seilen.«

»Vielleicht. Ich hatte keine Veranlassung nachzusehen.« Als ich nach ihr den Gang betrat, warf ich noch einen Blick zurück in den Gastraum. Janos' Blick ruhte auf uns, und als er sah, dass ich seine Aufmerksamkeit bemerkt hatte, grinste er und zwinkerte mir zu.

»Dieser Janos beginnt mir auf die Nerven zu gehen«, teilte ich Leandra mit, als wir den Gang zum Turm entlanggingen.

»Jetzt schon?«

Geschlossen sah die Tür des Turms noch beeindruckender aus. Ich fragte mich, wie alt sie wohl sein mochte, wie alt der Turm selbst war. Es war nicht unüblich, dass Gebäude wie dieser Gasthof aus anderen entstanden. Ein wehrhafter Turm war eine gute Ausgangslage.

Wie erwartet, klemmte der Schlüssel.

»Schwierigkeiten?«

Mit einer Verbeugung machte ich den Platz vor der Tür frei und lud sie ein, ihr Glück zu versuchen.

Ich war mir sicher, nichts anderes als sie getan zu haben, auch ich hatte zuvor den Schlüssel nach rechts gedreht, aber als sie es tat, gab es ein vernehmliches Klicken und der Schlüssel drehte weiter. Sie drückte die massive Klinke nach unten und öffnete die Tür.

»Papa?« Der Raum unmittelbar hinter der Tür war dunkel, aber durch die Falltür oben fiel gelbes Licht. Ein Gesicht spähte zu uns herunter.

»Lisbeth, nicht wahr?«, fragte Lea und trat in den Raum hinein. Es war direkt zu erkennen, dass der Wirt meinen Rat befolgt hatte: Die Stiege war hochgezogen.

»Sera, seid Ihr es?«

»Wie Ihr seht«, antwortete Lea.

»Was wollt Ihr hier?«, fragte Lisbeth misstrauisch.

»Dein Vater hat uns gebeten, den Keller in Augenschein zu nehmen«, erklärte ich ihr.

»Ihr seid der Ritter, nicht wahr?«

»Ich ... ja, wenn du so willst.«

»Der Rat, den Ihr uns gegeben habt, ist schlecht. Es ist nicht recht, eine von uns zu opfern. Ein guter Rat müsste allen helfen«, sagte sie mit vorwurfsvoller Stimme.

»Wenn einer einen solchen Rat zu geben weiß, werde ich nicht zögern, ihn eurem Vater mitzuteilen.«

»Wie ... wie ergeht es Sieglinde?«

»Es ist ihr noch nichts zugestoßen«, versuchte Lea Lisbeth zu beruhigen. »Sie saufen und fressen wie üblich, gebt ihnen noch eine Stunde oder zwei und sie fallen betrunken in ihre Betten.«

»Vielleicht fällt einer daneben und bricht sich den Hals«, antwortete Lisbeth mit Inbrunst. »Ihr wollt in den Keller?«

»Ja, Lisbeth.«

»Neben dem Eingang auf der großen Truhe steht eine Kerze«, informierte sie uns. »Wenn Ihr wieder hochkommt, verschließt die Falltür wieder sorgfältig!«

Und damit warf sie die Falltür über unseren Köpfen zu, und wir hörten, wie etwas Schweres auf sie gezerrt wurde.

Da nun kein Licht mehr von oben auf uns fiel, war es sehr dunkel in dem Raum. Und kalt. Die Außenmauern des Turms mochten dick sein, aber die Kälte hatte Zeit gehabt einzudringen; ich konnte meinen Atem nur zu deutlich sehen, eine fahle Wolke in der Dunkelheit. Ein Funke sprang von Leandras Zeigefinger, irrte kurz suchend umher, fand den Docht und entzündete ihn. Ich ging hinüber, nahm die Kerze in ihrer Schale auf und hielt sie hoch, damit wir besser sehen konnten.

Leandra und ich wechselten einen Blick.

Der Wirt hatte zwei schwere Fässer auf die Falltür hinunter zum Keller gestellt.

»Hat er dort etwas gefangen?«

Ich machte eine hilflose Geste. »Ich denke nein. Er hätte uns davon etwas gesagt. Aber, in der Tat, es sieht aus, als wolle er verhindern, dass etwas heraufkommt.«

»Dann schauen wir uns das mal an.«

Wir rollten die Fässer beiseite und musterten dann im Schein der Kerze die Falltür.

»Eisenbänder als Angeln, ein schwerer Riegel. Offenbar sah auch der Erbauer die Notwendigkeit, den Keller verschließen zu können«, merkte sie an.

»Vielleicht benutzte man ihn auch als Kerker.« Ich bückte mich und zog an dem Riegel. Er klemmte, eine genauere Betrachtung zeigte Rost; er war lange nicht geschlossen gewesen. Ich sah mich um und fand, was ich suchte, in einem der Regale. Ein Fässchen Olivenöl.

»Warum schlagt Ihr den Riegel nicht einfach zur Seite?«, fragte mich Leandra, als ich Öl über den Riegel träufelte.

»Weil es vielleicht besser ist, wenn wir ihn schnell wieder vorlegen können.« Ich wartete einen Moment und versuchte es dann erneut. Diesmal ließ sich der Riegel relativ leicht zurückziehen. Ich stellte das Fässchen in das Regal zurück, sah dort aber etwas anderes. Eine kleine Laterne. Der Wirt würde mir wohl verzeihen. Ich füllte das Reservoir der Öllaterne auf und benutzte die Kerze, um sie zu entzünden. Ich hakte die Tür der Laterne zu, betrachtete einen Moment lang den flackernden Docht, die Flamme wuchs höher und höher, bis sie deutlich mehr Licht gab als die Kerze. Als die Flamme stetig brannte, löschte ich die Kerze und begab mich zurück zur Falltür, die Lea nun schon geöffnet hatte.

Sie kniete an der Öffnung, Steinherz in der Hand, und spähte hinunter. Ich hielt die Laterne hoch.

»Könnt Ihr etwas erkennen?«

»Nein, noch nichts.« Sie stand auf und musterte mich. »Habt Ihr außer Euren Dolchen noch eine Waffe?«

»Ich brauche selten mehr als meine Dolche«, gab ich zur Antwort.

»Nun, denn ... wollt Ihr vorgehen?«

Ich hielt die Laterne hoch und begab mich auf die erste Stufe der hölzernen Treppe. Sie hielt mein Gewicht. Obwohl sie alt erschien, war sie doch stabil. Vorsichtig ging ich die Treppe hinunter, eine Hand am Geländer, die andere mit der Laterne erhoben. Der Keller war tiefer, als es mir notwendig erschien, fast zwei Stockwerke tief. Unten angekommen, sah ich mich um. Hinter mir hörte ich, wie Leandra herunterstieg.

Schweigend musterten wir, was vor uns lag.

Die Wände des Kellers waren mit hohen, tiefen Regalen zugestellt. Seit meinem gestrigen kurzen Blick in diesen Keller erschienen mir die Regale voller als zuvor, sicher konnte ich es nicht sagen. Auf den ersten Blick sah ich nicht, was der Wirt uns zeigen wollte, erst als ich mich von den Regalen abwandte und nach anderem Ausschau hielt, fiel es mir auf. Der Boden war nicht etwa gewachsener Fels, sondern bestand aus gleichmäßigen Steinplatten, den gleichen Platten, die als Boden für alle Gebäude gelegt worden waren, bis auf den Stall, der auf reiner Erde stand. Bis dahin hatte ich mir keine Gedanken darüber gemacht, warum jemand sich die Mühe machen sollte, überall solche Platten zu verlegen. Die meisten Gebäude wurden einfach nur auf gestampfte Erde gebaut. Es machte wohl aber Sinn, vor allem im Gastraum; der Boden erleichterte die Reinlichkeit, wenn das alte Bier nicht versickerte. Ich dachte an so manchen Gastraum, in dem der Boden von altem Bier aufgeweicht war, und solche Platten erschienen mir sehr praktisch. Vor allem aber als kostspielig und mühsam beim Bau. Wieder ertappte ich mich dabei, zu überlegen, wer wohl der Baumeister dieses Gasthofs gewesen sein mochte. Er baute jedenfalls für die Ewigkeit.

Die Platten waren eng und präzise aneinander gefugt. Die Fugen selbst mit dem Staub und Dreck ungezählter Jahre gefüllt. Bis auf eine steinerne Platte direkt unter der Treppe. Dort waren die Fugen schwarz und leer, und das, was die Fugen einst gefüllt hatte, lag als zur Seite gekehrter Haufen ein Stück weiter weg.

14. Ein Grab aus Eis

Unter der Treppe, im unsicheren Schein einer Kerze, wäre es wohl auch unserem Wirt nicht aufgefallen, hätte er nur etwas aus dem Vorrat holen wollen. Aber er hatte meinen Rat befolgt und den Vorrat ergänzt, hatte sich länger hier unten aufgehalten – und dann wohl das gesehen, was wir nun bemerkten.

Vielleicht war er auch aufmerksamer, als ich ihm zugestand, er schien sich jedenfalls sicher, dass es erst letzte Nacht geschehen war.

»Was denkt Ihr?«, fragte Lea.

»Ich denke, dass dieser Bau mehr Überraschungen für uns bereithält, als es wünschenswert wäre«, antwortete ich ihr, als ich neben der Platte niederkniete. Ich stellte die Laterne ab. Unter der letzten Stufe lag ein Brecheisen, wie man es verwendete, um Kisten zu öffnen, wahrscheinlich stammte es aus dem Lager. Ich führte die schmale Kante in eine der Fugen ein und drückte ... Die Platte hob sich leichter als gedacht, ich verlor das Gleichgewicht, ließ das Eisen los, um die Platte zu halten, und das Eisen verschwand in dem nun sichtbaren Loch, um tief unter uns mit lautem Klirren und Geschepper gegen Stein zu prallen.

»Das ist in der Tat eine Überraschung. Ein Keller unter dem Keller«, sagte Lea. Sie half mir, die Platte beiseite zu schieben, beinahe wäre sie mir auch die Platte in das Loch entglitten, nur ein Sims, etwa fingerbreit auf beiden Seiten, hielt die Platte oben.

Das Licht der Laterne konnte den Boden nicht erreichen; das Einzige, was es uns zeigte, war ein stabiler, leicht verrosteter Haken an der Seite des Schachts, der nach unten führte, sowie ein Seil, an diesem Haken befestigt, das sich in die Dunkelheit unter uns wand und in ihr verschwand.

Das Seil war neu.

Lea sah sich um, fand nichts, griff an ihren Gürtel und förderte aus dem Beutel an ihrer Seite eine Kupfermünze zu Tage, die sie hochhielt, um sie mir zu zeigen. Auf ihren fragenden Blick hin nickte ich, und sie ließ die Münze fallen. Drei bis vier Herzschläge später hörten wir, wie die Münze unten aufkam.

Wir sahen uns gegenseitig an.

»Ich bin noch nie gut im Klettern gewesen«, sagte sie dann mit einem schiefen Lächeln.

»Ich auch nicht.« Ich zog an dem Seil. Es bewegte sich kaum, es war wohl unten festgemacht. Es war ein stabiles, schweres Seil, straff allein durch sein eigenes Gewicht. Hätte ich ein solches Seil hier angebracht, es hätten sich Knoten darin befunden, aber das hatte man wohl nicht als notwendig erachtet.

Es war gar nicht so einfach, an einem Seil herunterzuklettern. Mit Sicherheit war es aber einfacher, als wieder heraufzuklettern. Wenn ich mich nach unten begeben wollte, musste ich den Rückweg beachten.

Ich nahm die Laterne wieder auf und suchte in den Regalen, ob sich hier anderes Seil fand. Oder irgendetwas, was man gebrauchen könnte. Seil fand sich zwar, aber nur in kürzeren Stücken, außerdem entdeckte ich eine Kiste. Sie war offen, zuoberst lag ein altes Schwert, wahrscheinlich das Schwert, von dem Sieglinde mir erzählt hatte, das, mit dem ihr Vater übte. Neben dem Schwert befanden sich noch andere Dinge in der Kiste, Dinge, die Gäste zurückgelassen hatten, sei es als Pfand, sei es, um ihre Zeche zu bezahlen. Ich sah dort einen dichten Fellmantel. Ich entledigte mich meines Umhangs und spürte sofort die Kälte, wie sie sich um mich schlang, und zog meine Rüstung aus.

»Vielleicht solltet Ihr Eure Rüstung ebenfalls ablegen«, riet ich Lea, als ich in den Pelzmantel schlüpfte. Er war kalt und klamm, und dieses Gefühl der Kälte reichte, um mich tüchtig frieren zu lassen.

»Nein. Meine Rüstung ist leicht, und wer weiß, was wir dort unten vorfinden werden.«

Früher hätte ich mir auch keine Gedanken darüber gemacht, ob ich kräftig genug wäre, mit Rüstung ein Seil heraufzuklettern, aber das war lange vorbei. Ich band mir mein ledernes Bündel auf den Rücken und benutzte ein kurzes Stück Seil, um eine Schlinge zu fertigen, die ich mir über die Schultern legte. Am freien Ende befestigte ich die Laterne so, dass sie etwas unterhalb meiner Füße hing.

In der Kiste suchte ich nach Handschuhen, fand keine, also wickelte ich mir Lederriemen um die Hände.

»Wünscht mir Glück«, rief ich, als ich mich rückwärts in den tiefen Schacht begab.

»Dann wünscht Ihr Euch, dass ich nicht stürze, denn dann falle ich auf Euch. Ich habe nicht die Absicht, Euch dort allein hinuntergehen zu lassen«, sagte sie, als sie langsam die Laterne an mir vorbei in den Schacht herabließ, bis sie unter meinen Füßen baumelte.

Ich blickte hoch zu ihr. »Vielleicht solltet Ihr dann zuerst hinunterklettern.«

Sie kniete neben dem Schacht, ihr Gesicht war auf gleicher Höhe mit dem meinen. Noch stützte ich mich mit einer Hand am Rand des Schachts ab. Sie beugte sich vor und gab mir einen leichten Kuss auf die Stirn.

»Nein. Denn dann hätte ich Angst, dass Ihr auf mich fallen würdet.«

Ihr lächelndes Gesicht begleitete mich hinunter in die Tiefe. Tatsächlich fand ich mich zuerst mehr geneigt, über den Kuss nachzudenken, als über das, was sich dort unten finden würde.

Das Seil war dick und rau, man konnte es gut greifen, aus Hanf gefertigt, wahrscheinlich Handelsgut, doch trotz der Lederriemen um meine Hände dauerte es nicht lange, bis sie schmerzten. Je tiefer ich mich an dem Seil herabließ, desto kälter erschien es mir; meine Schultern schmerzten, und der Abstieg kam mir endlos vor.

Solange ich mich im Schacht befand, war es nicht so schwierig. Der Schacht war eng genug, um sich in ihm zu verkeilen und meinen schmerzenden Schultern eine kleine Pause zu gönnen. Aber als der Schacht endete, schwebte ich im Freien, und im ersten Moment dachte ich, ich würde über einem endlosen Abgrund hängen.

Doch dann konnte ich schwach im Licht der Laterne den Boden unter mir erkennen, ausgelegt mit den gleichen Platten. Große Steine türmten sich unter mir und versprachen, meine alten Knochen zu brechen, sollte ich auf sie fallen. Es mochten vielleicht drei Mannslängen gewesen sein, die ich frei an dem Seil kletterte, ohne dass ich mich irgendwo abstützen konnte. Aber ich kam tatsächlich ohne Sturz unten an und fühlte mich zu allererst erleichtert.

Ich ließ das Seil los und trat zur Seite. Es war hier unten um einen schweren Steinquader geschlungen, einen Quader, den ein Mann allein kaum anheben konnte: Mehrere Personen hatten geholfen, das Seil zu befestigen.

»Und, könnt Ihr schon etwas erkennen?«

Ja, das konnte ich. Mittlerweile waren meine Augen an die Dunkelheit gewöhnt, und ich sah, was es zu sehen gab. Es gruselte mich.

»Genug, um Euch zu sagen, dass keine Gefahr besteht.«

Das Seil neben mir wackelte, und ich blickte hoch, konnte bewundern, wie Lea am Seil herabglitt. Sie ließ es einfach aussehen.

Den letzten Meter sprang sie und landete neben mir sicher in der Hocke, Steinherz seitlich weggestreckt, als ob sie damit rechnete, im nächsten Moment kämpfen zu müssen.

»Götter!«, murmelte sie.

»Ja.«

Der Raum, in dem wir uns befanden, war achteckig, etwa zehn Mannslängen breit und tief. Vier Säulen, jeweils eine Mannslänge von der Wand entfernt, stützten das Gewölbe, an ihnen entdeckte ich Ölschalen etwa auf Schulterhöhe. Ich sah nach und hatte Glück: Die Ölschalen waren noch gefüllt. Das Öl war zwar alt, in der Kälte steif, aber nach einigen Versuchen brannten sie alle und erhellten nun den Raum in aller Deutlichkeit.

»Was ist hier geschehen?« Lea sprach leise, auch mir war nicht danach, die Ruhe der Toten zu stören.

»Das wird sich bald herausstellen«, antwortete ich ihr, genauso leise. In all meinen Jahren hatte ich selten etwas so Unheimliches gesehen. Der Raum hatte vier schwere Türen aus Bronze. Jede Tür hatte zwei Flügel, und diese Flügel waren mit einem Relief verziert. Die erste Tür zeigte einen Greifen. Die zweite einen Berglöwen. Die dritte einen Kriegshammer, die vierte und letzte Tür etwas, was wie eine große Spinne aussah, die jedoch einen menschlichen Oberkörper besaß.

Jene letzte Tür war von dieser Seite mit schweren Quadern verbarrikadiert. In der Mitte des Raums, dort, wo wir standen, war noch das Fundament der Konstruktion zu sehen, von dem die Quader stammen mochten. Eine Plattform, ein Altar, etwas dergleichen. Doch bevor diese Tür verbarrikadiert worden war, hatte hier ein Kampf stattgefunden.

Die Kämpfer befanden sich alle noch hier. Zwei von ihnen lagen in ihre Bettrollen gehüllt neben den Resten einer Feuerstelle. Drei andere saßen mit dem Rücken an die Wand gelehnt, einer hatte sein Schwert über den Knien und sah aus, als grübelte er über etwas intensiv nach. Drei weitere waren in einer Reihe ausgelegt, ihnen hatte man Decken über die Gesichter gezogen.

Von diesem Lager so weit wie möglich entfernt, in einer anderen Ecke, lagen vier andere Leichen, deutlich kleiner als ein Mensch, aber in der Breite ihnen in nichts nachstehend. Sie lagen in schwere eiserne Fesseln gebunden.

Die Kälte hier unten war so intensiv, dass meine Zähne schmerzten, wenn ich atmete. Diese Kälte verlor sich wohl auch kaum im Sommer. Sie hatte im Lauf der Jahre über die Kämpfer ein Leichentuch aus Frost gelegt und sie uns so erhalten, nach einer Zeit, die Jahre sein konnten oder aber in Jahrhunderten zu messen war, denn dieser Raum vermittelte einem das Gefühl von hohem Alter.

»Ja«, sagte Lea. »Die hier«, sie wies auf die menschlichen Streiter, »flohen aus jenem Gang in diesen Raum.« Sie musterte die Tür mit dem Spinnenmenschen mit hochgezogenen Brauen, »verfolgt von diesen ... Zwergen. Es kam zum Kampf. Die

Zwerge unterlagen, die anderen verschlossen die Tür. Und fanden sich in einer Falle wieder.«

Sie warf einen Blick nach oben, und ich hob die Laterne. Im Licht der Lampe war das Loch des Schachts nur schwer zu erkennen.

»Aber warum?« Ich studierte den Boden unter uns genauer. Überall gab es eine daumendicke Eisschicht, und unter dieser fand ich, was ich vermutete. Ein Seil, ebenfalls vom Frost erhalten und mit dem Zeichen einer längst vergangenen Schandtat.

Ein Ende des Seils zeigte einen Knoten, ebendieser Knoten war zerschnitten worden. Lea sah von dem Seilende hoch zu dem Schacht, aus dem unser Seil hing. Wir wechselten einen weiteren Blick.

»Auf einmal ist mir gar nicht wohl bei dem Gedanken, dass dort oben niemand das Seil beschützt.« Sie sprach das aus, was ich dachte.

»Wir sollten uns hier nicht zu lange aufhalten«, stimmte ich ihr zu. Langsam wanderten wir durch den Raum. »Wer sie wohl waren?«, fragte sie und blieb vor dem stehen, der mit seinem Schwert auf den Knien dasaß, so dass er die Tür im Auge behielt. Er hatte einen Verband um die Hand, sonst erkannte ich keine Wunden. Frost hing in Haaren, Wimpern, Rüstung; er sah durch das Eis und mich hindurch in die Ewigkeit.

»Soldaten. Und zwar gute.« Ich musterte die Männer. Sie trugen alle, bis auf kleine Unterschiede, die gleiche Ausrüstung. Es waren schwere Rüstungen, keine Kettenhemden, wie Lea und ich sie trugen, sondern Plattenpanzer. Auch ich hatte schon einmal eine solche Rüstung angehabt, sie wog oft ein Drittel des Gewichts ihres Trägers. Eine Plattenrüstung war eine Präzisionsarbeit, langwierig und extrem teuer. Nur sehr reiche Herren konnten sich so etwas leisten. Was ich unter dem Eis erkennen konnte, war meiner Meinung nach eine exzellente Ausführung. Ich benutzte den Griff meines Dolchs, um das Eis von der Brustplatte des Wachenden zu schlagen. Wie vermutet und schon halb durch das Eis erahnt, trug er das Relief eines Bullen auf seiner linken Brust, ein Motiv, das sich bei einem anderen, den ich zum Teil von seinem Eis befreite, wiederholte.

Ich kehrte zu dem Wachenden zurück und bearbeitete das Eis, bis ich an seinen Gürtel gelangte. Immer wieder musste ich die Arbeit unterbrechen, rieb meine Hände aneinander, hielt sie unter meine Arme, um sie zu wärmen. Endlich konnte ich die lederne Tasche erreichen, die ich unter dem Eis gesehen hatte. Dort, in dieser Tasche, fand sich eine Hand voll Münzen. Goldene und silberne, nur wenig Kupfer. Ich hielt sie hoch und studierte sie.

»Und, erkennt Ihr die Prägung?«, fragte Lea.

Ich schüttelte den Kopf. Ich war weit gereist in all den Jahren, aber eine Prägung wie diese hatte ich bisher nicht gesehen. Es war auf allen Münzen die gleiche, ob Gold, Silber oder Kupfer.

»Sie standen in den Diensten eines großen Reichs«, sagte ich.

»Wieso?«

»Nur eine einzige Währung. Wenn ich in meinen Beutel greife, finde ich Währungen unterschiedlicher Grafschaften, Herzogtümer und Königreiche. Das Land, dem sie dienten, war groß genug, eine Währung zu führen, und wichtig genug, dass im Handel keine fremden Münzen in das Land gelangten.«

Lea trat an mich heran. »Ihr erstaunt mich immer wieder mit Eurem Wissen, Euren Schlussfolgerungen und Vermutungen.« Sie lächelte. »Wir werden wohl nie erfahren, ob Ihr Recht habt. Aber kommt und seht Euch dies an. Vielleicht habt Ihr auch dafür eine gute Erklärung.«

Sie führte mich zu den Zwergen, und diesmal sah ich sofort, was sie meinte.

Ich hatte schon den einen oder anderen Zwerg gesehen. Es waren lebenslustige Gesellen. Sie wirkten, als ob sie kurze Menschen wären, alles an ihnen war in gleicher Proportion, nur kürzer, in der Breite hingegen waren sie normal. Sie waren vielleicht einen Kopf kleiner als ein durchschnittlicher Mensch, dafür aber meistens deutlich stämmiger und kräftiger. Gesellige Burschen, sie lachten und tranken gerne. Nur verärgern sollte man sie nicht, in einer Taverne prügelten sie wie die besten Männer. Diese hier waren anders. Unter dem Eispanzer waren ihre Rüstungen, nicht minder schwer als die ihrer einstigen Gegner, schon stark verrostet. Zwerge waren stolz auf ihre Fähigkeiten im Metallhandwerk, kein Zwerg, den ich je gesehen hatte, würde eine rostige Rüstung tragen.

Während unter dem Eis die Hautfarbe der Soldaten Wachs glich, war die der Zwerge grau. Die Rüstungen waren schwer beschädigt, kaum noch verwendbar, ein Hieb, wohl eine Axt, hatte eine Rüstung weit geöffnet. Dieser Hieb war so stark gewesen, dass er alles durchtrennte, die rostige Unterkette sowie das verrottete Lederwams. Doch die graue Haut unter dem Eis zeigte zwar eine Wunde und das Weiß einer Rippe, aber kein gefrorenes Blut. Sie erschien mir wie altes, dreckiges Leder.

Die Bärte der Zwerge waren ungepflegt, die Haut steingrau, die Augen ohne Iris. Auf der Stirn eines jeden war eine Rune mit einem Brandeisen eingebrannt, mir schienen sie fahl zu leuchten. Jeder der Zwerge bleckte die Zähne und zeigte lange Beißer in grauem Zahnfleisch.

Man konnte an den Rüstungen unschwer erkennen, welche Hiebe aus dieser letzten Schlacht stammten; unter dem Eis glänzte dort der durchtrennte oder verbogene Stahl, während er an anderen Stellen verrostet war. Schwere eiserne Ketten fesselten sie, als ob die tödlichen Wunden nicht genug wären, um sie an ihrem Platz zu halten.

Ich hatte mich auf die Knie herabbegeben, um den einen näher studieren zu können. Nun stand ich auf und wich einen, vielleicht auch zwei Schritte zurück.

»Ihr seid die Maestra«, sagte ich gepresst. »Ihr solltet besser wissen als ich, was diese Runen bedeuten.« Aber ich hatte einen fürchterlichen Verdacht.

Sie nickte langsam, im Licht der Öllampe glich ihre weiße Haut beunruhigend dem Wachs der menschlichen Toten.

»Ich kann mir nicht sicher sein, ich habe solche Runen noch nie gesehen, aber ich hörte von ihnen und stieß auf eine ähnliche in einem Text, der gut verschlossen gehalten wird. Diese armen Kreaturen wurden ausgewählt – als ewige Wächter.«

»Untot«, sagte ich und schluckte.

»Ja. Wahrscheinlich bewachen sie das Grab eines Königs. Niemand sonst ist wichtig genug, um ein derartig abscheuliches Ritual durchführen zu lassen.« Sie sah zu mir auf, ihre Augen wieder schwer zu deuten, aber ich meinte eine tiefe Traurigkeit in ihnen zu entdecken. »Bei dem Ritual, von dem ich gelesen habe, war es notwendig, dass der Wächter während der Zeremonie den Freitod wählte ... Diese Zwerge meldeten sich freiwillig, um ihren König in alle Ewigkeit zu beschützen.«

»Bei den Göttern.« Ich sprach leise. »Sind sie ...?«

»Ich glaube, ja.« Lea musterte die Zwerge und die Ketten. »Ohne die Kälte ... ja, ich glaube, sie sind noch ...«, sie schien nach dem Wort zu suchen, »aktiv.«

Die Kälte, die ich nun spürte, hatte nichts mit der Kälte hier im Raum zu tun, sie kam von tief innen und ließ mich schaudern. Ich hatte oft mit meinem Schicksal gehadert, aber das Schicksal dieser hier ...

»Lasst uns gehen«, sprach ich.

»Ja, sogleich. Ich würde nur gerne wissen, was diejenigen suchten, die gestern hier heruntergeklettert sind. Es sieht alles unangetastet aus.«

Sie hatte Recht. Die Toten waren nicht angerührt worden, die Türen auch nicht. Nur der Quader, an dem das Seil befestigt war, war erst kürzlich bewegt worden.

»Ich glaube«, sagte ich schließlich, »sie bereiteten nur den Weg. Sie hatten wohl nicht viel Zeit.«

»Vielleicht.« Sie sah sich immer noch suchend um. »Hier. Der Packen ist durchwühlt worden.«

Eines der Bündel der Toten war geöffnet worden. Das Eis war nur an der Seite gebrochen, hielt die lederne Klappe immer noch in einem Panzer, deshalb hatte ich es nicht gesehen. Oder meine Augen waren nicht mehr das, was sie einmal waren.

Ich öffnete den Packen, fand dort aber nichts Besonderes. Ein Satz Kleidung, steif gefroren durch die Kälte, ließ allerdings einen Raum frei, als ob dort etwas gewesen wäre. Faustgroß müsste es in etwa sein. Aber was es sein mochte, ließ sich nicht erkennen.

»Gehen wir«, drängte Lea. Ich nickte und löschte die Ölschalen. Das Licht der Laterne erschien auf einmal unzureichend, im Flackern der kleinen Flamme glaubte ich zu sehen, wie die Toten sich bewegten, mich anstarrten, als ob sie mir etwas sagen oder zeigen wollten. Die Reliefs an den Türen taten es ihnen gleich, auch sie schienen nunmehr auf unwirkliche Art lebendig zu werden und nur darauf zu warten, über mich herzufallen.

»Ja, gehen wir«, sagte ich. Meine Stimme klang brüchig, also räusperte ich mich. Irgendwie ließ das Echo es so erscheinen, als wäre es der Wachende gewesen, der sich räusperte, und nicht ich.

Sie stand schon am Seil. In ihrem Gürtel sah ich das Brecheisen, das ich fallen gelassen hatte. Sie hatte auch daran gedacht. Ich sah ihr nach, wie sie sich scheinbar mühelos am Seil nach oben zog, nur durch die Kraft ihrer Arme, und folgte ihr dann wesentlich weniger graziös, elegant oder schnell. Meine Befürchtungen waren berechtigt, der Aufstieg ging beinahe über meine Kräfte hinaus; ich fürchtete schon, dass ich hinabfallen würde in diesen eiskalten Raum der Toten. Das Grauen, das mich bei diesem Gedanken durchfuhr, ließ mich den Schacht weiter erklimmen, obwohl meine Kräfte schon längst aufgebraucht waren.

Am oberen Ende angekommen, war ich für ihre Hilfe dankbar, als sie mich heraufzog. Meine Schultern brannten wie Feuer, und meine Hände bluteten – ich war zweimal abgerutscht, als mein Griff unsicher wurde. Keuchend rollte ich mich zur Seite, lag auf dem kalten Boden des Turmkellers und schwitzte unter dem alten Fellmantel. Verglichen mit der Kälte dort unten war es hier warm.

Ich blieb liegen, zu ermattet, um auch nur einen Finger zu bewegen, und sah Leandra zu, wie sie die Platte wieder an ihren

Ort brachte, den Schacht verschloss und auch das Brecheisen dahin zurücklegte, wo ich es gefunden hatte.

Dann hielt sie mir die Hand hin. Mit ihrer Hilfe stand ich auf und fühlte mich steif, alt und wertlos.

Ich brauchte erneut ihren Rückhalt, um meinen Kettenmantel anzulegen. Sie sagte nichts, half nur. Ab und zu sah ich, wie ihr Blick nachdenklich auf mir ruhte.

Der Aufstieg zum Turmraum war wie eine Erlösung. Wir folgten dem Beispiel des Wirts. Der Riegel wurde sicher vorgelegt und die Fässer wieder auf die Falltür gerollt.

15. Eine besondere Traube

Als Leandra die Turmtür hinter uns verschloss, kam mir die Wärme des Gangs zum Gastraum wie eine Wohltat vor, obwohl auch hier die eine oder andere Eisblume an der Wand wuchs.

Ich fühlte mich zerschlagen und wie betäubt. Der Anblick dieses eiskalten Orts des Todes dort unten hatte mich gelähmt, meine Gedanken konnten ihn nicht verlassen, ständig sah ich das wachsfahle Gesicht des Wachenden vor meinen Augen, und ich konnte mich nur schwerlich wieder zurechtfinden. Fast benommen suchte ich instinktiv die Wärme des Gastraums, aber Leandra hielt mich am Arm fest.

»Sollten wir nicht darüber reden?«

Ich schüttelte nur den Kopf. Mir stand der Sinn nach einem heißen Grog; ich musste etwas Warmes spüren. Sie sagte nichts mehr, sondern folgte mir nur. Ich verspürte Erleichterung, als ich feststellte, dass sich alle sechs Briganten zu Bett begeben hatten, dann stellte ich fest, dass auch Sieglinde fehlte. Ich konnte fühlen, wie sich mein Magen verkrampfte. Vor Scham. Ich war wohl so feige geworden, dass ich ein Mädchen opferte, anstatt mich den Dingen zu stellen.

Es schien mir, als ob mich meine letzten Kräfte verlassen würden. Ich taumelte fast zu unserem Tisch, wo ich mich in den Stuhl fallen ließ, kraftlos und leer. Ich saß da und schloss die Augen.

»Die Sera sagte, Ihr wolltet einen Grog«, hörte ich eine Stimme. Sieglinde. Sie stellte mir das dampfende Getränk auf den Tisch und lächelte mich unsicher an.

»Den Göttern sei Dank«, entfuhr es mir. Sie lächelte. »Ich war heute auch schon im Lager und spürte die Kälte dort … ein warmer Grog erscheint einem danach wirklich wie ein Geschenk der Götter«, meinte sie lächelnd.

»Die Briganten?«, fragte ich sie, als ich wieder sprechen konnte. Meine Hände hielten den heißen Zinnbecher umklammert, und ich spürte, wie die Hitze in mich eindrang, fast zu schmerzhaft, aber ich hätte in diesem Augenblick nicht loslassen können.

»Zu Bett. Sie haben heute so viel getrunken, dass sie kaum noch stehen konnten. Ihr wart lange fort, ich fürchtete um Euch.« Sie sah mich ernst an. »Ich bin froh, dass der Sera und Euch nichts widerfuhr.«

Sie stand vor mir, unsicher lächelnd, die Kanne mit dem heißen Grog in der Hand. Ihre Bluse war im Lauf des Abends so weit geöffnet worden, dass die weißen Hügel ihres Busens deutlich zu erkennen waren, links konnte ich sogar den dunklen Hof ihrer Brustwarze sehen. Wie von allein lösten sich meine Hände von dem heißen Becher, und ich griff hoch. Mit ungeschickten, steifen Fingern knöpfte ich ihre Bluse wieder zu, jeder der einfachen Hornknöpfe erschien mir störrisch, bis ich den letzten schloss. Sie schaute mich die ganze Zeit an, und ich sah, nein, ich fühlte sie unter meinen Händen erzittern.

Ich hörte so etwas wie ein unterdrücktes Schluchzen, dann riss sie sich aus meinen Händen los und eilte zur Theke zurück, wo sie sich ihrem Vater in die Arme warf.

Ich ließ meine Hände sinken, umklammerte wieder den Grog, unfähig von ihr wegzusehen.

Eberhard warf mir über ihren Kopf hinweg einen Blick zu. Er hätte verdammend sein sollen, aber dass sein Blick Dankbarkeit zeigte, traf mich um vieles härter.

»Ihr, Ser Havald«, sagte Leandra, als sie sich in ihren gewohnten Stuhl sinken ließ, »seid ein Schwindler. Ich habe Euch entlarvt. Ihr gebt Euch ungerührt, aber das ist nicht mehr als eine Maske.«

Auch sie hielt einen dampfenden Becher in der Hand, führte diesen nun zu ihren vollen Lippen und sah mich über den Rand hinweg an, als sie einen Schluck nahm.

»Dachtet Ihr, ich fände Freude daran, jemandem zu raten, ein Kind zu opfern?«, gab ich ihr leise Antwort.

Der erste Schluck des heißen Grogs rann mir die Kehle herunter, wärmte mich mit flüssigem Feuer, welches das Eis brach, so dass ich mich mit einem Seufzer zurücklehnte und nichts anderes tat, als das Gefühl der Wärme zu genießen. Meine Hände brannten und kribbelten, ich fühlte wieder meine Füße und die Nasenspitze; ich war wieder am Leben und hatte diesen kalten Raum dort unten nun doch verlassen können.

»Was weiß ich?«, erwiderte sie. Sie sah meinen empörten Blick und lächelte. »Ich lebe lange genug, um zu wissen, dass Männer seltsam werden, sobald es um Frauen geht. Schaut mich an.«

Dies tat ich. Ihr Anblick erschien mir schon an diesem zweiten Abend vertraut, als ob ich sie ein ganzes Leben kennen würde. Ich verlor mich darin, ihr Gesicht zu betrachten und …

»Nicht so«, sagte sie, ihre Stimme hatte einen seltsamen Unterton. Ich blinzelte. Hauchfeine Röte überzog ihr Gesicht. »Ich meinte …« Sie hielt inne und holte tief Luft. Für einen Moment schien es mir, als ob sie meinem Blick ausweichen würde, aber dann sah sie mich doch wieder an.

»Man sagte mir, ich wäre schön. Ich selbst kann das nicht wirklich beurteilen. Aber als ich sehr spät erst zur Frau wurde, fand ich mich belagert von den Männern am Hof.« Sie rollte die Augen. »Ihr könnt Euch nicht vorstellen, welch seltsame Dinge sich mancher Mann einfallen ließ, um meine Gunst zu gewinnen.« O doch, das konnte ich.

»Ich war zu jung für mein Alter, ich glaubte letztlich den schönen Worten eines Edelmanns. Der Sohn eines Grafen, ich hingegen nur eine Baronesse ohne Land. Wald, ein Dorf, ein Weiler nahezu, das ist meine Mitgift. Mehr nicht. Ich war geschmeichelt. Hier ich, unsicher, ein Titel, der ebenso ungewohnt erschien, zu jung, um zu verstehen, was da geschah. Ich schenkte ihm mein Herz und war bereit, ihm meine Unschuld zu geben.« Sie beugte sich vor und nahm meine Hand. »Wir lagen zusammen. Er liebkoste und küsste mich, da roch ich ihn.« Sie rümpfte die Nase. »Elfen, sagt man, haben eine feine Nase. Es ergab sich, dass er erkrankt war.«

»An der Falschen Jungfer?«, fragte ich.

Ihre Augen funkelten. »Als ich hörte, wie man es nannte, fand ich es unverschämt, die Krankheit so zu nennen. Es sollte doch wohl eher Falscher Junker heißen. Wisst Ihr, warum er mir schöne Augen machte?«

Ich schüttelte den Kopf.

»Die Krankheit heilt man, indem ein glühender Draht eingeführt wird. Der Medikus teilte ihm das mit, und er bekam es mit der Angst zu tun. Der Medikus lachte und sagte, es ließe sich vermeiden. Er müsse nur eine Elfe finden, denn würde er sie beschlafen, so würde das die Krankheit ebenso heilen.«

Als sie gestern hereingekommen war, hatte ich gedacht, ihre Augen würden mit einem geheimen Feuer glühen, und hielt es später für eine Sinnestäuschung. Es war keine, denn auch jetzt strahlten ihre Augen mit diesem seltsamen rötlichen Licht. Es hätte mich vielleicht erschreckt, hätte ich sie nicht inzwischen näher kennen gelernt. So war es nur eine weitere faszinierende Eigenschaft an ihr.

»Autsch«, sagte ich.

Sie funkelte mich immer noch an. »Ja, autsch. Ich schwor mir, keinem Mann mehr zu trauen. Ich bot ihm an, seine Krankheit mit meinem Dolch zu heilen.«

»Ich schätze, er lehnte ab.«

»Er rannte schreiend aus meinen Gemächern.«

Ich musste lächeln, als ich das Bild vor mir sah.

»Es ist nicht zum Lachen. Er verbreitete das Gerücht, ich wäre unersättlich und mannswild. Triebe es mit allem und jedem, er jedoch sei so rein und könne sich nicht mit mir verbinden, da er auf seinen Ruf achten müsse. Alsbald hatte ich mehr Freier, als mir lieb war, und keinen, der das wollte, was ich diesem Grafensöhnchen geschenkt hatte und was ich nun gebrochen auf der offenen Hand trug. Mein Herz.«

»Deshalb habt Ihr mich gefragt, ob Sieglindes Tanz mit den Wölfen mich erregen würde. Ihr habt eine schlechte Meinung von den Männern.«

»Zumindest habt Ihr eine ehrliche Antwort gegeben. Das machte mir auch glaubhaft, dass Ihr wünscht, es ließe sich vermeiden. Aber erst jetzt, als ich Euch mit Sieglinde sah, glaube ich es wirklich.«

Ich lehnte mich zurück, woraufhin ein paar steife Muskeln protestierten. Es zeigte mir, dass ich noch lebte, also ignorierte ich es.

»Eine schöne Frau bereitet einem Mann allein durch ihren Anblick Freude. Sieglinde ist fast so wohlgestaltet wie Ihr es seid. Wenn mich der Anblick einer schönen Frau nicht mehr erfreut, bin ich wahrlich bereits gestorben.«

Sie lächelte leicht. »Es macht auch einer Frau Freude zu hören, dass sie mit ihrem Aussehen zu entzücken vermag. Aber ich sah auch Männer, die Tieren ähneln. Ich lernte, dass ein Mann das Denken vergisst, wenn er auf einen offenen Schoß hofft. Oder verschlagen wird wie eine Natter. Am Ende ist er dann empört, wenn er nicht erhält, was er will.«

»Ich bin aus dem Alter heraus.«

Sie legte den Kopf zur Seite. »Vielleicht. Ich hielt es nicht für unmöglich, dass Sieglindes Tanz mit den Wölfen, wie Ihr es bezeichnet, Euch fasziniert. Dass Ihr insgeheim hofft, dass es passiert, um Euch dann daran zu erregen.«

Ich blinzelte. »Sera ...«, begann ich, aber sie hob die Hand.

»Ich erzähle dies alles, damit Ihr versteht, dass ich es ernst meine, wenn ich Euch um Verzeihung bitte. Ich habe Euch falsch eingeschätzt und unterstellte Euch, einem Mann, dessen Ehre offensichtlich unzweifelhaft ist, solch ein Verhalten. Ich schäme mich dafür und bitte Euch nun um Vergebung.« Sie schlug die Augen nieder. Einen Moment lang wusste ich nicht, was ich antworten sollte. Aber nur eines machte Sinn.

Ich legte meine Hände auf die ihren. »Es gibt nichts zu verzeihen.«

Wir hatten uns beide zueinander gebeugt, unsere Gesichter waren einander sehr nahe. Ihre Zunge huschte über ihre halb offenen Lippen, welche voll und rot waren ...

»Er ist zu alt zum Kopulieren. Männchen seiner Spezies sind in diesem Alter mehr Arbeit als Vergnügen.«

Wir zuckten zusammen, als hätte man uns bei etwas Verbotenem ertappt.

Zokora. Sie ließ sich mit einer gleitenden Bewegung an unserem Tisch nieder. »Wenn du einen Liebhaber suchst, dann nehmt diesen Hauptmann, Sternheim. Er hat deutlichen Gefallen an deinen Reizen gefunden und ist jung genug, um ihn mehrfach in einer Nacht zu benutzen.«

Ich blinzelte.

Leandra blinzelte.

»Ist das so?«, fragte ich Zokora; mein Tonfall allein hätte sie abschrecken sollen. Sie blieb unbeeindruckt.

»Meine Erfahrung ist, dass die alten Männchen Ungewöhnliches brauchen, um einen Erguss zu produzieren. Aber oft hilft sorgsam dosierter Schmerz. Wenn er dann endlich einen Erguss hat, ist dieser fast immer unfruchtbar ... Aber das soll Euer Problem sein.«

Sie griff in ihren Beutel und nahm eine golden leuchtende Traube heraus. »Hätte ich gewusst, dass du mit ihm schlafen willst, so hätte ich mir die Arbeit erspart. Elfenblut wird nicht durch müde alte Männchen fruchtbar. Du hättest auch so nichts zu befürchten gehabt.«

»Das ist nicht für mich. Es ist für sie. Sieglinde, das Schankmädchen«, sagte Lea leise.

Ich sah von ihr zu Zokora und zurück. »Das war das Wichtige, was ihr vorhin zu besprechen hattet?«

»Nein«, sagte Zokora. »Sie gab mir Magie, die fruchtbar macht. Nicht nur das, sondern eine, die Zwillinge produziert, ein Zeichen für die besondere Gunst der Götter. Das war wichtig.«

Ich konnte nicht anders, sie hatte mich erheitert.

»Sagt, Zokora, geht in Eurem Leben alles nach Eurem Willen?«, fragte ich sie.

»Natürlich nicht. Ich muss mich auch dem Willen meiner Mutter unterordnen«, gab sie zurück.

»In gewisser Weise finde ich Euch erfrischend«, sagte ich.

»Schön für dich. Du hingegen bist alles andere als das.« Sie rümpfte die Nase. »Du stinkst.« Ihre Nasenflügel bebten, und plötzlich beugte sie sich vor, und bevor ich reagieren konnte, ergriff sie eine meiner Hände und schnüffelte an ihr wie ein Hund, der eine Fährte aufnahm.

»Du hast einen seltsamen Geruch an dir. Du hast etwas berührt, das verflucht ist.«

Lea lächelte. »Elfen haben feine Nasen.«

»Kann ich meine Hand wiederhaben?«

»Nur wenn du sie verlieren willst. Du hast dich wundgescheuert und deine Hände der Kälte ausgesetzt, die Haut ist dadurch spröde und empfindlich für böse Geister. Sie dringen durch beschädigte Haut ein ...« Sie roch noch einmal an meiner Hand und begann die Lederriemen abzuwickeln, die ich immer noch trug.

»Sieh, hier und hier ist die Haut eingerissen bis aufs Blut. Das, was ich an dir rieche, ist der Geist toten Fleisches.«

Leichengift.

»Deine andere Hand.« Ihr Ton verkündete: Jetzt sofort! Also gab ich ihr ohne Widerworte meine andere Hand, die sie sich ebenfalls ansah.

»Hier nicht. Hier rieche ich nur verbranntes Öl. Eine Laterne, gestrecktes Olivenöl. Schlechte Qualität.« Sie griff in ihren Beutel, entnahm ihm ein vertrocknetes Blatt, legte es in ihre offene Handfläche und hauchte es an. Vor meinen Augen wurde es fett, grün und saftig, als wäre es soeben frisch vom Zweig gerupft worden.

»Hier. Zerreibe es zwischen deinen Händen und wasche sie in dem Saft. Es wird ein wenig brennen.«

Ich tat wie geheißen.

Es fühlte sich an, als ob mir die Haut abschmelzen würde, aber ich wusch meine Hände in dem milchigen weißen Saft des Blatts.

»Menschen. Die Männchen sind schlimmer als die Weibchen. Man muss ständig auf sie aufpassen.«

Lea hielt eine Hand vor den Mund. Sie hatte Mühe, nicht laut zu lachen.

Nachdem das Brennen aufgehört hatte, fühlten sich meine Hände besser an. An manchen Stellen hatte sich die Haut gelöst. Ich streifte sie ab; darunter sah ich rosige neue Haut, ohne wunde Stellen. Ich war beeindruckt.

»Ich muss Euch erneut danken, Zokora. Auch wenn Eure Hilfe sich manchmal wie ein Schlag gegen das Gemüt anfühlt. Sind wir Menschen in Euren Augen überhaupt zu etwas nutze?«

»Ihr habt einen Enthusiasmus für Bettsport, den ich mag«, gab sie zur Antwort.

»Na, wenigstens etwas«, grummelte ich. »Ich wundere mich, wie ich ohne Euch so lange überleben konnte.«

»Wenn ein Mensch alt wird, wird er gebrechlich. Du bist alt. Ich finde Alter faszinierend, ich habe es studiert. Es gibt Organe im Körper, die Stoffe bilden, die im Blut die bösen Geister vernichten. Im Alter versagen diese allmählich. Kaum einer meiner Sklaven verstarb wirklich an Altersschwäche, meistens war es ein Schnupfen.«

»Wie beruhigend.«

Sie legte den Kopf auf die Seite. »Wenn es dir hilft.«

»Danke, Zokora«, sagte Lea, als sie die Traube sorgsam wegsteckte. »Das wird Sieglinde helfen.«

»Wobei?«

»Wenn passiert, was wir befürchten.«

Zokora sah uns von der Seite an. »Und was befürchtet ihr?«

»Dass die Banditen über sie herfallen«, sagte Lea. Zokora sah sie weiterhin verständnislos an.

»Sie möchte das nicht«, erklärte ich Zokora.

»Und dann soll sie nicht fruchtbar sein? Was ist dann der Sinn des Ganzen?«

Weder Lea noch ich sahen einen Grund, dieses Thema zu vertiefen. Ich nutzte die Gelegenheit, Zokora näher zu mustern. Ich fand diese Mischung aus Grazie, Eleganz und Wildheit faszinierend. Ein Band aus gewebtem Silber lag um ihre Stirn und ein Schein dieses Silbers in ihren dunklen Augen.

»Sagt«, sprach ich sie an, »was seid Ihr? Heilerin, Priesterin oder Kämpferin? Wie kommt es, dass Ihr hier seid? Man sieht Euresgleichen nicht sehr oft.«

»In den Albträumen der Menschen erscheinen wir ständig.« Sie schien etwas erheitert. »Ich bin eine Dienerin der dunklen Schwester Astartes. Als solche bin ich all das, was du nanntest. Ich erwähnte bereits, dass es meine Absicht ist, in Coldenstatt graue Steine zu verkaufen.«

»Dennoch habe ich das Gefühl, dass Euch noch etwas anderes antreibt.«

»Ja.« Sie lächelte, vielleicht das erste Lächeln, das ich bei ihr gesehen hatte. Sie hatte Zähne wie eine Katze, klein, weiß und scharf, die Fangzähne gut ausgebildet. Ihr Omen war die Katze, es war leicht zu erkennen, warum. Trotz allem fand ich mich nun selbst in besserer Laune. Es war eine Erleichterung, nicht ständig ein Auge auf die Banditen zu halten.

»Sagt Ihr mir auch, was dies denn nun ist?«

»Neugier. Ebenfalls eine Eigenschaft der Menschen, die in meiner Heimat nicht geschätzt wird. Wir sind zu sehr daran gewöhnt, alles zu verstecken. Aber mich treibt sie an: Neugier. Meine Liebhaber erzählten oft von der Welt auf der Oberfläche, also beschloss ich, diese Welt selbst in Augenschein zu nehmen. Vielleicht bringe ich auch ein Kind«, sie warf einen Blick auf Lea, »oder deren zwei mit zurück in unser dunkles Land.« Sie stand auf. »Es wird Zeit, meinen Lohn zu erhalten.« Sie schenkte Rigurd, dem Händler, einen bedeutsamen Blick, der es bemerkte und sofort unruhig auf seinem Platz hin- und herrutschte. Sie blieb stehen, drehte sich noch einmal um und beugte sich zu uns herunter.

»Ich habe noch etwas anderes an deinen Händen gerochen. Schwach nur und alt. Aber etwas, das nicht aus deiner Welt stammt, sondern aus der meinen. Die Sporen von Blaupilz. Wenn du in der Dunkelheit einen Pilz blau leuchten siehst – er sieht aus wie Scheiben, die aus dem Felsen zu wachsen scheinen –, dann hüte dich davor. Er spendet Licht und Wärme, aber seine Sporen lassen dich träumen. Du träumst so lange, bis der Pilz dich umwuchert und nicht mehr damit aufhört, bis er selbst deine blanken Knochen in sich aufgenommen hat.«

Ich musste wohl ziemlich erschrocken dreingeschaut haben.

»Nur ein Rat, beherzigt ihn, wenn du Höhlenwelten und Gewölbe erforschen willst.« Mit diesen Worten drehte sie sich um und bedeutete Rigurd mit einem heranwinkenden Finger, sich zu ihr zu gesellen. Der Händler erhob sich mit einem unsicheren und schiefen Lächeln, blickte mich noch einmal an und folgte ihr dann die Treppe hinauf.

16. Die Geschichte der Münzen

»Ich frage mich, was sie noch alles weiß.« Leas Stimme riss mich aus meinen Gedanken. »Gefällt sie Euch?« Das klang etwas spitz.
»Ihr habt doch gehört, ich sei zu alt und der Mühe nicht wert.«
»Habe ich gehört, ja. Vielleicht hat sie auch Recht. Ihre Erfahrung erscheint mir größer als die meine.« Sie lächelte schelmisch. »Aber meine Frage war, ob sie Euch gefällt.«
»Sie ist attraktiv, ja. Sie erweckt den Wunsch in mir, diese Wildheit zu bändigen.«
»Es gibt Dinge, die sich nicht bändigen lassen.« Leas Augen ruhten auf mir. »Ich verfüge nicht über das Wissen der Elfen, ich kenne nur dieselben Legenden wie Ihr. Aber etwas sagt mir, dass sie nie anders sein wird, als sie ist.«
Ich wandte mich ihr zu. »Ich hege keine Absichten in ihre Richtung. Wenn Ihr Fragen stellt, erhaltet Ihr ehrliche Antworten, doch denkt nicht allzu viel hinein.«
Ich sah in ihre Augen. Wieder beugten sich unsere Köpfe einander entgegen. »Ihr könntet mich vielleicht fragen, ob *Ihr* mir gefallt ...«
Über den Tisch gebeugt waren wir uns nun sehr nahe, ich konnte ihren Atem spüren und riechen, er roch frisch und gut, besser als die Luft im Gastraum. Ich weiß nicht, wie lange wir uns in die Augen sahen. Wieder leckte sie sich über ihre Lippen, die letzte Distanz schwand. Unsere Lippen berührten sich, ihre weich und nachgiebig, eine Wärme und Weichheit, die mich tief berührte. Unter meinem Drängen begannen ihre Lippen sich zu öffnen ...
Ein Räuspern. »Sera, Ser ...« Eberhard.
Ich hätte ihn schlagen können.
»Ja?« Meine Stimme klang ruppig, der Wirt wich fast einen Schritt zurück und sah mich erschrocken an.

Ich seufzte. »So nehmt schon Platz.« Ich wies auf den Stuhl, den Zokora gerade eben verlassen hatte.

»Ich wollte wirklich nicht stören. Ich habe nur gewartet, bis die dunkle Elfe Euren Tisch verlässt. Sie macht mir Angst, wisst Ihr.«

Ich überlegte meine Antwort wohl. »Eberhard, Ihr tut gut daran, vor ihr Angst zu haben«, sagte ich dann. »Was gibt es?«

»Gleich.« Er sah sich um. Wenn jemand uns Beachtung schenkte, so war dies nicht offensichtlich. Er nahm Platz und stellte eine Flasche sowie drei Zinnbecher auf den Tisch.

»Dies ist guter Fiorenzer Wein. Wenn Ihr erlaubt, würde ich Euch gerne dazu einladen.« Er sah uns fragend an, und Lea und ich nickten zustimmend.

Mit einer geübten, fast eleganten Handbewegung entkorkte er die Flasche und schenkte uns ein. Wir tranken schweigend und hoben nur die Becher zum gegenseitigen Gruß. Der Wein war kühl, nicht kalt und mundete in der Tat.

»Ihr wisst sicher, was ich von Euch wissen will«, sagte er dann. »Habt Ihr gefunden, was zu finden war?«

»Den Schacht?«

Eberhard rollte mit den Augen. »Was sonst? Eine Inventur solltet Ihr nicht machen, die kann ich selbst durchführen.«

Erst jetzt wurde mir bewusst, unter welch großer nervlicher Anspannung er tatsächlich stand, denn seine Hand umklammerte den Zinnbecher so fest, dass die Knöchel weiß hervortraten.

»Dieser Schacht, er ist unterhalb meines Turms, jenem Ort, den ich sicher wähnte. Ich weiß nicht, was am Fuß des Schachts ist, aber das alles ist mir nicht geheuer. Ich bin kein heldenhafter Streiter, ich bin nur ein einfacher Mann mit Sorgen und Ängsten.«

Mittlerweile hatte ich meine Meinung über ihn geändert. Er war ein Mann, ein Vater, der diesen Gasthof führte, der mit seinen Gästen auskommen musste und viele Dinge in der Waage hielt. Er war kein Krieger, aber auch er brauchte in seinem persönlichen Leben Mut. In anderen Dingen vielleicht als im

Kampf, aber nicht jeder Kampf wurde mit der Klinge gefochten. Er war vorsichtig, fleißig und umsichtig, ein Mann, der tat, was er musste und konnte.

Ich bemerkte zu meiner Überraschung, dass ich ihn gut leiden konnte und ihn verstand.

»Nicht nur, dass ich wissen will, ob das, was sich dort unten verbirgt, eine Bedrohung für mich und meine Liebsten darstellt, es erscheint mir auch bedenklich, dass jemand dort zugange war, während ich den Turm sicher verschlossen glaubte.« Er beugte sich vor. »Nun spannt mich bitte nicht weiter auf die Folter, Sera, Ser. Sagt, was habt Ihr dort unten gefunden? Ihr habt Euch doch in den Schacht begeben, oder? Mir selbst fehlte dazu der Mut.«

Absolut verständlich. Wäre Lea nicht dabei gewesen und hätte ich nicht noch einen Rest Stolz gehabt, vielleicht hätte ich mich auch dazu entschlossen, meine Neugier zu vergessen.

»In der Tat haben wir uns in den Schacht begeben«, sagte Lea leise. »Lasst mich berichten, was wir vorfanden …«

Als sie fertig gesprochen hatte, ging die Flasche zur Neige und der Wirt zitterte leicht. Den größten Anteil des Weins hatte ich vernichtet. In ihrer Schilderung ließ mich Lea wieder an ihrer Seite diesen toten kalten Raum durchsuchen, und erneut fühlte ich die innere Kälte schlimmer als die äußere. Ich wusste nicht, was genau mich an diesem Raum so erschreckte, aber etwas war dort. Immer wieder sah ich diesen Wachenden, jenen, der mit seinem Schwert über den Knien die Tür im Auge behielt.

Aber der Wein half.

»Diese … diese Zwerge … Sie sind nicht tot, sagtet Ihr?« Die Stimme des Wirts war kaum zu vernehmen. Im Hintergrund hörte ich Sieglinde lachen. Ich sah auf, es war Sternheim, der mit ihr flirtete. Ich war froh, dieses Lachen zu hören, denn das Schicksal der Zwerge erfüllte mich immer noch mit Grauen.

»Sind sie nicht. Wahrscheinlich nicht. Aber sie sind so gut wie tot.« Lea versuchte ihn zu beruhigen. »Das Eis hält sie fester gefangen, als jede Kette es tut.«

»Aber Ketten halten sie auch. Sind sie stabil?«

»Sehr«, versicherte Lea. »Nichts wird diese Ketten sprengen. Diese Soldaten wussten, was sie taten. Ich bin sicher, hätte man ihnen nicht den Rückweg versperrt, sie hätten alle überlebt. Havald hier meinte, dass es Elitetruppen wären, er hat da mehr Erfahrung, so beuge ich mich seinem Urteil.«

»Warum betont Ihr das? Was macht es für einen Unterschied?«, fragte der Wirt.

»Wir wissen nicht, woher sie kamen und was sie wollten. Aber ich denke, sie waren erfolgreich in ihrem Unterfangen und auch vorsichtig. Sie verschlossen diese Tür. Und die Tür blieb in all den Jahren verschlossen. Welche Gefahr dort unten auch drohte, seit langer Zeit regt sie sich nicht mehr.«

Dieser Gedanke schien dem Wirt einzuleuchten, denn er nickte erleichtert. »Ihr müsst mich verstehen, es ist ein Schock zu erfahren, dass man über einem Grab schläft.«

»Sicherlich. Aber von dort droht keine Gefahr mehr.«

Ich nahm einen weiteren Schluck von dem vorzüglichen Wein. Zum ersten Mal seit Stunden fror ich nicht mehr. Unter meinem Wams zog ich einen Beutel hervor und meine alte Pfeife.

Leas Augenbrauen hoben sich. »Ich mag keine Männer, die mit solchen Stinkkolben die Luft verpesten.«

»Diese Luft hier ist kaum zu verschlechtern«, sagte ich und begann meine Pfeife zu stopfen. Ich hatte richtig Lust auf sie.

»Mir wäre es lieber, Ihr würdet nicht rauchen!«, beharrte Lea.

»Das tut mir Leid. Aber ab und an ist mir danach. Wollt Ihr es mir verbieten?«, fragte ich.

Sie sah mich lange an. Zu gerne hätte ich gewusst, was in jenem Moment ihre Gedanken waren. »Nein«, sagte sie dann mit einem Seufzer. »Ich will Euch Euer Vergnügen nicht nehmen, es steht mir auch nicht zu.«

»Danke.« Es brauchte eine Weile, aber dann griff die Glut und ich genoss den aromatischen Duft. Lea schnupperte und wirkte überrascht. »Das stinkt weitaus weniger, als ich befürchtete. Welches Gras raucht Ihr da?«

»Kein Gras, keine Kräuter«, gab ich zur Antwort. »Tabak.« Ich lächelte sie an. »Ich teile Eure Meinung über Kräuterpfeifen.«

»Ihr müsst reich sein.« Eberhard wirkte ebenfalls fasziniert. »Bisher habe ich Tabak nur bei reichen Händlern gesehen.«

»Es gibt Orte, da ist er billiger. Ich gestehe, viel habe ich nicht mehr. Deshalb teile ich ihn mir ein, bin sparsam, rauche nur, wenn ich es genießen kann.« Ich sah von Eberhard zu Lea und zurück. »Es ist dies ein seltsam ruhiger Moment.«

Eberhard machte eine bestätigende Geste. »Ich weiß, was Ihr meint. Für einen Moment kann man vergessen, was ist.«

Er nahm einen Schluck. »Mir ergeht es mit dem Wein ähnlich. Ich trinke ihn gerne, aber er benebelt die Sinne. Ich kann mich nicht an dem Rebensaft erfreuen und einen Gasthof führen, ich würde werden wie er ...« Er sah auf einen Bauern, der laut schnarchend neben dem Kamin lag. »Niemandem von Nutzen. Aber im richtigen Moment und in Maßen kann ich diesen Saft genießen.«

»Euer Gasthof liegt an einer Handelsstraße. Sagt, habt Ihr jemals solche Münzen gesehen?« Ich entnahm meinem Beutel die Münzen, die ich bei dem wachenden Soldaten gefunden hatte, und ließ sie vor ihm auf den Tisch fallen. »Kennt Ihr diese Prägung?«

Er hielt die größte der Goldmünzen hoch und studierte sie kurz. »Ich bin gleich wieder zurück.« Er erhob sich. »Ich bringe auch eine neue Flasche mit.«

»Ich frage mich ...«, sagte Lea langsam, als ich hinter Eberhard hersah, der durch die Tür hinter der Theke verschwand.

»Was?«

»Ob ich wohl ein warmes Bad bekommen kann.«

»Ihr wollt bei dieser Kälte baden?«, fragte ich sie entsetzt.

Sie lächelte. »Gerade weil es so kalt ist.«

»Ihr werdet Euch den Tod holen.«

»Nein, ich glaube nicht.« Sie lachte. »Ich glaube, Ihr habt noch nie etwas von einem Dampfbad gehört.«

»Man kann nicht im Dampf baden.«

Jetzt lachte sie richtig, glockenhell, jeder sah überrascht zu ihr herüber, auch ich schaute sie gebannt an.

»Es erscheint mir«, sagte sie dann, »dass es doch etwas gibt, das der weise Havald nicht kennt.«

»Die Erfahrung werdet Ihr noch öfter machen.«

Die Rückkehr des Wirts unterbrach uns an dieser Stelle. Er stellte eine Ebenholzkiste und eine neue Flasche Fiorenzer auf den Tisch. Während ich das Wachs vom Korken entfernte und den Korkenhaken eindrehte, öffnete er die Ebenholzkiste und nahm die Teile einer Geldwaage heraus, die er auf dem Tisch zusammenbaute.

In dem Kasten befand sich eine Reihe von Gewichten, sauber und ordentlich in Reih und Glied.

»Ihr habt den Richtigen gefragt«, teilte er uns mit. »Geld ist sozusagen eine Leidenschaft von mir.«

»Eine Leidenschaft, die von vielen geteilt wird«, meinte Leandra.

Der Wirt lachte kurz auf; auch seine Stimmung schien sich gebessert zu haben. »Ihr habt sicherlich Recht, aber meine Leidenschaft gilt den Münzen an sich, den Geschichten, die sie erzählen. Man kann durch eine Münze viel erfahren.«

Er richtete die Waage aus und ließ eins der Geldstücke in die linke Schale fallen. »Dies ist eine Wechselwaage. Seht Ihr dieses Zeichen hier? Es ist ein Eichzeichen der Geldwechslergilde in Illian. Diese Eichgewichte entsprechen in ihrem Gewicht der Königlichen Krone, der Halbkrone, dem Gulden und Taler aus der königlichen Münzerei. Dieses Gewicht hier«, er deutete auf das größte Gewicht in der Reihe, »entspricht den achtundzwanzig Schilling, die eine Krone ergeben.«

»Aber hat nicht jedes Reich seine eigene Währung?«, wollte Lea wissen.

»Ja, schon.« Er hob das Gewicht, das für eine Krone galt, aus dem Kästchen und ließ es in die andere Schale fallen.

»Aber die Reiche treiben untereinander Handel. Man muss die Geschichte unserer Länder kennen, um zu verstehen, warum dies so wichtig ist. Als diese Länder vor langer Zeit besiedelt wurden, stammten die Siedler alle aus dem gleichen Ort, dem legendären Reich des Nordens.«

»Askir«, hauchte Lea.

»Oder auch Askaron oder Antaron.« Er fixierte die Waage mit einem prüfenden Blick und schob ein Gewicht auf dem Wagbalken leicht zur Seite, nun pendelte die Waage sich aus und hielt das Gleichgewicht. »Es ist kein Gesetz, das unterzeichnet wurde, eher eine Gewohnheit oder auch Tradition. Wie auch immer die anderen Münzen gewichtet sind, eine Krone hat stets das gleiche Gewicht.«

»Ich weiß, dass das nicht stimmt«, sagte Lea. »Zu oft schon habe ich unterschiedliche Gewichte gesehen!«

»Ja. Ich hätte es anders ausdrücken sollen. Wenn eine Goldkrone aus der königlichen Münze kommt, hat sie stets das gleiche Gewicht.« Er griff in sein Wams. »Seht Ihr diese Münze? Eine illianische Krone, unschwer an dem hübschen Gesicht und dem Doppeldrachen zu erkennen. Eine Münze aus Euer beider Heimat, nicht wahr?«

Ich nickte.

»Woher wisst Ihr das?«, erkundigte sich Lea.

»Ich sitze hier an einer Straße durch den einzigen Pass weit und breit. Ständig kommen Fremde, ein jeder spricht etwas anders. Mit der Zeit entwickelt man ein Ohr dafür. Tatsächlich stammt diese Münze hier von Ser Havald. Achtet auf ihre Ränder.«

Ich nahm die Münze auf und musterte sie, konnte aber nichts Besonderes erkennen.

»Lasst mich sehen«, sagte Leandra, und ich reichte die Münze weiter. Auch sie schüttelte den Kopf.

Der Wirt lächelte. »Es ist auch nicht leicht zu erkennen, man braucht eine präzise Waage. Aber es gibt Leute, die von einer Münze am Rand etwas abfeilen. Diese hier ist von einem geschickten Prägemeister geschlagen worden, der Prägehammer traf fast exakt – Ihr seht den Rand der Prägung und hier und dort, wie das Gold zur Seite herausquillt. Legt Ihr sie auf den Tisch und achtet genau darauf, erkennt Ihr, dass sie leicht schief geschlagen ist.«

Ich studierte die Münze. Nein, ich sah es nicht.

»Je länger ein Stück im Umlauf ist, desto öfter wurde es abgefeilt. Seht diese Münze im Vergleich.« Er legte eine weitere Krone auf den Tisch. Hier war es deutlich zu sehen, die Prägeränder waren zum Teil verschwunden.

»Die königlichen Prägereien wiegen solche Goldstücke auf und schmelzen sie neu ein. Hier hat ein Randschneider eine königliche Krone so sehr entwertet, dass ein ganzer Schilling fehlt.«

Dies erklärte, warum ich mich manchmal wunderte, wenn eine Münze mir als zu klein erschien.

»Als größter Handelspartner gibt die königliche Münze in Illian das Gewicht der Krone vor. Die anderen königlichen Münzen sollen mit ihren Goldkronen dem Gewicht gleichkommen. Aber wenn sie dies nicht tun, so wiegen sie immer weniger, selten mehr. Es gibt Münzen aus unterschiedlichen Zeiten. Wenn die Kassen leerer sind, ist es nicht ungewöhnlich, weniger reines Gold einzumünzen … Das mindert dann den Wert erheblich. Einer Münze allein macht dies nicht viel, aber wenn bei hundert, sagen wir mal, Fiorenzer Kronen das Gewicht von neunundneunzig Illianer Kronen aufgewogen wird, dann macht es für die Schatzkammern der Reiche einen Unterschied.«

»Aha«, sagte Leandra ungeduldig. »Ich würde es vorziehen, wenn Ihr in Euren Ausführungen den Weg zum Wesentlichen fändet.«

»Sogleich.« Er nahm die Krone des Soldaten aus der Schale und hielt sie hoch. Vier weitere gab es in dem kleinen Haufen Münzen; diese sortierte er aus und legte sie nacheinander in die Waagschale.

»Wie Ihr seht, muss ich den Balken nicht neu austarieren. Es gibt keinen Unterschied im Gewicht. Dies liegt hieran, etwas, das ich bereits einmal gesehen habe. Seht den Rand.«

Er hielt die Münze hoch, und ich erkannte, was er meinte. Seitlich, auf dem Rand, war ebenfalls eine Prägung, eine Reihe kleiner Sterne.

»Wird an diesen Münzen gefeilt, fällt es einem jeden sofort auf. Das ist Soldgeld. Frisch geprägt. Diese Krone wiegt mehr als eine Illianer Krone. Nicht viel mehr, aber mehr. Schauen wir uns nun die Prägung selbst an. Sie ist gestochen scharf und gleichermaßen deutlich. Wenn ein Prägemeister mit einem Prägehammer zuschlägt, kann es passieren, dass er nicht richtig trifft. Dann ist die Prägung leicht verzerrt. Hier nicht. Und seht ...« Er stapelte die fünf Münzen aufeinander, und sie bildeten einen glatten Zylinder. »Eine wie die andere. Hier wurde ein mechanischer Prägestempel verwendet. Er liefert bessere Ergebnisse, doch ist es zeitaufwändiger, als eine Münze mit dem Hammer zu prägen. Die eine Seite zeigt das Gesicht eines jungen Mannes im Profil. Die Schrift hier ... Wir können sie lesen, denn es ist die Schrift unserer Vorfahren. *Askannon, der ewige Herrscher*.« Er wendete die Münze. »Und hier der Bulle. Soldgeld.« Er schaute zu mir. »Ihr hattet Recht, es waren Elitesoldaten. Soldaten des alten Reichs im Norden, Angehörige der Bullen, die, so die Legenden, die besten Soldaten waren, die die Weltscheibe je sah.«

»Der Bullen?«, fragte Leandra.

Ich konnte es bestätigen. »Ich habe die alten Schriften studiert, als ich das Wesen der Strategie erlernte. Der Herrscher des westlichen Reichs ließ unterschiedliche Einheiten für unterschiedliche Aufgaben ausbilden. Ich dachte es mir schon, als ich das Wappen auf den Brustpanzern sah. Die Bullen waren schwere Infanterie, Fußtruppen, so gut wie unaufhaltsam. Es gab andere, ich weiß nicht mehr genau, welche noch. Ich hörte von einer Seestreitmacht, die Marinesoldaten trugen eine Seeschlange als Wappen. Eine andere fällt mir noch ein, die leichte Reiterei.« Ich schmunzelte. »Sie bestand nur aus Frauen. Sie trugen das Zeichen des Einhorns.«

Der Wirt nickte und breitete die fünf Goldmünzen vor uns aus. »Diese Münzen stammen, genau wie die Soldaten dort unten, aus dem westlichen Reich, dem Reich Askannons. Die Kronen hier haben das Eichgewicht, an dem sich die Illianische Krone orientierte, nur, wie so oft, verlor sie an Gewicht. Achtet auf den Glanz dieses Goldes. Keine Münzerei, die ich kenne, prägt derart reines Gold.«

»Aber wie kann das sein? Es ist Jahrhunderte her, dass diese Länder besiedelt wurden. Askir ist eine Legende«, Lea schien verwirrt.

»Und doch wolltet Ihr es aufsuchen und dort Hilfe finden. Das ist alles ziemlich vage.«

Sie warf mir einen Blick zu. »Ja. Aber unsere Lage ist bedrohlich genug. Sie sind unsere Ahnen, vielleicht ...«

Ich nickte. »Eine Legion Bullen würde unserem geschätzten Feind Thalak mit Sicherheit quer im Hals stecken bleiben.«

»Ich befürchte, es wird mehr brauchen als eine Legion Bullen, um das Imperium aufzuhalten«, meinte der Wirt. »Ich höre vieles hier, was Reisende berichten. Ich fürchte, dass selbst Illian dem Ansturm der imperialen Truppen nicht gewachsen ist. Sogar Kelar fiel, und seine Mauern galten als uneinnehmbar. Nicht nur das, sie wurden kaum mehr als acht Jahre belagert.«

Für einen Moment schwiegen wir alle.

»Nun gut«, sagte ich dann. »Wir haben hier andere Probleme. Ich frage mich nur, wie diese Bullen den Weg hierher fanden.«

»Fragt eher, wann. Eis währt ewig.«

Ich sah den Wirt erstaunt an. »Wie meint Ihr das?«

Er schenkte sich Wein ein und nahm einen Schluck. »Als mein Vorfahr sich entschloss, hier am Pass einen Gasthof zu führen, fand er diese Mauern bereits vor. Der Wald hier war damals dichter und hatte die Gemäuer verborgen. Er entdeckte sie als junger Mann, als er einem Hirsch auf der Fährte war. Er war ein Jäger aus Leidenschaft und Passion, ihm hätte der Himmel als Decke gereicht. Er verliebte sich jedoch, und seine Frau zog ein festes Dach den Gestirnen vor. Sie kam aus Unterstedt, nicht weit von hier, acht Tagesmärsche zu Fuß.« Er lächelte leicht. »Noch heute ist Unterstedt durch seine Gerbereien bekannt, es scheint, als ob ihm der ewige Gestank unerträglich war. Dies empfand er als einen guten Kompromiss, die Freiheit der Natur für ihn, ein gutes Dach für sie.« Er schmunzelte. »Er schlug eine Schneise durch den Wald, hier an dem Gasthof vorbei, und verursachte an einem Hohlweg einen Erdrutsch, der den alten Handelsweg blockierte. Die nächsten Reisenden wählten den Weg durch die Schneise und fanden hier einen Gasthof vor. Und so begann alles.«

»Dieser Hof stand bereits?«, fragte ich.

»Ja, niemand weiß, wie lange schon. Als ich jünger war, stieg ich mal zum Pass selbst auf, erklomm die Berge in der Gegend, sah auch die alte Festung.«

Ich schaute auf. »Ich habe von ihr gehört. Wäre sie kein besserer Ort gewesen?«

»Nein. Vor langer Zeit schon muss der Weg zu ihr weggebrochen sein. Sie steht hoch am Felsen, nichts für Wagenräder, unerreichbar selbst für einen geübten Kletterer. Vielleicht wäre es im Sommer, wenn der Fels nicht vereist ist, möglich, vom Gipfel aus zu ihr herabzusteigen, aber ich glaube es nicht. Die Festung ist unerreichbar und wird ihre Geheimnisse weiter wahren. Wie dem auch sei, eines Tages habe ich etwas im Eis gesehen. Einen Ragtor.«

»Ich dachte, das wären legendäre Wesen«, warf Lea ein.

»Das dachte ich auch. Das Eis war klar, ich konnte die Kreatur deutlich sehen, fast schien es, als musterte sie mich auch. Sie war doppelt mannshoch, hatte sechs Beine, war schwarz geschuppt wie ein Drache und trug über dem Furcht erregenden Maul zwei scharfe Hörner. Das Eis hält sie wohl heute noch gefangen ... Eis ist ewig.«

»Ihr meint ...«, hauchte Lea.

Der Wirt nickte. »Ich denke, dass sowohl die Festung am Pass als auch dieser Ort hier errichtet wurden, als unsere Vorfahren dieses Land besiedelten. Hier endete früher unser Land, und wo heute Coldenstatt liegt, herrschten wilde Barbarenstämme, Orks und Ungeheuer. Grund genug, diesen Pass zu bewachen.« Er nahm einen Schluck Wein. »Ich befürchte, diese tapferen Recken befinden sich seit der Zeit der Legenden dort unten.«

»Hmm.« Ich zog an meiner Pfeife. »Das wirft eine andere Frage auf. Ihr wusstet nicht, was sich dort unten verbarg?«

Er schüttelte den Kopf. »Nein, ich hatte keine Ahnung. Der Turmkeller ist selbst so tief ins Gestein geschlagen, dass ich nicht auf die Idee kam, jemand hätte noch tiefer graben wollen.«

»Dann bleibt die Frage, wer davon wusste«, sagte Leandra.

»Genau diese Frage stelle ich mir auch. Wer ahnte etwas von dem Schacht und dem Raum darunter? Und was genau wurde dort gesucht?«

»Ich denke, es wird derjenige sein, der damals das Seil durchgeschnitten und so diese Bullen dem eisigen Tod überantwortet hat.«

»Das wäre dann Jahrhunderte her«, sagte ich.

Eberhard sah Lea an. »Manche leben lange. Und andere beichten auf dem Sterbebett, wieder andere erzählen, vom Geist der Reben beflügelt, Geschichten im Wirtshaus. Und manchmal schreiben sie auch nieder, was sie erlebt haben.«

»Ich weiß, dass die Mönche von Astarte die Sterbebeichte schriftlich festhalten«, warf Lea ein. »Ich möchte nicht wissen, wie viele Geheimnisse in den Archiven der Tempel lagern.«

»Das hilft uns nicht weiter«, sagte ich. »Es gibt tausend Möglichkeiten.«

»Wenn Ihr mir helft, wissen wir morgen mehr. Wenn der Eindringling zum Schacht zurückkehrt, dann kann ich herausfinden, wer es ist«, sagte Leandra. Sie sah den Wirt an. »Habt Ihr Ingwer?«

Er nickte.

»Ich brauche etwas davon, eine Teeschale voll.«

»Das ist ein Vermögen wert.«

Sie sah ihn nur an, und er nickte. »Es soll mir nun wirklich nicht der Geiz den Garaus machen. Was sonst?«

»Silber. Geriebenes Silber. Und etwas Salpeter.«

Eberhard nickte. »Ich kann Euch das alles besorgen.«

»Gut. Trefft uns in einer halben Kerze am Abgang zu Eurem Keller. Braucht Ihr Euren Schlüssel wieder?«

Er schüttelte den Kopf. »Ich habe einen weiteren.«

»Vielleicht lösen wir so auch das Geheimnis, weshalb eine geschlossene Tür kein Hindernis war«, sagte er dann und erhob sich.

»Haltet ein, ich habe etwas für Euch.« Leandra hielt ihn am Ärmel fest. »Genauer gesagt, für Eure Tochter.« Sie gab ihm die goldene Traube.

»Wenn sie die isst, wird sie für die Dauer eines Mondwechsels nicht Gefahr laufen, ein Kind zu empfangen.«

Eberhards Miene verdüsterte sich, aber er nickte und nahm die Traube an. »Ich danke Euch für diese Gabe. Sagt, was ist mit dem Werwolf?«

Ich schüttelte den Kopf. »Wir haben noch keine Idee. So hart es klingt, wir müssen warten. Aber es wäre von Nutzen, wenn wir wüssten, wann und wo jeder Einzelne schläft.«

Er nickte. »Wenn ich heute Nacht wieder nicht schlafen kann, werde ich darauf achten.«

17. Der Preis der Magie

»Was habt Ihr vor?«, fragte ich sie, als ich die Tür zu unserem Zimmer öffnete.

»Etwas, von dem ich nicht weiß, ob es klappt.« Sie betrat das Zimmer. »Brr.«

Ja, brr. Irgendjemand, vielleicht eine der anderen Töchter des Wirts, Maria oder Lisbeth, hatte den Holzvorrat am Kamin aufgefüllt und auch die Glut erhalten. Im Licht der Kerze, die Leandra hochhielt, schimmerte das ganze Zimmer wie ein einziger Eiskristall, mit Ausnahme des Kamins.

»Ich bin fast geneigt, im Gastraum zu schlafen«, sagte ich. Sie zog die Tür hinter uns zu und kam mit einem seltsamen Blick in den Augen auf mich zu.

»Fast?« Unser Atem war sichtbar und stand wie eine Wolke in der Luft.

»Ja, fast.«

Sie stand vor mir, den Kopf zurückgelegt. Ich machte einen Schritt auf sie zu, als es plötzlich klopfte. Ich fluchte leise, sie lächelte.

Ich öffnete die Tür. Es war einer der Knechte des Wirts.

»Herr Eberhard dachte, Ihr würdet dies zu schätzen wissen.« Ich trat beiseite, und er kam herein, stellte eine dampfende Schüssel auf die Kommode. Der Wasserdampf stieg auf wie Nebel, um sich sofort an der Wand niederzuschlagen. Er ging kurz hinaus und kehrte mit einer großen Bettpfanne zurück, die er unter das klamme Laken schob.

»Wie heißt du, Junge?«, fragte ich.

»Timothy, Ser.«

»Danke, Timothy.« Er nickte, verbeugte sich kurz und verließ den Raum.

Ich sah unser Bett an; der Stiel der Bettpfanne ragte unter dem Laken hervor. »Eine nette Geste, aber kaum mehr als das.« Ich strich mit dem Finger über die Wand und zeichnete mein eigenes Muster in die Eisblumen.

Lea kniete vor dem Kamin und legte Holz auf. Mit hochgeschlagener Kapuze zog ich mir einen Stuhl heran, einen zweiten für sie, und nahm vor dem Kamin Platz. Langsam wuchsen die Flammen, es knackte und zischte, Funken sprühten auf, als etwas Harz von den Flammen erfasst wurde.

Sie stand auf und legte die Hand auf den Kaminsims.

»Ebenfalls kalt. Es wird eine Weile dauern, bis er sich erwärmt.«

Ich sah in die tanzenden Flammen. »Es wäre nett gewesen, hätte das Feuer schon gebrannt, aber es muss schon Arbeit genug gewesen sein, die Glut zu erhalten. Er kann nicht sinnlos Feuerholz verschwenden.«

»Das ist wohl wahr, es wäre trotzdem nett gewesen.«

Ich sah zu ihr auf. »Setzt Euch. Es wird eine Weile dauern, bis hier Wärme aufkommt.«

Sie nahm neben mir Platz, schlug ebenfalls die Kapuze ihres Umhangs hoch und hielt die Hände über das Feuer. »Ich kann etwas versuchen«, sagte sie nach einer Weile. »Allerdings habe ich es vorher noch nie probiert.«

»Ist es denn ein Wagnis?«

»Ein kleines.« Sie streckte eine Hand in Richtung des Tisches aus. Dort stand noch der Wein von gestern Nacht, plötzlich lag da auch ihr Buch, das nun zu ihrer Hand schwebte. Ich hätte schwören können, dass es nicht da lag, als ich hereingekommen war. Sie sah meinen fragenden Blick und lächelte. »Ich habe es unsichtbar gemacht. Ich ging davon aus, dass man unser Gepäck durchsuchen würde.«

Ich warf einen Blick auf unsere Packen, stand auf und öffnete meinen. Ein kleines Stückchen Rinde fiel herunter. Ich schloss ihn wieder.

»Überraschend erscheint mir eher, dass man es nicht tat.« Sie blickte von dem Buch in ihrem Schoß auf. »Weshalb seid Ihr Euch dessen so sicher?«

»Ich habe ein kleines Stückchen Borke in eine Falte meines Packens gelegt. Winzig, aber wenn man das Zeug bewegt hätte, wäre es verrutscht. Ich glaube kaum, dass es jemandem aufgefallen wäre, es war noch an seinem Platz.«

Ich setzte mich wieder neben sie und wickelte mich in meinen Umhang ein. »Bei den Göttern, es ist kalt.«

»Ich denke, das lässt sich ändern.« Sie sah zu mir herüber und lächelte. »Ihr habt mich auf den Gedanken gebracht. Ist das Eis stark, wird das Feuer mächtiger. Schließt die Augen.«

»Wozu?«

Sie murmelte etwas, das ich nicht verstand.

»Bitte?«, fragte ich, dann sah ich nur noch, wie sie ihren Zeigefinger hochhielt, selbst die Augen zusammenkniff und ein gleißender Lichtball ihrer Fingerspitze entsprang und nach oben stieg. Dann hielt auch ich mir die Augen zu.

Das gleißende Licht drang durch meine Augenlider, brannte auf meiner Haut, schien heller und heißer als hundert Sonnen zugleich. Dann verschwand es. Als ich die Augen öffnete, tanzte noch ein roter Schatten vor ihnen, und erst als er langsam verging, war ich im Stande, ihr lächelndes Gesicht zu sehen.

»Nun, das war nicht so schwer«, sagte sie mit einem zufriedenen Unterton. Bis auf die Außenwand war das Zimmer wieder frei von Eisblumen, es war richtiggehend warm. Nebel erfüllte den Raum, aber auch er lichtete sich, schien sich am Fenster zu versammeln und durch den geschlossenen Ledervorhang nach draußen zu verziehen.

»Respekt, Sera.« Ein Fingerschnippen, und die Kälte war gebannt? Ich fing an, mich wohl zu fühlen. »Ich glaube es kaum, es gibt also doch etwas, wozu Magie von Nutzen ist!«

Sie lachte. »Ich dachte, es wäre schwieriger. Nun brauchen wir uns vor der Kälte nicht mehr zu fürchten ... ooh.« Dieser letzte Ton enthielt den Ausdruck von Verwunderung, dann fiel ihr Kopf zur Seite, und hätte ich sie nicht aufgefangen, wäre sie aus dem Stuhl geglitten.

Ich trug sie zu unserem Bett, sie war überraschend schwer, aber sie war auch groß und selbst der Kettenmantel wog einiges, so leicht er am Körper auch sein mochte. Ich fühlte große Erleichterung, als ich sah, wie ihr Busen sich hob und senkte. Aber sie reagierte nicht und lag da wie im Tiefschlaf.

Ich befreite sie von ihrem Umhang und der Rüstung, auch von ihrem Untergewand, und wickelte sie in das Betttuch ein, das durch ihren Zauber warm genug war. Sorgsam löste ich den Zopf, den ich ihr an diesem Morgen geflochten hatte, und machte es ihr so bequem wie möglich. Dann begab ich mich zum Kamin zurück und legte weitere Scheite auf. Und wartete.

Es dauerte eine Weile, bis sie die Augen aufschlug und mich verständnislos ansah.

»Was ist passiert?«, fragte sie leise.

»Ich glaube, Euer letzter Spruch war nicht ganz so einfach wie er Euch erschien.«

Sie hob den Kopf an und ließ ihn sofort wieder sinken. »Ich fühle mich schwach wie ein neugeborenes Kitz«, sagte sie dann leise. »Und ich habe Hunger wie eine ganze Kompanie. So viel Hunger, dass es schmerzt.«

»Könnt Ihr gehen?«, fragte ich sie.

»Bald. Ich erhole mich rasch von solchem Missgeschick, wahrscheinlich verdanke ich es dem Elfenblut in meinen Adern.« Sie drehte sich zu mir um. »Ihr habt mich entkleidet?«

»Nicht ganz, Euer Hemd habt Ihr noch an.« Ich lächelte. »Und, ja, ich hätte den Anblick genossen, hättet Ihr mich nicht so erschreckt.«

»Ihr habt Euch Sorgen gemacht?«

»Selbstverständlich. Wie ich vorhin sagte, seid Ihr die Einzige, die dem Werwolf schaden kann. Ich hatte Angst um meine Haut.«

Ihre Augen weiteten sich, dann ließ sie den Kopf zurückfallen und lachte leise. »Ihr seid ein Schuft, Ser.«

»Ein liebenswerter?«

»Darüber werde ich noch nachdenken. Helft mir auf, ich muss unbedingt noch etwas essen.«

Ich zog sie hoch und genoss es, als sie sich unsicher an mich lehnte.

Ich half ihr beim Ankleiden. Diesmal verzichtete sie auf den Kettenmantel.

»Was ist gerade geschehen?«, fragte ich.

»Magie ist nie ohne Kosten. Die Wärme muss von irgendwoher kommen, es ist ein Gesetz. Nichts geschieht, ohne dass die Balance gewahrt wird. Um diese Wärme zu erschaffen, musste es andernorts kälter werden.« Sie lächelte. »Ich wählte einen Ort vor unserem Fenster. Aber ich habe mich vertan, und so nahm der Spruch sich von mir, was er noch brauchte.« Sie lehnte sich an die Wand und hob brav den Fuß, als ich ihr die Stiefel wieder überstreifte.

»Ich denke, ich bin schlanker geworden.«

»Magie ist ein gefährliches Unterfangen. Sagt ... als Ihr gestern die Tür versiegelt habt, hatte ich das Gefühl, es würde kälter im Raum. War das eine Täuschung?«

Sie schüttelte den Kopf. »Nein. Das passiert immer, wenn Magie gewirkt wird, nur meistens braucht es so wenig, dass es nicht zu bemerken ist.«

»Aber große Magie entzieht der Umgebung deutlich die Wärme?«

Sie nickte. »Es scheint, als ob Wärme eine Kraft ist, die am leichtesten in Magie verwandelt werden kann.«

»Wie stark kann Magie sein?«, fragte ich sie. Ich kniete noch vor ihr und sah zu ihr auf.

»Eure unterwürfige Position gefällt mir.«

»Wirklich?« Ich stand auf. »Es tut mir Leid, dass ich Euch den Anblick nicht länger gönnen will.«

Sie zog eine Schnute und lachte. »Tatsächlich solltet Ihr nicht vor mir niederknien.« Sie legte ihre Hand auf meinen Arm. »Führt mich zum Essen aus, Ser Havald.«

»Mit dem größten Vergnügen.«

Ich öffnete die Tür und geleitete sie hinaus, der Gang erschien mir deutlich kühler als unser Zimmer. Dennoch, dies war kein Spruch, den sie wiederholen sollte.

»Was Eure Frage angeht ... Es weiß niemand, ob es eine Begrenzung für Magie gibt. Wenn genügend Maestros zusammenarbeiten, ist theoretisch alles möglich. Das nennt sich dann Zirkelmagie.«

»Welcher Spruch könnte stark genug sein, um mehreren Morgen Land die Wärme zu entziehen?«

Sie blieb so abrupt stehen, dass ich beinahe in sie hineingelaufen wäre.

»Ihr meint das nicht ernst, oder?«

»Ich kenne mich mit Magie nicht so aus. Ich weiß nur, dass ein Sturm wie dieser nicht an einer Stelle verharrt.«

»Dieser tut es.«

»Ja.«

Sie sah mich entsetzt an, dann schüttelte sie energisch den Kopf. »Nein. Ich sagte, es gäbe theoretisch keine Grenze, aber das hier wäre nicht machbar. Es müssten Hunderte, wenn nicht gar Tausende Maestros zusammenarbeiten, um einen solchen Effekt zu erzielen.«

Ich sah sie an. »Seid Ihr Euch sicher?«

»Ja. Dieser Sturm ist kein Werk von Magie.«

Dies beruhigte mich nur zum Teil. Auch Zokora hatte etwas an diesem Sturm wahrgenommen, das ihn merkwürdig erscheinen ließ. Ich beherrschte selbst ein paar kleine Tricks, hier und dort aufgegabelt, sinnvolle Sachen wie einen Funkenflug, um eine Kerze anzuzünden, oder einen anderen, um einem Wein Säure zu entziehen. Damit waren die Grenzen meiner Magie auch schon erschöpft, und eigene Theorien wagte ich erst recht nicht anzustellen, weil mir einfach das Wissen fehlte.

Wir betraten den Gastraum, dort war es kühler und ruhiger als je zuvor. Die Familie des Barons hatte es sich zusammen mit Sternheim und seinen zwei Kollegen an einem Kamin bequem gemacht; es sah aus, als ob sie für die Nacht bleiben wollten. Der Stall war ihnen nicht mehr geheuer. Der zweite Knecht Eberhards stand hinter der Theke und lächelte uns unsicher an.

Nachdem ich Lea zu unserem Tisch geleitet hatte, begab ich mich zur Theke.

»Wir benötigen ein großes, gutes Mahl.« Mein Magen erinnerte mich daran, dass auch ich heute wenig gegessen hatte.

»Wir haben guten Eintopf, aber heute könnt Ihr auch einen Rinderbraten erhalten«, sagte der Junge.

»Zwei große Portionen. Wir haben richtig Hunger.«

Der Knecht lächelte erleichtert. »Den Hunger können wir stillen, wir haben mehr als genug Vorräte. Heute Mittag haben wir eine Kuh geschlachtet.«

»Gut.« Ich konnte mir denken, welche Kuh das war. »Wie heißt du, mein Junge?«

»Martin, Ser.«

»Bis das Essen kommt, wäre ein Grog nicht unwillkommen.« Er nickte und eilte durch die Tür hinter der Theke zur Küche.

Ich kehrte zu Lea zurück. Sie bereitete mir noch immer Sorgen. Ihre Haut besaß nicht mehr die Tönung von Alabaster, sie erschien mir grau. Sie hatte den Kopf zurückgelehnt, sich in ihren Umhang gewickelt und die Augen geschlossen.

»Kann ein solches Missgeschick einen Maestro umbringen?«, fragte ich sie leise.

»Ja. Es ist verzwickt. Magie ist nicht für jeden gleich«, antwortete sie mir, ohne die Augen zu öffnen. »Man kann den Zauber auch nicht genau niederschreiben, es ist mehr ein Prinzip. Der Maestro muss ihn selbst probieren, um herauszufinden, wie er die Magie am besten lenkt und verwaltet. Ich weiß nun, wie ich es besser machen kann. Wenn ich einen Spruch ein Dutzend Mal ausführe, wird er mich kaum mehr belasten, weil ich weiß, wie ich ihm die Magie zuführen kann; habe ich es hundert Mal getan, ist es ein Fingerschnippen, wirke ich ihn zum tausendsten Mal, ist es kaum mehr als ein Gedanke.« Sie öffnete die Augen und sah mich an. »Nur der Weg dahin bringt einen um.«

Der Junge, Martin, brachte unseren Grog. Sie nahm ihn dankbar auf, wärmte sich die Hände, trank dann langsam.

»Passiert das oft?«

Sie schüttelte den Kopf. »Ab und an. Man hat ein Gefühl dafür, ob man für die Magie bereit ist. Ich fürchte, ich habe mich überschätzt.«

»Achtet darauf, dass es sich nicht wiederholt.«

»Ich werde mir Mühe geben«, sagte sie mit einem leichten Lächeln. Dieses Lächeln beruhigte mich, obwohl sie immer noch erschöpft wirkte. Eine Sorge fiel von mir ab und Erleichterung machte sich breit. Ich wollte es ihr gerade mitteilen, als Martin erneut erschien, diesmal mit zwei großen Platten, angehäuft mit Braten, Kartoffeln und einem Gemüse, dessen Namen ich in meinem Gedächtnis erst suchen musste: Broccoli. Aus ihrem Beutel nahm sie eine zweizinkige Gabel.

»Ich mag es nicht, fettige Finger zu haben«, sagte sie, als sie meinen fragenden Blick bemerkte. »Ich finde diese Gabeln ganz praktisch.«

Ich sah ihr zu, wie sie aß. Sie benutzte die Gabel, um das Fleisch zu halten und mit ihrem Dolch ein Stück abzuschneiden. Es leuchtete mir ein. Man verbrannte sich nicht, und das Essen rutschte einem auch nicht aus den Fingern. Ich winkte Martin herbei.

»Habt Ihr auch solche Gabeln?« Er nickte, eilte fort und brachte mir sogleich ebenfalls eine Gabel. Sie zu benutzen war wirklich von Vorteil, man konnte die abgeschnittenen Bissen mit ihr leicht in den Mund befördern. Ich hatte von dieser neuen Mode gehört, sie allerdings für unnütz gehalten. Für das Essen am Feuer oder auf dem Marsch war es nach wie vor nichts, aber an einem Tisch mit Tellern machte es Sinn.

»Woher stammt diese Idee?«, wollte ich wissen.

Sie zuckte mit den Schultern. »Ich glaube, von den Wyland-Inseln. Sie essen dort Tintenfisch, den sie in siedendem Öl kochen. Niemand will da hineingreifen und die Stücke herausnehmen, so entstanden diese Gabeln. Aber genau weiß ich es nicht.«

»Es ist schon verwunderlich, auf welche Ideen man kommen kann«, sagte ich. Der Braten war gut, die Gesellschaft noch besser. Sie aß mit erstaunlicher Hast und schien mit jedem Bissen mehr Farbe zurückzuerlangen.

»Gebt es zu. So eine Gabel ist praktischer als ein Mechanismus, der Glocken läutet.«

Ich lachte. »Ihr habt Recht, Sera.«

Sie gab Martin ein Zeichen, worauf dieser herbeieilte und uns etwas ungläubig musterte, als sie eine weitere Portion bestellte.

»Diesmal mit mehr Fleisch.«

Er verbeugte sich, lief in Richtung Küche, warf noch einen letzten ungläubigen Blick über die Schulter auf Lea und verschwand dann, um nur wenige Minuten später mit einer weiteren Platte voller Braten zu erscheinen.

Ich sah ihr dabei zu, wie sie auch diese Platte restlos leerte. Nach dem letzten Bissen benutzte sie noch einen Kanten Brot, um die Platte sauber zu wischen, und lehnte sich dann zufrieden zurück.

»So, jetzt geht es mir wieder besser.« Sie rülpste wohlig und streckte sich, ein Vorgang, den ich ebenfalls mit Interesse betrachtete.

»Fühlt Ihr Euch stark genug, diesen Ingwerzauber zu vollführen?«, fragte ich sie.

»Ja.« Sie stand auf, ganz ohne meine Hilfe, was ich ein wenig bedauerte.

»Wenn man anschließend sofort etwas isst, erscheint es fast so, als würde das Essen einem die Kräfte unmittelbar zurückgeben. Aber wehe, man ist nicht im Stande, Nahrung aufzunehmen. Ich habe einmal fast einen Stein Gewicht verloren, nur weil ich vergaß, Proviant mitzuführen.«

Einen Stein? Ich musterte sie. Ich hatte sie ja bereits einmal getragen. Ich schätzte ihr Gewicht auf fünf Steine, so viel Gewicht zu verlieren ... Ich hatte so etwas bei einigen Krankheiten gesehen. Wenn der Körper so aushungerte, war er schwach wie ein Windhauch.

»Ihr müsst nur noch Haut und Knochen gewesen sein.«

Sie streckte die Hand aus, und Steinherz sprang zu ihr. »Macht Euch keine Gedanken, Ser. Ich bin weitaus vorsichtiger geworden, auch heute hätte es nicht in einer Katastrophe geendet, ich hätte vielleicht nur lange geschlafen.«

Ein Schlaf jedoch, aus dem man nicht geweckt werden konnte, war mir grundsätzlich suspekt.

18. Ein kleiner Zauber

Als wir den Gastraum verließen, drehte ich mich aus einem Impuls heraus um. »Ich wünsche eine Gute Nacht!«, rief ich. »Mögen die Götter euch einen angenehmen Schlaf schicken und über euch wachen.« Überraschte Gesichter sahen auf, manche lächelten, einige nickten mir zu.

Ich sah Leas Blick. »Höflichkeiten schaden selten.«

»Ja«, stimmte sie zu. »Ein paar Worte, und man erntet ein Lächeln. Ich bin nur etwas überrascht.«

»Wir sind hier gemeinsam eingesperrt. Es kann nicht schaden, die Leute kennen zu lernen und Sympathien zu erhalten.«

»Ich bemerkte, dass Ihr die Knechte nach ihren Namen gefragt habt.«

»Vielleicht werden wir noch jeden guten Mann brauchen. Es könnte von Vorteil sein, wenn man sie kennt.«

»So spricht ein Anführer.«

Darauf antwortete ich nicht. Ich wollte nie mehr Anführer sein. Sie blieb im Gang zum Turm stehen. »Wart Ihr ein guter Anführer?«

»Nein.«

»Ich schätze, dass man Euch loyal folgte. Ihr habt etwas, das Vertrauen schenkt.«

Ich drehte mich zu ihr um. »Sera«, sagte ich. »Das Vertrauen, von dem Ihr sprecht, beinhaltet, dass der Anführer einem eine Chance zum Überleben gibt. Alles Vertrauen der Weltenscheibe nützt nichts, wenn man das Unglück nicht verhindern kann.«

»Warum seid Ihr bloß so verbittert?«

Ich packte sie fest an den Schultern. »Wartet es ab. Wenn die Truppen von Thalak mordend und plündernd durch unsere Lande ziehen, wenn Ihr die Leichenberge seht, die ein Krieg hinterlässt ... Geht nach Kelar und schaut, was dort geschah. Wenn Euch das nicht berührt, habt Ihr zu Recht Steinherz an

Euch gebunden. Nur ein Herz, das kalt wie Stein ist, wird nicht verbittert. Es wird nichts fühlen.«

»Ser, ich habe Euch nicht das Recht gegeben, Hand an mich zu legen«, sagte sie mit funkelnden Augen.

Ich küsste sie.

Ich küsste sie, als ob mein Leben davon abhinge, oder mehr noch, *ihr* Leben. Ich küsste sie, als ob durch diesen Kuss die Sonne in ihrer Bahn geführt würde, als ob dieser Kuss allein die Weltenscheibe halten könnte.

Irgendwann musste ich atmen und ließ von ihr ab. Ich trat sogar einen Schritt von ihr zurück. Sie sah mich an, der Ausdruck in ihren Augen unergründlich. Langsam hob sie die Hand und berührte ihre Lippen, die noch feucht waren von den meinen.

»Oh«, sagte sie leise.

Ich war ein Tor. Ich wusste es, aber es half mir nichts. Dieser Kuss war ein Fehler. Sie trug Steinherz.

Ein Räuspern. Ich sah von ihr weg zu Eberhard, der in der Tür zu seinem Turm stand und verlegen lächelte.

»Ich dachte, ich hätte Stimmen gehört«, sagte er.

»Schon gut. Habt Ihr alles, was die Sera braucht?«

»Ja.«

Ich warf einen Blick zu Lea hinüber. »Können wir anfangen?«

Sie blinzelte einmal, zweimal, dann nickte sie. »Wir können.« Sie warf mir noch einen Blick zu, den ich nicht deuten konnte, dann schritt sie an mir vorbei und betrat den Turm mit hoch erhobenem Haupt, wie eine Königin.

Lea inspizierte die Dinge, die sie von Eberhard verlangt hatte. Dann fing sie an, in jener alten Sprache zu sprechen, und legte mit Ingwer und Silber ein kompliziertes Muster um die Falltür herum aus, immer wieder unterbrochen von einigen schnellen Passagen, bei denen sie den Silberstaub in die Luft warf, wo dieser für einen Moment zu verharren schien, um dann langsam zu Boden zu sinken.

Eberhard und ich beobachteten sie dabei gebannt. Wir hielten uns beide in der Nähe der Tür auf, um ihre Magie nicht zu stören. Zum Schluss bat sie mich in den mehrfachen Zirkel hinein, der nun am Boden sichtbar war, und stäubte sowohl sich als auch mir etwas Silber auf den Kopf.

Wir verließen den Zirkel zusammen und achteten darauf, dass die dünnen Pulverspuren nicht gestört wurden. Sie schritt noch einmal um den Kreis herum, musterte ihn intensiv, ging einmal sogar auf die Knie, um die Kreise aus nächster Nähe zu betrachten. Dann nickte sie zufrieden, hob die Hände hoch, ballte sie zu Fäusten und zog sie ruckartig nach unten. Mit einem silbernen Blitz verschwand jedes Zeichen der von ihr gewirkten Magie, und der Boden erschien wieder unberührt.

»Darf ich fragen, Sera, was Ihr getan habt? Kann es mir gefährlich werden, wenn ich nun den Keller betrete?«, fragte der Wirt.

Lea schaute zu uns herüber; zum dritten Mal sah ich dieses Glühen in ihren Augen. Sie blickte durch uns hindurch.

»Nein«, sagte sie leise. Sie erschien mir, als ob sie von einer langen Reise zurückgekehrt wäre. »Aber wenn sich heute Nacht jemand hier zu schaffen macht, dann werden wir es morgen wissen.« Sie nickte Eberhard zu. »Gute Nacht.« Und damit drehte sie sich auf dem Absatz um und ging davon.

»Gute Nacht, Meister Eberhard«, wünschte ich dem Wirt.

Er sah mich verständnisvoll an. »Lasst Euch nicht davon unterkriegen«, sagte er dann überraschend. »Frauen sind so. Ich habe drei Töchter, ich weiß, wovon ich rede. Möge der Götter Frieden mit Euch sein, Ser. Und mit der Sera.«

»Achte auf dich, Wirt. Sichere die Treppe.« Er warf einen Blick zur heruntergelassenen Stiege hinüber und nickte. »Ich könnte sonst nicht schlafen. Ich bat meine Knechte, sich heute Nacht um den Hof zu kümmern. Sie haben strikte Anweisung, diesen Trakt nicht zu verlassen, aber ich mache mir Sorgen um sie.«

»Bis wir den Morgen erleben, mache ich mir Sorgen um uns alle.« Darauf gab es wohl wenig zu erwidern. Ich verließ den Turm, hörte, wie er hinter mir abschloss, und begab mich langsam zu unserem Zimmer.

Diesmal war die Tür nicht verschlossen. Als ich den Raum betrat, fühlte ich die Wärme ihres Zaubers. Das Feuer im Kamin prasselte fröhlich vor sich hin, sogar die Eisblumen an der Außenwand waren verschwunden. Es war angenehm warm.

Sie saß am Tisch und hielt einen Becher in der Hand. Als ich die Tür hinter uns schloss, blickte sie auf, machte ein Zeichen in die Luft, und ich spürte, wie die Tür unter meiner Hand erstarrte.

Sie sah meinen Blick. »Es ist einfacher geworden. Ich erklärte es Euch. Die Tür ist jetzt verschlossen.«

»Ja.« Ich sah sie an. »Muss ich auf Knien um Eure Verzeihung bitten?«

Sie schüttelte den Kopf. »Das ist nicht nötig.« Ihr Blick suchte und fand meine Augen. »Ich wusste nur nicht, was ein Kuss auslösen kann. Nun bin ich weiser. Deshalb bitte ich Euch, es für heute bei diesem Kuss zu belassen. Ich will heute Nacht nicht verführt werden.«

»Könnte ich das?«, fragte ich sanft.

»Ja. Deshalb bitte ich Euch, es nicht zu tun.«

»Ihr habt mein Wort.«

Als ich diesmal neben ihr lag, brauchte ich lange, um einzuschlafen.

19. Der Sergeant

»Willkommen, Bruder«, sagte der Mann in der schweren Plattenrüstung. Er sprach einen eigentümlichen Dialekt, aber ich konnte ihn gut verstehen. Wir befanden uns in einem natürlichen Höhlensystem; die Decke war niedrig, und Stalaktiten und Stalagmiten machten die Gewölbe eng und unübersichtlich. Wir waren beide hinter einem großen Felsbrocken in Deckung gegangen. Der Soldat kam mir seltsam vertraut vor, wie ein alter Freund, den ich lange nicht gesehen hatte.

»Was mache ich hier?«, fragte ich.

»Ich würde sagen, du schaust uns zu«, entgegnete der Soldat und gab seinem Kameraden auf der anderen Seite ein Zeichen. Dieser nickte uns kurz zu, klappte sein Helmvisier herunter und rannte los, schräg über den Gang, um sich hinter der nächsten Gesteinsformation in Deckung zu werfen.

Ein kopfgroßer Stein schlug gegen die Deckung des Mannes, die Splitter prasselten auf uns nieder. Es musste kalt sein, überall war Eis zu sehen, aber ausnahmsweise fror ich nicht.

»Jetzt!«, rief der Soldat, der eben noch gerannt war, und der Mann neben mir sprang auf und schwang sein Bastardschwert.

Ich hatte ihn nicht kommen sehen, so schnell hatte sich der Zwerg bewegt. Der fürchterliche Streich traf den Zwerg von oben, schräg am Hals, und hieb ihn fast entzwei.

Der Mann griff sich die Leiche des Zwerges und zog sie zu uns in Deckung, gerade als zwei schwarze Armbrustbolzen dort einschlugen, wo wir eben noch gehockt hatten.

»Man muss schnell sein mit diesen Kerlen«, meinte er. Er stieß den Körper des Zwerges mit beiden Beinen nach hinten; der rollte mit lautem Scheppern ein paar Meter zurück, bis ihn ein anderer Soldat am Fuß griff und ihn dort in Deckung zog.

»Warum?«

Ein Furcht erregender Schrei hallte durch die Höhle und endete mit einem lang gezogenen Stöhnen.

»Hast du ihn, Halmachi?«

»Ja, Sergeant.«

»Gut.« Er wandte sich mir zu. »Wir haben schon vier zum Untersuchen, die anderen brauchen wir nicht.« Ein leiser Pfiff ertönte, und ich blickte zurück. Der Soldat mit dem Namen Halmachi machte eine Zeichenfolge mit der Hand. Selbst ich konnte die Zeichen verstehen: ein Feind, direkt neben uns.

Mein neuer Freund sprang auf, und etwas schlug mit einer derartigen Wucht gegen seinen Beinpanzer, dass er beinahe strauchelte, dann bewegte sich seine große, schwere Klinge senkrecht nach unten. Ich hörte es knacken.

»Schau es dir an«, forderte er mich auf. Dann nach hinten: »Alles klar!«

Ich kam vorsichtig um den Felsbrocken herum. Der Sergeant war ein wenig größer als ich, aber seine Rüstung ließ ihn noch breiter, noch bulliger erscheinen.

Sein Bastardschwert steckte im Nacken des Zwerges, der vor ihm zu knien schien, hatte ihn ganz durchdrungen und aufrecht an den Boden genagelt.

»Schau.« Er wies mit der Spitze seines Dolchs auf das graue Gesicht des Zwerges. Dort war eine Rune eingebrannt. Mit einer geübt wirkenden Bewegung setzte er den Dolch an und schnitt die Rune heraus. Ein trockenes Stöhnen entfuhr den grauen Lippen des Zwerges, dann sackte er zusammen. Knochensplitter und Zähne fielen zusammen mit der verrosteten Rüstung zu Boden.

»Untote.«

Er sah meinen entsetzten Blick. »Genauso habe ich geschaut, als ich den ersten sah. Glaub mir, wir kannten das auch nicht. Meldung!«, rief er nach hinten.

Nacheinander meldeten sich sieben Stimmen.

»Gut.« Er stand auf und steckte den Dolch weg. »Wir haben es bald geschafft!«

»Wird auch Zeit, Sergeant. Ich friere mir hier noch die Eier ab«, rief einer der Soldaten.

Der Sergeant wandte sich an mich. »Ich glaube, du kommst besser mit.«

Ich nickte nur und folgte ihm. Die Soldaten bewegten sich trotz ihrer schweren Rüstung mit einer verblüffenden Leichtigkeit; nach wenigen Metern fielen sie in einen Hundetrott. Offensichtlich kannten sie den Weg.

Ich bemerkte, dass einer der Männer vor mir zwei Rucksäcke trug. In der Dunkelheit dauerte es eine Weile, bis ich sah, warum: Jeder zweite Soldat trug einen in Ketten gelegten Zwerg auf dem Rücken.

Der Sergeant hatte Recht. Es dauerte nicht lange, bis wir in Sicherheit waren: Die große Bronzetür stand einladend offen, das Licht der Öllampen dahinter war ein willkommener Anblick.

Ich kannte den Raum von irgendwoher. Er war achteckig, vier große Bronzetüren gingen von ihm ab. In der Mitte stand ein Altar, auf ihm endete ein festes Seil, das sich nach oben in ein Loch in der Decke schlängelte.

»Unsere nicht ganz so toten Freunde da drüben hin«, befahl der Sergeant.

»Balthasar, du kümmerst dich um die Tür, ihr anderen faulen Säcke stapelt diese Steine davor!«

Die Soldaten waren ein eingespieltes Team. Es dauerte nur wenige Minuten, dann war die Tür verbarrikadiert.

Balthasar hatte im Gegensatz zu den anderen keine Plattenrüstung an, er trug eine fellgefütterte blaue Robe. Es schien auch unter seiner Würde zu sein, zu helfen; er fasste keinen Stein an, er hielt nur beide Hände gegen die Türflügel. Erst als ich sah, wie sich seine Lippen bewegten, verstand ich. Ein fahles Leuchten breitete sich von seinen Händen über die Tür aus, und es knirschte, dann nickte er zufrieden und trat zurück.

»Das sollte halten.«

»Gut. Jemand verletzt?«

»Nur ein Kratzer, Sergeant. Einer der Kerle hat durch meinen Handschuh gebissen«, sagte ein Soldat und wies mit dem Daumen hinter sich auf die Zwerge in der Ecke.

»Gut. Nichts wie raus hier. Lipko, du gehst als Erster.«

Lipko trat an das Seil heran, zerrte einmal an ihm und machte Anstalten, nach oben zu klettern.

»Es wäre besser, wenn ich als Erster ginge«, sagte Balthasar. »Wenn ich oben bin, kann ich euch den Schacht hochschweben lassen.«

Der Sergeant musterte ihn. »In Ordnung, unsere Eule geht als Erster hoch. Halmachi, du ziehst ihm das Seil straff.«

Eule? Im Licht der Ölschalen an den Säulen sah ich auf Balthasars linker Schulter eine Eule als Wappen.

»Gebt mir das Artefakt, Sergeant«, meinte Balthasar. »Bei mir ist es sicherer.«

Der Sergeant zögerte, nickte dann aber. »Von mir aus. Mach zu, dass du da raufkommst, mir ist es zu kalt hier unten.« Er warf Balthasar eine Tasche zu. »Hier. Und jetzt hoch mit dir.«

Die Eule nickte und trat ans Seil heran. Er ergriff es, sah sich noch einmal um und zog sich überraschend behände Hand über Hand nach oben.

Wir warteten eine Weile.

Dann rief Halmachi: »Balthasar?«

Keine Reaktion. Er blickte zum Sergeant hinüber.

Dieser klatschte in die Hände. »Serafine, du hältst das Seil. Mikail, du, Lipko und Jondai, ihr geht nach oben. Ich hoffe, die verdammten Barbaren haben uns keinen Strich durch die Rechnung gemacht.«

Er sah meinen fragenden Blick. »Die Garnison steht unter Belagerung. Hat ja keiner ahnen können, dass es so lange dauern würde. Ich hoffe nur, wir wurden zwischenzeitlich nicht überrannt. Dann warten die Kerle da oben schon auf uns.«

Ich nickte bloß.

Die drei Soldaten waren trotz ihrer schweren Rüstungen nicht viel langsamer als Balthasar. Ich war beeindruckt. Selbst wenn ich dreißig Jahre jünger gewesen wäre, hätte ich das nicht so leicht geschafft. Wir sahen alle nach oben, als der letzte Mann im Loch in der Decke verschwand.

Und sahen alle, wie sie wieder herunterfielen. Tief und lange fielen. Nur einer schrie etwas ... »Balthasar!«

Dann prallten sie mit dumpfen Schlägen auf den Resten des Altars auf, das Seil schlängelte sich hinter ihnen nach unten und bedeckte die drei Soldaten.

Die anderen eilten herbei, aber ich sah an ihren Gesichtern, dass es sinnlos war: Auch ich hatte das Knacken der Knochen gehört.

Der Sergeant stieg auf die Reste des Altars. Ich folgte ihm, und wir schauten beide hoch. Ganz weit oben gab es ein kleines gelbes Rechteck. Es verschwand, und wir hörten alle das Geräusch, als die Platte zufiel.

»Schöne Scheiße«, meinte einer der Soldaten.

»Ich habe diesem feinen Pinkel nie getraut«, sagte ein anderer.

»Meinst du, es war Balthasar?«

»Ihr habt Mikail doch gehört. Der Mistkerl hat uns hier eingeschlossen.«

Der Sergeant lächelte grimmig. »Wenn es so ist, dann wird er es sich anders überlegen.« Er griff in seine Tasche. »Hier.« Er hielt eine kleine schwarze Statue hoch, die eines Wolfes. »Ich habe auch noch die Torsteine. Wenn er hier wegmöchte oder das Artefakt haben will, muss er herunterkommen und es sich holen.«

»Na, den Rest der Geschichte kennst du, Bruder«, sagte der Sergeant. »Was vorher war, kannst du im Soldbuch nachlesen.« Er klopfte auf seine Brustplatte. Wir saßen plötzlich nebeneinander an die Wand gelehnt, hatten so die verbarrikadierte Tür und den Schacht im Auge. Seine Rüstung war mit Raureif überzogen, und sein Atem hing wie Nebel in der Luft. Ein kleines Feuer schwelte neben dem Altar auf dem Boden.

»Er kam nicht wieder.«

Er setzte sich bequemer hin, nahm sein Schwert auf und legte es sich quer über die Knie. »Wenn du unseren Balthasar wieder siehst, bestell ihm einen netten Gruß vom Sergeant. Am besten ins Herz.«
Ich nickte.
»Bei den Göttern, bin ich müde. Zwei Dinge noch«, sagte der Sergeant und gähnte. »Bevor ich einschlafe. Willst du wissen, warum ich dich Bruder nenne?« Er sprach so undeutlich, dass ich aufstand und mich vor ihn kniete, um ihn besser zu verstehen.
»Deshalb, Bruder Schwertträger«, sagte er und strich mit der Hand über sein Schwert. »Finde jemanden, der es gut behandelt. Sein Name ist Eiswehr.« Er sah zu mir auf. »Es würde mich schützen vor der Kälte, aber dann lasse ich meine Jungs allein.«
Als er aufblickte und mich grimmig anlächelte, sah ich ein vertrautes Gesicht unter dem Frost, ein viel zu vertrautes Gesicht.
»Und man lässt seine Kumpels nicht im Stich«, hörte ich noch meine eigene Stimme sagen, bevor ich zu schreien anfing.

»Havald!« Irgendetwas hielt mich gefangen und umwickelt, und ich schlug verzweifelt um mich, ich sah noch sein Gesicht vor mir, so voller Eis ...
»Havald!« Die Ohrfeige saß. Ich sah bunte Flecken im Dunkeln.
»Hör auf!« Ich kannte die Stimme. Sie war weiblich, keiner der Jungs unten war weiblich ... doch, Serafine, aber es war auch nicht ihre Stimme. Ich schüttelte den Kopf, um klar denken zu können.
»Lea?«
»Bei den Göttern, wer dachtest du denn, wer ich bin?« Sie fluchte leise, dann sprang ein Funken durch die Luft, fand die Kerze und entzündete sie. Lea saß rittlings auf mir, ihr Nachtgewand klaffte weit auf. Irgendetwas war ihr zugestoßen, die Haut über ihrem rechten Wangenknochen war aufgeplatzt, und Blut lief ihr vom Auge herunter, das auf dem besten Wege war zuzuschwellen.

»Was ist passiert?«, fragte ich.

Sie sah mich an, ließ mich los, nein, eher stieß sie mich von sich, drehte sich von mir herunter und wickelte sich in die Decke ein.

»Das musst du gerade fragen«, knurrte sie. Ich ließ mich wieder ins Bett sinken und kroch ebenfalls unter die Decke. Wir lagen einander zugewandt, Gesicht an Gesicht.

»War ich das?«, fragte ich leise und fuhr ihr mit dem Finger leicht über die Wange.

»Da hier sonst niemand ist, liegt die Vermutung nahe. Du hast geschrien und wild um dich geschlagen. Albtraum?«

»Ja. Und was für einer. Obwohl ich mir nicht sicher bin, ob es ein Albtraum war oder etwas anderes.«

»Was soll es denn sonst gewesen sein?«

»Vielleicht eine Botschaft.« Ich lag im Bett, starrte an die Decke, die Augen wollte ich im Moment nicht schließen. »Es war alles sehr real, es hatte nicht dieses Traumgefühl, es war so wirklich wie wir beide hier.«

Dann erzählte ich ihr, was ich gesehen hatte. Während sie mir zuhörte, bemerkte ich, wie ihre bloße Anwesenheit mir half, mich wieder zu sammeln.

»So schlimm war der Traum doch nicht«, sagte sie dann. Vielleicht hatte sie Recht, aber ich konnte ihr auch nicht beschreiben, wie es sich angefühlt hatte, da unten in dem Raum zu sein, als Balthasar das Seil durchschnitt, oder was ich fühlte, als der Wachende zu mir aufsah und ich mein eigenes Gesicht unter dem Frost erkannte.

»Er war ich. Es war mein Gesicht!«, sagte ich zum Schluss. Ich sah wieder, wie er zu mir aufblickte …

»Nein, war es nicht«, sagte Lea. »Ich habe ihn genau gesehen. Keine Ähnlichkeit vorhanden.«

»Bist du sicher?«

»Ja.« Sie drehte sich auf die Seite.

»Ich weiß nicht, was der Morgen bringen wird, aber wir sollten schlafen bis dahin.«

»Du kannst jetzt so einfach die Augen zumachen?«, fragte ich sie fassungslos.

»Ja.«

Das war das Letzte, was ich von ihr hörte. Ich weiß nicht, wie lange ich noch so dalag und an die Decke starrte. Irgendwann muss ich dann eingeschlafen sein.

20. Die Art der Elfen

Eberhard weckte uns. Ich schlug meine Augen auf und hörte gedämpft seine Stimme vor der Tür, verstand aber nicht ein Wort. Ich dachte nur, dass es nicht unbedingt zur Gewohnheit werden musste.

Lea schlief noch tief und fest und wurde nicht einmal wach, als ich aufstand. Ich hatte befürchtet, dass sie heute Morgen ein blaues Auge haben könnte, aber es war kaum noch etwas zu sehen. Ich genoss einen Moment lang ihren Anblick, sah zur Tür, seufzte und weckte sie.

»Guten Morgen«, sagte sie mit einem Lächeln. Der Raum war kühl, aber nicht kalt. Was auch immer es sie gekostet hatte, diesen Zauber zu wirken, er hatte die ganze Nacht gehalten und war jetzt erst am Abklingen. Vielleicht war die Kälte auch zurückgegangen, aber daran glaubte ich irgendwie nicht mehr.

»Guten Morgen«, antwortete ich ihr. Ich sah sie an, dann beugte ich mich hinunter zu ihr und gab ihr einen Kuss. Sie kam mir entgegen, und ich versank in ihrem Mund, bis das Hämmern an der Tür langsam zu mir durchsickerte.

»Ich glaube, da will jemand etwas von uns«, sagte sie, als sie sich von mir löste. Sie zog ihr Nachtgewand aus und ihren Waffenrock an. Dann griff sie sich Steinherz, eine automatische Geste, die mich seufzen ließ, und ging zur Tür. Diesmal bat sie Eberhard herein.

Unser Wirt sah müde aus und verzweifelt.

»Kommt herein und sagt uns, was geschehen ist.«

Er folgte ihrer Einladung und stellte dabei eine dampfende Kanne auf den Tisch. »Ich dachte, ich bringe Euch einen Tee mit. Ein heißes Getränk ist bei dieser Kälte sicherlich willkommen. Auch wenn es mir hier nicht so kalt vorkommt.« Mit ihm kam die Kälte vom Gang herein: So viel zu der Hoffnung, das Wetter könnte sich gebessert haben.

Ich bediente mich an dem Tee, während sich Lea weiter anzog.

»Wir haben kräftig geheizt«, sagte ich.

Er sah den Kamin an. »Vielleicht zieht dieser Kamin besser. Ich habe geheizt wie ein Verrückter, dennoch mussten wir bis auf ein Stockwerk alle anderen im Turm aufgeben.«

»Zu viele Außenwände«, meinte ich. »Sagt, ist etwas passiert, diese Nacht?«

»Das kann man wohl sagen. Aber wo anfangen?« Er massierte sich die Nasenwurzel. »Ich bin so müde, dass ich mich kaum noch aufregen kann. Es gab Ärger bei den Händlern, die Dunkelelfe hat einen der Wächter bewusstlos geschlagen.«

»So, wie ich sie kennen gelernt habe, ist das beinahe rücksichtsvoll von ihr.«

Er sah mich von der Seite an. »Vielleicht. Auf jeden Fall wird das Euer Problem werden, Ser, denn sie sagte, Ihr würdet Euch darum kümmern.«

»Ich?«

»Was hat denn er damit zu tun?«, fragte Lea und zog ihre Rüstung über den Kopf. Sie bewegte dabei die Hüften, damit die feinen Kettenglieder an ihr herunterrutschen, und sowohl Eberhard als auch ich schauten ihr dabei zu. Als sie mit dem Kopf durch die Kragenöffnung kam, sah sie unsere Blicke. »Was?«

Eberhard schluckte. »Sie sagte, dass die Wache den Herbergsfrieden gebrochen habe. Sie hat Euch als eine Art Richter ausgewählt und sagte, Ihr solltet entscheiden, was mit dem Mann passieren soll.«

Ich verdrehte die Augen. »Das hat mir gerade noch gefehlt.« Ich hatte keine Ahnung, was zu tun war. Wieso ausgerechnet ich?

»Und weiter? Was ist mit dem Werwolf?«

»Das ist noch viel schlimmer! Eine der Wachen des Barons ...«

»Welcher Baron?«, fragte Lea.

»Der Adlige mit den zwei Töchtern und drei Wachen«, vermutete ich, und der Wirt nickte.

»Er ist der Baron von Klemmfels. Also, die eine Wache, dieser Sternheim, und eine der Wachen des Händlers Rigurd hörten in der Nacht ein Geräusch. Sie sahen nach, und die andere Wache, ich glaube der Name ist Varosch, sagte, er habe das Biest gesehen, wie es sich im Lager zu schaffen machte. Er hat dann die Tür zum Lager verbarrikadiert und behauptet jetzt, das Biest wäre dort noch eingesperrt. Damit können wir nicht mehr zum Lager oder zum Stall, bis wir die Tür wieder öffnen.« Er sah uns erwartungsvoll an.

»Ihr habt nicht zufällig die Hoffnung, dass wir das tun, oder?«, fragte Lea. Sie zog ihren Gürtel zu und hängte ihr Langschwert ein. Dann streckte sie die Hand nach Steinherz aus, das in ihre Hand sprang und von ihr am Schultergurt eingehängt wurde.

»Ihr seid die Einzigen, denen ich das zutraue«, erklärte der Wirt. »Niemand anders würde es tun.«

Lea sah mich Hilfe suchend an. »Vielleicht«, sagte ich. »Geschah sonst noch etwas?« Ich sah ihm an, dass ihm noch etwas auf dem Herzen lag.

»Ja. Einer meiner Knechte, Martin, ist spurlos verschwunden«, sagte er leise. »Er hat die Nacht über dafür gesorgt, dass im Schankraum die Kamine beheizt werden. Der Baron sagte, er habe heute Morgen vor nicht ganz einer Kerzenlänge gesehen, wie er in die Küche ging. Dort kam er nicht wieder heraus.« Er runzelte die Stirn. »Von der Küche aus kann man in den Hof, in die Waschküche, in den Kühlraum und in die Schankstube. Er ist nirgends zu finden, und der Baron schwört bei allen Göttern, dass es Martin nicht möglich gewesen wäre, ungesehen wieder herauszukommen. Es scheint, als habe der Baron Kreuzschmerzen gehabt und nicht zu schlafen vermocht.«

»Das glaube ich gerne, dass der Herr Baron eher an weiche Betten gewöhnt ist«, sagte Lea etwas spitz.

Ich nahm noch einen Schluck Tee. »Sagt, Eberhard, gibt es Legenden über diesen Gasthof? Ich meine, in den letzten Tagen ist hier eine Menge Merkwürdiges passiert. Ist so etwas schon einmal vorgekommen?«

Er schüttelte den Kopf. »Nein, Ser. Ich müsste es doch wissen, oder? Natürlich geschieht immer mal wieder etwas, der Hof ist nun schon seit fast dreihundert Jahren in Familienbesitz.«

»Was passiert denn so zum Beispiel?«, fragte Lea. Sie stand neben mir und hatte ihre Hand auf meine Schulter gelegt. Ich weiß nicht, ob sie es tat, ohne darüber nachzudenken; ich jedenfalls spürte diese Hand deutlich. Sie gab mir ein warmes Gefühl.

»Na, ab und zu verschwindet mal einer der Gäste«, sagte Eberhard. »Aber es ist wahrscheinlicher, dass er sich bei Nacht und Nebel davonmacht, um die Zeche zu prellen, als dass ihm etwas zugestoßen ist. Dann soll es noch in einem der Räume spuken.« Er sah uns an. »Das ist ausgemachter Blödsinn. Es ist der Raum, den Janos und seine Männer haben. Es wird berichtet, dass dort ab und zu ein Stöhnen zu hören wäre. Ich habe nie etwas gehört.«

»Nun, wenn Janos und seine Kumpane von Geistern geärgert werden, soll mir das recht sein«, meinte Lea.

»Es ist nur, gelinde gesagt, etwas merkwürdig, was so alles hier in den letzten Tagen geschah. Der Werwolf ...«

»Wenn es einer ist«, warf Lea ein.

Ich nickte. »Wenn es einer ist, ist das schon seltsam genug. Die Kammer unter dem Turm hingegen – irgendwann musste man sie ja mal finden, aber ...«

»Aber es ist zu viel auf einmal«, ergänzte Lea. Sie sah zu mir herüber. »Viel zu viel auf einmal.«

»Was habt Ihr vor?«

»Erst mal werden wir frühstücken. Dabei können wir ja herausfinden, was Zokora sich eigentlich denkt. Dann schauen wir uns an, ob dein Zauber an der Kellertür funktioniert hat. Danach suchen wir Martin, und bei der Gelegenheit schauen wir uns auch mal den Werwolf an.«

Sowohl Eberhard als auch Lea starrten mich an.

Ich zuckte mit den Schultern. »Was sollen wir sonst tun? Die Zeit, untätig herumzusitzen, ist vorbei.«

»Aber sollten wir nicht zuerst nach Martin suchen?«, fragte Eberhard mit leiser Stimme.

»Ihr habt schon selbst in den genannten Räumlichkeiten nachgesehen, nicht wahr?«

Er nickte.

»Wir werden *nach* dem Frühstück noch mal nach ihm sehen. Ich habe allerdings so meine Befürchtungen.« Er wollte etwas sagen, doch ich hob die Hand und unterbrach ihn. »Egal, was es ist, erst einmal werde ich frühstücken. Für Panik wird nachher noch Zeit sein.«

»Das will ich nicht hoffen«, sagte Lea trocken. »Es sieht aus, als ob der Tag nicht so gut weitergeht, wie er anfing.« Eberhard sah von ihr zu mir, war aber schlau genug, nichts zu sagen.

»Rührei mit Schinken, frisch gebackenes Brot, eine Tasse Tee. Eigentlich wäre nichts dagegen zu sagen, wenn es nicht so kalt wäre.« Lea rümpfte die Nase. »Ich schwöre, es stinkt hier von Tag zu Tag mehr.«

Ich machte eine gleichgültige Geste. »Mach dir keine Gedanken, Leandra. Wenn du nicht darauf achtest, wirst du es bald nicht mehr merken.« Ich war mir da nicht ganz so sicher. Mittlerweile überlegte ich mir, ob man nicht vielleicht doch mal lüften könnte, aber allein der Gedanke, die Kälte hereinzulassen, ließ mich frösteln.

»Ich würde ein Königreich für ein heißes Bad geben«, sagte sie.

Ich sah sie ungläubig an. »Um dir anschließend den feuchten Tod zu holen? Bei dieser Kälte ist baden lebensgefährlich. Du bist verrückt.«

»Unser Medikus am Hof sagte, dass baden gut für die Gesundheit wäre. Er empfahl sogar, jeden Tag zu baden.«

Ich schüttelte fassungslos den Kopf. »Was soll das bringen?«

»Er sagte, es würde auch die Läuse vertreiben.«

»Die wird man auch durch Baden nicht los. Öl und Haare abscheren ist die einzige Möglichkeit.«

»Es gibt auch einen kleinen Spruch, der gegen sie hilft. Danach lassen einen die Viecher fast eine Woche lang in Ruhe.«

»Wirklich?«, fragte ich hoffnungsvoll.

Sie zog eine Augenbraue hoch. »Hast du etwa Läuse, Havald?«

»Sagen wir es so, ich hatte schon welche. Aber so ein kleiner Zauber erscheint mir einfacher, als sich mit stinkendem Öl einzureiben.«

»Wenn du unter Läusen leidest, kann ich schnell ...«

Ich brach ein Stück vom Brot ab und tunkte es in den Honig. »Ich sagte, ich habe keine.« Ich sah mich im Gasthof um. »Aber ich glaube, es wird ein paar geben, die für eine Kur dankbar wären.«

»Havald ...«, sagte Lea und sah gebannt an mir vorbei. Ich drehte mich um. Es war Zokora, die mit einem zufriedenen Gesichtsausdruck die Treppe herunterkam. An einer ledernen Leine führte sie Rigurd, der reichlich dämlich lächelte.

Der andere Händler sprang auf. »Lasst ihn auf der Stelle frei!« Ein paar der Wachen des Händlers standen auch auf und legten die Hände an die Knäufe ihrer Schwerter.

»Musste das sein?«, stöhnte ich. »Sie lässt aber auch nichts aus!«

Zokora blieb am Fuß der Treppe stehen und schien überrascht. »Redest du mit mir, Mensch?«

»Ja, verdammt.« Der andere Händler gab seinen Wachen ein Zeichen. Nun standen alle auf, einige, wie es mir schien, eher widerwillig. Einer von ihnen hatte ein blaues Auge und eine frisch gebrochene Nase. Er schien nicht besonders geneigt, sich einzumischen, der Blick, den er Zokora zuwarf, wirkte eher furchtsam. Wahrscheinlich war das die Wache, die in der Nacht mit der dunklen Elfe aneinander geraten war.

Die Worte des anderen Händlers, ich glaube, er hieß Holgar, bestätigten dies im nächsten Moment. »Ich habe noch Verständnis dafür gehabt, dass Ulgor es vielleicht übertrieb, als er Euch anfasste, aber das geht zu weit. Auf der Stelle lasst Ihr Rigurd frei!«

Zokora blinzelte. »Warum sollte ich ihn freilassen?« Entweder war sie eine gute Schauspielerin oder sie verstand wirklich nicht. Es war auf jeden Fall die falsche Antwort; zwei der Wachen zogen ihre Schwerter und begannen sich in ihre Richtung zu bewegen.

»Haltet ein«, sagte ich.

»Das geht Euch nichts an«, sagte der andere Händler.

»Ich werde den ersten Mann niederschlagen, der auch nur einen Schritt weitergeht, bevor wir nicht herausgefunden haben, um was es hier eigentlich geht«, sagte ich und trat einen Schritt vor.

Die beiden Wachen sahen mich eher verblüfft als eingeschüchtert an.

»Rigurd«, rief ich über meine Schulter, ohne einen Blick von den beiden Wachen vor mir zu lassen. »Vielleicht könnt Ihr es erklären.«

»Ähm …«, meinte Rigurd.

»Du darfst sprechen«, sagte Zokora.

»Sie hat ihn bezaubert!«, rief der Händler. »Ein kleines Kind kann das sehen!«

»Holgar, es ist anders, als du denkst«, hörte ich Rigurd sagen. Er klang peinlich berührt. »Wir sind übereingekommen, dass ich, solange wir hier sind, ihr Liebhaber bin.«

»Dass du überhaupt bei einer Dunkelelfe liegen kannst, werde ich nie verstehen!« Holgar klang richtig empört. »Was wird deine Frau dazu sagen?«

»Sie wird es verstehen«, sagte Rigurd.

»Du spinnst, wenn du das glaubst. Und was hat es mit der Leine auf sich?«

»Sie hat es mir erklärt. Das macht man so bei ihnen.«

»Sie ist aber nicht in ihren verfluchten Höhlen! Wie konntest du dich dazu zwingen lassen?«

»Ähm … es ist nur das Zeichen, dass ich im Moment ihr gehöre – und ich wollte es so.«

»Du wolltest es so?«, fragte Holgar ungläubig.

»Ja«, antwortete Rigurd mit einer Stimme, die nun sicherer klang. »Wenn du dich wieder beruhigst, erkläre ich es dir vielleicht. Ich sage nur so viel: Du hättest nicht anders gehandelt.« Er wandte sich an die beiden Wachen vor mir.

»Palus, Jan. Ihr lasst den Blödsinn sein. Ich sage euch schon, wann ihr euren Lohn verdienen könnt. Das ist jedenfalls der falsche Moment.«

Holgar stand kopfschüttelnd da. »Erkläre mir einfach mal, warum du das mit dir machen lässt«, sagte er, nun deutlich leiser.

Rigurd lachte. »Das ist einfach. Ich bin zwei Dutzend und neun. In meinem ganzen götterverdammten Leben habe ich noch nie so viel Spaß im Bett gehabt! Ich habe die ganze Nacht bei ihr gelegen, und mir ging es in meinem ganzen Leben noch nie so gut!«

Ein Raunen ging durch die Menge, und ich sah, wie viele der Gäste Zokora mit einem abschätzenden Gesichtsausdruck musterten.

»Da wäre noch etwas«, ergriff ich die Gelegenheit. »Ich hörte, es hätte in der Nacht ein Vorkommnis gegeben. Jemand hat die Herbergsruhe gebrochen.«

»Und was geht das Euch an, Havald?«, rief dieser Holgar in einer spöttischen Stimme. »Wurdet Ihr zum Obmann gewählt, als ich nicht hinsah?«

»Nein«, antwortete ich und fixierte ihn. »Aber die Herbergsruhe ist heilig. Und ich werde solche Vorfälle nicht dulden.« Er wollte noch etwas sagen, überlegte es sich aber anders.

»Ulgor«, sagte ich, und die Wache sah mich furchtsam an. »Was geschah in dieser Nacht?«

»Verzeiht, Herr, ich weiß, es war ein Fehler, aber ...«

»Sagt uns einfach, was geschah«, unterbrach ich ihn.

»Ich begleitete meinen Herrn hoch zu seinem Zimmer. Ich wartete vor der Tür, dann hörte ich, wie er aufschrie. Ich stürzte in den Raum ...«

»Er schrie auf?«, mischte sich Holgar wieder ein. »Was hat sie ihm angetan?«

»Nichts, was ich hier erörtern möchte«, antwortete Rigurd mit scharfem Tonfall. Er musterte Ulgor. »Er hat die Lage missverstanden.«

»Gut. Aber was geschah dann?«, fragte ich.

»Ich sah die Dunkelelfe über ihm knien, ich hatte mein Schwert gezogen ...« Ulgor sah zu Boden, es fehlte nur noch, dass er mit den Füßen scharrte. Jedenfalls lief er rot an.

»Jetzt redet schon, Mann«, sagte ich ungehalten. Ich wollte in Ruhe frühstücken und hatte keine Lust, ihm die Würmer einzeln aus der Nase zu ziehen. »Was ist geschehen?«

»Ich nahm ihm sein Schwert ab und warf ihn raus«, sagte Zokora. Alle sahen sie ungläubig an. Ulgor überragte sie um mindestens vier Handbreit und wog bestimmt doppelt so viel wie die zierliche Dunkelelfe. »Damit er sich daran erinnert, brach ich ihm die Nase und den kleinen Finger.« Sie sah mich mit ihren dunklen Augen an. »Ich teilte ihm mit, dass Havald über ihn richten würde, aber das erscheint mir nun nicht mehr nötig.« Sie schwenkte ihren dunklen Blick nun hinüber zur Wache. »Hast du die Lektion gelernt, Ulgor, Wache des Rigurd?«

Er nickte eifrig.

»Damit soll es gut sein. Dies ist mir nicht so wichtig wie etwas anderes.« Sie schaute sich im Raum um, und auf wem auch immer ihr Blick landete, der sah betreten zu Boden. »Denn ich wünsche nun zu frühstücken«, verkündete Zokora und begab sich an mir vorbei und zwischen den Wachen hindurch, die sie nur fassungslos beobachteten, zu ihrem Tisch. Rigurd folgte brav an der Leine.

Ich hörte deutlich, wie Ulgor erleichtert ausatmete. Ich nickte ihm zu, mehr gab es nicht zu sagen. Ich hatte meine Zweifel, ob er jemals wieder auf die Idee kommen würde, sich gegen die Dunkelelfe zu stellen.

»Leute, kümmert euch um eure eigenen Belange«, rief ich in die Menge. »Setzt euch hin, frühstückt ... und wenn ihr etwas denkt, behaltet es für euch.«

Mit diesen Worten setzte auch ich mich wieder hin und nahm mein Stück Brot auf.

Ich sah zu Lea hinüber, die beide Hände vor das Gesicht hielt, ihre Schultern bebten.

»Lea?«, fragte ich besorgt.

Sie nahm die Hände weg. »Ich glaube das einfach nicht«, sagte sie mit erstickter Stimme, »an die Leine gelegt ...« Sie prustete los, um dann schallend zu lachen.

»So lustig ist das nun auch nicht. Die Situation war ernst! Das hätte ins Auge gehen können.«

»Das ist es aber nicht«, sagte sie und versuchte offensichtlich, sich wieder zu beruhigen, auch wenn sie sich ein Grinsen nicht verkneifen konnte. »Ich lerne nur wieder etwas.«

»Was denn?«, fragte ich, obwohl ich mir nicht sicher war, ob ich die Antwort hören wollte.

»Zwei Dinge. Dass Dunkelelfen nicht ganz so Schrecken erregend sind, wie ich dachte, und dass ein Mann – wenn er nur genügend Fleischeslust verspürt – sich freiwillig an die Leine legen lässt!« Sie sah mich an und prustete wieder los. »Dein Gesichtsausdruck! Ich frage mich gerade, ob das für jeden Mann gilt.«

Ich lehnte mich zurück und setzte ein freundliches Lächeln auf. »Leandra.«

»Ja?«, antwortete sie, immer noch kichernd.

»Ich verrate dir etwas. Es gilt nicht nur für Männer.«

»Vielleicht finden wir es noch heraus«, sagte sie leise und verschwörerisch, und ihre Augen funkelten.

21. Die Suche nach Martin

Kaum hatte ich den Teller mit dem letzten Kanten Brot abgewischt, stand Eberhard schon neben uns. »Seid Ihr fertig? Ich meine, ich will nicht ...«

Ich seufzte. »Ja, Wirt, wir sind fertig. Wenn Ihr so großzügig wärt und mir erlaubt, noch einen letzten Schluck Tee zu trinken ...«

»Ich wollte Euch nicht bedrängen, es ist nur so ...«

»Dass Ihr uns bedrängen wollt«, ergänzte Leandra. »Es ist gut, Eberhard. Wir sind fertig.« Sie griff Steinherz. »Hat der andere Knecht etwas mitbekommen?«, fragte sie, als ich meinen Tee austrank und aufstand.

Die Briganten waren wie üblich noch nicht wach, nur die anderen Gäste sahen uns spekulierend zu. Ich warf einen Blick in die Runde: Einige schauten weg, anderen stand die Neugier derart deutlich ins Gesicht geschrieben, dass ich beinahe damit rechnete, sie würden aufstehen und sich neben uns aufstellen, um besser zuhören zu können.

Wir folgten dem Wirt in die Küche, die überraschend groß und geräumig war. Der Raum wurde von einer Reihe von Herden in der Mitte beherrscht, eine Konstruktion, wie ich sie so noch nie gesehen hatte. Es waren vier Stück, nebeneinander aufgebaut. Jeder von ihnen besaß eine zentrale Röhre, die in einen Abzug mündete, ähnlich dem über einer Esse in einer Schmiede, und eine Eisenplatte als Oberfläche, in die vier Öffnungen geschnitten waren. Alle vier Herde waren in Betrieb, aber nur an zweien wurde gekocht. Es war Maria, die uns einen verlegenen Blick zuwarf, während sie mit Schüsseln und Pfannen hantierte. Der Boden war mit denselben Steinplatten ausgelegt wie der ganze Hof, und es gab hier vier Fenster, alle fest verschlossen und die Ritzen mit getalgtem Hanf abgedichtet, sowie zwei weitere Türen.

Vier große Öllampen erhellten den Raum. Die Wände waren mit Schränken und Regalen voll gestellt, in einer Ecke stand ein großer Schlachtblock. Selbst mit allem, was zu einer Küche dazugehörte, war der Raum immer noch überdimensioniert.

Eberhard interpretierte meinen Blick richtig. »Mein Urahn fand alles so vor, wir haben nichts verändert.« Er schluckte. »Wenn Hochbetrieb ist, können hier mehrere Leute gleichzeitig kochen, ohne sich in die Quere zu kommen.«

»Ja«, sagte Leandra. Sie nickte Maria freundlich zu. »Das ist sicherlich nützlich für einen Gasthof.«

»Ähm ... das hier ist der Weg zum Hof«, sagte Eberhard und wies auf eine der Türen. Ich musterte sie. Sie war nicht minder stabil als die Tür zum Gastraum: eiserne Türangel, verstärkte Bänder und Nägel, um eine Axt stumpf zu machen.

Ich dachte an meinen Traum zurück. Wenn der Gasthof einmal eine Garnison gewesen war, dann machte die stabile Bauweise Sinn. Das Einzige, was ich nicht verstand, war der Erhaltungszustand. Wenn alles aus dieser längst vergangenen Zeit stammte, dann hätte ich etwas mehr Verfall erwartet.

Eberhard öffnete die Tür, und wir sahen uns zusammen die Eiswand dahinter an. »Nun, hier ist er wohl nicht durch«, sagte ich dann.

Hier in der Küche war die Luft besser, vielleicht einfach nur deshalb, weil die Essensgerüche angenehmer rochen als nasse Wollsocken. Unter der Decke hingen an langen Schnüren unterschiedliche Gewürze; auch sie trugen ihren Teil dazu bei, dass es hier besser roch. Eberhard wollte die Tür wieder schließen, aber ich hielt ihn zurück.

»Wartet einen Moment«, sagte ich ihm. Die Wärme der Küche hatte den Schnee an der Tür teilweise tauen lassen; es gab einen kleinen Spalt nach oben, durch den kalte, sehr kalte Luft nach unten fiel. Kalt, aber frisch. Ich atmete tief durch. Die Küche war warm, der einzige Raum, den ich bisher gesehen hatte, der dieser Kälte wirklich trotzen konnte. Auch Leandra genoss verstohlen die frische Luft. Mit einem gewissen Bedauern wies ich den Wirt an, die Tür wieder zu schließen.

Ich sah mich noch einmal in der Küche um, bevor wir Eberhard zur nächsten Tür folgten. Ich hatte mittlerweile irgendwie das Gefühl bekommen, dass die Kälte ewig dauern würde, und ich sah uns schon um die vier Herde sitzen und das letzte Feuerholz einwerfen. Ich rief mich selbst zur Ordnung. Egal, wie seltsam sich der Sturm verhielt, irgendwann würde er weiterziehen. Die Tür zum Vorratsraum war abgeschlossen, wieder mit einem jener kostbaren Schlösser. Während ich Eberhard zusah, wie er das Schloss öffnete – es hing ein wenig –, erinnerte ich mich wieder an den Anblick des Sturms. Es war nicht normal. Unwillkürlich fröstelte ich, als ich an das dachte, was Zokora gesagt hatte: dass der Sturm sich hier zentrieren würde. Aber auf der anderen Seite hatte Leandra gesagt, dass es gar nicht möglich wäre, einen Sturm dieser Größe magisch zu beeinflussen.

Hinter der Tür befand sich eine Treppe. Der Wirt nahm eine Laterne von einem Haken direkt hinter der Tür und zündete sie an.

»Noch ein Keller?«, fragte ich überrascht, als der Wirt sich anschickte, die Treppe hinunterzugehen.

»Ja. Bis auf den Stall sind alle Gebäude unterkellert.«

Leandra blieb überrascht stehen. »Alle?«

Der Wirt nickte. »Die meisten Kellerräume verwenden wir gar nicht.« Er blieb auf einer Stufe stehen und sah zu uns hoch. »Deshalb war ich ja so überrascht, dass es unter dem Turm noch weiter nach unten ging. Es gibt hier unten mehr als genug Platz.«

Wir folgten ihm die Stufen hinunter. Sie führten auf eine Plattform, und von dort aus machte die Treppe einen Knick zurück, so dass wir wieder unter der Küche herauskamen. Der Raum dort folgte dem Grundriss der Küche über uns, unschwer an dem Fundament für die Herde zu erkennen: ein massiver gemauerter Block, zur Abwechslung aus Ziegelsteinen, der die Decke hier stützte. Ich sah mir die Decke an.

»Man kann sagen, was man will«, meinte Lea, die meinen Blicken folgte. »Sie haben stabil gebaut.«

Das stimmte. Auf die Verwendung von Holz hatte man verzichtet. Die Decke wurde von fünf mächtigen steinernen Trägern gehalten, auf denen die Steinplatten auflagen. Säulen stützten den Raum und diese Träger in regelmäßigen Abständen.

Dieser Keller war, wie der unter dem Turm, zwei Stockwerke hoch. An der einen Wand beherrschten acht riesige Weinfässer den Raum. Ich sah von ihnen zur Tür. Der Wirt bemerkte es.

»Der Küfer hat sie hier zusammengebaut«, beantwortete er meine unausgesprochene Frage. Ich nickte. Säcke, Fässer, ein Handkarren, Regale mit Flaschen.

Ich studierte das eine Regal. »Nun, der Fiorenzer wird uns so schnell nicht ausgehen.« Ich blickte zu Eberhard hinüber. »Ihr habt hier ein Vermögen gelagert.«

»Ein Vermögen in Waren. Der Gasthof geht gut, vor allem in den Sommermonaten. Ich habe keinen Grund zur Klage.«

»Allein das Gebäude«, sagte Leandra. »Nur in der Kronburg gibt es Vergleichbares.«

»Ich kenne es nur so. Ehrlich gesagt, als ich das erste Mal mit meinem Vater unser Land verließ, um ihn auf seiner Einkaufsreise zu begleiten, war ich überrascht, wie klein und verbaut andere Gasthöfe sind. Ich wollte, ich könnte sagen, *wir* hätten ihn so gebaut.«

Eine Türöffnung ohne Tür führte unter den Gastraum. Hier war nur Gerümpel, aber der Raum war genauso sorgsam gefertigt. Die Wände waren mit Regalen voll gestellt, deren Art ich kannte. Sie waren aus Holz und so nachgedunkelt durch das Alter, dass sie beinahe schwarz wirkten. »Waffenregale. Für Hellebarden und Schwerter.« Leandra sprach das aus, was ich dachte. »Die Waffenkammer.« Sie schlang ihre Arme um sich. »Es ist kühl hier.« Kühl, ja, aber nicht so kalt, wie ich gedacht hatte. »Und trocken.«

Unsere Festungsbauer könnten hier noch etwas lernen, dachte ich. Auch hier war der Boden mit Steinplatten ausgelegt. Ich kannte mich in der Gegend nicht aus, also fragte ich den Wirt. »Sag, gibt es einen Steinbruch hier in der Nähe?«

Er sah mich überrascht an. »Nicht, dass ich wüsste. Warum?«

Ich musterte den Boden unter mir, ging auf und ab, stampfte mit den Füßen auf. Nichts. Es klang nirgendwo hohl.

Kein Wunder, dass das Haus noch stand. Aus dem Stein des Gebirgsausläufers gehauen, aus Stein errichtet ... hier hatte jemand wirklich den Anspruch gehabt, für die Ewigkeit zu bauen.

Wie viele dieser Steinplatten mochten es wohl sein? Hunderte. Sie waren alle im Schnitt um die vier Ellen lang und breit und eine halbe Elle dick. Eine wie die andere lagen so exakt aneinander, dass man nicht die Klinge eines Dolches zwischen zwei Platten schieben konnte. Und ich mochte wetten, dass jede einzelne genau im Lot lag.

Ich stellte mir die Wagenzüge vor, die es benötigt hatte, um so viele Steinplatten hierher zu transportieren. Dutzende, vielleicht Hunderte von schweren Transportwagen, gezogen von vielleicht vier, wahrscheinlich sechs Ochsen. Doch woher waren sie gekommen? Wenn ich meinem Traum glauben konnte, nicht von jenseits des Passes. Dort gab es die Barbaren; das besiedelte Land war hier zu Ende. Lassahndaar war die nächste Stadt, gute vier Tagesritte Richtung Süden. Vielleicht zwei Wochen mit schweren Ochsengespannen.

Das Imperium von Thalak war seit über zwei Generationen der Moloch, der, aus dem Südosten kommend, so langsam alle Königreiche zwischen sich und uns auffraß. Ich hörte von gewaltigen Armeen, gar zehntausend Mann stark, ewig langen Versorgungstrossen: Die Bevölkerung einer großen Stadt war unterwegs, um uns zu vernichten. Die Unaufhaltsamkeit dieses Molochs hatte mich immer fasziniert, die Logistik hinter dieser Armeeführung beeindruckt. Aber nun stand ich in einem leeren, staubigen Keller und hatte etwas gefunden, das mir noch mehr imponierte.

»Was ist das für ein Reich, das in einer menschenleeren Gegend eine solche Garnison errichtet?« Ich sprach laut aus, was mich beschäftigte. »Man muss sich den Aufwand vergegenwärtigen. Für diesen Hof hätte man zwei Burgen errichten können.«

»Ich glaube nicht, dass sie Burgen als Militärstützpunkte sahen«, sagte Leandra. »Ich habe mal gelesen ...«

»Ja. Ich auch. Das alte Imperium basierte nicht auf dem Lehensprinzip, sondern unterhielt eine stehende Armee. Ich frage mich nur, wie man sich das leisten konnte.«

»Offensichtlich geht es«, sagte Leandra trocken. »Thalak macht es auch so.«

Ich sah mich noch einmal um. »Also gut. Hier ist Euer Martin auch nicht.« Ich sah zum Wirt hinüber. »War auch heute Nacht abgeschlossen?«

Er schüttelte den Kopf. »Normalerweise schließe ich nie ab. Aber ...« Er zögerte. »Heute Morgen musste Maria in der Küche einspringen. Da ich nicht wusste ... ich habe die Tür abgesperrt, weil mir einfach wohler dabei war.«

Das konnte ich gut verstehen.

»Was ist mit dieser Wand?«, fragte Leandra.

»Was soll mit ihr sein?« Ich sah nichts. Auch der Wirt blickte überrascht.

»Schaut«, sagte Leandra. »Die Waffenregale stehen an allen Wänden, links und rechts des Eingangs. Nur hier fehlen zwei.« Sie wies auf die seitliche Wand. Wären wir im Gastraum über uns, wäre es eine Außenwand des Gasthofs.

»Und hier sind zwei Regale zu viel. Seht Ihr? Alle anderen Regale stehen, obwohl sie offensichtlich alt sind, fest und sicher. Wahrscheinlich sind sie an der Wand fixiert.«

»Klar. Wenn so ein Regal voll mit Äxten oder Schwertern umfällt, will ich nicht in der Nähe sein«, meinte ich.

»Ja.« Sie musterte die freie Stelle. »Dort sind Löcher in der Wand, wahrscheinlich für die Haken. Hier standen einmal zwei Regale. Und die stehen nun hier.« Die Regale, von denen sie sprach, befanden sich unter der Eingangstür zum Gasthof.

Der Gasthof war in einem Karree gebaut. Man ritt durch ein großes Tor hinein. Drehte man sich dann links herum, hatte man etwa fünfzehn Schritt Mauer mit Wehrgang neben sich und sah auf die Tür zum Hauptgebäude, dem eigentlichen Gasthof. Dieses Gebäude stellte zusammen mit dem Wehrturm die linke untere Ecke dar. Die linke Längsseite bestand aus der Schmiede, die obere linke Ecke bildete sich aus der Schmiede und dem Lager, das zwei Drittel der oberen Linie des Karrees darstellte. Die Stallanlagen schlossen sich dort an, gingen bis in die rechte obere Ecke, liefen dann wieder nach unten, wiederum um die rechte untere Ecke, und endeten etwa zwölf Schritt rechts vom Tor entfernt.

Wenn die Kellanlagen dem Grundriss der darüber befindlichen Gebäude entsprachen, dann sollte dies eine Außenwand sein. Aber Leandra hatte Recht: Die Regale waren nicht so exakt ausgerichtet wie die anderen und standen etwas schief.

Es brauchte nicht lange, und wir hatten eines der Regale zur Seite geräumt. Genauer gesagt, abgerissen. Auch wenn die Regale stabil wirkten, sie waren es nicht mehr. Das Holz selbst war noch überraschend gesund, aber die Verzapfung war nicht mehr so fest, wie sie einmal gewesen war. Hinter den zwei schweren Waffenregalen fanden sich nicht Steinblöcke oder Ziegelsteine, sondern zerkleinertes Felsgestein, das von einfachem Mörtel zusammengehalten wurde: eine zugemauerte Tür.

Der Wirt sah sich den Mauerdurchbruch an und kratzte sich nachdenklich am Kopf. »Ich habe keine Ahnung«, beantwortete er unsere unausgesprochene Frage. »Ich habe nichts davon gewusst.« Er kratzte mit dem Finger an dem Mörtel zwischen den Steinen, und er bröckelte ab. »Das ist alt. Vielleicht war das mein Vorfahr. Nur warum?«

»Ich glaube, das werden wir bald herausfinden«, sagte ich. »Aber das kann warten. Auch hier ist Euer Knecht nicht hindurch, die Steine sind unberührt.«

»Was war der letzte Raum? Die Waschküche?«, fragte Leandra.

»Ja. Es gibt dort aber keine weiteren Türen. Dort kann er auch nicht verschwunden sein.«

»Schauen wir mal«, schlug ich vor. Als wir gingen, warf ich einen letzten Blick auf die zugemauerte Tür.

Die Waschküche lag neben der Küche. Genau wie die Küche hatte sie auch eine gemeinsame Wand mit dem Turm. Rechts von ihr lag der Gang, der zum Turm führte. Die Waschküche hatte keinerlei Fenster. Es war ein großer, rechteckiger Raum, vielleicht zwanzig mal zwölf Schritte. Beherrscht wurde dieser von sechs großen, eisernen Kesseln, jeder von ihnen vielleicht sechs Fuß im Durchmesser und drei Fuß hoch. Sie standen auf rechteckigen Fundamenten über Kohlegruben, die zu drei Vierteln abgedeckt waren. Auf der einen Seite wurden sie befeuert, von der anderen Seite führte ein Steg an die Kessel heran, links und rechts des Stegs deckten steinerne Platten die Befeuerung ab, und ein gemauerter Kamin führte hinter jedem Kessel an der Wand entlang nach oben. Der andere Knecht des Wirts, Timothy, stand auf einem Holzbänkchen auf einem dieser Stege und rührte mit einer langen, weiß gebleichten Stange einen der Kessel um.

Er blickte unsicher vom Wirt zu uns, aber Eberhard bedeutete ihm mit einer Geste, uns zu ignorieren und weiterzuarbeiten. Ich hatte den Eindruck, dass er dies auch mit vermehrtem Eifer tat.

Ich folgte den Kaminen mit meinem Blick. »Sie führen in den Wänden zwischen den Zimmern hoch. Hier drüber liegt der große Schlafraum. Er hat keine eigene Feuerstelle, er wird von hier aus beheizt«, erklärte der Wirt und wies nach unten. »Die Luft für das Feuer kommt über die Schächte aus dem Boden.«

Auf der anderen Seite, an der Wand zu dem Gang zum Turm, war über die ganze Länge eine Reihe steinerner Tröge gebaut. An einem Ende, rechts von der Tür, befand sich ein Brunnen mit einer seltsamen Konstruktion und einer Kurbel.

Ich ging zu dem Brunnen hin und sah ihn mir an. Auf einer hölzernen Trommel liefen rostige Eisenketten, und an diesen waren an der Seite Ledereimer angebracht.

»Man dreht hier, und das Wasser wird in den Eimern nach oben befördert«, erklärte der Wirt. »Diese Räder greifen ineinander, das große mit der Kurbel dreht sich viermal langsamer als das kleine.«

Ich sah ihn an, und er wirkte plötzlich etwas verlegen. »Als ich klein war, hat mich das fasziniert. Es ist eigentlich ganz einfach: Das größere Rad hat viermal so viele Zähne wie das untere.«

Von mir aus. Mich faszinierte es nicht sonderlich. »Das Wasser landet in diesen Trögen?«

Er nickte und zeigte mir eine hölzerne Schute, die man unter die Stelle schieben konnte, wo die Eimer entleert wurden. Diese Schute konnte man drehen, entweder um Eimer für die Waschbütten zu befüllen oder aber um das Wasser in die Tröge zu leiten.

Ich stand da, sah mir das an und kratzte mich am Hinterkopf. »Ich verstehe das nicht. Wenn dies der Stall wäre, kann ich mir den Sinn denken, aber man wird ja wohl keine Pferde hierher führen, um sie zu tränken.«

Der Wirt sah ratlos drein. »Ich verstehe auch nicht alles, was hier gebaut wurde«, sagte er dann.

Obwohl unter zwei großen Kesseln das Feuer glühte, war es hier nicht so warm wie in der Küche. Nebelschwaden standen im Raum, und die Beleuchtung war schlecht, nur eine Öllampe spendete Licht.

»Du sagtest, hier gäbe es keine weiteren Türen.« Ich wies auf ein hölzernes Portal. Diese Wand hätte zum Turm führen sollen. Sie hätte links neben dem Eingang zum Turm sein müssen, aber ich war mir sicher, dass sich dort keine Tür befand.

»Ach, das«, sagte der Wirt. »Das ist mit Sicherheit der seltsamste Raum des Gasthofs. Schon als Kind habe ich gerätselt, was für einen Sinn er haben könnte.« Er öffnete die Tür und hielt die Laterne hoch, damit wir besser sehen konnten. Der Raum war etwa sieben Schritt tief und zwölf Schritt breit, die Breite der Waschküche. Der Boden hier war mit anderen Platten ausgelegt; sie hatten eine rötliche Farbe und waren grobporig. Ging man durch die Tür, so befand sich auf der linken Seite eine Reihe von Stufen aus demselben porösen Stein, in der

Form eines auf der Seite liegenden U um eine Art Altar ausgerichtet. Dieser Altar war lediglich ein großer steinerner Kasten, in dem sich wiederum einzelne, kopfgroße Steine befanden.

Von der Tür aus rechts führte eine Treppe hinunter in einen offenen Keller. Und das war wirklich der ungewöhnlichste, den ich je gesehen hatte. Die Wände dieses Kellers waren – genauso wie die Treppe – mit einem seltsamen Stein ausgekleidet. Er glänzte in einem tiefen Blau, und an der Treppe sah man, dass die Platten kaum die Hälfte meines Fingers dick waren. Der Mörtel, der hier verwendet worden war, war anders als der am Mauerdurchbruch. Er war steinhart. Das Faszinierendste jedoch war, dass es jemand irgendwie geschafft hatte, in die Platten Bilder zu malen. Oder genauer gesagt: Die über die Platten verteilten Zeichnungen ergaben ein einzelnes, großes Bild.

»Was ist das?«, grübelte ich laut. »Irgendein Fisch? Seit wann kann man auf Fischen reiten?« Wasser war nicht mein Element. Schiffe konnten untergehen. Ich war es seit meiner Jugend gewohnt, Rüstung zu tragen, und darin schwamm es sich schwer. Ich hatte das Meer kennengelernt, angefreundet hatte ich mich mit ihm nicht.

»Das ist ein Delfin«, erklärte Leandra.

»Die gibt's wirklich?«

»Ja. Und man kann auf ihnen reiten und mit ihnen spielen. Ich habe es selbst schon gesehen. Sie sind intelligent und sehr freundlich. Sie helfen sogar Ertrinkenden und bringen sie ans Ufer.«

Ich sah sie ungläubig an. »Du willst mir einen Bären aufbinden, nicht wahr?«

Sie schüttelte den Kopf so heftig, dass ihr Zopf umherflog. »Nein, es gibt sie wirklich. Ich finde, dass sie nett aussehen mit diesem Lächeln.«

Das konnte nur eine Frau sagen. Aber sie hatte Recht: Die Fische grinsten.

Ich sah mich noch mal um, der Raum ergab absolut keinen Sinn für mich. An einer seitlichen Kante entdeckte ich ein von einem Holzzapfen verschlossenes Loch.

»Was ist das?«

Der Wirt winkte mir zu. »Ich zeige es Euch.« Wir gingen wieder aus dem Raum heraus. Die großen Waschbütten waren, wenn man von der Küche aus den Raum betrat, an der linken Wand, der zur Küche, montiert. Hinter den Trögen lief eine tiefe Rinne die Wand entlang. Ich sah mir das verständnislos an, aber Leandra lachte.

»Ich habe es herausgefunden. Hier.« Sie trat an eine der leeren Bütten und stemmte ihre Schultern gegen den Hebel an der Seite. Langsam kippte der Waschzuber.

»Das Wasser läuft dann diesen Kanal entlang in das Bad. Es ist ein Bad!« Sie strahlte über das ganze Gesicht und hüpfte freudestrahlend von einem Fuß auf den anderen, wie ein kleines Mädchen, das einen Sack voll Gold gefunden hatte.

»Das ist zu groß für ein Bad«, teilte ich ihr mit. Es machte nicht wirklich Sinn, mehr als eine Sitzwanne zu füllen. Das Wasser, das man für den blauen Raum bräuchte …

»Nicht so ein Bad. Ein Bad, um ganz darin unterzugehen, darin zu schwimmen!«

»Wer sollte so etwas tun?«

Sie sah mich an. »Ist dir kalt?«, fragte sie mich.

»Natürlich.« Was für eine Frage.

»Stell dir mal vor, du könntest auf der Treppe bis zum Hals in heißem Wasser sitzen. Richtig schön warm.«

So gesehen … Unabhängig von dem aktuellen Sturm war die Lage des Gasthofs nicht gerade warm. Hier am Fuß des Gebirges kam der Winter früh. Der Pass war zwar acht Monate im Jahr offen, aber der Sommer war wesentlich kürzer. Der Hof war für die Kälte gebaut, überall Kamine, die andere Räume mit beheizten, und reichlich Feuerstellen. Ja, die Vorstellung hatte etwas. Vor allem, da in dieses … Bad … mehr als eine Person hineinpasste.

Leandra wandte sich an den Wirt. »Ihr habt Recht, der Junge ist nicht hier. Wahrscheinlich hat der Baron nicht richtig aufgepasst. Aber hier ist er nicht.«

»Dann weiß ich, wo er ist«, sagte der Wirt leise und klang fatalistisch.

Im Bauch des Werwolfs, meinte er wohl. Irgendjemand musste bald die Tür zum Lager öffnen, in dem die Bestie angeblich festsaß, und ich wusste auch schon, wer das sein würde.

»Könntet Ihr mir einen riesigen Gefallen tun?«, fragte Leandra den Wirt.

»Sicherlich, aber welchen?«

»Auch wenn wir, wie Ihr sagt, genug Brennstoff haben, weiß ich, dass ich viel von Euch verlange ... aber könntet Ihr mir das Wasser aufheizen lassen und das Bad befüllen?«

Der Gesichtsausdruck des Wirts verriet mir, was er davon hielt, aber er stimmte tapfer zu. Jetzt wusste ich auch, warum dieser Eimerbrunnen so gebaut war. Um das Bad mit warmem Wasser zu fluten, musste man die ganzen Waschzuber auffüllen, das war eine Menge Wasser. Wie lange brauchte das wohl? Ich begab mich an den Brunnen und begann die Kurbel zu drehen. Es ging richtig schwer, es würde Knochenarbeit werden, die Zuber voll laufen zu lassen.

Ich wollte gerade etwas Entsprechendes sagen, als ich einen Blick nach unten warf. Ich wollte nachsehen, ob die Eimer Wasser enthielten. Das taten sie. Und etwas anderes.

Martin.

Er hatte sich mit seinem Gürtel das linke Handgelenk an einen der Eimerhaken gebunden. Der Junge war eiskalt, Kopf, linker Arm und Schulter waren mit einer Eisschicht überzogen, die Kleidung nass, aber nicht gefroren. Außer ein paar Abschürfungen an Gesicht und Knöcheln beider Hände waren keine Verletzungen zu erkennen. Martin war erfroren. Die rechte Hand war zur Faust geballt. Es fiel uns auf, als wir ihn auf den Boden der Waschküche legten. Ich bog ihm die Hand auf; es knirschte, und hinter mir hörte ich, wie der andere Knecht sich erbrach.

Martin hielt eine Goldmünze in der Hand. Aber nicht irgendeine Goldmünze ...

22. Das Gold der Legion

Nachdem wir Martin auf seinem eigenen Lager zur Ruhe gebettet hatten – viel anderes blieb uns auch nicht übrig –, versammelten wir uns wieder im Gastraum. Die Stimmung war gedrückt, uns war kalt, und jeder von uns hatte einen heißen Grog vor sich stehen. Ablenkung war willkommen, und wir fanden sie in Form der Goldmünze, die in Martins Faust gewesen war. Sie lag vor uns auf dem Tisch. Normale Goldmünzen, die Ein-Kronen-Stücke, waren im Durchmesser etwas größer, als ein Männerdaumen breit ist. Diese hier zählte fast drei Daumen. Und war fast halb so dick wie mein kleiner Finger.

»Ich habe von diesen Münzen gehört«, sagte der Wirt leise. »Seht.« Er drehte die Münze auf die andere Seite. Die Prägung hier war ein achtspeichiges Rad. Jedes Detail des Rads war perfekt, die Nabe, die Nut an der Achse. Auf der anderen Seite befand sich das schon bekannte Gesicht. »Askannon, der ewige Herrscher.« Diese Münze war größer, die Details deutlicher und schärfer. Ich studierte das Bild. Es zeigte einen Mann im Profil. Glatt rasiert, gerade Nase, energisches Kinn, volle Haare, er mochte so um die drei Dutzend und vier sein. Auf den anderen Münzen, dem Soldgeld der Bullen, erschien er mir jünger. War er gealtert? Es hieß doch, dass er unsterblich wäre. Was war das für ein Mann, dessen Bild so viele Münzen zierte? Der in diesem Winkel der Weltenscheibe, so weit entfernt von seinem Reichssitz, eine Garnison und eine Festung bauen ließ?

»Es ist ein Wagenrad. Eine Handelsmünze. Wenn ich eine der Goldkronen des toten Soldaten hiermit aufwiege, werden wir feststellen, dass diese hier genau fünfzig Mal so viel wiegt.«

»Fünfzig Gold?«, fragte ich leise.

Das war ein Vermögen. Ein Edelmann mit einem Landgut konnte hoffen, dass es ihm im Jahr zehn bis fünfzehn Goldstücke an Gewinn einbrachte. Der Lohn eines Bauern betrug traditionsgemäß ein Schilling im Monat. Vierzehn Schilling ergaben eine Halbkrone. Für eine Krone musste ein Bauer achtundzwanzig Monate arbeiten. Aber um sie sich zu ersparen, wahrscheinlich zwei- bis dreimal so lange. Als ich meine Klinge noch für Geld verliehen hatte, gab es für einen einfachen Soldaten einen Kriegssold von sechs Schilling im Monat. Ein hoher Offizier konnte einen Sold von zwei bis drei Goldstücken im Monat erwarten. Ein gutes Pferd kostete sechs bis zwölf Goldstücke, ein Kriegspferd wie mein Zeus um die zwanzig. Etwa vier Goldstücke für ein gutes Langschwert, zehn für einen Kettenmantel wie ich ihn trug.

»Sag, Wirt«, flüsterte ich, »wie viel nimmst du hier im Jahr so ein?« Der Wirt zögerte. »Ich habe nicht vor, dich zu berauben«, versicherte ich ihm, worauf er fast beleidigt reagierte.

»Das war es nicht, Ser Havald, ich muss überlegen. Ich investiere das Meiste wieder in Waren …« Er sah uns beide an. »Ich bin ein reicher Mann, Ser Havald. Ich verdiene, abhängig von der Ernte und dem Winter, zwischen vierzig und siebzig Goldstücke im Jahr.«

Ich pfiff leise durch die Zähne. »Und was lagert zurzeit in deiner Geldtruhe?«

»Etwas unter zweihundert Goldstücken.«

Sogar Leandra schien beeindruckt. »So viel?«

Eberhard nickte. »Ich habe vor zwei Monaten vier Wagen voll Seide verkaufen können. Vor fast zehn Jahren habe ich sie einem Händler, der sie günstig anbot, abgenommen.«

Plötzlich wurde mir etwas klar. »Wie hoch schätzt du den Wert der Waren in deinem Lager ein?«

Der Wirt rutschte nervös auf seinem Stuhl hin und her. »Dort lagern zum Teil Waren, die mein Vater und mein Großvater einkauften … versteht Ihr, manchmal kommt hier ein Händler an und ist froh, wenn er die Ware nicht über den Pass schaffen muss. Manchmal sind die Tiere krank oder der Wagen defekt, oder aber er hat Angst. Mittlerweile kommen einige Händler hierher, weil sie wissen, dass ich ihnen einen Teil der Ladung abnehme. Auch kann ich nicht mit Bestimmtheit sagen, welche Preise ich verlangen werde, aber ich schätze ...« Er holte tief Luft. »Ich schätze einen Wert um die tausend, vielleicht gar fünfzehnhundert Goldstücke.«

Ich versuchte mich zu erinnern, ob ich jemals ein solches Vermögen auf einem Haufen gesehen hatte.

»Wenn ich es denn verkaufen kann!«, beeilte er sich einzuwerfen. »Wie gesagt, ein Teil der Ware wurde von meinem Vater angehäuft ... und liegt immer noch hier herum.«

»Janos dürfte nur an dem Gold in Eurer Truhe interessiert sein«, sagte Leandra. »Die Waren sind zu schwer zu transportieren.«

Ich schob die Münze auf dem Tisch hin und her. »Mir ist an dieser Münze etwas anderes aufgefallen«, sagte ich dann. »Sie ist ... wie sagt Ihr gestern Abend, Wirt? Sie ist prägefrisch. Sie war nie im Umlauf.« Ich sah vom Wirt zu Leandra. »Ich glaube, Janos ist wegen etwas anderem hier als dem Gold in deiner Truhe.«

»Ihr meint ...«, sagte der Wirt leise, fast andächtig.

»Ja«, bestätigte Leandra. »Wo die hier herkommt, liegen wahrscheinlich noch andere.«

»Und das erklärt auch, warum unser Halsabschneider so brav ist«, sagte ich.

»Brav will ich das nicht nennen!«, begehrte der Wirt auf.

»Ihr wisst, wie ich das meine. Er und seine Kumpane hätten ganz anders auftreten können.«

»Es bleibt nur eine Frage zu klären«, meinte Leandra.

Ich nickte. »Ja. Haben sie das Gold schon gefunden oder suchen sie es noch?«

Wie auf Bestellung hörte ich Fußgetrampel auf der Treppe und laute Stimmen: Die Briganten waren auf dem Weg zu ihrem Bier.

Für hart feiernde Mörder und Halunken gingen sie immer früh schlafen und wachten erst recht spät wieder auf.

Ich schob die Münze dem Wirt zu. »Es wird Zeit, dass wir uns um unseren Werwolf kümmern, oder was immer es ist.«

»Wie willst du vorgehen?«, fragte Leandra.

»Am liebsten gar nicht. Aber ich frage einfach mal nach, ob noch jemand Lust auf eine kleine Jagdpartie hat.«

23. Varoschs Bericht

Ich begab mich zu Zokora hinüber, die noch in aller Ruhe frühstückte und sich dabei von Rigurd bedienen ließ.

»Zokora.«

»Du störst schon wieder.«

»Ihr tut mir Leid, ständig werdet Ihr von Menschen belästigt.«

»Richtig«, bestätigte sie trocken. Ich befürchtete, die Ironie ging an ihr vorbei.

»Eine der Wachen sagt, er habe den Werwolf im Lager eingesperrt.«

»Gut«, sagte sie und gab Rigurd zu verstehen, dass er ihre Tasse auffüllen möge. Das tat er auch brav.

»Ich brauche Eure Hilfe.«

»Warum sollte ich dir helfen?« Ihr Ton verriet mangelndes Interesse an der Antwort.

»Weil ich denke, dass das Wolfsgetier keinen Unterschied zwischen uns armseligen Menschen und den edlen Dunkelelfen macht.«

»Ist das Ironie?«

Jetzt war ich überrascht. Hatte sie eben meine Gedanken gelesen? »Wieso?«

»Weil ich weiß, dass du dich für wichtig hältst. Und nicht wirklich glaubst, dass ihr minderwertiger als Elfen seid.«

Ich sah sie an. »Ja, das war Ironie.«

Sie schaute durchdringend zurück. Dann stand sie auf und wickelte Rigurds Leine von ihrer Hand. »Mein Schwert.«

Wortlos reichte er es ihr. »Ich komme mit«, sagte er dann.

Sie blieb stehen und drehte sich zu ihm um.

»Nein.« Langsam setzte er sich wieder hin. »Aber warum?«

»Das ist nichts für dich. Du würdest uns nur behindern.« Sie richtete sich an mich. »So wie du wahrscheinlich auch.«

Ich machte eine vage Handbewegung. »Ich werde die Verantwortung tragen.«

Wieder dieser unverwandte Blick. »Das«, sagte sie dann, »ist keine Ironie.«

Ernst nickte ich.

»Gehen wir.«

Ich warf einen Blick zu den Briganten hinüber. Sie beschwerten sich gerade lautstark, dass Sieglinde nicht da war. »Einen Augenblick noch.«

»Was willst du, alter Mann?«, fragte Janos mit einem breiten Grinsen. »Den Altersschilling schon versoffen, und nun bei uns abstauben?«

Ich blieb neben dem Tisch der Briganten stehen. »Ich dachte, ich frage mal, ob Ihr den Mut habt, Euch einem Werwolf zu stellen.« Einer der Briganten sprang auf, aber Janos gab ihm, ohne ihn anzusehen, ein Zeichen, woraufhin dieser sich wieder setzte.

»Es gibt keine Werwölfe«, sagte Janos dann.

»Gut, dann jagen wir einen großen Hund. Umso besser. Also, wie ist es, habt Ihr den Mumm, Janos Dunkelhand, oder reicht er nur dazu, einen Gasthof in Furcht und Schrecken zu versetzen?«

»Für Furcht und Schrecken bist du ganz schön mutig«, sagte er dann leise. Es klang bedrohlicher so, und seine Augen musterten mich, als ob er überlegen wollte, wo er mit dem Dolch ansetzen sollte, wenn er mir die Haut in Streifen abzog.

Ich antwortete nicht.

»Oder ist es, weil du schon so alt bist, dass es dir nichts mehr ausmacht zu sterben?«, fragte er dann.

»Ich lebe genauso gerne wie Ihr.«

»Der Werwolf ist junge saftige Knochen gewohnt. Wahrscheinlich will er ohnehin keine alten, zähen Soldaten fressen. Du warst doch Soldat, nicht wahr?«

Ich nickte. Kein Grund, das zu verheimlichen. »Ja.«

»Schon mal als Eskorte deine Klinge verliehen?«

Ich wusste nicht, worauf das hinauslief, aber ich bestätigte es.
»Ja, aber das ist lange her.«
»Ja, das ist es. So um die fünfundzwanzig Jahre.«
»Ist das wichtig?«
»Das weiß ich noch nicht.« Seine dunklen Augen glänzten. »Ich habe dich schon einmal gesehen, alter Mann.«
»Ich bin mir sicher, dass ich Euch nicht kenne.«
»Das glaube ich dir gerne.« Er sah seine Leute an. »Ihr bleibt hier und verbreitet weiter Furcht und Schrecken.« Die Männer lachten, obwohl sie ihn neugierig ansahen. Es war klar, dass er sie überrascht hatte.

»Aber nicht mehr als gestern und vorgestern. Und Finger weg von dem Mädchen. Sie gehört mir.« Er stand auf. »Ich bekomme das Fell, alter Mann.«

»Er?«, fragte Leandra ungläubig, als ich mit Janos zu unserem Tisch zurückkehrte.

»Ja, ich. Was ist? Gefalle ich dir nicht, Schätzchen? Zu fein für Elfen?« Janos grinste.

»Du stinkst«, sagte Zokora, und Leandra nickte eifrig.

»Und du nicht?«

»Nein. Geruch hinterlässt eine Spur, und manches Getier, das in unseren Höhlen wohnt, sieht seine Nahrung nicht, sondern erschnüffelt sie. Also rieche ich nicht«, als wäre dies die logische Konsequenz.

»Jeder Mensch riecht, wenn er drei Tage in so einem Loch eingesperrt ist«, beharrte Janos. Ich musterte ihn verstohlen. Wenn ich mich nicht sehr täuschte, war er erstaunlich guter Laune und unterhielt sich prächtig.

»Ich bin kein Mensch«, erwiderte Zokora ungeduldig und erhob sich vom Tisch. »Aber vielleicht mag der Hund ja deinen Geruch und frisst dich zuerst.«

»An dir beißt er sich ja die Zähne aus.«

Sie sah ihn fragend an. »Ist das eine Beleidigung oder ein Kompliment?«, wollte sie dann wissen.

»Ich gebe es nur ungern zu, aber es ist ein Kompliment.«
Janos machte einen kleinen Kratzfuß.

»Wenn man unverdient ein Kompliment erhält, ist es nichts wert und jemand will etwas dafür. Erschlagt den Hund. Dann können wir über Komplimente sprechen.« Sie wandte sich mir zu. »Ihr Menschen seid so kompliziert. Können wir anfangen?«

Der Name des Wachmanns lautete Varosch. Dieser Mann hatte angeblich den Werwolf im Lager gesehen. Nun wirkte er etwas verstört, als ich ihn zu unserem Tisch rief. Ich glaube, es war weniger sein Werwolf-Erlebnis als vielmehr die Tatsache, dass ihn Janos die ganze Zeit angrinste.

»Ignoriert ihn einfach«, sagte ich zu Varosch, als er seine Schilderung wieder unterbrach, um zu Janos hinüberzusehen. »Es sei denn, er hat Euch gesagt, was Ihr zu sagen habt, und Ihr müsst Euch vergewissern, dass Ihr es richtig macht.«

»Nein!«, beeilte sich Varosch, mir zu widersprechen. »Er hat damit nichts zu tun.« Varosch war ein recht junger Mann. Er hatte seine zwei Dutzend wahrscheinlich noch nicht voll, war schlank und behände, hatte einen dunklen Teint, dunkelbraune lockige Haare, die er zu einem Zopf zusammengebunden hatte. Er trug keine Kettenrüstung, sondern beschlagenes Leder; ein Kurzschwert hing an seiner Seite. Die Waffe seiner Wahl war ein Kreuzbogen, auch Armbrust genannt. Wie er uns erzählte, war dies seine zweite Reise als Eskorte. Rigurd hatte erwähnt, dass der Anführer seiner und Holgars Wachtruppe den Jungen als vielversprechend und sorgfältig bezeichnet habe. Rigurd saß mit am Tisch und goss Zokora Tee nach. Sie saß dabei, hatte sich an die Wand gelehnt und wirkte wie eine Katze im Halbschlaf. Die ganze Sache interessierte sie nicht, ihr wäre es recht gewesen, hätte man die Tür geöffnet und darauf gewartet, was herauskam. Oder nicht herauskam. Ich glaubte, sie hatte auch so ihre Zweifel, dass der Werwolf geduldig auf uns wartete.

»Also gut, noch mal von vorne. Ihr konntet nicht schlafen …«

»Ich konnte nicht schlafen. Ich war hundemüde, aber die anderen schnarchten, röchelten und pfiffen um die Wette. Ich habe einen Liegeplatz an der Wand, der Hauptmann hat das Privileg, an der Kaminröhre zu schlafen, und ich fror jämmerlich. Also vertrat ich mir die Beine. Erst bin ich runtergegangen in den Gastraum, dort schlief alles bis auf diesen Sternheim und den Knecht.« Er warf einen Blick zur Theke, an der Timothy Bier zapfte. »Es war der andere. Wir haben uns ein wenig unterhalten.«

»Wann war das?«, wollte Leandra wissen.

Varosch zuckte mit den Schultern. »Woher soll ich das wissen? Ich habe nirgendwo eine Stundenkerze gesehen, und niemand läutete eine Glocke. Es war in der Nacht. Es war noch dunkel in der Schmiede.«

»Was wolltet Ihr dort?«, fragte Eberhard.

»Mich einfach umsehen. Ich wollte mal Schmied werden. Eine gute Freundin ist die Tochter eines Schmieds, so fing ich die Lehre an, aber ich fand, dass es nichts für mich ist.« Er schmunzelte. »Sie mag mich jetzt nicht mehr ganz so gerne, weil ich es mir anders überlegt habe.« Er sah mich an. »Ich bin ein Dutzend und zehn. Ich habe keine Lust, mich wieder von Laras Vater und ihrem großem Bruder herumscheuchen zu lassen; aus dem Alter für die Lehrzeit bin ich raus. Aber Schmieden haben mich immer fasziniert, und diese hier ganz besonders. Ich war einfach nur neugierig. Abgesehen davon ist es ein ruhiger Ort, und die Luft ist gut, wenn auch kalt.« Er schüttelte sich. »Bei den Göttern, ist es kalt dort. Sternheim war auch da und sah sich interessiert um, anscheinend hatte er nichts Besseres zu tun. Es war auch die Kälte, die mich wieder zurücktrieb. Ich war gerade dabei, zu gehen, als Sternheim sagte, er höre ein Geräusch vom Lager. Ich lief zur Tür und hörte ebenfalls dieses Geräusch.«

»Was für ein Geräusch?«, fragte ich.

»Ein sehr lautes Scharren und Kratzen. Als ob man schwere Kisten bewegt.« Eberhard verbarg sein Gesicht in seinen Händen.

»Was ist?«, fragte ich den Wirt.

Der seufzte. »Es würde gerade noch fehlen, dass das Untier meine Waren auf den Boden verteilt. Aber vergesst das. Erzähl weiter«, sagte er zu Varosch.

»Nun, ich dachte nicht an den Wolf, eher daran, dass ein anderer auf die Idee gekommen war, unseren guten Wirt hier zu bestehlen. Also ergriff ich die Laterne und öffnete die Tür.« Er schüttelte den Kopf. »Ich war ein Idiot. Ich habe die Tür leise geöffnet, um den Dieb zu überraschen, und sah dann etwas im Schatten vor mir – die Laterne reicht ja nicht weit mit ihrem Licht –, eine Bewegung. Ich rief irgendetwas, *Halt* oder *Stehen bleiben*, ich weiß es wirklich nicht. Ich glaube, er war genauso überrascht wie ich, denn er drehte sich um und richtete sich auf. Wir standen da und glotzten uns gegenseitig an.«

»Also hast du ihn gut gesehen?«, fragte Zokora.

»Ja. Er stand vielleicht fünf Schritte von mir entfernt. Ich habe ihm die Laterne entgegengeschleudert, bin nach hinten gehechtet und habe die Tür zugeschlagen.«

»Du Bursche hast eine brennende Öllaterne in mein Lager geschleudert?«, fuhr der Wirt auf. »Ja, bist du denn von Sinnen? Wenn das Haus abgebrannt wäre, hätten wir mehr Probleme als so einen verdammten Werwolf!«

Varosch zog den Kopf ein. »Verzeiht, Herr Wirt, aber ich habe nicht nachgedacht. Ich hatte Angst.«

Janos lachte, und Leandra legte Eberhard die Hand auf den Arm. »Wirt, beruhigt Euch. Es ist ja nichts geschehen.« Sie wandte sich an Varosch, der vom Wirt immer noch mit ungläubigem und verständnislosem Kopfschütteln bedacht wurde.

»Was hat Sternheim getan?«, fragte ich.

»Nichts«, antwortete Varosch. »Er war weg, als ich die Tür wieder schloss.«

»Wie tapfer«, Leandras Worte trieften vor Sarkasmus. Sie sah Varosch an. »Könnt Ihr uns den Wolf beschreiben?«

»Endlich«, sagte Zokora. Ihr Blick teilte uns allen mit, dass sie auf die Vorgeschichte hätte verzichten können.

»Er ist nicht so groß wie ich dachte«, antwortete Varosch. Er zeigte auf mich. »Vielleicht einen Kopf größer als Ser Havald hier, aber fast doppelt so breit. Er trug eine zerfetzte lederne Hose und war barfuß, die Füße eher die eines Menschen, mit langen Krallen. Bis zum Bund seiner Hose hätte er ein sehr haariger Mensch sein können, die Lederhose war seitlich aufgeplatzt, dort standen Haare heraus, struppige Büschel, dreckig braun und borstig. Der Oberkörper war nackt und sehr, sehr muskulös. Das Vieh ist kräftig, es hat Brustmuskeln wie kleine Fässer!«

»Das kommt davon, wenn man auf allen vieren umhertobt«, sagte Zokora. Ich warf ihr einen Blick zu und fragte mich, ob das nun ihr erster echter Scherz war. Aber sie verzog keine Miene.

»Der Kopf war groß und massig, vielleicht um die Hälfte größer als ein Menschenkopf«, fuhr Varosch fort. »Spitze Ohren wie die eines Hundes, aber das Gesicht hatte mehr vom Mensch als vom Wolf.«

»Ja«, sagte Zokora. »Das wissen wir, weil er überrascht war. Ein Wolf steht nicht überrascht herum, er reagiert. Nur Menschen stehen dumm herum, wenn sie nicht wissen, was sie tun sollen. Sie denken zu viel und zugleich zu wenig. Menschen eben.«

»Vielleicht gibt es auch Werwölfe, die halb Elf, halb Tier sind«, sagte ich etwas spitz.

Zokora machte eine wegwerfende Handbewegung. »Nein. Lykantropie ist eine Krankheit. Elfen werden nicht krank.« Sie sah zu Leandra hinüber. »Wenigstens nicht die Dunkelelfen.«

»Li-ka ... was?«, fragte Janos.

»Die Wolfskrankheit. Lykantropie. Wird man unter dem vollen Mond gebissen, kann man selbst zu einem Wolf werden. Wenn man Mensch ist. Das nennt man dann so.«

»Was wisst Ihr darüber?«, fragte ich sie.

»Nichts. Ich hielt es für eine Legende. Aber das ist das, was ich im Tempel darüber lernte.«

Ich sah sie etwas misstrauisch an, aber sie begegnete meinem Blick nur gleichgültig.

»Was hat der Wolf getan?«, fragte Leandra.

»Er hielt eine Kiste in der Pranke, als er sich zu mir umdrehte. Er schien wirklich erstaunt. Was am deutlichsten dem Ungeheuer aus den Legenden entsprach, waren seine Klauen. Seine Pranken haben die doppelte Spannweite meiner Hände, und die Klauen selbst sind so lang wie mein kleiner Finger. Die Zähne … sie sind auch nicht leicht zu übersehen und so stabil wie die eines Bären und nicht minder lang und scharf.«

»Das war es?«

»Ja. Bis auf eines. Er trug eine silberne Kette mit einem Anhänger um den Hals.«

»Silber?«, fragte ich. »Ich dachte, Werwölfe könnten kein Silber berühren.«

»Man sagt, sie seien nicht in der Lage, die Wunden, die von Silber geschlagen werden, zu heilen«, meldete sich Janos überraschend zu Wort.

»Menschen können gar nichts heilen und tragen trotzdem Eisen und Stahl.« Zokora wieder.

»Wie nüchtern wart Ihr?«, wollte Rigurd wissen. »Gestern Abend habt Ihr dem Wein recht ordentlich zugesprochen.«

Varosch schüttelte den Kopf. »Nein, es ist nicht der Wein, der mich Dinge sehen ließ, die nicht da waren.«

»Gut«, Zokora stand auf. »Entweder wir gehen jetzt hin und sehen nach oder ich ziehe mich mit meinem Liebhaber zurück. Ich muss hier nicht dumm herumsitzen.«

»Also schön. Lasst uns die Kreatur jagen«, meinte Janos.

Ich wandte mich an Zokora. »Ich dachte, Elfen leben ewig. Wo bleibt Eure Geduld?«

»Das hat weniger mit Geduld zu tun als mit dem Sinn des Unterfangens.«

»Ihr zweifelt noch immer an dem Werwolf?«

»Ja. Ich glaube dem Mann. Aber es gibt keine Werwölfe.« Sie blieb stehen. »Was es allerdings gibt, sind Flüche.«

Ich warf ihr einen Blick zu. »Ihr meint Magie?«

Sie schüttelte den Kopf. »Nein. Flüche sind etwas anderes. Etwas Schlimmeres.« Sie hatte einen seltsamen Ausdruck in ihren Augen. »Ich bin der Unterhaltung müde.«

24. Seelenreißer

Varosch hatte Recht. Es war mörderisch kalt in der Schmiede, aber hell, so hell, dass es mir vorkam, als wäre ich in die Sonne getreten. Alles in der Schmiede war von einer glitzernden Schneeschicht überzogen. Die Sonne fiel im Moment durch die Lüftungsspalten im Dach herein und erleuchtete die ganze Werkstatt wie einen Eispalast; der weiße Schnee reflektierte das Licht in jeden Winkel. In den letzten zwei Tagen hatte ich vergessen, was Helligkeit war. Spuren führten durch den Schnee von hier durch die Schmiede zur Tür des Lagers. Seitdem wir gestern dem Wirt gefolgt waren, waren Dutzende neue Spuren hinzugekommen, hier war nichts Auffälliges zu erkennen. Eine einzelne Spur löste sich aus der breiten Fährte und wanderte durch die Schmiede, verharrte hier und dort, an Punkten des Interesses. Bis dahin hatte Varosch also die Wahrheit gesagt.

Wie jede Tür im Gasthof war auch diese mit einem schweren Riegel versehen. Eine Seite der eisernen Sperre war an einem Bolzen fixiert, normalerweise stand sie senkrecht am Rahmen. Man musste sie nur herumwerfen, dann fiel sie in die Halterungen an der Tür. So war es hier. Ich musterte den Riegel. Er mochte vielleicht um die dreißig Pfund wiegen. Ich sah die anderen an. Nun, diese Tür bekam auch ein Werwolf wohl nicht so leicht auf. Wahrscheinlich war er zwischenzeitlich im Stall und hatte sich an den Tieren gütlich getan. Der Schutz des eisernen Riegels war jemandem offensichtlich nicht genug gewesen, er hatte das Zeichen der Dreieinigkeit in das altersdunkle Holz der Tür geritzt, ein Bündel Wolfswurz war an den oberen Türrahmen genagelt worden, und ein Strang Knoblauch spannte sich quer über das Türblatt. Knoblauch?

»Ich glaube, da hat jemand seine Ungeheuer verwechselt.« Lea grinste. Ich sah zum Wirt hinüber. »Ich war's nicht«, teilte er mir mit.

Zokora schüttelte verständnislos den Kopf. »Wollt ihr nun den Werwolf erschlagen oder hier dieses Gemüse bewundern?«
Ich riss die Schnur mit dem Knoblauch ab. »Wir gehen rein.«
Sie zogen ihre Schwerter oder machten ihre Waffen bereit. Nur Leandra nicht, aber sie hielt Steinherz mit der linken Hand an der Scheide, mit der rechten am Heft. Man zog ein Bannschwert nicht ohne Grund. Deshalb trug sie ja oft noch ein zweites Schwert. Diesmal nicht. Damit setzte Leandra ein deutliches Zeichen: War sie gezwungen zu kämpfen, dann würde eine magische Klinge den Tag entscheiden. Es zeigte mir, wie ernst es ihr war. Varosch hatte sich uns ebenfalls angeschlossen, er stand weiter hinten, die Armbrust im Anschlag. Janos hatte ihm üble Dinge angekündigt, sollte er ihm aus Versehen in den Rücken schießen. Die Versuchung, so konnte ich in Varoschs Augen sehen, bestand. Ich atmete tief durch. Ein wenig Beistand wäre nett, bat ich im Stillen jeden Gott, der bereit war hinzuhören. Dann trat ich vor, hob den Riegel an, stieß die Tür auf und rollte mich schnellstmöglich seitlich in das Lager hinein. So verharrte ich, eine Hand an meinem Lederbündel auf dem Rücken, in der anderen meinen Lieblingsdolch.

Die anderen strömten herein; Leandra kauerte sich neben mich, Janos nahm die andere Türseite; Zokora machte eine Handbewegung, und plötzlich hing ein kleiner Ball aus strahlend weißem Licht in der Luft.

Die Dunkelheit im Lager wich dem Licht – und ich atmete auf.

»Nichts zu sehen«, verkündete Janos. Er hatte Recht. Dort stand eine schwere Kiste, und vor ihr, zerbrochen, lag die Laterne. Das Öl war ausgelaufen und glänzte im kalten magischen Schein.

Vorsichtig bewegte ich mich voran. Undeutlich konnte ich das Gebrüll der Kühe aus dem Stall hören: Sie waren mehr als ungeduldig, gemolken zu werden. Die Tür zum Stall war geschlossen. War der Wolf zu dumm, um sie zu öffnen? Oder hatte er einfach keinen Hunger?

Selbst mit Zokoras magischem Licht unter den Dachbalken war das Lager ein unwirklicher Ort. Ich fragte mich, welche Funktion dieses Gebäude gehabt hatte, als der Hof eine Garnison gewesen war. Hatte es auch damals schon als Lager gedient? Das kalte magische Licht warf harte Schatten, und es schien mir, als gäbe es nur gnadenlos helles Licht und ewige Dunkelheit. Die schweren Kisten waren der Größe nach aufeinander gestapelt, zwischen ihnen führten schmale Gänge hindurch.

Ich hatte nun etwa drei Viertel des Weges zur Stalltür zurückgelegt und konnte schon die Schlafstatt des toten Stallburschen sehen.

»Hier ist etwas«, flüsterte Zokora. Ich warf einen Blick zurück zu ihr. Sie deutete mit ihrer Fingerspitze auf ihre Nase und schnüffelte, glich dabei einem Hund, der Witterung aufnahm. Langsam hob sie ihren Kopf und ihre Hand ebenfalls, bis sie auf etwas über mir deutete. Dann weiteten sich ihre Augen …

Das Knurren war so laut, dass es mir vorkam, als ob die Wände davon zitterten. Es war direkt über mir. Ich hatte keine Zeit zu überlegen, aber die brauchte ich auch nicht. Zwar hatte ich noch nie gegen einen Werwolf gekämpft, aber ich wäre überrascht gewesen herauszufinden, dass er mehr Erfahrung hatte als ich.

Irgendwie schien es unausweichlich, dass er mich angreifen würde.

Ich roch seinen faulen Atem, seine Krallen kratzten über meinen Rücken, ohne durch die Kette zu dringen, und ich rollte zur Seite, stieß meinen Dolch hoch, spürte den Widerstand, zog im Rollen durch und stand.

Er auch. Und er heulte wütend und schmerzerfüllt, als er sich seinen Bauch hielt: Ich hatte ihn vom Becken bis zum Brustkorb aufgeschlitzt.

»Na, wie fühlt sich das an?«, fragte ich ihn.

Etwas surrte gefährlich nahe an meinem Ohr vorbei, es war ein Armbrustbolzen. Er traf das Wesen direkt über dem Herzen, oder besser gesagt, da, wo sein Herz hätte sein sollen. Es heulte erneut auf und wankte zurück. Varosch hatte nicht übertrieben. Er verstand sein Schützenhandwerk.

»Lass mich vorbei«, hörte ich Janos hinter mir, aber das war leichter gesagt als getan. Der Gang zwischen den Kisten war so schmal, dass dazu kaum die Gelegenheit bestand.

Für einen Moment hatten wir diese Situation: Der Werwolf stand gebückt da, knurrte mich an und hielt seinen Bauch; seine gelben Augen musterten mich wuterfüllt. Dann gab es da mich, mit meinem Lederbündel in der linken Hand, meinem blutverschmierten Dolch in der rechten. Die Wunde, die ich ihm geschlagen hatte, war nicht sogleich tödlich, aber der Kampf hätte schon vorbei sein sollen: Mit einer solchen Verletzung, schräg über die Bauchmuskeln, kämpfte man nicht mehr. Ich hatte es oft genug gesehen: Es war nicht möglich, sich aufzurichten, niemand tat es, weil man instinktiv zu verhindern suchte, dass einem die Gedärme herausfielen.

Aber dann dachte ich an meinen ersten Ausbilder. Es war so lange her, dass ich mich weder an sein Gesicht noch an seinen Namen erinnern konnte, aber seine Worte hatte ich nicht vergessen.

Idiot. Ein Kampf ist erst vorbei, wenn er vorbei ist.

Und damit behielt er Recht. Der Wolf richtete sich auf, ließ seine blutigen Klauen sinken, und vor meinen entsetzten Augen schloss sich die Wunde wieder. Den Bolzen ignorierte er vollständig, als er sich duckte und mich ansprang.

Ich konnte nicht ausweichen. Hinter mir versperrte Janos den Weg, vor mir war der Werwolf ... Ich stieß mich nach vorne ab, niedrig und geduckt, und rammte ihn unterhalb der Gürtellinie. Krallen verfingen sich in meinen Ketten, ich hörte sie reißen und verspürte einen brennenden Schmerz an meinem Rücken. Ich stach mit meinem Dolch zu, verfing mich selbst mit ihm und musste ihn loslassen, als ich mich abrollte und aufsprang.

Er sprühte warmes, stinkendes Blut auf mich, als er sich aufrichtete, die Hände am Hals, wo mein Dolch noch steckte. Er brüllte, wankte hin und her und war nun zwischen mir und Janos eingekeilt. Er zog das Messer aus seinem Hals und warf es verächtlich weg. Das Blut hörte auf herauszuschießen, und auch diese Wunde schloss sich; er stand da, Arme und Krallen ausgebreitet, heulte – und fixierte mich mit seinen gelben Augen.

»Hol das Hölzchen!«, rief Janos. »Fang!«

Und damit warf Janos eine massive Wurfaxt, die er aus seinem Gürtel gezogen hatte. Sie biss seitlich in den Arm des Ungeheuers und verursachte ein schauderliches Geräusch, als die Schneide in den Oberarmknochen eindrang.

Dann ging das magische Licht aus.

Ich wusste nicht mehr, was ich dachte, schmeichelhaft für Zokora war es sicherlich nicht. Aber dann hörte ich das Wesen knurren, und es war vorbei mit dem Denken; ich hörte die Krallen auf dem Boden schaben, das Fell an den Kisten, und nur Instinkt führte mich noch.

»Seelenreißer!« Seit Jahren hatte ich mein Schwert nicht mehr gerufen, hatte seinen Namen nicht einmal mehr gedacht. Und doch war es, als wäre es eben erst gewesen, dass ich seine blutgetränkte Klinge in die Scheide führte, noch bevor sie das Blut aufgesaugt hatte. Vielleicht hörte ich noch mein Lederbündel reißen, ich weiß es nicht mehr, aber was ich wusste, war, dass sich meine Hand um sein vor neugierigen Augen verborgenes Heft schloss, ich nach hinten sprang und irgendwie spürte, wo sich das Biest befand. Ich stellte mir Seelenreißers fahlen Stahl vor, wie er in diesem speziellen Bogen herabfuhr, der für ihn so typisch war. Der Widerstand war kurz und schwach – eine Bannklinge kannte keinen Unterschied zwischen Muskeln, Holz, oder Knochen –, und noch bevor ich den Streich ausschwingen ließ, wusste ich, dass ich getroffen hatte. Eine warme Brühe ergoss sich über mich wie ein Sturzbach, und ich taumelte zurück, fand meinen Halt an den Kisten, rutschte an ihnen herunter, ließ mich zu Boden sinken.

Das Gefühl, das mich nun überkam, war gleichermaßen verhasst wie geliebt, eine ewige Sucht, der ich mich nur mit Mühe entziehen konnte, und so fürchterlich schwer zu beschreiben. So musste es sich anfühlen, wenn man in kochendes Öl fiel, ein unsagbar heftiger Schmerz, aber nur am Anfang qualvoll, danach etwas anderes, Erneuerung, vielleicht Ekstase. Ich versank in diesem Gefühl und schrie.

Noch bevor ich mich wieder im Griff hatte, ging das Licht wieder an, diesmal unmittelbar über mir, und leuchtete den schmalen Gang gnadenlos aus. Nur mit Mühe bekam ich mich wieder unter Kontrolle, und als ich wieder bei mir war, kniete Leandra neben mir und sah mich an.

»Geht es wieder?«

Ja. Es war vorbei. Wir sahen alle auf das, was dort im Gang lag. Ich saß mit dem Rücken an die Kisten gelehnt, Seelenreißer über den Knien. Mir fröstelte, es war die gleiche Haltung, in der der Sergeant unten im eisigen Raum mit seinem Schwert Eiswehr seine ewige Wache absaß. »Bruder Schwertträger«, hatte er mich im Traum genannt. Er hatte es gewusst, es gesehen, oder war das nur mein eigenes Hirn, das mir Dinge eingab?

Ich blickte auf Seelenreißer herab, sah, wie der letzte Tropfen Blut von seinem Stahl aufgesogen wurde, fühlte seine Zufriedenheit und blickte dann auf das, was vor mir lag. Der Streich hatte den Werwolf sauber im Nacken getroffen, der Kopf mit den gebleckten Zähnen lag vor mir, der Körper ein Stück seitlich, ein behaarter Arm verband uns: Seine Krallen hatten sich in den Ringen meiner Kette verfangen, sich hindurch und in meinen linken Arm gebohrt.

Vorsichtig löste Leandra die Krallen aus meinem Fleisch. Wir sahen zu, wie sich mein Blut mit dem seinen vermischte, ich war über und über mit seinem Saft besudelt, mein Umhang war getränkt darin.

»Ich wusste, dass an dir mehr dran ist, Ser Havald.« Leandra deutete unauffällig auf Seelenreißer, das Bannschwert. Mein Bannschwert. Sie klang nicht sonderlich überrascht.

»Lass uns später darüber reden«, meinte ich erschöpft. Leandra nickte tonlos und wischte sich Blut von ihren Fingern.

Zokora stand auch da. Als sie meinen Blick bemerkte, legte sie den Kopf auf die Seite. »In den Höhlen hält das Licht länger als an der Oberfläche«, sagte sie.

»Alle Achtung, alter Mann«, Janos blickte von dem Kadaver zu mir. Er pfiff leise durch die Zähne. »Aber ich kann nicht sagen, dass ich verwundert bin.«

Ich sah zu ihm hoch. »Ich schon. Ich dachte wirklich, es wäre mein Ende.«

Janos blickte mich an und rieb sich die Nase. Auch er war mit Blut getränkt, und ich sah, dass sein Schwert rot war. Er hatte es dem Wolf von hinten in den Rücken gestoßen, noch als das Wesen mich angesprungen hatte.

»Na, dann hole ich mir mal das Fell«, sagte Janos und zog seinen Dolch.

»Muss das sein?«, fragte Leandra.

Er sah auf. »Wieso?«

»Ein echtes Wolfsfell sieht schöner aus«, meinte sie dann. »Dieses Fell ... sieht aus, als käme es von einem Straßenköter.«

Janos betrachtete den Leichnam, anschließend Leandra. »Eigentlich habt Ihr Recht. Der Bursche ist ziemlich hässlich.«

Ich stand auf. »Von mir aus könnt Ihr mit ihm machen, was Ihr wollt. Ich brauche nur das hier.« Mit dem Griff meines Dolches schlug ich ihm einen Zahn aus und reichte ihn Leandra.

Sie sah mich verblüfft an. »Was soll ich damit? Ich sammle keine Trophäen.«

»Du hast mir etwas von einem Spruch erzählt ...« Ich sah Verstehen in ihren Augen; sie nickte und steckte den Zahn ein.

»Was mich mal interessieren würde«, sagte Varosch von hinten, »wäre zu erfahren, wer er denn nun ist.«

Janos richtete sich auf. »Das ist eine verdammt gute Frage. Wir werden feststellen, wer fehlt.«

»Ja«, sagte ich. »Das interessiert mich auch ein wenig.« Ich sah etwas glitzern, halb unter einer Kiste versteckt. Ich bückte mich und hob es auf. Es war eine schwere silberne Kette, durchtrennt von meinem Hieb, mit einem schweren Wolfskopf aus

Silber als Anhänger. Das Stück wirkte, als ob es schon sehr alt wäre. Die Linien des silbernen Wolfkopfes waren schon undeutlich und vom ständigen Tragen abgerieben.

Der Wirt wartete bereits auf uns, und seine Augen weiteten sich, als ich eintrat. »Keine Angst, es ist nicht mein Blut«, beantwortete ich seine unausgesprochene Frage mit einem schiefen Lächeln.

»Wenigstens nicht alles«, erklärte Leandra.

»Habt Ihr den Wolf erwischt?«

»Wonach sieht es denn aus?«, fragte Janos. Er spazierte durch die Tür und präsentierte seine Trophäe, den Kopf des Werwolfs, auf der Spitze seines Dolchs. Dass immer noch Blut herunterlief, schien ihn nicht besonders zu stören.

Eberhard wich zurück und schlug das Dreieck der Einigkeit. »Bei den Göttern!«

Auch ich empfand den Anblick des Kopfes als beunruhigend. Ich hatte wahrlich schon genügend abgeschlagene Häupter gesehen, aber dieses hier ... Varosch hatte ihn richtig beschrieben: Die menschlichen Züge in dem tierhaften Gesicht waren es, die so Furcht erregend wirkten.

»Wer ist es?«, fragte Eberhard und sah sich den Kopf nun neugierig an.

»Das werden wir bald wissen. Wir brauchen nur herauszufinden, wer fehlt«, meinte Leandra trocken.

»Habt Ihr ein paar frische Kleider für mich?«, fragte ich Eberhard.

Er sah mich an und schluckte. »Folgt mir.« Er blickte zu Janos und zögerte. »Wenn Ihr wollt ...«, sagte er dann.

Janos schüttelte den Kopf. »Das trocknet schon von allein.«

»Igitt«, meinte Leandra.

Janos sah zu ihr herüber und bleckte die Zähne. »Nicht so empfindlich, Sera. In meinem Handwerk gewöhnt man sich an Blut.« Er lachte kurz auf, stieß sein Schwert in die Scheide, drehte sich um und ging, den Kopf des Werwolfs als Trophäe vor sich haltend.

Ich machte Anstalten, dem Wirt zu folgen, als mir auffiel, dass aus unserer Runde jemand fehlte. »Wo ist Zokora?«, fragte ich.

»Die Dunkelelfe ist in den Gastraum zurück«, sagte Varosch schüchtern.

»Hat sie irgendetwas gesagt?«, wollte Leandra wissen. Varosch schüttelte nur den Kopf. Ich musste lächeln. Wozu etwas sagen? So wie ich Zokora inzwischen einschätzte, war das Thema für sie einfach erledigt.

25. Der Kommandant

Nachdem ich mich in der Waschküche gewaschen hatte und frische Kleider trug, ging es mir wesentlich besser. Ich benutzte die Gelegenheit auch, mir die Stoppeln der letzten Tage aus dem Gesicht zu schaben. Timothy hatte bereits die vier freien Waschbütten mit Wasser gefüllt und unter ihnen Feuer entfacht. Es war jetzt deutlich wärmer hier, aber bis das Wasser selbst warm war, würde noch einige Zeit vergehen.

Ich beobachtete, wie Timothy mit einer langen Zange Steine in die Glut legte.

»Wofür das?«, fragte ich ihn.

»Die Sera hat darum gebeten.« Nun, dann …

Als ich wieder zu den anderen stieß, hatte sich Leandra ebenfalls neu eingekleidet. Sie sah meinen fragenden Blick. »Ich mag es gerne sauber«, sagte sie. »Wir haben auf dich gewartet.«

»Womit denn?« Ich hatte Hunger und dachte kaum an etwas anderes. Auch das war ein mir wohlbekanntes Gefühl.

Sie verdrehte die Augen. »Wir haben gestern Abend etwas vorbereitet, erinnerst du dich?« Richtig, der Zauberspruch im Turm.

»Hat es funktioniert?«, fragte ich.

»Das werden wir gleich wissen.« Sie schlug den Weg zum Turm ein. Also musste das Essen warten.

Im Turm angekommen, zog der Wirt die Tür hinter uns zu, und Leandra wies uns an, zur Seite zu treten. Als Nächstes murmelte sie etwas. Einen Moment lang passierte nichts, dann sah ich, wie sich Silberstaub in einem Wirbel vom Boden löste und Gestalt annahm, die Gestalt eines schlanken Mannes, der vorsichtig die Tür hinter sich schloss. So exakt war die Gestalt nicht gezeichnet, aber ich konnte sehen, dass er einen Schlüssel einsteckte. Er begab sich direkt zur Falltür des Turms und verschwand darin. Silberstaub rieselte herunter auf die Falltür, und ich dachte schon, es wäre vorbei, als der Mann wieder herauskletterte. Er ging zur Wand links neben der Tür zum Turm und sah sie sich an. An dieser stand ein Regal, das er verdächtig lange untersuchte und beschnüffelte, bevor er mit einem Schulterzucken durch die Eingangstür aus dem Turm verschwand. Dort rieselte der Silberstaub endgültig zu Boden.

»Habt ihr ihn erkennen können?«, fragte ich Leandra und den Wirt, doch sie schüttelten beide den Kopf.

Aber auch wenn es nicht reichte, die Gesichtszüge zu erkennen, waren doch einige Details sichtbar gewesen. Der Mann war schlank, fast zierlich, zwei Köpfe kleiner als ich, trug einen Umhang und ein Schwert. Und er besaß einen Schlüssel zum Turm.

Das war schon etwas, denn allein von der Statur her schieden damit einige Personen aus.

»Das ist ein faszinierender Zauber«, sagte ich.

»Ja«, antwortete sie, »und anstrengender, als ich dachte.«

»Alles in Ordnung?«

»Ja.«

Mir erschien es nicht so. Es gefiel mir nicht, wie erschöpft sie aussah. Eberhard kniete mit einem kleinen Besen und einer Schaufel vor der Tür und kehrte das Silber auf.

»Ich muss das ja nicht liegen lassen«, sagte er, stand auf und schaute hilflos die Schaufel in seiner Hand an. »Er hat einen Schlüssel. Woher hat er einen Schlüssel?«

Ich ging zu ihm, nahm ihm die Schaufel aus der Hand und stellte sie beiseite. »Bist du sicher, dass du alle vorhandenen Schlüssel besitzt?«

Er nickte. »Ich verstehe nicht, woher er einen Schlüssel haben kann … Ich dachte, wir wären sicher hier.«

»Seid ihr auch.« Ich erlaubte mir ein Lächeln. »Ihr wohnt nur schon so lange hier, dass ihr nicht daran denkt.« Ich ging zur Tür und ließ den schweren Riegel herab. Eberhard betrachtete ihn, als sähe er ihn jetzt zum ersten Mal. Vielleicht war das auch so, es sah nicht so aus, als ob der Riegel in den letzten Jahren bewegt worden wäre.

»Verzeiht, Ser, ich bin ein unfähiger Idiot. Ich bin das nicht gewohnt, wisst Ihr, wir hatten vielleicht ab und an mal etwas Ärger hier, aber ich musste mich nie derart verteidigen. Das Ganze wächst mir über den Kopf.«

»Wisst Ihr, Eberhard, ich möchte auch nicht Wirt sein. Ich würde vollständig versagen.« Ich legte ihm die Hand auf die Schulter und sah ihn an. »Nur, dass Ihr den Riegel vergessen habt, macht Euch nicht zu einem Idioten, auch nicht zu einem Versager. Ihr seid sicher hier.« Ich blickte hoch zur Falltür. »Achtet darauf, dass die Stiege hochgezogen ist, haltet die Tür verschlossen, und alles wird gut werden.«

Er nickte zögerlich.

»Jedenfalls wissen wir jetzt eines«, Leandra gesellte sich zu uns. »Dieser Ort birgt noch mehr Geheimnisse.« Sie musterte das schwere Regal. »Was ist dahinter? Warum hat der Eindringling es so lange untersucht?«

»Ich weiß es nicht«, sagte Eberhard resigniert. »Bis gestern hätte ich schwören können, dass dort nichts als eine Wand ist, aber heute ... Ich habe als Kind jeden Winkel hier erforscht, wenigstens dachte ich das. Jetzt muss ich einsehen, dass ich mein eigenes Zuhause nicht kenne.« Er sah uns an und wischte sich verstohlen eine Träne aus dem Augenwinkel. »Vielleicht höre ich auf und gehe nach Lassahndaar. Wo Menschen sind ... baue mir eine kleine Kneipe ...«

»Ich glaube nicht, dass das nötig sein wird«, Leandra klang überzeugt. »Dieses alte Gemäuer wird seine Geheimnisse schon noch preisgeben.« Sie sah mich an. »Wärst du so freundlich, mir zu helfen?«

Dieses Regal war eines der stabilsten, das ich je gesehen hatte: Es war mit Eisenschweinen beladen, dem Roheisen, das in Schmieden als Rohmaterial verwendet wurde. Ich glaubte, die Form mit den Füßen wurde deshalb gewählt, damit man sie aufeinander stapeln konnte.

»Wie lange ist die Schmiede nicht mehr in Betrieb?«, fragte ich, als ich keuchend ein Eisenschwein zur Seite wuchtete.

»Seit der Zeit meines Großvaters nicht mehr. Ab und zu beschlage ich einen Huf oder so etwas.« Er machte eine wegwerfende Handbewegung. »Zu mehr reicht meine Kenntnis nicht.«

»Ein ungünstiger Ort, um Eisenschweine zu lagern. In der Schmiede wären sie besser aufgehoben«, keuchte Leandra. Ich war überrascht, dass sie überhaupt mithelfen konnte; ein jedes dieser Eisenschweine wog fast so viel wie sie.

Auch der Wirt packte mit an, es dauerte dennoch eine überraschend lange Zeit, bis wir das Regal leer geräumt hatten. Selbst dann wollte es sich nicht bewegen. Schließlich benutzte ich eine Brechstange, und auch dann wehrte es sich noch. Dieses Regal war nicht morsch; im Gegenteil, es war noch zusätzlich mit schweren Eisenbändern verstärkt.

Aber dann gab es doch nach und fiel mit einem lauten Poltern vornüber. Ich musste zur Seite springen, um nicht von ihm erschlagen zu werden.

»Aha«, sagte Leandra.

Die Tür war von der gleichen Stabilität wie die anderen im Gasthof, mit Ausnahme der Tür zum Gastraum selbst. Nur dass diese Tür hier mit einem Wappen verziert war. Das Wappen trug im Hintergrund ein Wagenrad und im Vordergrund einen Kriegshammer, der aufrecht auf seinem Stiel stand.

»Und da haben wir den Hammerkopf«, sagte ich leise. »Jetzt wissen wir, wieso der Gasthof so heißt.«

Eberhard sah sich das Wappen nachdenklich an. »Ihr werdet Recht haben«, meinte er. »Und wer dieses Regal hier aufstellte, war wohl kein anderer als mein Urahn. Denn er gab dem Hof den Namen.«

Ich bewegte mich zur Tür und drückte die Klinke herunter. Die Tür war verschlossen. Wie überraschend.

»Ich versuche ein paar der Schlüssel«, sagte Eberhard. Wir stimmten zu. Wenn keiner passen sollte, müsste man die Tür einschlagen, und das wollte niemand.

Es klickte, aber zuerst geschah nichts weiter, außer dass schon der erste Schlüssel festsaß. Es war auch nicht anders zu erwarten, als dass dieses Schloss klemmen würde. Aber Eberhard gab nicht auf, bemühte etwas Lampenöl, das er mit einem Lappen in das Schloss träufelte, und versuchte sich an dem Schloss mit einer Geduld, die ich nicht hätte aufbringen wollen.

Jeder einzelne meiner Knochen schmerzte, und ich war unsagbar müde. Ich hatte mich auf einem Fass niedergelassen und starrte einfach so vor mich hin. Ich musste dringend schlafen und genauso dringend etwas essen, mein ganzer Körper schrie danach. Früher war es nicht so schlimm gewesen, aber das war zwanzig Jahre her. Eine Hand berührte mich an der Schulter, es war Leandra. Sie sah mich prüfend an und wies dann auf die nun offene Tür. Ich musste eingenickt sein, denn ich hatte verpasst, wie das Schloss nachgab und geöffnet wurde.

Zwischen dem, was wir für die Wand des Gastraums hielten, und dem Turm befand sich ein weiterer Raum.

»Erinnert mich bitte daran, dass wir die Räume ausmessen«, sagte ich zu niemand Bestimmtem, als ich in der Tür innehielt und mir den Raum ansah.

Auf der rechten Seite gab es ein verschlossenes Fenster. Es war kaum glaubhaft, dass es nie aufgefallen war, dass die Küche ein Fenster zu wenig hatte. Auch dieses war mit einem schweren Fensterladen mit Schießscharte versehen und zu schmal für eine erwachsene Person, um dort hindurchzuklettern.

Ein großer, breiter Schreibtisch stand mir gegenüber, dahinter saß der Hausherr. Vor dem Schreibtisch luden zwei weitere Stühle dazu ein, Platz zu nehmen und mit ihm zu sprechen. Er saß auf einem stabilen Stuhl, die eine gepanzerte Hand noch neben dem Weinbecher auf dem Tisch, von der hohen Lehne und dem Gewicht seiner Rüstung aufrecht gehalten. Durch das offene Visier grinste uns ein Totenschädel an, auf dem noch Fetzen von Haut und Reste eines Barts zu sehen waren. Auf der Brustplatte seines Panzers war auf der linken Seite ein Bulle eingearbeitet, auf der rechten Seite das Wagenrad und der Hammer.

Hinter unserem Gastgeber, an der Wand, unter Staub, Dreck und Spinnweben verborgen, befand sich eine Karte, wie ich sie noch nie gesehen hatte.

»Eine Weltkarte!«, hauchte Leandra.

Karten zu zeichnen war eine mühsame Arbeit, ich hatte daran stets versagt. Aber ich wusste eines – wenn eine Karte zu groß wurde, stimmte immer irgendetwas nicht, passte etwas nicht zusammen, kam ein Fluss woanders heraus, als er sollte.

Allerdings sahen die Karten, die ich kannte, auch anders aus.

Auf der linken Seite standen an der Schmalseite des Raums ein großer stabiler Schrank sowie ein leerer Rüstungsständer.

Auf dem Schreibtisch konnten wir unter einer dicken Staubschicht mehrere Dinge erkennen. Zum einen ein Tintenfass, Federkiel und Federmesser, eine kleine hölzerne Schatulle, einen Zinnbecher und eine ausgetrocknete Flasche, eine niedrige Kiste aus Ebenholz, etwa drei Fuß lang, einen breit und eine Handbreit hoch. Darauf lag ein in Leder gebundenes Buch.

Eberhard war zurückgewichen und saß nun auf dem Fass, auf dem ich mich eben noch ausgeruht hatte. Er hatte sein Gesicht hinter seinen Händen verborgen. »Mein Urahn muss das gewusst haben, als er diesen Hof fand! Es kann niemand anders gewesen sein! Und die ganze Zeit ... die ganze Zeit haben wir unser Heim mit diesen Toten geteilt!« Er schlug das Zeichen der Einigkeit auf seiner Brust. »Mögen uns die Götter gnädig sein!«

Ich sah zu dem gepanzerten Skelett hinüber. »Ich denke, dass dein Vorfahr den hier genauso vorfand. Vielleicht war es Respekt vor den Toten, dass er alles unberührt ließ. Sag, konnte er lesen und schreiben?«

»Nein«, antwortete Eberhard. »Er war ein Jäger, ich erzählte es schon. Seine Frau war diejenige, die das Wirtshaus führte.«

Für mich war klar, was hier geschehen war. Seine Braut hätte sich nie in dieses Haus begeben, hätte er es ihr erzählt. Also hatte er ihr und jedem anderen den Fund verschwiegen. Eberhards Urahn wusste sehr wohl, dass das Buch auf jener Kiste eine Bedeutung hatte. Ich musterte das Skelett hinter seinem Tisch.

Es sah aus, als warte der Mann auf etwas, vielleicht darauf, dass er seinen letzten Bericht abgeben konnte? Im Leben musste er beeindruckend gewesen sein, er war es auch im Tod. Der befehlshabende Offizier einer Einheit. Das Wagenrad und der Hammer waren der Hinweis: Dies war eine Versorgungsstation gewesen, ein Logistikstützpunkt. Damals, als diese Garnison errichtet worden war, hatte es weder Lassahndaar noch Coldenstatt gegeben. Das war nun wahrlich lange her. Ich ging vorsichtig um den Schreibtisch herum und wischte den Staub von der Karte. Zeit und Feuchtigkeit hatten dazu beigetragen, das Pergament brüchig und die Farben blass werden zu lassen, aber sie war noch recht gut zu lesen. Die drei großen Hafenstädte waren bereits eingezeichnet: Kelar, Illian und Fartuo.

Dort, wo später andere Städte entstanden waren, markierte das Symbol eines Zirkels den Ort. Bis auf die Festung am Pass war in dieser Gegend hier weit und breit nichts eingezeichnet.

Eine verblasste Linie zeigte die Konturen des Landes: Hier war die Grenze, wie man uns erzählt hatte. Dort waren der Pass, die Festung und ein Viereck mit einem Kreuz darin, dieser Ort. Die Karte machte einen Sinn, als ich das andere Viereck und das Festungssymbol fand.

Das, was früher die Barbarenländer gewesen waren, wurde von unserem Land von einem massiven Bergrücken getrennt, den Donnerbergen. Zwei Pässe gab es einst durch sie. Der eine war dieser. An dem zweiten Pass war ebenfalls ein Festungssymbol; als jemand sich entschlossen hatte, dieses Land zu besiedeln, nutzte er das Gelände. Nur zwei Wege führten vom Land der Barbaren in unser Reich. Verschloss man beide, war das Reich sicher. Doch nur die Festung an diesem Pass war auch gebaut worden. Ich wusste, dass sich an dem zweiten Pass keine Festung befand, denn ich kannte den Ort sehr gut. Avincor. Das Grab der vierzig Getreuen.

Ich blickte von der Karte hinunter auf den Kommandanten. Jeder, der sich Gedanken machte, wusste, dass man neues Land mit Blut erkaufen musste.

Ich hatte selten eine Karte gesehen, die alle Reiche zeigte. Nun lag sie vor mir. Unser Land war planmäßig besiedelt worden. Was war das für ein Reich, das so etwas – über die halbe Weltenscheibe hinweg – tun konnte? Langsam wanderte mein Blick die Karte entlang, gen Norden und dann nach Westen, und fand dort einen Namen.

Ich wischte den Staub und den Dreck beiseite.

»Askir«, hauchte ich.

Auch Leandra war an die Karte herangetreten. »Es ist kleiner, als ich dachte.« Sie fuhr mit ihrem Finger leicht über die Karte, entstaubte Binnenseen und Gebirgszüge. »Warum nur siedelte er uns so weit entfernt an? Und hier, sieh ... diese Länder ... sie scheinen spärlich besiedelt ... dort. Schau.«

Ihr Finger ruhte auf einer Insel weit im Südosten. »Thalaktua.«

»Bei den Göttern!«

Wenn das der Ursprung des Imperiums von Thalak war und es sich von dort ausgedehnt hatte, dann war es um Längen größer, als ich in meinen schlimmsten Albträumen befürchtet hatte.

»So viele Länder«, murmelte Leandra und wischte den Staub von den verblassten Schriftzügen, die Namen zeigten, an die sich im Imperium wohl kaum jemand erinnerte.

»Hier ... hier steht Elfenwald ... ein eigenes Reich der Elfen«, sagte sie mit Ehrfurcht in der Stimme. »Ob es wohl noch existiert?«

Ich trat von der Karte zurück und musterte sie in ihrer Gesamtheit. »Es scheint, als wäre die Welt ordentlich aufgeteilt gewesen. Und es gab andere Imperien. Sieh hier, jenseits des Meers der Stürme, Kish und dort Xiang.«

»Namen, die man nur aus Geschichten kennt«, sagte sie leise.

Ich berührte sachte das Buch auf dem Tisch und schlug es mit einer Fingerspitze auf. Die Enttäuschung war groß, als sich der Inhalt offenbarte. Nach allem, was ich wusste, waren unsere Vorfahren Siedler aus diesem fernen Reich. Schrift, Sprache und Kultur stammten von dort, und ich hatte erwartet, die Schrift lesen zu können. Wie die auf den alten Münzen. Aber dem war nicht so, ich hatte solche Buchstaben noch nie gesehen.

»Verdammt!«, fluchte ich leise. Jetzt wusste ich, wie sich Eberhards Vorfahr vorgekommen sein musste.

»Ich kann es lesen«, sagte Leandra leise. »Es ist dieselbe Sprache, in der die Priester der Astarte schreiben, in der Magie gelehrt wird.«

Sie musterte den gepanzerten Leichnam mit einem interessierten Blick. »Ob er ein Maestro war?«

Ich nahm das Buch, klopfte den Staub ab und drückte es ihr in die Hand. »Du wirst es erfahren.«

Ich sah sie beide an, Leandra und Eberhard. »Und es ist gut, dass wir es erfahren werden, denn jemand anderes weiß ganz genau, was hier geschehen ist. Er weiß von dem Gold, kennt den Raum der Toten unter uns, erfuhr von diesem Raum. Jemand ist hier und weckt die Vergangenheit.«

Beinahe hätte ich Balthasars Namen genannt. Aber selbst wenn an dem Traum vom Sergeant und den Bullen etwas Wahres war, so musste der Verräter nun schon seit Jahrhunderten bei den Göttern weilen. In meinem Geist sah ich den Sergeant, wie er das Artefakt hochhielt, eine kleine, etwa faustgroße Statue aus schwarzem Stein, die eines Wolfes. Vor meinen Augen erschien noch einmal die weiße Mauer des Sturms, der uns hier mit seiner Kälte bannte, der Werwolf, den ich vor kurzem erst erschlagen hatte, die Toten im Raum unter uns ... all das hing miteinander zusammen.

Etwas befand sich hier an diesem Ort, hatte hier die ganzen langen Jahre im Verborgenen gelegen, etwas, das all dies verband.

Ich hatte das ungute Gefühl, dass unser aller Überleben davon abhing, dieses Rätsel zu lösen.

Als wir den Turm verließen, schloss Eberhard vorsichtig hinter uns ab. Der Raum des Kommandanten war ebenfalls verriegelt, zum einen durch das Schloss, zum anderen durch Leandras Zauber. Ich selbst hatte nur noch das Bedürfnis, mich satt zu essen und dann ein Nickerchen zu machen. Ich war kaum mehr im Stande, einen klaren Gedanken zu fassen.

»Was ist mit dir?«, fragte mich Lea, die meinen Zustand sehr wohl bemerkt hatte. »Hast du gestern Nacht nicht genügend Schlaf gefunden?«

»Das ist es nicht.«

»Bist du fiebrig? Kommt es daher, dass der Werwolf dich verletzt hat?« Ihre Augen weiteten sich, und sie schlug die Hand vor den Mund. »Meinst du ... kann es sein, dass ...«

Für einen Moment wusste ich nicht, weshalb sie mich so erschreckt ansah, dann schüttelte ich lachend den Kopf. »Nein, Leandra, ich werde bestimmt nicht zum Werwolf.«

»Woher willst du dir dessen so sicher sein?«, fragte sie.

»Du erinnerst dich, Zokora nannte es eine Krankheit. Ich werde nicht krank. So wenig, wie du es wirst.« Ich warf einen bedeutungsvollen Blick auf Steinherz.

Sie verstand. »Gut«, sagte sie dann. »Aber wir werden einiges zu besprechen haben.« Als sie das sagte, ruhte ihr Blick wiederum auf dem verborgenen Heft Seelenreißers.

»Wann immer du es wünschst«, entgegnete ich. »Nur nicht jetzt. Ich werde nun meinen Hunger stillen und mich zur Ruhe begeben.«

»So früh? Es dürfte gerade um die Mittagszeit sein!«

»Hast du nichts davon gehört, dass alte Menschen ihren Mittagsschlaf brauchen?«

26. Wolfsbruder

Als wir den Gastraum betraten, war mir allerdings sofort bewusst, dass andere sich nicht an meine Pläne hielten. Wir kamen gerade rechtzeitig für den Ärger.

Janos und seine Männer standen um den Tisch einer Gruppe anderer Gäste herum, Janos selbst hielt einen Mann am Hals hoch und schüttelte ihn wie einen jungen Hund; eine beachtliche Kraftanstrengung, die ich nicht hätte aufbringen können.

Jeder andere im Gastraum sah gebannt zu, auf vielen Gesichtern las ich, dass sie froh waren, nicht selbst Opfer von Janos' Attacke zu sein.

Als wir hereinkamen, sahen einige zu uns herüber; Janos nahm das wahr und warf einen Blick über seine Schulter. Er schaute uns an, lachte laut und ließ den Mann los. Dieser sank auf seine Knie, keuchte und röchelte und hielt sich mit beiden Händen den Hals.

»Du kommst gerade rechtzeitig, alter Mann«, rief Janos quer durch den Raum. »Wir wissen jetzt, wer der Werwolf ist, wahrscheinlich gibt es eine ganze Brut von ihnen. Ein Problem, das wir jetzt lösen werden!«

»Das ist nicht wahr!«, rief einer der anderen Männer an dem Tisch. Einen Moment lang konnte ich ihn nicht zuordnen und wusste nicht, wer er war, dann fiel es mir wieder ein. Er gehörte zu einer Gruppe von Bergarbeitern. Jemand hatte erwähnt, dass sie in den Kupferminen arbeiteten und auf dem Weg nach Hause waren, als der Sturm sie überraschte. So beschäftigt war ich mit anderen Dingen gewesen, dass ich fast vergessen hatte, dass es sie gab. Sie hatten auch nichts getan, um meine Aufmerksamkeit zu erregen, hatten sich ruhig und still verhalten, wahrscheinlich um Janos' Zorn nicht auf sich zu ziehen. Wie man nun sah, hatte ihnen das nicht geholfen.

»Womit haben Euch denn die guten Leute erzürnt?«, fragte ich, als ich näher herantrat. Einer seiner Männer verstellte mir den Weg. »Verschwinde, Alter.«

»Janos«, der Banditenführer sah mich mit einer hochgezogenen Augenbraue an, »sagt Eurem Kerl hier, er möge sich entfernen.«

Janos zuckte mit den Schultern. »Ich habe ihm nicht befohlen, dir den Weg zu versperren. Das hat mit mir nichts zu tun, wahrscheinlich mag er dich einfach nicht. Entferne ihn doch selbst, alter Mann.«

Ich sah den Mann vor mir an. Er grinste gehässig zurück. Es war derselbe, der gestern von Janos den Hals verziert bekommen hatte. Ich warf einen Blick zu Janos herüber, und in seinen Augen las ich gespannte Aufmerksamkeit. Ich ahnte, worauf er spekulierte. Dieser Mann hier hatte ihm wiederholt Schwierigkeiten gemacht.

»Ja, alter Mann, entferne mich doch selbst.« Der Brigant grinste mich an und spuckte einen Klumpen durch eine Zahnlücke auf die Spitze meines Stiefels.

»Ich hab da etwas verloren, heb es auf«, sagte er dann, sein Grinsen noch breiter und bösartiger.

Eine Totenstille füllte plötzlich den Raum, alle Augen waren auf mich gerichtet, selbst die Bergarbeiter schienen vergessen. Ich seufzte. Ich wusste nicht mehr, wie häufig ich eine solche oder ähnliche Situationen schon erlebt hatte.

Üblichweise gab es mehrere Möglichkeiten, eine derartige Lage zu umschiffen, aber hier und jetzt erschien mir nur eine Methode angebracht. Als ich ihn anstarrte, fragte ich mich, ob er wusste, wozu er missbraucht wurde. Diese Konfrontation hatte kommen müssen, früher oder später, aber sie entsprach nicht ganz dem, was ich erwartet hatte. Janos überraschte mich wieder.

»Keiner mischt sich ein. Wenn Torfjet den alten Mann nicht allein schafft, dann taugt er selbst auch nicht viel. Es ist sein Bier, er handelt ohne Befehl.«

Dem Rest seiner Leute schien das einerlei zu sein. Sie wirkten, als ob sie es kaum erwarten konnten, Blut fließen zu sehen.

»Pass auf«, sagte ich zu Torfjet. »Du entschuldigst dich und gehst beiseite. Dabei können wir es dann belassen.«

»Ich sagte, du sollst es aufheben.«

Ich seufzte. Klar, dass das kommen musste. Vernunft war nicht seine starke Seite. Ich musste zugeben, auch ich hatte die Geduld verloren.

»Vergiss es.«

Entweder war ich noch langsamer, als ich befürchtete, oder dieser Sturkopf war schneller als gedacht, auf jeden Fall kam sein Dolch meinem Hals gefährlich nahe, bevor ich zurückweichen konnte.

Er lachte. »Seht mal, wie der alte Mann springen kann!«

Die anderen Banditen grölten ebenfalls, bis auf Janos, der die Sache mit vor der Brust verschränkten Armen begutachtete. Die Art, wie Torfjet den Dolch hielt, sagte mir, dass er ein geübter Messerkämpfer war. Er hatte Recht damit, den Dolch zu wählen, ein Schwert war in einem vollen Raum oft die schlechtere Alternative.

Er stach zu, aber diesmal wich ich nicht nach hinten aus, sondern trat an ihn heran, und mein linker Arm lenkte seine Hand nach oben ab, während meine geballte Faust ihn am Kehlkopf traf. Ein Schritt zur Seite, sein rechtes Handgelenk dabei fest umgriffen, eine Drehung aus dem Körper heraus … Es knirschte, und er ging röchelnd vor mir auf die Knie. Ich nahm seinen Dolch aus seiner kraftlosen Hand, ließ seinen Arm los und trat zurück.

Torfjet fiel auf die Seite, hielt sich seinen Hals, krümmte sich und sah mit Augen zu mir hoch, in denen ich langsam die Angst aufkommen sah. Einer der anderen Briganten sprang auf, aber Janos hielt ihn, ohne hinzusehen, mit der flachen Hand auf der Brust zurück.

Der Banditenführer fing an zu lachen, noch während sich Torfjet am Boden krümmte. »Guter Schlag!«

Er sah sich um, sah die Gesichter seiner Leute und lachte erneut schallend. »Ich sagte euch doch, dass der alte Mann etwas

Besonderes ist. Das wird euch lehren, meine Befehle zu missachten!«

Der Rest seiner Männer warf ihm und mir unsichere, teils wuterfüllte Blicke zu, aber keiner sah aus, als ob er sich mir entgegenstellen wollte. Also schauten sie zu, wie Torfjet starb.

Ich tat so, als ob ich dem sterbenden Banditen keine weitere Beachtung schenkte, während ich über ihn stieg und mich zu Janos an den Tisch der Bergarbeiter gesellte. Diese sahen mich beinahe so angstvoll an, wie sie die Banditen musterten, aber ich sah auch Hoffnung, dass sie vielleicht doch gerettet werden würden. Gerettet vor was? Vor Janos, ja, aber warum?

»Was ist hier geschehen?«

»Ich habe durchzählen lassen«, erklärte Janos mit einem gehässigen Grinsen. »Es fehlt nur ein Mann. Einer der Bergarbeiter war der Werwolf. Ich habe diesen hier …« Er zog den Mann, den er sich vorhin bereits gekrallt hatte, an den Haaren vom Boden hoch, »zu unserem Werwolf befragt, dabei wäre es geblieben, bestände dieser Kerl hier nicht darauf, dass sein Bruder kein Werwolf sein könne. Nun, ich weiß es besser, und es erscheint mir nun auch klar, warum er lügt. Es war sein Bruder, also ist er wahrscheinlich selbst so ein verfluchtes Biest. Vielleicht die ganze Bande hier. Ich bin dafür, ihnen allen den Kopf abzuschlagen und sie rauszuwerfen.«

»Seid Ihr sicher, dass der Werwolf einer von ihnen ist?«

»Sonst sind alle da. Nur einer fehlt. Der Bruder dieses Kerls hier!«

»Ich schwöre es bei den Göttern, mein Bruder war kein Werwolf! Ich bin es auch nicht!«, rief der Mann ängstlich.

»Leicht gesagt«, brüllte Janos und lachte. Er schien die Angst des Mannes zu genießen.

»Und wahr«, rief Leandra von hinten.

Wir blickten alle zu ihr.

»Woher wollt Ihr das wissen?«, fragte Janos misstrauisch.

Leandra machte eine vage Handbewegung. »Ich bin eine Maestra. Und da ich nun diesen Zahn besitze, kann ich einen

Werwolf erkennen.« Sie hielt den Zahn des Werwolfs hoch, und alle Blicke wanderten von ihr zu dem Kopf des Werwolfs, den Janos geschmackvoll an einen Kerzenhalter an der Wand gehängt hatte, dem Kopf, an dem deutlich sichtbar ein Reißzahn fehlte.

Erstauntes Gemurmel war zu hören. Einige Leute nickten, als ob ihnen das einleuchtete. Im Hintergrund sah ich Zokora überrascht aufblicken, die Stirn in Furchen legen und dann lächeln.

»Gut. Wenn die Maestra das sagt, wer bin ich, ihr zu widersprechen?«, sagte Janos. Er grinste, als wäre all das ein großartiger Witz gewesen. »Da habt ihr aber Glück gehabt.« Er blickte zu Torfjet hinunter und dann zu seinen Männern. »Schafft ihn raus!«

Ich sah ihm nach, wie er zu seinem Tisch hinüberging, blickte zu den Bergarbeitern, die vor Erleichterung in sich zusammensanken, und ging ebenfalls zurück zu unserem Tisch.

Leandra folgte mir. Sie hatte den Zahn schon wieder weggesteckt, als wir uns niederließen.

»Ich dachte, du bräuchtest dazu ein längeres Ritual.«

»Richtig«, sagte sie und lächelte. »Ich habe auch nichts anderes behauptet.«

»Und wenn Janos Recht hat?«

»Das glaube ich nicht.«

Ich war zu müde zum Denken. »Der Bergarbeiter ist der Einzige, der fehlt. Ich will nicht ausschließen, dass es hier jemanden gibt, den wir noch nicht gesehen haben, aber ich halte es für wahrscheinlicher, dass er wirklich der Werwolf war.«

»Das glaube ich auch«, sagte Leandra.

»Das verstehe ich jetzt nicht.«

»Du kannst wirklich kaum geradeaus schauen. Willst du dich nicht schlafen legen, und ich erzähle dir nachher, was ich herausgefunden habe?«

Ich nickte und machte es mir auf meinem Stuhl bequem. Der kurze Kampf mit dem Banditen Torfjet hatte mir den Rest gegeben, und all die Enthüllungen erschöpften mich zusehends;

eine weitere hätte mich zu diesem Zeitpunkt schlichtweg überfordert.

»Willst du nicht hochgehen?«

Ich hätte ihr gerne erklärt, dass es mir zu kalt war, dass ich mich lieber unter Menschen befand, dass ich nicht allein schlafen wollte. All das dachte ich auch, aber ich war zu müde, um den Mund zu bewegen. Also schloss ich einfach die Augen.

Als ich wieder erwachte, saß Leandra neben mir, ebenfalls bequem mit dem Rücken an die Wand gelehnt. Meine Kapuze war weit in mein Gesicht gezogen, wahrscheinlich damit mich das Licht der Öllampe nicht störte, die sich nun über und hinter uns auf einem Sims befand.

Ich schlug die Kapuze zurück und sah mich um. Es schien alles ruhig, sogar unsere Banditen verhielten sich gesittet und tuschelten an ihrem Tisch. Sieglinde war wieder da, und für einen Moment schien es, als wäre nie etwas geschehen. Es war ihr Lachen, das mich aus dem Schlaf geweckt hatte.

Sie schien gut aufgelegt und flirtete, und es wirkte nicht wie Schauspielerei.

»Hallo, schlafender Prinz«, sagte Leandra.

»Wie lange habe ich geschlafen?«

»Es wird langsam wieder dunkel, ich schätze zwei bis drei Stunden.«

Ich streckte mich, fühlte mich dabei stocksteif, und mein Rücken tat weh. Auf einem Stuhl zu schlafen war etwas für junge Leute. Dennoch fühlte ich mich besser, als ich mich seit langer Zeit gefühlt hatte.

Ich winkte Sieglinde herbei. Sie lächelte mich munter an und versprach, den verlangten Braten schnell zu bringen.

Ich sah ihr hinterher. »Was ist denn mit ihr los?«

Leandra sah von dem Buch auf, schaute ebenfalls zu Sieglinde hinüber und dann zu mir. »Sie ist schon eine Weile so, seitdem sie am Mittag anfing zu arbeiten.« Sie zögerte. »Ich muss dir Recht geben, Havald, ihr Lachen und Flirten lockert die Stimmung wirklich auf. Nur weiß ich nicht, wie sie es macht. Es scheint, als habe sie jede Angst verloren.«

Ich schloss die Augen und massierte mir die Schläfen. »Ich hoffe nur, sie denkt nicht, dass die Lage unter Kontrolle ist. Janos hat den Zwischenfall vorhin provoziert.«

»Ich weiß.« Sie klappte das Buch zu und beugte sich zu mir. »Dieser Torfjet war ihm unangenehm, er war derjenige, der am meisten und lautesten protestierte und seine Entscheidungen anzweifelte. Er sah eine Gelegenheit und hat sie elegant ergriffen.«

»Ich hatte befürchtet, du hättest es nicht bemerkt.«

Sie lachte. »Am Hof sind solche Intrigen etwas, was man als Kind verstehen lernen muss, sonst ist man verloren. Willst du erfahren, was ich inzwischen herausgefunden habe?«

Timothy erschien mit einer großen Bratenplatte und einer Flasche Wein.

»Wenn es dich nicht stört, dass ich dabei esse. Ich komme um vor Hunger.«

»Nur zu. Anschließend«, sie lächelte geheimnisvoll, »habe ich noch etwas für dich, was dich aufmuntern wird.«

»Mach es etwas spannender, Sera. Wenn du mit allem gleich herausplatzt, wo ist da die Pointe?«

Sie lehnte sich zurück. »Ich kann auch gerne warten, bis ich deine volle Aufmerksamkeit besitze.«

Ich warf ihr einen Blick zu. Sie hob abwehrend die Hände. »Schon gut, Ser Ungeduld. Also, der Reihe nach. Ich habe ein wenig mit unseren ängstlichen Bergarbeitern geplaudert, und mittlerweile ist bestätigt, dass der Bergarbeiter tatsächlich unser Werwolf war.«

»Wie das?«

»Es scheint so, dass, wenn man lange in der Mine arbeitet, sich der Geist der Berge in den Kindern der Arbeiter niederschlägt, sie mit kleinen Dingen zeichnet. Zum Beispiel so etwas wie zusätzliche Fußzehen. Oder Augen, die von unterschiedlicher Farbe sind. Unser Bergarbeiter dort drüben heißt Simon, sein

Bruder, der Werwolf, dem du vorhin das Leben genommen hast, hieß Matkor.«

»In Ordnung. Simon und Matkor.« Der Braten war vorzüglich, und mittlerweile hatte ich mich an die Gabel so gewöhnt, dass es mir tatsächlich leichter erschien, mit ihr zu essen. Leandra verzog etwas das Gesicht, als ich ein größeres Stück abschnitt und in den Mund schob.

»Du frisst wie ein Tier, Ser.«

Ich warf ihr einen Blick zu. »Ich habe auch Hunger wie ein Wolf. Wenn wir das nächste Mal gemeinsam am Hof speisen, kannst du mich maßregeln. Jetzt aber will ich darauf gerne verzichten. Was ist mit den Brüdern?«

»Ein unglücklicher Vergleich, das mit dem Wolf.« Sie sah meinen Blick und beeilte sich fortzufahren. »Simon sowie Matkor sind in vierter Generation Bergleute. Beide haben einen zusätzlichen kleinen Zeh am linken Fuß. Der Werwolf auch.«

Irgendwie hatte ich nicht wirklich damit gerechnet, dass unser Werwolf ein Bergarbeiter war. Das passte aus irgendeinem Grund nicht so ganz.

»Simon erzählte mir, dass er und Matkor seit Jahren zusammenlebten und -arbeiteten. Ich habe ihn zu dem Werwolf gebracht, er hat sich auch den Schädel angesehen, und er erkannte nach einigem Zögern seinen Bruder wieder. Aber er sagt, es sei unmöglich, dass er ein Werwolf wäre, alldem zum Trotz. Und, was wichtiger ist, sein Bruder habe in der Nacht, als der Stalljunge ermordet wurde, sein Lager nicht verlassen!«

»Glaubst du ihm?«

»Ich erzählte dir doch von einem Zauber, der mir erlaubt herauszufinden, ob jemand die Wahrheit spricht oder nicht. Simon war einverstanden, eine Grundbedingung des Zaubers, und so weiß ich nun, dass seine Worte wahr sind.«

»Oder er sie nur für wahr hält.« Ich matschte die Kartoffeln klein und tunkte sie in die Soße. Lea rümpfte die Nase.

»Schmeckt mir so besser«, sagte ich, natürlich mit vollem Mund.

»Wo hast du denn essen gelernt?«

»Zusammen mit den Schweinen.« Sie sah mich überrascht an. Diesmal kaute ich fertig. »Es ist die Wahrheit, ich aß das, was die Schweine übrig ließen.«

Sie wollte etwas sagen, aber ich hob die Hand, zusammen mit der Gabel und dem nächsten Bissen. »Es ist eine alte und lange Geschichte, ich erzähle sie dir ein anderes Mal. Fahr fort.«

Sie kämpfte kurz mit sich und tat dann wie geheißen. »Du hast bei dem Werwolf diese schwere silberne Kette gefunden, nicht wahr?« Sie ließ die Kette auf den Tisch fallen.

Ich musterte das Schmuckstück, irgendjemand hatte das durchtrennte Kettenglied repariert. Ich hob es an, ließ es durch meine Finger gleiten und fand keine Spuren der Arbeit. Die Kette schien, als wäre sie nie beschädigt worden.

»Hat sie sich selbst wieder repariert?« Bei alldem, was ich in den letzten Tagen gesehen hatte, wäre dies etwas gewesen, was mir wirklich unheimlich erschien.

»Nein, das war ich.«

»Du hast verborgene Talente.«

»Ein weiterer kleiner Zauber.«

Ich hatte schon das eine oder andere Mal das zweifelhafte Vergnügen gehabt, Maestros kennen zu lernen, selten erschienen sie mir praktisch begabt. Leandra hier beherrschte dagegen fast nur praktische Zauber. »Gut, du hast die Kette also wieder repariert. Was ist damit?«

»Diese Kette ist alt und aus massivem Silber. Heb sie hoch, sie wiegt fast ein Pfund.« Es war nicht nötig, sie hochzuheben, ich erinnerte mich noch zu gut an ihr Gewicht. Ich wunderte mich ein wenig, dass ich nicht wach geworden war, als sie die Kette aus meiner Tasche genommen hatte.

»Diese Kette ist ein Vermögen wert«, fuhr sie fort. »Und Simon sagte, er habe sie niemals zuvor bei seinem Bruder gesehen.«

Ich forderte sie mit einer wedelnden Handbewegung auf, weiterzumachen. Ich hatte den Mund voll.

»Der Anhänger ist ein Wolfskopf. Erscheint es dir nicht auch so, als ob diese Kette etwas mit dem Werwolf zu tun haben könnte?«

Ich nickte bloß und kaute weiter.

»Das glaube ich auch. Nach dem Gespräch mit Simon wollte ich etwas in Erfahrung bringen und fand meine Vermutung sofort bestätigt.«

Ich schluckte, nahm etwas Wein und schaute sie fragend an.

»Es liegt starke Magie auf diesem Talisman, denn nichts anderes ist es. Legt jemand die Kette um, wird er zum Wolf. Ich zeige es dir, wenn du fertig gegessen hast.« Sie sah sich um. »Aber nicht hier.«

»Du willst behaupten, dass diese Kette etwas mit Matkors Werwolfdasein zu tun hat, dass sie ihn zum Wolf gemacht hat?«

»Genau das, ja. Wahrscheinlich hat jemand sie ihm umgelegt, um Verwirrung zu stiften, Furcht zu säen oder die eigenen Spuren zu verwischen. Oder alles gleichzeitig.«

Auch wenn ich mir nicht vorstellen konnte, wie das denn sein mochte, nahm ich es vorerst hin. Wenn sie es mir später zeigen würde, würde das wahrscheinlich auch die Fragen beantworten, die ihre Worte aufwarfen.

»Gut.« Ich sah auf meine Platte hinab. Lange würde es nicht mehr dauern, bis ich sie leer hatte. Selten hatte mir ein Mahl so gut gemundet, aber ich kam mir immer noch vor, als hätte ich eine Woche lang nichts gegessen.

Sie sah mir einen Moment zu, wie ich aß, dann musterte sie eingehend mein Gesicht. »Der Schlaf hat dir gut getan, Havald. Du siehst sehr erholt aus.« Sie zögerte, als wollte sie etwas hinzufügen, unterließ es aber. Ich wusste, was sie sah, aber noch nicht recht glauben wollte. Morgen würde es jeder erkennen. Aber was morgen sein würde, konnte auch bis morgen warten.

27. Die Balance der Magie

»Was hast du außerdem herausgefunden?«, fragte ich die Maestra und tippte auf das alte Buch, das vor ihr auf dem Tisch lag.

»Vieles von dem, was hier geschrieben steht, ist für uns nicht von Interesse«, antwortete sie. »Zahlen, Soldlisten, Marschbefehle. Aber ich weiß nun, was hier geschah. Ich werde es dir erzählen, auch wenn ich weit ausholen muss. Nur so viel sei vorab gesagt: Das alte Imperium hat diesen Ort hier mit Bedacht gewählt. Ich hätte es wissen müssen, hätte es erkennen sollen, hätte ich bloß daran gedacht, danach zu schauen.« Sie beugte sich vor. »Seitdem ich hier bin, sind meine Kräfte gewachsen.« Sie sah mich so bedeutungsvoll an, dass ich sofort verstand, worauf sie hinauswollte.

»Hat es mit dem Ort hier zu tun?«

»Ja. Kennst du die Gesetze des Gleichgewichts der Magie?«

»Ich habe davon gehört. Nichts kann verschwinden, und nichts wird erschaffen. Magie ist Manipulation, Umformung.«

Sie nickte. »Wir Maestros wandeln das eine in das andere. Manchmal muss man, um etwas zu schaffen, es in eine Rohform umwandeln. Es ist wie eine reine Kraft, wir nennen das Energie.«

»Was ist Energie?«

Sie legte die Stirn in Furchen. »Ich habe ein einfaches Beispiel für dich. Wenn du einen Stein in die Luft wirfst, gibst du ihm mit deiner Kraft eine Energie mit, den Schwung. Ist er aufgebraucht, fällt der Stein wieder und holt sich auf dem Rückweg den Schwung zurück, um mit Wucht auf dem Boden aufzuschlagen.«

Wie ich einen Stein warf, wusste ich, wenn sie das Energie nannte, in Ordnung. Ich nickte.

»Wenn ich nun diese Energie buchstäblich zur Verfügung habe, sozusagen den Schwung ohne den Stein, ist es einfacher, damit Magie zu wirken.«

Ja, das leuchtete mir ein.

»Energie ist in allem, was sich bewegt, und alles bewegt sich. Leben selbst ist Energie, manche sagen, es sei die stärkste Form überhaupt.«

»Deshalb hört man in den Legenden immer wieder, dass es Magie gäbe, die im Augenblick des Todes entsteht und so am mächtigsten ist, weil sie die Energie des nicht gelebten Lebens beinhaltet.«

Leandra sah mich überrascht an, dann nickte sie zustimmend. »Ja, so ist es. Aber Energie ist in allem, ist überall im Gleichgewicht. Das liegt daran, dass alles miteinander verbunden ist, wie in einem feinen Netz miteinander verwoben.«

Ich wischte die Bratensoße mit dem letzten Stück Brot auf und schob dann die Platte von mir. »Erzähl weiter.«

»Es gibt Orte, an denen diese Energie stärker fließt als an anderen. Besitzt jemand die Gabe zur Magie, kann er dies nicht nur sehen, sondern die Energie auch manipulieren, damit etwas erschaffen. Du weißt, dass ich die Energie für einen Zauber aus der Umgebung entziehe, zur Not auch mir selbst, meinem Leben sozusagen.«

»Ein Zauber, der misslingt, kann dich also Lebensjahre kosten?«, fragte ich vorsichtig.

»Ich befürchte, für den Wärmezauber gestern Abend sind Jahre meines Lebens draufgegangen. Er ... er missriet ein wenig.«

Ich musterte sie sorgfältig, konnte allerdings nichts erkennen. Sie war genauso schön und jung wie gestern.

Sie sah meinen Blick und lächelte leicht, legte ihre Hand beruhigend auf meine. »In meinen Adern fließt nicht nur ein wenig Elfenblut. Ich bin zur Hälfte Elfe. Wenn ich nicht noch mehr Fehler begehe, wird mein erstes graues Haar noch Jahrhunderte auf sich warten lassen.«

»Du bist ... unsterblich?«, hauchte ich.

»Nein.« Sie schüttelte den Kopf. »Aber es wird wohl vier bis fünf Jahrhunderte dauern, bis ich alt werde.«

Das beruhigte mich tatsächlich. Eine Lebensspanne, die sich in Jahrhunderten messen ließ, war eine Sache, Unsterblichkeit eine andere. Wobei wahre Unsterblichkeit den Göttern vorbehalten war, ein Elf konnte stolpern und sich den Hals brechen und war dann genauso tot wie jeder andere auch. Mit ein Grund, weshalb Elfen so vorsichtig waren. Ich sah zu unserer Dunkelelfe hinüber, die sich von Rigurd mit Apfelstückchen füttern ließ. Beide schienen es zu genießen und waren Zentrum verstohlener Blicke. Sie wirkte anders, nicht so distanziert wie vorher, eher exotisch verführerisch. Ich fragte mich, wie viele der Zuschauer gerne mit Rigurd tauschen würden.

Sie erntete auch verstohlene Blicke der Briganten, aber egal, wie dumm sie auch waren, mit einer Dunkelelfe wollten sie sich wohl nicht anlegen.

Leandra folgte meinem Blick und lachte leise. »Vielleicht liegt darin der Grund, weshalb sich Elfen und Dunkelelfen nicht leiden können«, sagte sie mit einem Lächeln.

»Einer von vielen«, erwiderte ich. Ich erinnerte mich nur zu gut an Zokoras Worte, sie habe das Foltern zweihundert Jahre lang erlernt.

»Erzähl weiter vom Wesen der Magie.«

»Gut. Wenn magische Energie freigesetzt wird, ist dies vergleichbar mit einem Seil, das Orte verbindet, Orte, die in ihrer Energie zueinander eine Differenz aufweisen, die über dieses Seil ausgeglichen wird.«

»Wie ein Fluss?«

»Das passt gut. Ja, die Energie fließt hindurch, ein Maestro kann sie sehen, anfassen, manipulieren. Befindet er sich an einem solchen Ort, wird seine Kraft um ein Vielfaches größer. Wir nennen das eine Kraftlinie.«

Sie nahm einen Schluck von meinem Wein, sah meinen Blick und lächelte. »Mein Hals ist trocken«, sagte sie dann.

Ich hob den Becher hoch, Sieglinde nickte bestätigend und eilte alsbald mit einer neuen Flasche herbei, um sie uns mit einem strahlenden Lächeln hinzustellen, bevor sie wieder verschwand.

»Ich verstehe die Frauen nicht«, sagte ich, hinter ihr herblickend.

»Zurzeit kann ich dir nur zustimmen«, meinte Leandra und deutete auf ihren Becher. Ich goss ihr Wein nach und sah dabei zu, wie der Wein ihre vollen Lippen benetzte, als sie trank.

»Eine solche Kraftlinie läuft durch diesen Ort?«

»Ja, aber da ist mehr. Es gibt einige wenige sagenumwobene Orte, an denen sich solche Kraftlinien kreuzen.«

»Und dort ist die Macht der Magie noch größer?«

»Ja. Schau, es gibt sechs Arten von Energie. Wind, Wasser, Erde, Feuer, Natur und Licht.«

»Licht?«

»Die reinste Form. Jede Kraftlinie besteht zum größten Teil aus dem einen, zu einem kleineren Teil aus allem anderen. Will ich nun einen Zauber wirken, der mich fliegen lässt, ist die beste Energie die …«

»… des Windes.«

»Ja. Ich muss sie nicht sehr verändern. Will ich eine Brücke bauen …«

»… Erde und Wasser.«

»Genau. Stell dir nun einen Ort vor, an dem sich mehrere solcher Linien treffen.«

»Für einen Maestro wäre ein solcher Ort von unermesslichem Nutzen.«

Sie nickte vielsagend. »In den Tempeln lehrt man uns, dass Askir deshalb so mächtig war, weil sein Herrscher ein Magier war, der seine Hauptstadt auf dem Zentrum eines solchen Kreuzungspunkts, einer solchen Zusammenkunft von Kraftlinien, gründete. So mächtig waren sie, dass er Steinblöcke mit seinem Willen erschaffen konnte, um aus ihnen die Mauern der Stadt zu errichten.«

Ich zog zweifelnd eine Augenbraue hoch. Sie lachte. »Vergiss nicht, es sind Legenden. Aber der Tempel von Astarte in Illian ist auf einem Kreuzungspunkt von Wasser und Erde erbaut. Solche Orte sind oft heilige Stätten, von Ureinwohnern verehrt, die zwar oft nicht wissen, was es ist, aber ahnen und spüren, dass es ein besonderer Ort sein muss.«

»Hier kreuzen sich diese Linien aus Energie?«

»Es war wohl einmal so geplant. Unten, im Raum unterhalb des Turms. Es scheint, als gäbe es eine Möglichkeit, den Verlauf von Kraftlinien zu verändern und umzuleiten, so wie ein Kanal das Wasser leitet. So weit kam es aber nie. Dort unten verlaufen keine Kraftlinien, aber sie müssen sich an einem anderen Ort in der Nähe befinden, von wo sie hierher verlegt werden sollten. Der Raum dort unten war dafür gedacht. Eines noch: In allen Legenden wird erzählt, dass es nur einen einzigen Ort gibt, an dem sich sechs Linien treffen, dort steht Askannons Zitadelle, der Grundstein seiner Macht.«

»Solche Orte sind selten?«

»Extrem selten.«

»Hier unter dem Turm sollten solche Kraftlinien künstlich zusammengeführt, von einem Ort in der Nähe hierher verlagert werden?«

Sie nickte.

»Das erklärt zumindest, warum in dieser Einöde eine Garnison errichtet wurde.«

»Ja«, sagte sie. »Zumal hier irgendwo *acht* dieser Linien zusammenlaufen.«

Ich schwieg einen Moment, versuchte zu verstehen, was sie mir soeben gesagt hatte. »Ein Magier muss sich fühlen, als würde er auf einem unermesslichen Schatz sitzen.«

Sie lachte. »Ja und nein. Die meisten wird es fürchterlich frustrieren. Würde ich versuchen, diese Energie zu verwenden, ich würde als ein Häuflein Asche niederregnen. Es bedarf besonderer Fähigkeiten, mit solchen Dingen umzugehen. Ich zum Beispiel bin nicht stark genug, eine solche Kraftlinie zu berühren, ohne dabei zu vergehen. Ich würde hineingesogen werden in diese Energie …«

»Was ist ein solcher Ort dann wert?«

»Nun, es fällt seiner Umgebung leichter, Magie zu wirken.

Das ist das eine. Das andere ist, dass Askannon nicht irgendein Magier war oder ist, sondern jemand, der diese Linien beherrschen konnte. Daher auch seine unermessliche Macht.« Sie hob das Buch hoch. »Der Ort, in dessen Nähe wir hier gerade sitzen, ist der Grund, weshalb Askir unsere Vorfahren hierher sandte, warum diese Länder besiedelt wurden. Der Grund, weshalb seine Legionen die Barbaren vertrieben und hier eine Festung errichteten. Er wollte verhindern, dass dieser Ort anderen in die Hände fiel, anderen, die so vielleicht mächtiger werden konnten, als er selbst es war.«

Ich blinzelte. Dann sah ich sie an; sie schien zu warten, bis ich verstand. »Thalak. Thalak will hierher?«

»Ja. Dieser verlassene, unscheinbare Ort ist das Zentrum unseres Schicksals, und das schon seit Jahrhunderten.« Ihr Gesicht verdüsterte sich. »Die Machtgelüste eines einzelnen Mannes formten uns, brachten uns hierher ... warfen uns in diesen Krieg ... alles wegen eines einzigen Mannes, Askannon, des ewigen Herrschers.«

»Ich fange an, ihn nicht zu mögen«, sagte ich und goss mir Wein nach. »Was ist hier geschehen?«, fragte ich dann und blickte auf das Buch in ihren Händen.

28. Die verlorene Legion

»Es scheint, als gäbe es eine Möglichkeit, durch magische Tore zu reisen. Es gab wohl Maestros im alten Reich, die im Stande waren, solche Tore zu errichten – mit Hilfe von Torsteinen, die einen Kreis bildeten und einen Zugang öffneten. Zusammen mit einem Maestro, der dies beherrschte, wurde eine Truppe Soldaten hierher entsandt. Sie öffneten das Tor, Material und Menschen schlüpften hindurch, und so wurde diese Garnison errichtet. Du hast den Wirt nach einem Steinbruch gefragt ...« Sie lachte trocken. »Dieser Steinbruch liegt wahrscheinlich Tausende von Meilen im Nordwesten, im alten Askir. Hier ...«, sie ließ das Buch auf den Tisch fallen, »steht alles niedergeschrieben. Durch das Tor zum alten Reich wurde von hier aus die Festung gebaut und eine Armee versorgt, die dann aufbrach, um das Land von den Barbaren zu säubern. Es gab nur ein kleines Problem.«

»Und das wäre?«

»Für die Barbaren und ihre Schamanen war dies ebenfalls ein heiliger Ort. Für sie war es nicht Magie, sondern göttliches Wirken, das sich hier manifestierte.« Sie zeigte mit dem Finger nach unten. »Diese Linien liegen nicht an der Erdoberfläche, sie treffen sich irgendwo tief unter uns. Sonst hätte ich sie schon bei meiner Anreise wahrgenommen. Und irgendwo unter uns, am Kreuzungspunkt selbst, lag ehemals ein Tempel der Barbaren, geweiht einem Gott, den sie verehrten. Doch er war nicht von den Barbaren errichtet worden, sondern von einer älteren Rasse. Den Zwergen. Diese waren längst verschwunden und hatten lediglich ihre untoten Königswächter zurückgelassen. Aber die Schamanen der Barbaren kannten den Weg zu diesem heiligen Ort und zogen aus diesem Tempel ihre Macht. Doch all das wusste man nicht, als man hier die Garnison errichtete.«

»Was geschah?«

»Man war sich seiner selbst zu sicher. Eine Legion bestand aus zehn Lanzen von je tausend Mann. Hierher wurden zehn Lanzen, zehntausend Bullen, entsandt, um das Land von den Barbaren zu säubern.«

»Zehntausend?«, protestierte ich. »Das kann nicht sein, so viele hätten hier keinen Platz.«

»Vergiss die Festung in den Donnerbergen nicht«, erklärte Leandra. »Das war die eigentliche Garnison, hier an diesem Ort waren die Hammerköpfe, die Baumeister der Legion, stationiert. Außerdem wurden die Lanzen auf das gesamte Gebiet verteilt. Am Anfang war hier nur die erste Lanze stationiert.«

Tausend Mann waren auch eine stattliche Armee.

»Was geschah also?«, fragte ich. »Hat er es niedergeschrieben, nannte er wenigstens seinen Namen?«

»Ja. Der Name unseres Kommandanten ist Falgor. Und er erklärt, wie die Legion unterging.«

»Ich ahne schon, warum. Wie viele Barbaren lebten hier?«

»Nun«, sagte Leandra und legte ihre Hand sanft auf das Buch, »es waren Zehntausende. Kurz gesagt, die Legion ging unter und focht ihren letzten Kampf.«

»Hier?« Ich schaute mich um. Die Mauern mochten alt sein, aber sie sahen nicht aus, als wären sie je gefallen. »Es sind keine Spuren dieses Kampfes zu sehen.«

»Es ist Jahrhunderte her. Aber du hast Recht. Die Legion konnte sich lange behaupten. Weißt du, wie?«

»Ich hoffe, du teilst es mir bald mit, bevor ich an Neugier sterbe.«

»Die Barbaren kannten die Kriegskunst der Legionen nicht, auch waren sie den Schwertern aus Stahl nicht gewachsen. Knochspeere und Keulen waren so gut wie wirkungslos gegen Plattenpanzer. Sie starben zu Dutzenden, zu Hunderten. Aber die Soldaten der Legionen fielen ebenfalls, auch wenn ein jeder seinen Tod mit dem von Dutzenden Barbaren aufwog. Die Legion gewann jede Schlacht, aber sie musste den Krieg verlieren. Es sei denn, man hätte den Barbaren bewiesen, dass der Herr der Legion stärker war als der Gott der Barbaren. Denn mittlerweile wusste die Legion, dass sich hier ein Tempel der Barbaren befinden musste, dass ihre Schamanen ihre Magie aus diesem Tempel bezogen und dass sie den Kreuzungspunkt, den Askannon besetzt wissen wollte, für sich selbst nutzten.«

»Was wurde unternommen?«

»Ein Trupp wurde durch die unterirdischen Höhlen, die wohl dieses Terrain durchziehen, entsandt, den Tempel zu suchen. Man hatte herausgefunden, dass die Schamanen ihre Kraft durch einen Fokus bezogen. Sollten die Barbaren diesen verlieren, wüssten sie, dass ihr Gott sie verließ und die Neuankömmlinge stärker waren als ihr Gott. Das, so war die Überlegung, würde die Moral der Barbaren brechen.«

»Was ist denn nun schon wieder ein Fokus?«

»Ein Gegenstand, der es erlaubt, magische Energien weiter zu verteilen. Dieser Gegenstand war eine Statuette. Die Statuette ihres Gottes, die sich auf dem Altar im Tempel befand. Würde man diesen Fokus entwenden, mussten die Schamanen fürchten, dass ihr Gott nicht mehr bei ihnen war. Das war die Idee.«

»Sie waren erfolgreich.« Es war keine Frage, sondern eine Feststellung.

»Ja. In dem Moment, in dem dies geschah, zogen sich die Barbaren fluchtartig zurück, zumal sich ein Eissturm ankündigte.«

»Ein Sturm?«

Sie nickte heftig. »Ja, ein Sturm. Die Barbaren hatten keinen wirklichen Namen für ihren Gott, vielleicht war es auch verboten, ihn zu benennen. Aber sie hatten eine Beschreibung. Sie nannten ihn den Winterwolf. Sein Atem war der Sturm des Winters, seine Macht die des Wolfes ...« Sie öffnete das Buch und suchte eine Zeile darin.

»›... denn die Kundschafter berichteten, dass sich die Wolfsschamanen mit der Macht ihrer Magie in Wölfe verwandeln konnten – Wölfe, gar schrecklich anzusehen, da sie das Schlimmste von Mensch und Tier in sich vereinten.‹«

Ich ließ mich langsam zurücksinken und versuchte zu verstehen, zu akzeptieren, was Leandra mir hier berichtete.

»Hier steht noch mehr«, sagte Leandra, »auf den letzten Seiten. Die Legion gewann, sie brach die Macht des Barbarengottes. Aber es war kein Sieg, den sie genießen konnte. Der Trupp, der entsandt wurde, um den Tempel zu finden, wurde bis auf einen Mann vernichtet. Der einzige Überlebende war ein Maestro, ein Mann namens …«

»Balthasar.«

Sie nickte. »Dein Traum entsprach der Wahrheit. Da diese Garnison nicht für eine Belagerung geeignet war, suchte die Legion immer die offene Schlacht und wehrte Angriffe auf den Ort schon im Vorfeld ab. Es funktionierte, und dieser Ort wurde nie unmittelbar angegriffen, aber es war kostspielig. Es machte allerdings auch Sinn. Hier war der Ort, an dem sich das Portal befand, durch das sie Verstärkung rufen und auch wieder nach Hause gelangen konnten. Irgendwo hier im Gasthof – oder in erreichbarer Nähe – muss es immer noch sein. Als sich die Barbaren endlich zurückzogen, gab es nur noch knapp achtzig Überlebende. Achtzig von über tausend. Das war schlimm genug, aber eine weitere Sache war geschehen. Das magische Tor, durch das diese Garnison versorgt wurde, funktionierte nicht mehr, obwohl sich Balthasar bemühte, es zu öffnen, gelang es ihm nicht. Dies erklärte er damit, dass durch die Zerstörung des Fokus die Kraftlinien gewandert wären. Außerdem verschlechterte sich die Moral der Leute, der Trupp, der eingesetzt wurde, um den Tempel zu zerstören, bestand aus den besten Soldaten der Einheit, ihr Anführer war ein Mann mit legendärem Ruf, dem ein jeder blind vertraute. Dass er nun gefallen war, schien ein schlechtes Omen. Man hoffte aber darauf, dass, wie schon einmal, das Tor vom alten Imperium aus geöffnet wurde. Falgor, der Kommandant, hatte seine Befehle und beschäftigte zugleich die Leute. Man reparierte, was die Barbaren zerstört hatten, baute die Garnison wie geplant auf und wartete. Doch nichts geschah. Die Vorräte drohten zur Neige zu gehen, auch eignete sich das Land hier nicht zum Ackerbau. Also entschloss man sich, den Ort aufzugeben. Falgor war dagegen, er war sich sicher, dass Askir die Legion nicht im Stich lassen würde. Es kam zur Meuterei. Falgor blieb zurück, und die letzten Überlebenden der Legion zogen unter dem Befehl von Balthasar ab.« Sie holte Luft. »Falgor machte ihnen allerdings noch ganz zuletzt einen Strich durch die Rechnung. Hier war auch der Sold für die Legion gelagert. Er versteckte das Gold. Ich kann die Genugtuung spüren, als er dies hier schrieb: ›So werden die Meuterer in den Lohnkisten den Sand finden, Verrätern soll der Sold tapferer gefallener Männer nicht noch die Taschen füllen.‹« Sie klappte das Buch zu. »Und nun wissen wir, was hier passiert ist.«

Nicht ganz. Mir schwirrte der Kopf, und es kam mir vor, als hätten sich dort drinnen gerade mehr Fragen gebildet, als Antworten ausgesprochen worden waren.

»Und was ist mit dem Sturm?«, fragte ich. »Diesem Sturm des Winterwolfs an jenen Tagen und dem heute?«

»Der Sturm brach damals los, nachdem der Fokus entwendet worden war und die Kräfte des Tempels ausgeblasen wurden wie eine Kerzenflamme. Sie wurden durch den Diebstahl deaktiviert, und die Barbaren unterlagen. Der Sturm überraschte sie sehr viel schneller als uns der gegenwärtige, und viele Barbaren müssen in ihm ihr Ende gefunden haben. Er muss damals noch schlimmer gewütet haben als heute, aber Falgor schreibt nichts Weiteres darüber.«

»Und? Was geschieht hier und jetzt?«

Sie nahm einen Schluck Wein. »Ich bin mir nicht sicher, aber es scheint so, als ob jemand durch das Auffinden und Manipulieren der Statuette die Tempelkräfte wieder geweckt hat. Sie heizen sich gerade auf, sozusagen ...«

»... und bedrohen uns ironischerweise mit dem Kältetod.«
Lea nickte verdrossen.

»Und was geschieht, wenn die Energien wieder vollständig zur Verfügung stehen?«, fragte ich.

»Dann wird sich unser unbekannter Dieb wohl zu erkennen geben müssen, um seine Mission zu Ende zu bringen. Welche Mission auch immer das sein mag.«

Der Verrat eines einzelnen Mannes namens Balthasar hatte also damals das Schicksal Tausender Männer und Frauen besiegelt und das Geschick von Generationen geformt. Die Spezialoperation der Bullenlegion war wegen Verrats gescheitert, die Besiedlung der Länder ging jedoch weiter, auf normalem Weg, übers Meer, und schuf Kolonien. Dieser Ort hier geriet in Vergessenheit. Vieles aus der Zeit der Pioniere lag im Dunkel der Vergangenheit, war zum größten Teil Legende, bestand aus wenigen bruchstückhaften Aufzeichnungen in den Archiven der Tempel. Ich war kein Geschichtsgelehrter, aber jeder wusste, dass nach diesen anfänglichen enormen Anstrengungen das alte Reich das Interesse verlor, plötzlich die Unterstützung einstellte und unsere Vorfahren einem ungewissen Schicksal überließ.

Warum wurden die Zuwendungen so plötzlich eingestellt, wenn es vorher notwendig erschien, eine Legion hierher zu schicken, um den Ort abzusichern? Das alte Reich hatte den Kontakt zu diesem Ort verloren, glaubte es alles andere auch verloren? Nein, das konnte es nicht sein, die neuen Kolonien wurden auf dem Seeweg versorgt. Diese Schiffe kehrten zurück nach Askir und mussten berichtet haben, dass die Kolonien selbst blühten und gediehen.

»Was grübelst du, Havald?«

»Ich frage mich, was geschehen wäre, hätte Balthasar sie nicht hintergangen.«

Sie schüttelte den Kopf. »Es ist müßig, darüber nachzudenken. Was geschehen ist, ist geschehen. Man kann die Vergangenheit nicht ändern, man muss an die Zukunft denken.«

»Die Zukunft.« Ich füllte meinen Becher mit dem letzten Rest des Weins auf. »Dann frage ich mich, was wir nun tun sollen.«

»Ich dachte«, sagte Leandra und sah mich überrascht an, »dass du das schon wüsstest.«

Ich trank aus und stellte den leeren Becher vor mir ab. »Wie könnte ich? Das, was hier geschieht, *geschah*, geht über mein Verständnis hinaus. Im besten Sinne bin ich ein recht guter Soldat. Mehr zu sein war nie meine Absicht.«

»Dann denk wie ein Soldat. Vergiss die Strategie, was ist die Taktik?«

»Dazu muss man wissen, wer der Feind ist, wo er sich aufhält und welche Absicht er verfolgt. Jemand wollte diesen Fokus. Nun, er hat ihn. Er hat ihn unten aus der Tasche des Sergeant genommen. Was er nun damit zu tun gedenkt, ist jedermanns Vermutung. So wie wir glauben, dass Janos hinter dem Schatz her ist. Aber weder er noch wir wissen, wo sich dieser Schatz befindet.«

»Er darf ihn nicht bekommen. Das Soldgold für eine ganze Legion – ich wage nicht zu spekulieren, wie viel das ist. Eines jedoch weiß ich: Die Kassen von Illian leiden unter den Kriegsvorbereitungen, und dieses Geld kann vieles bewirken. Wenn es in die richtigen Hände fällt.«

»Illian ist weit von hier. Das Gold zur Hauptstadt zu bringen wäre ein Abenteuer für sich. Wer soll das tun? Wir beide? Ein solches Vermögen lässt jemanden leicht seine Ehre vergessen.«

»Wir könnten einen Teil des Schatzes als Lohn anbieten ...«

Ich lachte. »Sei nicht so naiv. Warum sich mit einem Teil zufrieden geben, wenn man mehr haben kann? Abgesehen davon gehört das Gold nicht Illian. Wenn es jemandem gehört, dann Eberhard.«

»Eberhard?«

»Ja. Dieser Hof lag verlassen und brach, als sein Vorfahr sich ihn aneignete. Damit geht alles, was er vorfand, in seinen Besitz.« Ich sah sie an. »Ich glaube er kann zu Recht behaupten, dass der Hof und das Land seit drei Generationen bewirtschaftet wurden.«

Ich hob meinen Becher, aber er war leer. Fast hatte ich schon die Hand erhoben, um eine neue Flasche zu bestellen, aber dann erschien es mir sinnvoller, nüchtern zu bleiben.

»Ich bin sicher, dass es dir nicht an Ehre mangelt, aber selbst du hast daran gedacht, den Schatz für deine Zwecke zu nutzen.«

»Nicht einen Kupferpfennig will ich, aber das Königreich braucht das Gold.«

»Genau das sind deine Interessen. Dir den Schatz nehmen und ihn im Namen deiner Königin beschlagnahmen.«

»Sie ist auch deine.«

»Sie ist es nicht mehr. Es ändert nichts an meinen Worten. Nach dem Gesetz gehört Eberhard alles, was sich hier befindet.«

Sie blickte auf das Buch hinab. »Eberhard oder dem altem Reich.«

»Das nach allem, was wir wissen, schon lange nicht mehr existiert. Die Ereignisse, die in diesem Buch verzeichnet sind, liegen Jahrhunderte zurück. Auch ein Reich wie das von Askannon kann im Lauf der Jahrhunderte untergehen.«

»Dann sind wir verloren. Denn ich habe von dort Hilfe erhofft.«

»Verloren? Wir werden einen neuen Herrscher bekommen.« Ich machte eine wegwerfende Handbewegung. »Krieg ist auch den neuen Reichen nicht fremd. Es gab ihn schon immer. Irgendwann ist auch dieser Krieg vorbei.«

»Wenn du so sprichst, könnte ich dich leicht hassen.«

Ich sah sie überrascht an. »Warum? Weil ich mir nicht die Interessen einer Königin auf die Fahne schreibe, die ich nie wirklich gesehen habe? Ein Kind, das tapfere Männer in den sicheren Tod schickte? Erlaube mir, vor der Loyalität einem Kind gegenüber an mich selbst zu denken.«

»Sie ist kein Kind mehr.«

»Das mag sein. Sie ist Königin. Das allein bedeutet, dass ich ihr nicht trauen kann, denn sie wird mich opfern, wenn es ihr beliebt.«

»So ist sie nicht, du kennst sie nicht!«

»Und so wird es bleiben.«

Sie öffnete den Mund, schloss ihn wieder und sah mich enttäuscht an. Ich hasste es, wenn eine Frau so etwas tat. Was konnte ich dafür, wenn sie mich auf ein Podest stellte, auf dem kein Platz für mich war?

»Lass uns nicht streiten«, sagte ich in versöhnlicherem Ton, »sondern lieber überlegen, was wir hier tun können.« Ich hörte Sieglinde lachen und sah zu ihr hinüber.

»Janos will nicht nur den Schatz, er will auch sie«, stellte Leandra fest.

»Da ist er nicht allein. Wenn sie es so weitertreibt, wird sie alle Männer verrückt machen.«

Ich sah Sieglinde zu, wie sie sich kichernd aus den Armen eines der Banditen wand.

»Genau darauf scheint sie es nun abgesehen zu haben. Warum sollten wir nicht den Dingen ihren Lauf lassen? Findet Janos den Schatz, so wird er den Wirt und die anderen Gäste in Ruhe lassen. Was bringt ihm der Inhalt unserer Taschen, wenn er genügend Gold hat, dass er es kaum tragen kann? Sieglinde ... sie wird es überleben. Und derjenige, der das Artefakt den toten Händen dort unten entriss, hat, was er wollte.«

»Und der Werwolf?« Leandras Stimme war leise und klang gedrückt.

»Wenn du Recht hast, dann wurde uns Matkor zum Fraß vorgeworfen, um uns auf eine falsche Spur zu lenken, also klebt an meiner Klinge unschuldiges Blut.« Ich schaute ratlos. »Ich bedauere es, aber was sollte ich tun?«

»Er mag unschuldig gewesen sein, aber er hat dich angefallen. Du hattest keine andere Wahl.«

»Ach ja? Wenn du Recht hast, dann kann man ihn selbst für den Angriff nicht verantwortlich machen. Vielleicht hätten wir ihn fangen sollen. Sagtest du nicht, dass du über einen Zauber verfügst, der ihn hätte zwingen können, seine Form zu wechseln? Aber was geschehen ist, ist geschehen. Die Zukunft macht mir Sorgen und nicht die Vergangenheit. Lassen wir Janos das Gold und sehen zu, wie wir Leben retten, denn nur sie sind nicht ersetzbar.«

»Also sagst du, wir sollten gar nichts tun?«, meinte sie dann leise und sah auf ihre Hände herab.

»Ja, das ist genau das, wonach mir der Sinn steht.« Ich erhob mich und reichte ihr meine Hand. Sie blickte zwar überrascht, ergriff sie aber und ließ sich von mir aus ihrem Stuhl ziehen.

»Tatsächlich werde ich einfach weitermachen, einen Schritt nach dem anderen gehen, denn ein jeder Schritt ergibt sich aus dem vorherigen.«

»Ist das alles?«, fragte sie.

»So löst ein Soldat seine Probleme. Eins nach dem anderen. Du wolltest mir etwas zeigen, das mit der Kette zusammenhängt.«

Sie nickte. »Dazu sollten wir in den Waschraum gehen.« Sie nahm das Buch und steckte es ein. »Es wird dich interessieren«, fügte sie hinzu und lächelte geheimnisvoll.

29. Das Geschenk der Wärme

Auf dem Weg zum Waschraum winkte Leandra Timothy herbei, der uns begleitete und den Raum für uns aufschloss.
»Hattet Ihr einen Grund, ihn abzuschließen?«, fragte ich.
»Die Sera hat es angeordnet.«
Ich blickte zu ihr hinüber, sie lächelte nur sanft. »Du wirst schon sehen.«
Der Waschraum war warm, feuchtwarm, dichte Dampfwolken ließen den Raum unwirklich erscheinen, und das Licht der einen Öllampe war gerade hell genug, um Schatten erkennen zu lassen.
»So erscheint mir der Ort unheimlich«, sagte ich.
»Ja. Das werde ich ändern.« Aus ihrer offenen Handfläche stieg eine leuchtende Kugel empor und erhellte den Raum besser, als zehn Lampen es vermocht hätten.
»Hat Zokora dir das gezeigt?«
Leandra war vorgegangen, nun blieb sie stehen und lächelte mich über ihre Schulter an. »Nein, das konnte ich schon so. Die Erschaffung eines solchen Lichts ist so etwa das Erste, was man in den Tempeln lernt, sobald man sich den Studien der arkanen Künste widmet. Folge mir.«
Ich folgte, Timothy ebenfalls. Ich sah fragend von ihm zu ihr.
»Was ist seine Aufgabe?«
»Havald, du bist zu neugierig. Er ist hier, um auf unsere Sachen aufzupassen und uns zu warnen, sollte etwas geschehen. Und natürlich, um das Wasser einlaufen zu lassen.« Wir waren bei der hinteren Tür angekommen, der Tür, die zum Bad führte.
»Du hast Eberhard wirklich dazu gebracht, dies für dich zu tun?«
»Für uns.« Sie wies auf eine hölzerne Bank, die vorhin noch nicht dort gestanden hatte. »Leg deine Sachen hier ab. Eberhard hat geschworen, dass Timothy vertrauenswürdig ist.«

Timothy nickte. »Ich würde nie ...« Er verstummte, als er meine erhobene Hand sah.

»Ich glaube dir, Timothy.«

Ich sah zu Leandra hinüber, die zu meinem Erstaunen tatsächlich anfing, ihre Rüstung und Kleider auszuziehen.

»Du willst wirklich ...«

»Ich weiß nicht, was du denkst, Havald«, sagte sie mit einem Lächeln, das mich in Verwirrung zu stürzen drohte, »und nach deinen Worten vorhin weiß ich nicht, ob du es verdienst, aber ja.«

Ich war schon dabei, mich meines Umhangs zu entledigen, als ich den Sinn ihres Satzes verstand.

»Was immer ich denke ... ja?«

Sie ließ das schimmernde Metall ihrer Rüstung zu Boden gleiten und fing an, die Schnüre ihres Wamses zu lösen. »So schlecht, wie Zokora behauptet, hörst du ja doch nicht.«

Ich warf einen Blick zu Timothy hinüber: Er starrte angestrengt in die andere Ecke der nebligen Waschküche, ich meinte dennoch erkennen zu können, dass sein Kopf hochrot war.

Es gab Herausforderungen, die konnte ein Mann nicht ablehnen. Vielleicht erwartete ich auch, dass sie es sich vielleicht doch anders überlegte ... Ich erhoffte jedoch etwas anderes.

Aber noch bevor ich mich selbst meiner Hose entledigt hatte, stand sie entblößt da, so wie die Götter sie geschaffen hatten, und löste mit einer Handbewegung ihren Zopf, so dass sich ihre Haare wie weiße Glut über ihre Schultern ergossen.

Sie stand da, offen für meine Blicke, die ich nun auch ungestraft wandern ließ, und sah mich aus ihren violetten Augen herausfordernd an.

Ich streifte meine Hose ab und stand nun vor ihr. Einmal schon hatte ich sie so bewundern können, sie hingegen hatte mich noch nicht so gesehen.

Es war ein merkwürdiges Gefühl, als sie mich musterte. Ich war selten scheu vor dem anderen Geschlecht, aber diesmal war es etwas anderes. Die Lichtkugel über uns erhellte den wabernden Dampf, hüllte alles, was hinter dem Radius des Lichts war, in seltsame Schatten, Timothy einer von ihnen. Es war, als gäbe es nur uns innerhalb des Lichts und nichts außerhalb könne uns berühren. Schwaden von Dampf trieben zwischen uns, verhüllten und gaben alsbald den Blicken freien Lauf; dazu die Stille, sie und ihr geheimnisvolles Lächeln. Es war wie ein Traum.

»Was ist mit den Enthüllungen über die Kette?«, fragte ich atemlos und erkannte meine eigene Stimme kaum mehr.

»Es ist Magie auf ihr, das stimmt. Aber ... sie war mir nur ein Vorwand, dich hierher zu locken. Um dich zu überraschen.«

»Das ist dir gelungen«, teilte ich ihr mit und sah sie nur an.

Sie sagte nichts weiter und lächelte verführerisch. Sie öffnete die Tür und bedeutete mir einzutreten. Trotz allem nahm ich sehr wohl wahr, dass sie, wie auch ich, ihre Klinge mit ins Bad nahm. Beide Schwerter fanden ihren Platz an der Tür, die zwischen uns und Timothy geschlossen wurde.

Das Licht über ihrem Kopf erlosch, und in rascher Folge stoben Dutzende von Funken von ihren Fingerspitzen, jeder einzelne suchte und fand den Docht einer Kerze.

Überall im Bad, auf jedem Sims, auf jedem Vorsprung und entlang des Rands des Bades, hatte sie Kerzen aufgestellt; ihr warmer Glanz wurde von den blauen Kacheln reflektiert und tauchte den ganzen Raum in warmes Licht.

Ich hatte die Hoffnung schon aufgegeben, mich jemals wieder warm zu fühlen, es war, als ob man überraschend einen Schatz finden würde. Das Bad war erfüllt von einer trockenen Wärme, ohne die Feuchtigkeit der Waschküche nebenan, Wärme, die meine müden Knochen in sich aufsaugten, Wärme, die mich wiederbelebte, als ob ich aus einer langen Starre erwachen würde.

Die steinernen Bänke um diesen Kasten herum waren nun mit hölzernen Latten belegt, ein kleiner Schrank hielt Handtücher bereit, auf einem Tisch stand eine Schale mit Winterobst und, in einem mit Schnee gefüllten Kübel, eine Flasche bester Fiorenzer Wein; dazu zwei Trinkgefäße aus kostbarem Glas. In dem Kasten lagen die Steine, und über ihnen waberte die Luft. Sie waren die Quelle der Hitze in diesem Raum und wohl auch der Grund für die Trockenheit der Luft. Wo Leandra oder Eberhard die Strohblumen gefunden hatten, die hier und da die Wände des Bads schmückten, vermochte ich nicht einmal zu erahnen, aber ich war überwältigt.

»Ich ...«

Sie trat an mich heran, so nah, dass sie mich ganz leicht mit ihren Brüsten berührte und ich sie und den Duft der Rosen riechen konnte. Sie legte mir einen Finger auf die Lippen und sah mich an, mit einem Blick, der meine Knie weich werden ließ. Dann wandte sie sich wortlos von mir ab, griff sich mit beiden Händen in ihr Haar, hielt die weißblonde Pracht hoch und stieg langsam die Treppe hinab in das Bad, ging durch das Wasser, das ihr bis zum Hals reichte, bis sie an den anderen Rand des Beckens gelangte. Dort drehte sie sich um und ließ ihr Haar herab, das für einen Moment wie ein weißgoldener Schein auf dem Wasser schwamm, einer Lilie gleich. Dampfschwaden wehten über das Wasser wie Schleier.

»Willst du nicht hereinkommen?«, fragte sie leise, und nun, zum ersten Mal, sah ich echte Unsicherheit in ihren Augen. Es war diese Unsicherheit, die mich berührte, und ich versank in ihrem Blick.

Wortlos folgte ich ihr in das Wasser. Das Nass berührte mich in seiner Hitze, schien mir fast unerträglich heiß, umfing, umschmeichelte mich, löste verspannte Muskeln und brachte mein Blut zum Sieden. Oder war sie es? Ich hatte den Blickkontakt nur kurz unterbrochen, und schon stand ich plötzlich vor ihr.

Ich sah ihr wieder in die Augen und suchte darin nach einem Zögern, nach etwas, was mich abhalten könnte, fand aber nichts anderes darin als den Wunsch, geküsst zu werden.

Also trat ich noch näher an sie heran, bis ich ihren Körper spürte, der sich meinem entgegendrückte, nahm sie in die Arme, ganz langsam, vorsichtig, etwas unendlich Kostbares an mich pressend, als ob ich sie in mich aufnehmen wollte, und küsste sie.

Wie oft küsste ein Mann, ein Krieger, im Lauf eines sehr langen Lebens? Wie oft hatte ich Liebe versprochen, hatte es ernst gemeint oder gelogen, wie oft hatte ich schon die weichen Lippen einer jungen Frau gesucht? Man sagte, dass ein Mann alt werden konnte wie die Gebirge und seinen ersten Kuss nicht vergessen würde, eine alte Weisheit, die ich für eine Lüge hielt. Bis zu diesem Moment, denn erst jetzt küsste ich wirklich zum ersten Mal.

Wie oft hatte ich an anderes gedacht, während ich küsste? Wie oft waren meine Augen wach gewesen, der Kuss berechnend, eine Ablenkung, ein Spiel?

Meine Augen schlossen sich, und ich ging in ihren weichen Lippen unter, bar jeden Gedankens, Zweifels, Wunsches oder einer Absicht.

Wie lange dieser Kuss dauerte, würde ich nie wissen, er währte zu kurz und so lange wie die Ewigkeit zugleich. Als ich meine Lippen von den ihren löste, sah ich, dass auch sie die Augen geschlossen hielt. Sie öffneten sich nun ganz langsam.

Vieles sah ich in ihren Augen, in jenem zeitlosen Moment, aber von allen Dingen eines nicht: Berechnung. Sie gab sich mir, weil sie sich geben wollte und nicht aus einem Zweck heraus, und so schwand meine letzte Angst.

Einen Moment schämte ich mich des Gedankens, dass sie sich hätte irgendwie verkaufen wollen, dann schlugen die heißen Wasser über uns zusammen.

Später, viel später, als der Schnee im Kübel schon längst geschmolzen war und wir es uns auf den hölzernen Liegen bequem gemacht hatten, studierte ich sie, wie sie vor mir kniete, den schlanken Rücken mir zugewandt, die Hände auf ihren Oberschenkeln, während ich ihr Haar sanft bürstete, mit einhundert Bürstenstrichen, wie es meine Schwester mich einst gelehrt hatte.

Jedes Mal, wenn die Bürste durch ihr Haar fuhr, erschauerte sie wohlig und gab ein leises Geräusch von sich, das mich hin und wieder verleitete, ihre Schulter oder anderes zu küssen.

Aber irgendwann war der letzte Bürstenstrich getan und ihr weißblondes Haar erneut zu einem Zopf gebunden. Sie lag halb auf, halb lehnte sie an mir, ihr Kopf ruhte an meiner Brust, ihr Busen in meinen Armen.

Ich küsste sie sanft. »Warum?«

Sie antwortete lange nicht, ihr Atem ging so regelmäßig, dass ich hätte meinen können, sie schliefe. Aber ich wusste, dass sie meine Worte vernommen hatte.

»Warum ich mich dir hingab?« Sie sprach leise, aber ich verstand sie gut. Mir war, als ob ich sie verstehen könnte, wenn sie die Worte nur gedacht hätte.

»Ja.«

»Es gab viele, die mich wollten. Doch nie konnte ich mir sicher sein, ob sie mich um meiner selbst willen wollten oder nur das begehrten, was ich ihnen geben konnte.«

Ich dachte an die königlichen Hallen in der Kronburg zurück, ein Schlachtfeld, auf dem ich stets meine Flagge hatte streichen müssen, dort war sie aufgewachsen … Es war nicht ihr Vermögen. Es mochte für einen wie mich beachtlich erscheinen, für die Verhältnisse am Hof war es eher unbedeutend. Was war es, was man von ihr wollte? Ich wusste es. »Das Ohr der Königin?«

Sie nickte in meinen Armen. »Oft wurde ich gebeten, ihr dieses oder jenes auszurichten, sie zu befragen, gar sie zu belügen oder zu hintergehen. Aber das war nicht alles.« Sie legte den Kopf in den Nacken, so dass sie zu mir aufsehen konnte. »Dass das Blut der Elfen in meinen Adern fließt, ist unschwer zu erkennen. Ich brauchte lange, um erwachsen zu werden, und ich war länger Kind, als mir gut tat. Als ich dann zur Frau wurde, gab es viele hohe Herren, die sich mit meinem Bettblut schmücken wollten, eine Trophäe, etwas, was man einem Turnier gleich gewinnt, mit dem man angeben konnte. Nachdem mein Beinahe-Liebhaber dann verlauten ließ, ich würde das Bett mit jedem teilen, der mich nehmen wollte, hatte ich erst recht keine Ruhe …«

»Du willst mir aber nicht sagen, dass du dich mir hingegeben hast, weil sich kein Besserer fand?« Ich sagte es als Scherz, doch sie sah mich entsetzt an.

»Nein! Havald, denk das nicht! Ich gab mich hin, weil ich in deinen Augen nur Verlangen nach mir sah, keinen anderen Gedanken, keine Hinterlist und keine Täuschung. Ich sah, wie du mich angeschaut hast, wenn du dachtest, ich würde es nicht bemerken. So wie ich dich mit Blicken verzehrt habe, wenn du nicht zu mir hingeschaut hast. Du bist ein außergewöhnlicher Mann, Havald. Ich weiß nicht, was es ist, was mich an dir so fesselt, ich weiß nur, dass ich mein Herz schon früh verloren habe, vielleicht schon, als du mein weibisches Geschwätz nicht dulden wolltest.« Sie senkte den Blick. »Ich werde diese Nacht nie bereuen können, auch wenn jetzt schon der Gedanke schmerzt, dich wieder zu verlieren.«

Ich wand ihren Zopf um meine Hand, zog sie herum und küsste sie erneut mit Leidenschaft und Inbrunst. »Warum solltest du mich verlieren? Was hindert uns, den Weg zusammen zu beschreiten, wohin er auch führt?«

»Obwohl du nicht Ser Roderic bist?«

»Glaubst du mir nun, Leandra? Ich dachte, dass du nun eher denken könntest, ich wäre er.«

»Manchmal, nicht immer, weiß ich, ob Worte wahr sind. Du hast wahr gesprochen, es bedurfte nicht des Zeichens der Einigkeit auf dem Tisch.«

Nun schämte ich mich, denn es war nur die halbe Wahrheit. Ich war nicht Ser Roderic, weil es ihn nie wirklich gegeben hatte. Aber ich war der, den sie suchte. In diesem Moment nahm ich mir vor, ihr alles zu offenbaren – wer ich war und was ich war. Aber später, nicht jetzt. Später war Zeit genug dazu. Hoffte ich.

»Gut, also was soll uns hindern?«, fragte ich sie.

Sie legte ihren Kopf in meine Hände und sah zu mir hoch, eine Träne glitzerte in ihrem Auge. »Du wirst mich verlassen. In fünf, in zehn, in fünfzehn Jahren. Aber ich verspreche dir, dass ich an deiner Seite bleiben werde, bis du gehst.«

»Warum sollte ich gehen wollen? Schätzt du dich so niedrig, dass du denkst, ich würde deiner überdrüssig?«

»Menschen sterben. Du bist ... alt. Ich hätte nie gedacht ...« Sie zögerte. Ich sagte nichts. »Ich hätte nie gedacht, einen alten Mann lieben zu können.«

»Du liebst mich?«

Sie nickte langsam und schenkte mir ein scheues Lächeln. »Ich denke, dass ich das tue, aber woher soll ich es wissen? Ich habe so etwas noch nie gefühlt.«

Sie war ehrlich. Ich zögerte nun selbst. »Dies ist nicht der günstigste Moment für Liebe«, sagte ich und erntete erst einen erschreckten, dann einen verwundeten Blick.

»Du hast Recht, ich verlange zu viel ... Es ist nur ... nein.« Sie sah hoch zu mir mit einem Ausdruck, den ich nie vergessen würde. »Ich werde nichts fordern von dir.«

Ich wischte eine Träne von ihrer Wange und lächelte. »Das war nicht alles, was ich sagen wollte. Es ist nicht der beste Ort, nicht die beste Zeit für Liebe, aber wann achtet die schon darauf? Auch ich habe so etwas noch nie gefühlt.«

»Du bist so viel älter.«

»Und das, was ich fühle, ist so viel seltener, als ich dachte. Aber ich kann dich beruhigen.« Ich nahm ihr Gesicht in meine Hände und küsste sie sanft. »Ich werde, wenn du und die Götter es wollen, dich eine weite Wegstrecke geleiten.«

30. Der Sohn des Händlers

Wir waren eine lange Zeit still, während uns die Wärme einhüllte und wir sie und uns selbst einfach nur genossen.

Dann brach sie unvermittelt das Schweigen. »Nun erzähl mir endlich, wie du an ein Bannschwert geraten bist? Wer bist du wirklich?«

Ich hatte diesen Moment gefürchtet, diese Frage, aber ich wollte keine Geheimnisse mehr vor ihr haben. Ich beschloss also, mit den Halbwahrheiten aufzuhören und ihr meine Geschichte zu erzählen. »Es wird lange dauern, dir all diese Dinge ...«

Es war der kalte Lufthauch und das Flackern der Kerzen, die uns warnten. Aber nicht früh genug.

»Da sind ja meine Turteltäubchen. Langsam, Ihr wollt nicht, dass dem Jungen ein Leid geschieht, oder?«

Es war Janos. Mit Timothy in seinem Arm gefangen und einem Dolch an der Kehle des Jungen, betrat er das Bad und schob die Tür hinter sich mit einer Ferse zu.

Keiner von uns sagte etwas, beide blickten wir zu unseren Klingen, die an der Wand lehnten.

»Oh, diese Wärme ...« Er zwinkerte uns zu und ließ seine Augen glitzernd über Leandras weißen Körper gleiten. »Und welch göttergleicher Anblick! Fürwahr, das Werk der Götter ist unübertroffen, die Frau das größte Geschenk für das Auge eines Mannes.«

»Wenn Ihr galant sein wollt«, fauchte Leandra, »habt Ihr die falschen Worte, die falsche Zeit und den falschen Ort gewählt!«

»Ich glaube nicht. Vielmehr glaube ich, dass dies exakt der richtige Ort und die richtige Zeit ist.« Er musterte uns sorgfältig. »Ihr stimmt mir zu, dass ich den Jungen töten könnte, bevor Ihr Eure Klingen ruft?«

»Ihr folgt ihm schneller, als Ihr glaubt, das verspreche ich Euch«, zischte Leandra zurück.

»Nun, vielleicht. Vielleicht auch nicht.«

Er öffnete die Tür und stieß den Jungen hindurch.

»Geh zurück zur Tür und pass diesmal besser auf, dass niemand stört.« Zugleich griff er an seinen Gürtel, hängte sein Schwert aus und warf es mit durch die Tür, bevor er sie erneut zuzog.

»Den Dolch behalte ich.« Mit einem breiten Lächeln ging er zur Früchteschale und spießte einen Winterapfel auf. »Ich esse meine Äpfel lieber geschält.«

»Was wollt Ihr?«, fragte ich. Noch hatte ich mein Schwert nicht gerufen, aber jeder hier wusste, dass Janos es jetzt nicht mehr verhindern konnte. War es Leichtsinn oder Mut? Aber er hatte ja noch die anderen Gäste des Gasthofs als seine Geiseln, unsere Hände waren nach wie vor gebunden.

Er sah uns an und zwinkerte. Er ließ einen Streifen Apfelschale fallen, legte seinen Dolch neben die Schale und aß den Apfel in drei Bissen. »Ein heißes Bad in dieser Kälte ... Ich hoffe, Ihr habt nichts dagegen, dass ich Euch Gesellschaft leiste.«

»Doch«, sagte Leandra. Sie stand immer noch kampfbereit da und machte auch keine Anstalten, ihre Blöße zu bedecken. Sie hatte Steinherz gerufen, hielt es in den Händen, und diesmal wusste ich, dass sie es mit Herzblut tränken würde.

»Dann tötet mich. Doch lasst mich warm sterben.« Er fing an, sich zu entkleiden, unbeeindruckt von dem bösen Blick, den Leandra ihm zuwarf.

»Denkt nicht, dass es mir nicht eine Genugtuung wäre«, knurrte sie.

»Doch, doch, das glaube ich wohl. Doch Ihr seid beide nicht dumm genug, um mich zu erschlagen, ohne zu wissen, was mich zu Euch führt.«

Es war, als ob sich ein Bär entkleidete. Janos war etwas kleiner als ich, doch bei weitem massiger. Er entledigte sich seiner Hose und lachte laut, als er Leandras Blick sah. Er war erregt und, so ungern ich es zugab, gebaut wie ein Hengst. Zarte Röte lief über Leandras ganzen Körper.

»Beachtet es nicht«, sagte Janos mit einem breiten Grinsen. Er war sich der Wirkung seines Anblicks bewusst. »Wir wissen alle, dass der Charakter wichtiger ist.« Und mit diesen überraschenden Worten ließ er sich theatralisch rückwärts in das Becken fallen. Eine Menge Kerzen erloschen auf einmal, als das Wasser hochspritzte.

Ich glaube, ich war meiner Überraschung noch nicht ganz Herr, als sein dunkler Kopf auftauchte und er sich schüttelte wie ein nasser Hund. Tropfen erreichten Leandra und mich, löschten weitere Kerzen und zischten auf den heißen Steinen.

Er lachte schallend. »Ihr solltet eure Gesichter sehen! Haben schon viele Leute Euch derartig verblüfft gesehen? Nein, ich glaube nicht.«

Er tauchte mit offensichtlichem Genuss erneut unter, und als er wieder erschien, legte er seine massigen Unterarme auf den Beckenrand und stützte sein Haupt darauf.

»Ihr werdet mir doch nicht die Freude nehmen und Eure Reize hinter einem Tuch verstecken wollen?«, fragte er, als Leandra nach einem Handtuch griff.

Sie warf ihm einen vernichtenden Blick zu. »Doch, will ich. Ihr seid nicht der, dem ich meinen Anblick gönne.«

»Und wenn ich verspreche, nicht hinzusehen?«

»Ich würde Euch nicht glauben.«

»Und das zu Recht!« Er lachte wieder.

»Ihr wollt etwas. Was ist es?«, fragte ich ihn. Was bezweckte er mit dieser Farce?

»Geradeheraus wie eh und je. Wisst Ihr eigentlich, dass ich genau diese Worte schon einmal aus Eurem Mund gehört habe?«

»Nein.«

Er wandte sich Leandra zu, die trotz des Tuchs immer noch einen verführerischen Anblick bot. »Was hat er Euch von sich erzählt?«

»Genug«, sagte sie.

»Hättet Ihr nicht gestört, mehr«, sagte ich trocken.

»Gut, ich will ihm nicht vorgreifen, ich hoffe nur, seine Geschichte irgendwann ebenfalls vernehmen zu können. Lasst mich Eurem Gedächtnis auf die Sprünge helfen und hört die meine.«

»Ich würde es begrüßen, wenn Ihr dies schnell tätet«, meinte Leandra. »Wir haben Besseres zu tun, als Euren unverlangten Worten zu lauschen.«

Er lachte erneut. »Das glaube ich Euch. Nun, dann will ich es kurz gestalten. Ich war nicht immer ein Bandit. Es hätte durchaus sein können, dass wir uns begegnet wären und freundliche Blicke getauscht hätten. Ich wurde geboren als Sohn eines Tuchhändlers in Tolmar. Mein Vater war sehr erfolgreich in seinem Handel, seine Karren reisten weit, seine Tücher waren beim Adel begehrt, denn er verstand es, die Farben haltbar zu machen. Als ich acht Jahre alt war, entschloss er sich, einen Wagenzug nach Illian zu führen. Die Handelswege waren geschlossen; es war zu der Zeit, als die Barbarenhorden die Königreiche in Schrecken versetzten. Zwanzig andere Händler schlossen sich ihm an, alle angelockt von dem Gold, das es zu verdienen gab, wenn unsere Wagen zu einem Zeitpunkt in Illian einfahren würden, an dem es dort an allem mangelte. Mein Vater heuerte Söldner an, und sie sollten angeführt werden von einem Mann, dessen Ruf untadelig war, ein Söldnerführer ohne eigenen Trupp, der bisher noch nie einen Wagenzug verloren hatte. Mein Vater war ein arroganter Mann, er stieß diesen Söldner, mit Namen Jamal, irgendwie vor den Kopf. Was es war, weiß ich bis heute nicht. Mein Vater entschloss sich also, jemand anderen anzuheuern. Der Wagenzug verließ alsbald unsere schöne Stadt. Ich begleitete meinen Vater. Es begab sich, dass der neue Söldnerführer ein Bandit war, der mit anderen gemeinsame Sache machte und den Zug in einen Hinterhalt lockte. Doch ganz ging der Plan des Banditen nicht auf. Die meisten Wachen blieben loyal, es waren ehrvolle Männer, und so kam es zu einem Kampf, der drei Tage währte. Doch am dritten Tag war der Kampf verloren, nur noch wenige der Verteidiger lebten, darunter ich, aber nicht mein Vater. Ich tötete an jenem Tag meinen ersten Mann mit einer Armbrust, als der Mörder sein Schwert aus der Brust meines Vaters zog.« Er holte tief Luft und sah mich unverwandt an. Mich überkamen urplötzlich unangenehme Erinnerungen. »Auch die Banditen hatten Leute verloren, es waren nur noch zehn von ihnen, von uns gab es jedoch nur noch vier, die ein Schwert heben konnten. Der letzte überlebende Händler hatte die Wagen in Brand gesteckt, und dies erboste die Banditen so sehr, dass mit Gnade nicht mehr zu rechnen war. Ich selbst war unter einem Wagen versteckt, als Jamal erschien. Er war allein, als er die zehn angriff. Von meinem Versteck aus konnte ich sehen, wie er kämpfte. Nie wieder habe ich solche Schwertarbeit gesehen.« Sein Blick schweifte kurz an ferne Orte. »Was soll ich sagen? Es war Jamal. Sie hatten keine Chance. Er erschlug sechs, den Rest, darunter auch der Anführer, schlug er bewusstlos. Er schleifte sie hinter seinem Pferd in unser brennendes Lager. Ich trat aus meinem Versteck hervor. Acht Jahre war ich alt, dennoch schien es, als wäre es mein Recht, als neuer Herr auf den Söldner zuzutreten und ihm, dem Sieger, etwas abzutrotzen. Als ich, der kleine Erbe eines verbrannten Vermögens, so hochherrschaftlich vor ihm stand, sprach er mich an ...«

»*Ihr wollt etwas. Was ist es?*«, flüsterte ich.

Leandra sah von mir zu ihm. Sie schien fassungslos, fing sich aber wieder.

»Dann sagte ich ihm, ich wolle den Kopf des Verräters, und er antwortete, ich könne ihn mir nehmen. Also schnitt ich dem Mann mit meinem Brotmesser den Kopf ab«, erzählte Janos und sah zu mir auf. »Könnt Ihr mir noch einen Apfel geben?«

Ich beugte mich vor und warf ihm einen Apfel zu. Er biss hinein.

»Ich dachte, Ihr mögt sie lieber geschält?«, fragte Leandra spitz.

»Euch jetzt in diesem Moment um meinen Dolch zu bitten wäre vielleicht falsch verstanden worden.« Janos lachte. »Am

Ende hättet Ihr ihn mir so ungeschickt zugeworfen, dass ich hätte verletzt werden können.«

Leandra funkelte ihn an, und er grinste breit zurück. Sein Dolch lag noch neben der Schale ... Die Idee hatte etwas. Aber Janos sprach weiter, als habe er meinen Blick nicht bemerkt.

»Nun, Jamal ritt davon. Er wurde noch gefragt, warum er eigentlich gekommen wäre. Er habe es sich anders überlegt, war die Antwort.« Janos' Augen ließen mich nicht los. »Es war nicht gerecht, aber ich hasste diesen Mann. Das gesamte Vermögen unserer Familie steckte in den brennenden Wagen, ich hatte nichts mehr, auch keinen Vater. Ich war acht Jahre alt, natürlich konnte ich das Erbe meines Vaters nicht halten. Ich hasste diesen Jamal, denn hätte er sich nicht geweigert, meinen Vater zu führen, wäre all dies nicht geschehen. Er war der Grund, warum ich in der Gosse landete, mich Dieben und Mördern anschloss und genau das wurde, was dieser Jamal so verachtete. Und in all den Jahren betete ich, dass die Götter diesen Mann vor meine Klinge führen würden. Bevor ich ihn erschlagen wollte, würde ich ihm eine Frage stellen: Warum hatte er das Angebot meines Vaters abgelehnt? Ich weiß, dass mein Vater Gold genug bot, es ging also um etwas anderes. Was war es?«

Ich sah ihm geradewegs in die Augen. »Ich hatte eine Bedingung gestellt, die er nicht erfüllen wollte«, teilte ich ihm mit.

Janos' Augen glitzerten. »Und die wäre?«

»Er wollte seinen Sohn mit auf diese Reise nehmen. Das Unterfangen war gefährlich, so gefährlich, dass die Reise sowieso schon einem Selbstmord glich. Ich hätte ihn geleitet, hätte er seinen Sohn zurückgelassen. Ich führe keine Kinder in die Schlacht.«

»Ist das wahr?«

Ich nickte.

»Es ist wahr«, bestätigte Leandra. »Ich kann es spüren.«

Janos sah mich lange an. »Ich habe keinen Grund mehr, an seinen Worten zu zweifeln, Sera. Er sagt nicht alles, aber das, was er sagt, glaube ich ihm. Ich wollte es nur nicht wahrhaben.«

»Wollt Ihr ihn nun erschlagen?«, fragte Leandra. Sie sah auf Steinherz herab, das in ihren Händen wartete. »Ihr werdet vorher auf meiner Klinge enden.«

Janos stieß sich von der Beckenkante ab und stieg langsam die Treppe herauf. Er trocknete sich ab und betrachtete uns. So, ohne seine verdreckten Kleider, sauber, die Haare glatt und nicht verfilzt, sah er stattlich aus. Ich konnte ihn mir ohne Schwierigkeiten in den Gewändern eines Handelsherrn vorstellen.

»Nein. Ich kann es nicht mehr«, sagte er dann. Er bückte sich und fing an, sich wieder anzukleiden. »Es kommt spät, aber ich sehe, dass ich mich irrte und in Eurer Schuld stehe, denn ich schulde Euch ein Leben. Meines. Ich mag ein Mörder, Halunke und Dieb sein, aber ich habe mir einen Rest Ehre bewahrt. Ich will Euch nicht länger stören.«

»Sollten sich unsere Wege irgendwann wieder kreuzen«, rief Leandra ihm hinterher, »werde ich Euch hängen lassen.«

»Und ich werde Euch um Euer Hab und Gut bringen!«, schallte es lachend zurück. »Ich bitte um Verzeihung für die Störung, macht weiter mit dem, wobei ich Euch gerade unterbrochen habe.«

»Ihr seid wahrhaft großzügig«, sagte ich. »Aber nun habe ich eine Frage.«

An der Tür hielt er inne. »Fragt.«

»Warum soll meine Antwort Euren Schwur nichtig machen?«

»Weil es die einzige Antwort war, mit der ich nicht rechnen konnte. Denn seht, *ich* bat meinen Vater, mich auf diese Reise mitzunehmen, rang ihm das Versprechen dazu ab. Ich ließ ihn auf alle Götter schwören, dass er mich mitnehmen würde. Also weiß ich nun, wer der Schuldige ist.«

Mit diesen Worten zog er die Tür hinter sich zu und ließ uns allein.

Wir sahen beide auf die geschlossene Tür. Dann, nach einer Weile, sah Leandra mich an. »Versteh mich nicht falsch, Havald, aber ... irgendwie finde ich ihn beeindruckend.«

Ich nahm sie in die Arme. »Und doch meinst du es ernst. Du wirst ihn hängen.« Ich spürte mehr als ich sah, dass sie nickte.

»Ja. Falls wir dies überleben … Er hat zu viel gewagt.«

»Vielleicht liegt es in seiner Hand, ob wir hier heil rauskommen.«

»Nein«, sagte Leandra in bestimmendem Ton. Sie sah auf ihr Schwert Steinherz herab und legte es langsam zur Seite. »Das glaube ich nicht.«

31. Die Geschichte vom Wanderer

Als wir das Bad verließen, wartete Timothy bereits auf uns. Er hielt den Blick gesenkt und zitterte fast.

»Tut mir Leid, dass ich versagt habe. Ich ... ich bin eingeschlafen.«

»Wie kam er durch die verschlossene Tür?«, fragte Leandra, aber Timothy schüttelte nur den Kopf. »Das weiß ich nicht, ich wachte auf und spürte sein Messer. Verzeiht, hohe Herrschaften, aber ich hatte Angst.«

»Hat denn hier jeder einen Schlüssel?«, knurrte sie, als sie sich anzog. Diesmal war es mein Vergnügen, ihr zu helfen.

»Es muss kein Schlüssel sein. Ich selbst kenne mich mit Schlössern nicht aus, aber ich weiß, dass es Möglichkeiten gibt, sie zu überwinden.«

»Ja. Das nennt sich Dietrich.« Sie half nun mir beim Ankleiden. Es war ein Genuss, in trockene, warme Sachen zu steigen.

Bisher waren versperrte Türen etwas, das ich respektierte oder dem ich mit einer Streitaxt zu Leibe rückte. Oder einem Rammbock.

Als wir in den Gastraum zurückkehrten, eilte der Wirt auf uns zu. »Ihr seid sehr lange weggeblieben, ich war schon besorgt!«

Ich sah Sieglinde auf den Tischen stehen und konnte seine Besorgnis verstehen. Ihr Kleid war aufgeknöpft, und sie hatte trotz der Kühle des Raums auf einen Unterrock verzichtet; ein wohlgeformtes Bein war durch die Falte des Rocks zu sehen. Es wippte im Takt zum Refrain eines mir wohlbekannten Liedes, das nicht gerade züchtig war.

Jeder hier schien ihr und ihrer magischen Geige wie gebannt zu lauschen. Die Tische in der Gaststube waren so verschoben, dass ein jeder besser sehen konnte. Im Moment war kein Durchkommen zu unserem Platz. Dort hatten es sich diesmal Zokora und Rigurd bequem gemacht. Er bürstete ihr Haar aus, während sie beide Sieglinde zusahen.

»Es ist ihr zweites Lied«, sagte Eberhard leise. Ich trat neben ihn hinter die Theke und griff mir zwei Becher und eine Flasche Fiorenzer.

Unter der Theke sah ich einen Streitkolben und eine mittlere Kampfaxt liegen. Eberhard sah meinen Blick und zuckte mit den Schultern. »Mit einer Axt und einem Hammer bin ich besser als mit einem Schwert.«

Leandra trat neben uns, und ich reichte ihr den vollen Becher.

»Ich danke Euch, Wirt, für die Mühe, die Ihr Euch für uns gemacht habt«, sagte ich.

Eberhard nickte mir zu, ohne die Augen von seiner Tochter zu nehmen. »Es war mir ein Vergnügen. Ich selbst habe die Wärme genossen, als ich den Raum vorbereitete. Seht sie Euch an, Ser, ist sie nicht bildhübsch? Von meinen Töchtern ist sie es, die meinem Weib am meisten ähnelt. Es bricht mir das Herz, sie so zu sehen.«

Sieglinde beendete ihr Lied mit einer kessen Verbeugung, ihr langes blondes Haar flog nach allen Seiten und hing offen bis über ihre Hüfte herab, als sie sich wieder aufrichtete.

»Mehr!«, grölte eine der Wachen der Händler.

»Mehr, sing mehr!«, rief ein anderer.

»Vor allem, zeig mehr!«, meinte einer der Banditen lautstark. Janos saß wieder mit seinen Leuten am Tisch, er schien meinen Blick zu spüren, denn er drehte sich zu uns um und zwinkerte uns zu.

Ich spürte, wie Leandra sich anspannte, aber dann lachte sie. »Er *ist* ein Halunke.«

Er war es, noch ein größerer, als ich dachte, denn er sprang auf von seinem Stuhl und, behände wie eine Bergziege, mit einem weiteren Satz auf die Tische empor, wo er einen Arm um Sieglinde legte.

»Ihr seid süchtig nach Unterhaltung, in diesem dunklen Loch kein Wunder! Hier wird ja jeder verrückt ... Mädchen, deine Geige, ist sie wieder ausgespielt?«

Sieglinde nickte, und ich sah, wie Eberhard sich entspannte.

»Dann gebt ihr eine andere, es wird sich eine finden lassen, oder?«, rief Janos lachend. Eberhard zog eine Lade unter der Theke auf und entnahm dieser eine Geige. Er reichte sie hoch zu Sieglinde und nahm vorsichtig die andere entgegen.

»Ich weiß nicht, was er vorhat, aber vorhin befahl er mir, eine andere Geige zu besorgen«, sagte er leise zu uns.

»Ich bin kein Mann des Gesangs«, rief Janos in die Menge, »eher ein Mann der Tat.« Er beugte sich zu Sieglinde hinunter, drehte sie so, dass sie auf seinem Arm ihren Rücken fast waagerecht bog, und küsste sie mit offensichtlichem Genuss und unter dem Johlen und Klatschen der Gäste, auch wenn ich bei dem ein oder anderen Banditen puren Neid erkennen konnte.

Er richtete sich auf und stellte auch Sieglinde gerade hin, die seltsam verwirrt schien und einen hochroten Kopf hatte. »Wie ihr sehen könnt, mangelt es mir nicht an Unterhaltung!« Er lachte. Auch wenn einige eher mitlachten, um nicht seinen Zorn auf sich zu ziehen, erschien es mir doch, als ob der größte Teil des Gelächters ungezwungen war.

»Aber da wir nun mal alle Freunde sind«, er grinste breit in den Raum, »und ihr immer ein so wohlgefälliges Auge auf mich werft, will ich euch unterhalten!« Er trank von seinem Wein und prostete dem Gastraum zu. »Wie ihr sicherlich wisst, ist das Ausrauben von schwer bewachten Karawanen nicht immer ein Vergnügen, denn manche besitzen die Dreistigkeit, sich zu wehren! Wenn man dann am Abend erschöpft am Feuer sitzt, erzählt man sich Geschichten, und eine davon will ich euch aus gegebenem Anlass zum Besten geben.«

Mit einer Verbeugung wandte er sich an Eberhard. »Wirt, Wein für alle hier im Raum. Setzt es auf meine Rechnung!« Er brüllte erneut sein dröhnendes, schallendes Lachen.

Gejohle und Gelächter folgten. Es waren nicht nur seine Männer, die darin einfielen.

»Sie fressen ihm aus der Hand«, hörte ich Leandra leise sagen, als der Wirt und Timothy sich beeilten, die Krüge zu füllen. Ich sah auch, wie einige Wachen ihre Becher erhoben, um sich auffüllen zu lassen. Heute Abend, so schien es mir, wurde dem Alkohol mehr zugesprochen als an den letzten beiden Abenden zusammen.

Wir sahen zu, wie Janos seinen Becher Wein leerte. Ein Schwall des Getränks lief ihm aus den Mundwinkeln über seine Kleidung und vermischte sich dort mit Dreck, Staub und Blut. Ich erinnerte mich, mit welchem Genuss er sich ins Wasser gestürzt hatte; manches passte nicht ganz zusammen bei unserem Räuberhauptmann.

»Sag«, Leandra lehnte sich an mich, »ist es kälter geworden oder bilde ich mir das nur ein?«

»Vielleicht weil wir aus der Wärme kommen«, sagte ich. Aber sie hatte Recht, auch ich hatte das Gefühl, dass die Kälte zugenommen hatte. Ich konnte die Hitze der Kamine bis hierher spüren, ab und zu, ohne dass man darüber nachdenken musste, warf einer der Gäste ein Scheit ins Feuer. Die Flammen loderten nun schon seit fast drei Tagen ununterbrochen, und der Kamin war schon lange zu heiß zum Anfassen, aber die Gaststube selbst erschien mir kälter als zuvor.

Aber Janos forderte wieder unsere Aufmerksamkeit. Er breitete die Arme aus und wartete, bis es im Raum still war, lachte erneut und fing an zu erzählen.

»Die Geschichte, von der ich euch berichten will, handelt von der Rettung der Stadt Kelar. Kelar war eine stolze Stadt, eine freie Stadt, frei vom Königreich Illian. Das passte Herzog Golvar vorzüglich, denn so brauchte er keinen Ärger zu befürchten, wenn er sie nach erfolgreicher Belagerung für sich nahm!« Er machte eine übertriebene Verbeugung. »Herzog muss man sein, dann kann man Städte plündern. Unsereins wird gleich gehängt, klaut er einem fetten Händler eine Börse! Ich frage euch, ist das gerecht?«

Wieder hatte er das Gelächter auf seiner Seite.

»Was ich berichten will, trug sich im achtzehnten Jahr der Belagerung zu. Wisst ihr, es gab dort einen Schweinehirten, geboren an dem Tag, an dem die Stadt ihre Tore vor Herzog Golvars Truppen schloss. Nur gab es nach den Jahren der Belagerung irgendwann keine Schweine mehr. Unser Held, seiner Schweine beraubt, half also auf den Wällen. Er schleppte die Toten fort, wusch sie und brachte sie auf den Leichenacker. Er reparierte Kettenhemden und schliff Schwerter nach, brachte das Essen auf die Zinnen und, viel wichtiger, den Wein!« Er hob seinen Becher an und trank. »Prost auf unseren Helden!«

Alle lachten. Ich stimmte nicht mit ein. Ich kannte diese Geschichte schon, ja, ich kannte sie besser als sonst jemand.

»Nun, nachdem achtzehn Jahre vergangen waren, war es jedem Idioten in der Stadt, also auch den Ratsherren, klar, dass sie nicht bestehen konnten. Die hohen Speicher waren leer, jedes Vieh aufgefressen, so dass manch ein Bürger seine fette Frau auch schon mal gierig ansah ... Anders als ihr lieb war, meine ich! Aber die Ratsherren wussten, dass Golvar seinen Truppen die Erlaubnis zur Plünderung gegeben hatte, und sie wollten doch die hübschen Frauen behalten und selbst bei ihnen liegen!« Er zog Sieglinde zu sich heran und griff ihr derb an den Hintern. »Spiel eine Weise zu meinen Worten, Mädchen!« Er hob den Becher an. »Also, die Leute aus Kelar, die hohen Herren, sahen nun ein, dass sie besser unter dem Schutz des Reichs aufgehoben waren als unter des Herzogs Knute. Das musste man dem König doch sagen, sonst würde er noch dasselbe tun wie die letzten Jahre: Er saß mit seinem Heer auf seinem fetten Hintern und tat – nichts! Also musste ein mutiger Mann gefunden werden, der die Nachricht an den König überbrachte. Diesen mutigen Männern versprach man viel Geld, Land, schöne Frauen, und so folgten sie dem Aufruf, schlichen sich des Nachts aus der Stadt hinaus, um am Tage in zwei Teilen zurückzukehren, die Körper mit einem Katapult des Herzogs, die Köpfe auf der Spitze eines Ballistenbolzens. Alsbald herrschte Mangel an mutigen Gesellen, und so wurde die Nachricht nicht überbracht. Allein der Herzog besaß jetzt zehn Ausfertigungen von dem Wisch, wollte sie aber wohl nicht weiterreichen! Spiel schon auf, Mädchen!«

Sieglindes Geige brachte eine Melodie hervor, die mich frösteln ließ. Es war, als ob die Saiten die Stimmen der Trompeten und Langhörner, das Surren der Bogensehnen und die Einschläge der Katapultsteine wieder auferstehen ließen, eine Melodie, die Janos' ironischen Worten den Biss nahm und die Tragödie deutlich machte. Selbst Janos schien das zu bemerken; er war nicht ganz mit ihrer Spielweise zufrieden, aber auch er war wohl von der Musik berührt, denn er änderte seinen Ton und sprach leiser, eindringlicher, als ob auch er nun jene Stadt vor seinen Augen sehen könnte.

»In ihrer Verzweiflung baten die Ratsherren die Götter um Hilfe, opferten in ihren Tempeln und fragten die Priester um Rat. Die Priester vollführten ihre Augurien und traten dann vor, um ihr Unheil zu verkünden. Alle sahen auf die Hohepriesterin der Astarte oder den obersten Streiter Borons, aber es war der Hohepriester des Soltar, der vor die versammelten Ratsherren trat. Dass der Gott des Todes die erhoffte Lösung bringen sollte, ließ die hohen Herren in ihren Stühlen erzittern!« Janos machte eine Pause und nahm einen Schluck Wein, während Sieglindes Geige diese längst vergangene Szene heraufbeschwor.

»Aber dann«, fuhr Janos fort, »fasste der oberste Ratsherr Mut. ›Sprecht, Priester, welcher Rat wird uns von Euch gegeben!‹, rief er, und nicht nur er war bleich, als der Priester antwortete. ›Es gibt einen, der hier ruht, einen Streiter des alten Reichs. Er ist begraben in unserem Tempel, liegt dort mit seiner Klinge. Mein Gott sagte mir, dass derjenige, der diese Klinge aufnehmen würde, derjenige wäre, der die Nachricht an den König übermitteln könnte. Doch dieser Krieger müsste selbst durch das Tor des Todes gehen, um die Nachricht zu überbringen.‹« Janos' Stimme senkte sich. »Schaudern erfüllte die Zuhörer. Das Tor des Todes war auf eine Klippe gebaut, und die war einhundert Mannslängen hoch. Durch dieses Tor traten die Verurteilten ihren letzten Gang an, um am Fuß der Klippen zu zerschellen und den Fischen ein Mahl zu bereiten. Verzweifelt rief der Ratsherr nach Freiwilligen, die das Schwert des Todes tragen wollten und durch das Tor in die Ewigkeit gehen würden, um dem König den Hilfeschrei der allzu stolzen Stadt zu übersenden. Aber niemand meldete sich. ›Gibt es denn niemanden hier, der diese Stadt mehr liebt als sein Leben? Der sich für seine Nächsten und Lieben opfern will?‹ So verzweifelt war der Ruf des Ratsherrn, dass er auch den Schweinehirten erreichte, der die Ratshalle aufgesucht hatte, um etwas Wärme zu finden. Also stand der Schweinehirte auf, löste sich aus der Menge und trat vor den hohen Rat und die Priester der Dreieinigkeit. Er kniete nieder vor dem Priester Soltars. ›Gebt mir die Klinge des Todes, ich werde sie durch das Tor tragen, denn diese Stadt gebar mich, nährte mich, beschützte mich, gab mir eine Heimat. Sie ist der Wall, der meine Lieben schützt, die Stadt in der meine Schwester lebt.‹

›Ihr sollt reich belohnt werden‹, sagte der Ratsherr und bot dem Schweinehirten dasselbe an, was er anderen zuvor versprochen hatte, nur diesmal war er noch freizügiger, wohl wissend, dass noch niemand sein Vermögen durch jenes Tor getragen hatte. Doch der Schweinehirte schüttelte den Kopf. ›Lasst mich meine Wünsche nennen. Meine Schwester ist jung, erst sechs. Sie soll eine feine Dame werden, hoch geachtet, in den Tempeln unterrichtet und vermählt werden mit einem jungen Mann, von dem Gutes gesprochen wird und der den Göttern ein Wohlgefallen ist. Da ich es nicht mehr tun kann, baut vor der Stadt ein Haus, in dem die Gäste der Stadt eine Nacht umsonst nächtigen und speisen können, dies sei mein Haus, das ein Mann erbauen soll. Pflanzt einen Apfelbaum im Hof, seine Früchte sollen denen gehören, die ärmer leben, als ich es tat, dies soll mein Baum sein, den ein Mann pflanzen soll. Solange die Mauern der Stadt stehen, nehmt fünf Mädchen und fünf Jungen ohne Oheim, Mutter und Vater, gebt ihnen ein Heim, eine liebende Familie und einen Beruf, dies sollen meine Kinder sein, die ein Mann im Leben zeugen soll.‹ Der Schweinehirte erhob sich, stand gerade und stolz vor dem Ratsherrn, als wäre dieser nicht ein hoher Herr und er nicht ein Hüter der Schweine. ›Für mich ein Paar Stiefel, eine Hose, Wams und Ranzen mit vier Mahlzeiten darin und einen warmen Umhang.‹ Vor all den hohen Herren der Stadt wurde das Geschäft getätigt. Der Junge wurde gewaschen und gesalbt, schlief diese letzte Nacht in einem weichen Bett, erhielt Stiefel, Jacke, Hose, Ranzen und Umhang. Er wurde in der Stunde der tiefsten Nacht, gesäumt von zahllosen Fackeln, unter Glocken und Trompetenklängen, zu dem hohen Tor des Todes geführt, entlang des Pfades, den so viele arme Büßer vor ihm gegangen waren. Doch noch nie war eine derartige Prozession einem Jüngling gefolgt, nein, einem Mann, der mit hoch erhobenem Haupt diesen Weg ging. Ihm folgten sogar die Priester unserer Götter, von denen der schwarze Diener eine Kiste hinter dem Jüngling hertrug, die das Schwert des Todes enthielt.«

Janos hielt inne, nahm einen Schluck und ließ seinen Blick über die Leute schweifen, nur das Prasseln der Kamine war zu hören, ein jeder lauschte gebannt. Sieglindes Musik führte uns den fackelgesäumten Weg hoch zu dieser Klippe, zeigte uns die ernsten Gesichter derjenigen, die hier an der Straße standen, ließ uns das Tor erblicken, das Soltar geweiht war, ein Tor aus dunklem Obsidian, schwarz wie die Nacht selbst und so finster wie sein Reich.

»Am Tor angekommen, dem Tor, das zwei Schritte weiter in dem Abgrund endete, kniete der Schweinehirte nieder. Die ganze Stadt hielt den Atem an, als der schwarze Priester die Kiste öffnete und der Jüngling das Schwert entgegennahm. Er hängte es sich über den Rücken, denn es war kein gewöhnliches Schwert, sondern ein Bastardschwert, fast so hoch wie er. Ein Bannschwert zudem, eine magische Klinge. Er betete ein letztes Mal und nahm dann die Rolle mit der Botschaft an den König entgegen. Als er aufstand, wehte ein Wind durch das Tor, der seinen schwarzen Umhang flattern ließ. Man sagt, es wäre ein kalter Wind gewesen, direkt aus dem Reich des Bewahrers der Toten, ein Wind, der die meisten der Fackeln löschte und die

Menge schaudern ließ. Der Junge zog das Schwert des Todes, trat ein durch das Tor, blickte in den Abgrund der weißen Brandung, die tief unter ihm tobte ...«

Janos nahm einen Schluck und grinste breit.

»... und als er sich umdrehte, verlangte er ein Seil, sechshundert Ellen lang!«

Befreites Gelächter erklang im Gastraum, ein jeder hatte die Geschichte wohl schon einmal gehört, doch sie war noch immer einen Lacher wert.

»Ja, lacht nur!«, rief Janos. »Wir wissen, was geschah. Der Jüngling kletterte in dieser dunklen Nacht die Klippen hinab, schlich und kämpfte sich mit seinem neuen Schwert durch die Reihen der Belagerer und erreichte den Hof von Illian am zehnten Tag, um dort jene Nachricht zu überbringen. Der König nahm den Treueschwur der Ratsherren an und entsandte sein Heer, das einen Monat später die Belagerung durchbrach. Seit jenem Tag steht vor dem Haupttor der Stadt ein Fremdenhaus mit einem Apfelbaum. Vielleicht habt ihr selbst dort einmal gerastet.«

Er schaute sich um, und einige im Raum nickten. »Auch ich tat es einst. Und auch wenn mir der Segen der Götter nicht sicher war, der Wein dort schmeckte köstlich, das Essen war nahrhaft, und ich schlief sanft in den Betten des Wohltäters. Aber was geschah mit dem Schweinehirten selbst? Er war durch das Tor des Todes geschritten und somit Soltar geweiht.« Er beugte sich vor und senkte seine Stimme. »Es heißt, dass Soltar ihn nun nicht mehr nehmen wollte, da er ihm bereits das Tor geöffnet hatte. Und so weilt er noch immer unter uns, ein ewiger Wanderer, der nicht sterben kann, auf seinem Rücken das Schwert der toten Seelen, in seinen Augen der Tod für jeden, der das Königreich bedroht, denn auch er schwor dem König gegenüber seinen Eid ...« Seine Stimme wurde zu einem Flüstern.

»Vielleicht weilt er unter uns, ist ein Gast hier an diesem Ort, sieht uns an mit Augen, die in die Ewigkeit schauten. Allerdings müsste er leicht erkennbar sein, denn es heißt, er ziehe das Seil noch immer hinter sich her!«

Die Leute, die sich tatsächlich unsicher umgesehen hatten, grölten bei dem letzten Satz oder schlugen sich auf die Oberschenkel, das Gelächter kam mir fast schon hysterisch vor.

Janos richtete sich abrupt auf, trank aus und warf den Becher gegen die Wand. »Spiel auf, Mädchen!«, rief er und wirbelte Sieglinde herum. »Und ihr faulen Säcke erhebt euch und schwingt eure Füße im Tanz, lasst uns feiern heute und fröhlich sein. Denn heute Nacht wird hier niemand durch das Tor des Todes gehen! Mein Wort darauf!«

Er fing an, mit dem Fuß zu stapfen und in die Hände zu klatschen. »Spiel auf, Mädchen!«

Und Sieglinde spielte auf, der Bogen tanzte über die Saiten, sie selbst bog sich mit der Musik, einem alten, schnellen Tanz, und ihr schlankes Bein gab den Takt vor und das Wunder geschah, zögerlich erst, dann mehr und mehr, erhoben sich die Leute und reihten sich in den Tanz ein.

»Was, bei den eisigen Höllen Soltars, will er damit bezwecken?«, flüsterte Leandra.

»Ich weiß es nicht«, sagte ich. Janos sah zu mir herüber und zwinkerte uns erneut zu. »Aber ich glaube, er hat es schon erreicht.«

»Da könntest du Recht haben. Aber was ist es?«

Eberhard trat zu uns. »Ich will ihn hassen. Seht, wie meine Sieglinde ihn anlächelt. Er ist ein Schuft, Dieb und Mörder, aber bei den Göttern, hätte er nicht jemand anders werden können? Jemand, dem ich meine Tochter gerne geben würde?«

Ich nickte langsam und suchte in den Gesichtern der Leute im Raum nach dem, das mir verriet, was Janos bezwecken konnte, doch ich fand es nicht. Janos war schlau.

»Was meinst du, ist die Geschichte wahr?«, fragte Leandra.

Ich sah sie überrascht an. »Die Geschichte vom Schweinehirten? Ja, ist sie. Ich lebte einige Zeit in Kelar, übernachtete selbst in jenem Haus. Es heißt, die Tochter seiner Schwester habe den Prinzen von Illian geheiratet.«

»Er muss ein interessanter Mann gewesen sein, dieser Schweinehirte. Meinst du, es stimmt, dass er noch unter uns weilt?«

»Bedenkt man, dass seine Mutter von einem Elfen geschwängert wurde, als sie ihre Schweine hütete, so mag etwas dran sein an der Geschichte«, sagte ich mit einem Lächeln.

»Das habe ich noch nicht gehört.«

Ich lachte, als ich ihr Gesicht sah. »Ich auch nicht. Ich habe es soeben erfunden. Aber es erscheint mir wahrscheinlicher, als dass Soltar ihm den Zugang zum Totenreich verweigert.«

32. Der kalte Hauch des Eises

Sie wollte gerade etwas sagen, als hinter uns eine leise Stimme ertönte.
»Papa ...«
Es war Maria.
Eberhard eilte sofort zu ihr, lauschte ihren Worten und gab uns ein Zeichen, zu ihm zu kommen.
»Ihr solltet Euch das ansehen.«
»Was ist?«, fragte Leandra, als wir dem Wirt und seiner Tochter folgten.
»Ich weiß es auch nicht«, rief er über seine Schulter, »aber sie sagt, der Turm mache seltsame Geräusche.«
Wir folgten Maria bis in die Gemächer des Wirts. Ihre Schwester Lisbeth wartete dort auf uns mit einer Armbrust in den Händen. Sie legte sie beiseite, als sie uns sah, und warf sich ihrem Vater in die Arme.
»Papa, ich habe Angst.«
Seitdem ich das letzte Mal hier gewesen war, hatte der Wirt die Treppe nach oben abgedichtet und klafterweise Brennholz herangeschafft. Jedes Fenster war mit dicken Decken versiegelt, Kerzen erfüllten den Raum mit einem warmen Glanz. Kostbare Teppiche bedeckten den kalten Stein zu unseren Füßen, bunte Tücher hingen unter der Decke. Die Flammen in dem großen Kamin tanzten und prasselten. Es war kühl, aber nicht kalt hier.
Es war gemütlich.
Knack!
Das Geräusch kam von oben und ähnelte dem eines Fußes, der auf ein Holz tritt. Alle sahen wir zur Decke auf, dann auf die versiegelte Treppe. Angsterfüllt schaute der Wirt uns an.
Leandra seufzte, und wir tauschten einen Blick.
Sie wandte sich an den Wirt. »Wir werden für Euch nach dem Rechten sehen.«

Eberhard nickte dankbar und fing an, die Tür freizulegen. Das Eis knirschte, als er die Tür aufzog, dann rieselten Eiskristalle auf den Boden. Die Kälte, die durch die Wendeltreppe auf uns herabfiel, war wie ein Schlag ins Gesicht. Ich wickelte mir meinen Umhang um den Mund und betrat vorsichtig die eisglatte Treppe, Leandra folgte mir mit einer Laterne.

Fingerdicke Platten aus Eis knackten und brachen ab, als ich die Tür zum nächsten Stockwerk öffnete. War es erst vorgestern gewesen, dass ich hier Leandra niedergeschlagen hatte?

Als Leandra die Laterne hinter mir hochhob und den Raum ausleuchtete, versagte mir der Atem. Die Kälte hatte das Zimmer in einen schimmernden Palast verwandelt, jede Fläche war überzogen von einem bläulich glitzernden Panzer aus fingerdickem Eis, dünne Eiszapfen hingen von der Decke herab und trafen auf dem Boden Stalagmiten, die sich ihnen entgegenreckten. Unser Atem wehte wie Nebel in den Raum, um dann als Schnee zu Boden zu sinken.

»Bei den Göttern«, sagte Leandra leise.

Knack!

Diesmal war das Geräusch deutlich und laut zu hören. Der Schein der Laterne leuchtete auf den Ort des Ursprungs. Zuerst sah ich nicht, was es sein könnte, doch dann bemerkte ich die feine Linie im Eis an der einen Wand und die noch feinere Linie im Stein dahinter.

»Die Kälte sprengt den Stein!«, hauchte Leandra. Ich nickte. Wäre der Turm weniger massiv gebaut, gäbe es Grund zur Sorge, aber selbst mit einem Riss hielten die mächtigen Mauern noch, aber wie lange?

Die Kälte war bitter, aber ich entschloss mich, den Turm zu ersteigen. Als ich die Tür des Turmhauses aufstieß, splitterte ein Teil ab und fiel zu Boden, wo das Holz in Dutzende Stücke zerbarst.

Es war totenstill hier oben, kein Luftzug ging, nur mein Atem rauschte in meinen Ohren und fror an meinem Mund.

Wir traten hinaus in eine Nacht, so schwarz und so sternenklar, dass ein jeder Stern mit einer Brillanz erschien, als wolle er uns gefallen. Die beiden Monde waren so scharf und klar gezeichnet, dass ich vermeinte, Formen und Strukturen auf den Sicheln zu erkennen. Es war, als blicke man aus der Tiefe eines Brunnens nach oben.

»Schau«, hörte ich Leandra. Sie sprach kaum lauter als ein Lufthauch.

Über uns, am Firmament, formten die Sterne das Bild eines Wolfs. Ich traute meinen Augen nicht: Wie konnten sich die Sterne selbst verändern? Aber dann verstand ich. Hier war die altbekannte Hand Astartes mit ihrer Ähre, dort das Schwert Borons, aber zwischen ihnen standen Sterne, die man sonst nicht sah, und sie verbanden die Zeichen unserer Götter zu jenem eisigen Wolf, der nun über unseren Häuptern das Firmament beherrschte. Vor den Nüstern des Wolfs schien die Luft zu flimmern, als atme er, doch das war nur die heiße Luft aus dem Kamin. Hier oben war selbst der Kamin vereist; ein Stück Stein war von ihm abgesprungen und lag, in Eis gepackt, zu meinen Füßen.

Um uns herum zuckten Blitze in der Ferne, doch der Donner erreichte uns nicht. Der Sturm war noch immer dort, wo er seit Tagen stand, eingefroren an einem Ort, genau wie wir es waren.

Als ich ihr antworten wollte, spürte ich, dass sich meine Lippen schwer taten, sich von meinem Umhang zu lösen. Wortlos begaben wir uns wieder nach unten.

Vorhin war mir der Raum der Familie kühl erschienen, jetzt war die warme Luft eine Wohltat, die meine Haut mit tausend Nadelstichen quälte und meine Augen tränen ließ. Ich ließ mich in einen Stuhl sinken und sah zu, wie der Treppenaufgang wieder verschlossen und versiegelt wurde.

»Was ist es?«, fragte Eberhard furchtsam.

»Es ist die Kälte, Wirt«, antwortete ich ihm mit steifen, schmerzenden Lippen. Ich bewegte meine Hände: Sie waren feuerrot und prickelten, als hätte ich sie in heißes Wasser getaucht. »Die Kälte bricht den Stein.«

Eberhard bat uns, auch die anderen Räume des Gasthofs zu untersuchen, um festzustellen, wie weit das Eis nun vorgedrungen war. Also suchten Leandra und ich auch unser Zimmer auf. Allein der Gang dorthin war schon mit eisigen Blumen verziert, die vor wenigen Stunden noch nicht dort gewesen waren. Letzte Nacht hatte Leandra einen Zauber gewirkt, der uns Wärme gab, diese Nacht erschien allein der Gedanke daran sinnlos, denn das Eis war endgültig eingedrungen in das Gemäuer.

»Mit all dem, was zu tun war, Martins Leiche, die Versorgung der anderen Töchter im Turm, ist es kein Wunder, dass niemand auf die Glut im Kamin achtete«, sagte ich dann.

Leandra schüttelte leicht den Kopf. »Schau doch, es ist Glut im Kamin.«

Ich betrat den Raum vorsichtig und löste meinen Packen aus dem Eis. »Wie kann das sein? Wie kalt kann Kälte werden?«

Leandra nahm ebenfalls ihren Packen auf, oder versuchte es, denn eine der ledernen Schlaufen brach. Vorsichtig nahm sie ihr Buch, das von der Kälte nicht berührt schien, und steckte es ein, dann verließen wir den Raum, schlossen die Tür sorgfältig hinter uns und begaben uns zurück.

»Um auf deine Frage einzugehen«, sagte Leandra, als ich an der Tür zum Turm klopfte, »der Großmagister unserer Schule sagte, dass es möglich sei, Luft gefrieren zu lassen, so dass sie niederfällt wie Schnee.«

»Er meinte sicherlich den Atem.«

»Nein. Er meinte, die Luft selbst könne zu Eis werden.«

»Das kann nicht sein.«

Sie blieb stehen und sah zu mir auf. »Bist du sicher?«

Der Wirt begrüßte uns mit sehr willkommenem heißem Tee. »Wir fanden überall das Gleiche«, teilte Leandra dem Wirt mit, während ich ihre Hände massierte. »Die Tiere im Stall – ein paar werden überleben, aber nicht viele. Schmiede und Lager – die Kälte schneidet dort Messern gleich. Die oberen Stockwerke ...« Sie schüttelte den Kopf. »Dass Ihr hier Wärme habt, verdankt Ihr dem Baumeister des Turms und seinen dicken Mauern. Aber alles, was sonst über den Schnee ragt, ist Opfer der Kälte geworden. Nur noch dieser Ort, der Gastraum, Küche und Waschküche, bieten Schutz vor der Kälte.«

Der Wirt nickte verdrossen. »Ich verstehe.« Er suchte meinen Blick. »Ser, sagt mir die Wahrheit ... werden wir sterben?«

»Noch nicht. Durch deinen Fleiß und deine Voraussicht haben wir Brennmaterial – zur Not versammeln wir uns in der Küche um die Öfen. Aber dauert dieser unnatürliche Frost an, wird es noch kälter. Dann wird keiner von uns den Sommer erleben.«

»Wie lange?«, fragte Eberhard leise. Lisbeth schmiegte sich an ihn und sah uns mit großen Augen an.

»Normalerweise würde ich sagen, so lange wie das Holz reicht«, antwortete Leandra genauso leise. Sie zögerte. »Die Kälte ist nicht natürlichen Ursprungs.«

Ich sah sie verblüfft an. »Hast du nicht gesagt, dies wäre nicht möglich?«

»Da wusste ich noch nicht, dass sich hier magische Energien kreuzen.« Sie hob ihren Blick, ihre violetten Augen schienen mein Innerstes zu suchen. »Der Sturm wird vom Kreuzungspunkt der Magie geschürt, der Knoten hier ... etwas geschieht, was uns alle in den eisigen Tod treiben wird.«

»Vielleicht. Aber warum jetzt, nach all den Jahrhunderten?«

»Etwas hat es ausgelöst. Irgendjemand brachte irgendetwas an diesen Ort und entfesselte diese Kräfte. Die Statuette.« Sie griff in ihren Umhang und holte die Wolfskette heraus. »Und das hier. Ich sagte dir schon, dass ich Magie auf dieser Kette fand. Alte und mächtige Magie. Es ist der Beweis für meine Vermutung. Die Magie hier wächst und wächst und entzieht uns zugleich die Wärme des Lebens.«

Ich sah mir das schwere Silber genauer an und hob abwehrend die Hand. »Nimm sie weg.«

»Du kannst sie selbst einstecken«, sagte sie und ließ sie in meine Hand gleiten. »Solange du sie nicht umlegst, geschieht nichts. Dies ist alte Magie, sie wurde hier seit jenen Tagen nicht mehr gesehen. Jemand brachte sie zurück.«

»Zurück?«

»Ja. Sie stammt ursprünglich von diesem Ort. Ein Amulett der Barbaren, mit dem sich ihre Schamanen in Wölfe verwandelten, so wie der Kommandant es beschrieben hat. Balthasar trug sechs dieser Ketten bei sich, als er nach der Meuterei von hier verschwand. Damals allerdings waren sie ihrer Wirkung beraubt.« Sie schloss meine Hand um die schwere Kette. »Diese Ketten hängen mit dem zusammen, was hier geschieht, und sind verbunden mit der Macht des Kreuzungspunkts.«

»Und wenn wir sie zerstören?«

»Wissen wir nicht, was passiert. Aber eines ist sicher.« Sie rieb sich die Hände, um sie zu wärmen. »Etwas ist mit dem Kreuzungspunkt nicht in Ordnung. Du erinnerst dich, dass Balthasar das Tor zurück nach Askir nicht öffnen konnte? Etwas geschah damals, etwas, von dem wir nichts wissen. Der Kreuzungspunkt ist damals deaktiviert und nun reaktiviert worden. Und nun ist er aus dem Gleichgewicht.«

»Na dann.« Ich warf die Kette hoch, fing sie auf und steckte sie ein. »So wissen wir wenigstens, was zu tun ist.«

»Und was wäre das, Ser?«, fragte Eberhard.

»Wir müssen diesen magischen Kreuzungspunkt suchen und wieder in die Waage bringen, müssen reparieren, was beschädigt wurde.«

»Und wie?«, fragte Leandra.

»Du wirst es wissen, wenn wir dort sind«, antwortete ich ihr. »Du bist die Maestra.«

Der Wirt schüttelte den Kopf. »Niemand wird es wagen, dorthin zu gehen. Wie wollt Ihr diesen Tempel suchen? Niemand weiß, wo er sich befindet.« Mit einem Stirnrunzeln richtete er sich an Leandra. »Oder stand der Weg zu ihm in jenem Buch beschrieben?«

Sie schüttelte den Kopf. »Leider nicht.«

»Wir werden eine Möglichkeit finden«, sagte ich und war bemüht, meine Stimme zuversichtlich klingen zu lassen.

»Wenn nicht, dann werden wir alle erfrieren«, antwortete der Wirt wenig beruhigt.

Ich dachte an die Soldaten unter uns. »Wenigstens befinden wir uns dann in bester Gesellschaft.«

»Aber Ihr werdet gehen?«, fragte der Wirt.

»Ja«, sagte ich. »Morgen, nach dem Frühstück.«

»Ich werde Euch ein Festmahl bereiten, eines Fürsten würdig«, versprach Eberhard.

»Hauptsache, es ist warm«, erwiderte Leandra.

33. Balthasar

Ich stand auf. »Ich habe ein drückendes Geschäft zu erledigen, wir sehen uns im Gastraum.«

Sie nickte. »Es wird bestimmt eine interessante Nacht.«

Ich blieb an der Stiege nach unten stehen und sah zu ihr zurück. »Ich will es nicht hoffen, heute Nacht hätte ich es gerne langweilig.«

Der Abort befand sich in einem Winkel des Gangs zur Schmiede, und allein die Vorstellung, sich in dieser Kälte dorthin zu begeben, war mir zuwider, aber es gab Dinge, die sich nicht ewig aufschieben ließen.

Als ich den Ort wieder verließ, froh, meine Hose wieder zuziehen zu können, sah ich eine Gestalt im Schatten stehen. Janos. Ich erkannte ihn an seinen massigen Schultern. Er lehnte an der Tür zur Schmiede und hatte die Arme vor der Brust verschränkt.

»Was wollt Ihr?«, fragte ich ihn barsch.

»Euch warnen, alter Mann. Haltet Euch zurück, und niemandem wird etwas geschehen. Es ist nicht alles so, wie Ihr denkt, aber wenn das Zeichen zu sehen ist, wird sich alles weisen!«

»Das Zeichen des Wolfs?«, fragte ich ihn, und er sah mich überrascht an.

»Woher wisst Ihr das? Ihr könnt das nicht wissen! Aber es ist wahr, sobald es sichtbar ist, werden sich die Dinge fügen!«

»Ich ...« So ganz wusste ich nicht mehr, was ich ihm antworten wollte, irgendetwas in dem Sinne, dass er sich dann besser wohl auch zurückhalten sollte, als der Schrei ertönte. Ich erkannte die Stimme. Sieglinde.

Er schien genauso überrascht wie ich, als er sich von der Wand abstieß und losrannte; ich folgte ihm auf den Fersen. Unter seiner Hand flog die Tür zum Gastraum auf, schlug gegen die Wand und wurde dort von seinem Fuß gehalten, als er in der Tür stehen blieb. Es wäre die perfekte Gelegenheit gewesen, ihm von hinten die Kehle durchzuschneiden, wäre ich nicht so sehr damit beschäftigt gewesen, über seine Schultern hinweg zu erkennen, was sich gerade im Gastraum abspielte.

Zuerst dachte ich, es wären neue Gäste, auch wenn ich keine Erklärung hatte, wo diese herkommen könnten, dann erst erkannte ich den Herrn Baron, seine zwei schüchternen Töchter und die Wachen. Alle waren für den Kampf und eine Reise gewappnet: warme, dunkle Umhänge mit Kettenmänteln darunter, auch die scheinbar scheuen Töchter.

Mit ihnen im Bunde waren die drei anderen Söldner, die sich so still und ruhig verhalten hatten, sowie Janos' Männer. Sie standen an einer Seite der Gaststube, auf der anderen Seite waren die restlichen Gäste versammelt, ein Haufen Waffen lag auf der Theke. Die beiden »Töchter« hielten leichte Armbrüste in den Händen, die anderen Wachen hielten Schwerter und Äxte bereit. Timothy lag regungslos hinter der Theke, aus meiner Position heraus konnte ich nicht sehen, ob er nur niedergeschlagen worden war oder tödlich verwundet.

Einer von Janos' Männern hielt Sieglinde an den Haaren an die Wand gedrückt und küsste sie, während sie vergeblich versuchte, ihn zu schlagen und zu treten.

Mit einem weiten Schritt war Janos bei seinem Mann und riss ihn von ihr. »Ich sagte, sie ist mein!«

Der andere taumelte zurück, wischte sich das Blut von den Lippen und grinste. »Du warst nicht da.«

Janos drehte sich zu dem Mann um, der uns als Baron von Klemmfels vorgestellt worden war. »Was soll das? Wir hatten doch vereinbart …«

Der Mann unterbrach ihn. Es war die gleiche nasale Stimme, die wir vom Baron gewöhnt waren, aber ungleich kälter. Jetzt erst erkannte ich die Stimme aus meinem Traum wieder. Es war Balthasar, älter, vielleicht um zwei Dekaden, aber immer noch am Leben. Er war mir deshalb nicht aufgefallen, da der schlanke junge Mann von damals erheblich zugenommen hatte und von einem lästerlichen Leben mit tiefen Furchen gezeichnet worden war. Aber wie konnte das sein? Es waren Jahrhunderte vergangen! Doch die Stimme war unverkennbar.

»Es ist Zeit zu gehen. Die Zeichen stehen am Himmel, der Tempel ist wieder aktiv.«

Janos nickte widerwillig. »Gut, aber war das hier nötig? Es sind doch nur Schafe ...« Er machte eine Geste, die die Situation im Raum einschloss.

»Schon wahr.« Der Baron machte einen Schritt zu den anderen Gästen, griff sich einen der Bergarbeiter und zog ihn zu sich heran. »Aber wenn sie sehen, was ihnen passieren kann, neigen sie zu Panikreaktionen, und das kann unberechenbare Folgen haben.«

Der Baron legte beide Hände an die Schläfen des Mannes, dieser wurde schlagartig still, und seine Augen rollten nach oben. Als der Baron ihn losließ, offenbarte sich uns ein erschreckender Anblick. Der junge Mann stürzte vor dem Baron zu Boden, und noch während er fiel, verwandelte sich sein junges Gesicht in eine alte Fratze, die Totenmaske eines Mannes, der über alle Maßen alt geworden war. Grauer Rauch strömte aus Nase, Mund und Ohren der ausgetrockneten Hülle. Der Baron atmete tief ein und lächelte.

»Nekromant«, sagte Zokora mit Abscheu in der Stimme. Sie war die Erste, die überhaupt reagierte.

Die eine »Tochter« hob ihre Armbrust und drückte ab.

»Nein!«, rief Rigurd und warf sich dem Bolzen in den Weg. Wir sahen alle hilflos zu, wie der Bolzen in seine Brust einschlug und er niedersank. Fäuste wurden geballt, und die Schergen Balthasars erhoben drohend ihre Schwerter.

»Niemand macht Ärger, und niemandem wird etwas geschehen«, sagte Balthasar mit einem Lächeln, das mir das Blut schneller gerinnen ließ als die Kälte. »Ihr werdet erfreut sein zu erfahren, dass wir gehen.«

Zokora hielt Rigurd in den Armen, ihr Blick war kalt und leer, als sie zum Baron aufsah, und ließ selbst mich frösteln. Den Baron berührte es nicht.

Er wandte sich mir zu. »Ach, ja. Ser Havald. Wollt Ihr Heldentaten begehen und das Leben anderer gefährden, oder lasst Ihr uns ziehen?« Er lächelte. »Ihr blockiert die Tür, wisst Ihr?«

»Ich weiß, wer Ihr seid, Balthasar. Ich werde nicht eher ruhen, bis ihr Euer längst überfälliges Ende gefunden habt.« War ich es, der da sprach? Es schien mir selbst nicht so, vielleicht war ich es gar nicht, aber nichtsdestotrotz war es auch mein Schwur.

Seine Augen weiteten sich überrascht, dann hatte er sich wieder unter Kontrolle. »Es wird amüsant sein zu sehen, wie Ihr das erreichen wollt. Bis dahin seid so gut und legt Eure Waffen auf die Theke und gesellt Euch zu den anderen Schafen.«

Ich wollte etwas erwidern, doch er hob die Hand.

»Wenn Ihr blöken wollt, tut es, nachdem ich gegangen bin. Bis dahin wird Euer Gerede den Tod eines anderen Schafes zur Folge haben.«

Ich nickte, was sollte ich auch anderes tun, und trat langsam in den Raum hinein. Ich hängte Seelenreißer aus und legte es auf den Tisch. Dann begab ich mich in die Ecke vor die Theke, nahe den anderen verschreckten Gästen, aber doch in einigem Abstand zu ihnen. Ich brauchte nur die Hand auszustrecken, und Seelenreißer würde folgen. Ich wartete nur noch auf die richtige Gelegenheit.

»Janos. Sieh zu, dass niemand Ärger macht! Ihr zwei nehmt die kleine Schlampe mit«, wies er Janos und zwei von seinen Männern an. Sieglinde versuchte sich zu wehren, aber einer der Männer verpasste ihr einen Hieb gegen die Schläfe. Sie sackte zusammen, und er warf sie sich über die Schulter. Janos sah sich das still an, blickte zu Balthasar hinüber und holte tief Luft. Aber wenn er etwas sagen oder tun wollte, so wurde er unterbrochen, als sich hinter mir eine Tür öffnete.

»Und da kommen auch die letzten Gäste. Wir haben euch schon erwartet«, meinte der Baron mit seiner nasalen Stimme und sah zur Tür hinter der Theke. Dort stand Leandra zusammen mit einem kreidebleichen Eberhard. Sie hielt Steinherz in der Hand. Ihr Gesicht war ausdruckslos, als sie die Szene im Gastraum studierte. Sie sah mein Schwert auf der Theke liegen und mich waffenlos an der Wand stehen und musterte mich dann mit einem enttäuschten Gesichtsausdruck. Was hätte ich tun sollen? Ich hätte vielleicht Janos erschlagen können, aber nach dem, was dem Bergarbeiter zugestoßen war, hatte ich keinen Zweifel daran, dass dieser Schuft seine Drohung wahr machte. Das versuchte ich ihr mit meinen Augen mitzuteilen.

»Wie eine große Familie«, sagte Balthasar und lächelte. »Maestra, Wirt, wenn euch am Leben dieser Leute hier etwas liegt, dann legt eure Waffen ab und gesellt euch zu dem alten Mann.«

Sie zögerte einen endlosen Augenblick bis Rigurds Mörderin mit einem vernehmlichen Klicken einen neuen Bolzen auf ihre Armbrust legte.

Kreidebleich gesellte sich der Wirt zu mir, während Leandra ihre Schwerter und zwei Dolche auf die Theke legte und dann ebenfalls zu uns herüberschritt.

»Gut«, meinte der Baron. »Wirt, ich hoffe, Ihr habt nichts dagegen, dass ich Euch die Zeche schuldig bleibe. Schreibt sie mir einfach an. Wenn sich niemand rührt, erlebt Ihr vielleicht noch das Ende des Sturms.«

Vorsichtig bewegten sich die Männer des Barons zur Tür und durch sie hindurch, als Vorletzter folgte der Mann mit Sieglinde auf der Schulter, dann Janos, der nun auch sein Schwert gezogen hatte.

»Was wollt Ihr mit meiner Tochter?«, fragte der Wirt in einem Anfall von Mut.

»Nichts weiter, Wirt, sie ist bloß ein Schlüssel, der uns den Weg freimacht.«

Und mit diesen Worten verschwand der Baron durch die Tür, die sich hinter Janos schloss, und wir hörten, wie der Riegel vorgeschoben wurde.

»Was meint er damit?«, rief Eberhard angsterfüllt, als Leandra und ich zu unseren Waffen stürzten.

»Er wird sie opfern, um mit ihrer Lebensenergie ein magisches Werk zu vollbringen«, offenbarte Leandra mit kalter Stimme. Sie ergriff Steinherz. »Aber nicht, wenn ich es verhindern kann.«

Indes hatte ich die Tür mit einem Blick fixiert, holte Luft, nahm Anlauf und prallte ab – die Tür zeigte sich von meiner Schulter unbeeindruckt und ließ mich mit einem Fluch und schmerzender Schulter zurücktaumeln. Stabile Türen waren echt ein Ärgernis.

»Zurück«, rief Leandra und unterstrich ihren Befehl mit einer Handbewegung. Es schien, als ob eine riesige Faust gegen die Tür schlug und sie zu tausend kleinen Splittern und Eisenbrocken verarbeitete, die in einer Wolke aus Holz und Metall in den Gang dahinter niederrieselten.

»Zurück«, rief Zokora, als sie sich an mir vorbeidrückte und hinter Leandra hereilte. Frauen!

Ich biss die Zähne zusammen, renkte meine Schulter wieder ein, griff Seelenreißer und rannte ihnen nach.

Wie kaum anders zu erwarten, waren die Männer des Barons zum Turm unterwegs. Als wir ihn erreichten, stand die Tür offen, genauso wie die Falltür zum Keller.

Ich sah Leandra an der Falltür, einen Finger nach unten streckend, und aus diesem einen gleißenden Blitz feuernd, der mit einem Donnerschlag wieder nach oben schoss und im Gestein des Turms einschlug; er hatte Leandra nur knapp verfehlt. Von unten erschall Gelächter.

Die Leiter, die hinabführte, glühte auf und rieselte als Asche in den Keller, ein silbernes Wabern stand zwischen uns und ihnen.

»Was zur Hölle …?«, fragte ich.

»Eine Energiewand«, erklärte Leandra. »Stark genug, um einem Blitz zu widerstehen.«

»Er hat sich soeben ein Leben genommen. Im Moment ist er stark.« Zokoras Stimme war kalt. Sie stand neben uns und sah mit ausdruckslosem Gesicht nach unten, aber ihre Augen glühten in einem inneren Feuer. Nie waren sich Leandra und sie ähnlicher gewesen. Ich war froh, dass dieser Zorn nicht mir galt.

»Was jetzt?«, fragte ich und blickte von Leandra zu Zokora.

»Wir sind zum Zuschauen verurteilt«, antwortete mir Leandra durch die Zähne. Das rötliche Leuchten ihrer Augen war so stark, dass es fast Schatten warf.

Hinter dem magischen Schirm sah ich, wie Balthasar und seine Leute sich nacheinander durch den Schacht nach unten begaben. Zum Schluss beugte sich der Mann, der Sieglinde trug, nieder, um sie in den Schacht fallen zu lassen.

»Nein!«, rief hinter mir erstickt die Stimme des Wirts. Und genau in diesem Moment wirbelte Janos herum und trennte mit einem Schlag den Kopf seines eigenen Mannes vom Hals, so dass dieser statt ihrer in den Schacht fiel. Janos zerrte Sieglinde von der Öffnung zurück.

Das silberne Wabern verschwand abrupt.

Zokora streckte beide Hände zur Falltür, sie fingen an zu glühen, doch Leandra schob sie zur Seite.

»Nein.«

Es gab ein zischendes Geräusch, als Zokoras Zauber verlöschte, dann wirbelte die Dunkelelfe herum und funkelte Leandra an. »Wieso soll ich ihn verschonen!«

»Seht«, sagte Leandra leise.

Janos hatte Sieglinde ergriffen, sein blutiges Schwert lag unbeachtet neben dem Schacht und dem abgetrennten Kopf. Er hielt sie wie eine zerbrechliche Puppe, als wäre sie kostbar für ihn. Langsam hob er sein Gesicht zu uns.

»Sie lebt. Es ist ihr nichts geschehen!«, rief er zu uns hoch. »Wenn ihr ein Seil findet, kommt herunter.« Er lächelte schief. »Ich warte hier auf euch.« Er zog seinen Umhang aus, wickelte Sieglinde hinein und stand einfach nur da und wartete.

»Wer braucht ein Seil?«, rief Zokora und sprang hinab, um federnd unten anzukommen. Leandra tat es ihr nach. Ich wünschte mir, ich hätte ein Seil, und sprang ebenfalls.

Die Götter waren mit mir, ich kam gut auf, konnte abrollen, ohne mir etwas zu brechen, und war nur etwas außer Atem, als die beiden ungleichen Frauen sich vor Janos aufbauten.

Zokora wirkte, als hielte sie sich nur mit Mühe zurück. Kleine blaue Funken tanzten über ihren Körper, ihre Haare bewegten sich zu einem Wind, den niemand sonst spürte.

»Ich habe ihr versprochen, dass ihr nichts passiert«, sagte Janos leise. Er sah zu mir herüber. »Ich halte mein Wort.«

»Ihr habt auch versprochen«, sagte ich, als ich meinen Atem wiedergefunden hatte, »dass heute niemand durch das Tor des Todes gehen würde.«

»Ja. Aber es war ein anderer, der mein Wort brach.«

»Wollt Ihr sagen, Ihr habt die Fronten gewechselt?«, fragte Leandra misstrauisch.

Janos nickte. »Ja. Nicht erst eben, sondern schon vorher, im Bad.«

»Ihr hättet es erwähnen können«, meinte ich trocken. »Das hätte geholfen!« Hinter uns wurde eine Leiter heruntergelassen, und Eberhard war der Erste, der herabstürmte; er eilte sofort auf Janos zu. Noch bevor Eberhard etwas sagen konnte, reichte ihm Janos seine Tochter.

Eberhard schlug Janos' Umhang zur Seite. In ihm lag Sieglinde, ihre rechte Gesichtshälfte blutig, ihr Auge im Begriff zuzuschwellen. »Seht, was man ihr angetan hat!«, rief der Wirt empört und funkelte Janos an.

»Sei froh, dass sie am Leben ist«, sagte Janos leise. Er streckte die Hand aus, als ob er Sieglindes Gesicht berühren wollte, doch der Wirt wich zurück. In diesem Augenblick erscholl aus dem Schacht zu unseren Füßen ein ferner, lang gezogener Todesschrei, gefolgt von einem hellen Blitz und einem Krachen, als bräche die Welt zusammen.

Außer Zokora zuckten wir alle zusammen.

»Was, bei den sieben Höllen, war das?«, fragte ich.

»Er hat jemand anderes geopfert, um die Tür zu öffnen«, erklärte Zokora. »Es war zu erwarten.«

»Was wisst Ihr von der Tür?«

»Genug«, sagte die Dunkelelfe. Ich blinzelte, als ich plötzlich verstand, wer es war, den Leandras Silbermagie nachgezeichnet hatte: Jene schlanke Gestalt, die des Nachts in Leandras magische Falle gelaufen war, war niemand anderes als unsere Dunkelelfe. Im Nachhinein fragte ich mich, wie ich das Geschlecht des silbernen Schattens hatte missdeuten können, jetzt erschien es mir völlig offensichtlich.

»Wer seid Ihr? Was hattet Ihr hier zu suchen?«, fragte ich. Zokora warf mir einen Blick zu. »Neugier ist gefährlich. Ich sagte es schon.«

Ich verlor die Geduld. »Wollt Ihr mir endlich antworten!« Meine Hand lag an Seelenreißers Knauf, und ich war nahe daran, es zu ziehen.

Sie schüttelte den Kopf und hob abwehrend die Hand. »Meine Neugier. Ich sah den Baron vorletzte Nacht in den Turm schleichen und wollte wissen, was er suchte, denn als er zurückkam, roch er nach kalten Höhlen, ein Geruch, den ich gut kenne.«

»Ihr wusstet von diesem Raum!«, sagte Leandra anklagend und deutete auf die Tür zur Kammer des alten Kommandanten.

»Ja«, sagte sie. »Ich habe vor etwa vierhundert Jahren schon einmal hier gerastet und ungestört das Gebäude erkundet. Damals lebte hier niemand.« Sie sah zu dem Schacht zu unseren Füßen. »Diesen hier fand ich damals allerdings nicht.«

Ich sah entnervt nach oben, dorthin, wo irgendwann das Reich der Götter anfing. »Bei den Göttern, Ihr hättet uns einen Ton sagen können!«

Sie legte den Kopf zur Seite. »Wozu? Es ging mich nichts an.«

»Und jetzt?«, fragte Leandra.

»Jetzt geht es mich etwas an. Er ließ Rigurd töten.«

»Ich dachte, Ihr mögt keine Menschen!«

Zokora fuhr zu mir herum, ihre Augen glühten im gleichen verhängnisvollen Rot wie die von Leandra. »Das habe ich nie gesagt! Ihr habt eure Fehler, es ist mein Recht, sie euch zu nennen, aber ich habe nie gesagt, dass ich euch nicht mag! Im Gegenteil, es sind die Menschen, die mein Herz erreichen und erwärmen können, und nicht meine Brüder und Schwestern!«

»Ihr habt Rigurd gemocht?«, fragte ich leise.

»Ja«, sagte sie, »und ich hätte ihn auch lieben können. Er lernte, und wir unterhielten uns, er schien zu verstehen. Und er gab sein Leben für mich. Die Frau, die den Bolzen abschoss, gehört mir.«

Dann bückte sie sich und ergriff das Seil im Schacht.

»Nicht jetzt«, sagte Janos leise. »Nicht ohne Vorbereitung. Ich traue ihm zu, dass er etwas zurückgelassen hat. Wir rüsten uns aus und folgen später.«

»Das hört sich so an, als ob Ihr Euch auch rächen wollt«, stellte Leandra überrascht fest.

»Ja.« Janos nickte bestätigend. »Er hat mich betrogen.« Er blickte zu Sieglinde hinüber, die immer noch ohnmächtig in seinen Umhang gehüllt in den Armen ihres Vaters lag.

»Ihr habt sie gerettet, dennoch werdet Ihr Euch von meiner Tochter fern halten, denn Ihr habt sie erst in diese Lage gebracht«, sagte Eberhard bestimmt.

Janos sah ihn lange an. »Das gefällt mir zwar nicht, aber es ist Eure Entscheidung.« Dann bückte er sich, um sein blutiges Schwert aufzunehmen, und hielt inne, als Leandra die Hand hob.

»Ihr fürchtet, ich könne Euch in den Rücken fallen?« Er richtete sich auf und fixierte sie. »Gut. Wollt Ihr mich vielleicht gleich hängen?«

»Wie sollen wir sicher sein, dass ...«

Er unterbrach sie. »Sera, ich schwöre beim Geist meines Vaters, dass ich meine Klinge nicht gegen Euch erheben werde, solange Ihr mich nicht angreift!«

»Schwört, dass Ihr uns ein Waffengefährte sein werdet, bis dieser Mann, der Baron, tot ist. Wir wiederum schwören, dass wir Euch eine Woche Zeit geben werden, bevor wir Euch jagen«, sagte Leandra kalt.

Janos nickte ernst. »So soll es sein. Ich schwöre beim Geist meines Vaters.«

»Ihr traut ihm?«, fragte Eberhard entgeistert.

Ich musterte Janos. »Wisst Ihr«, antwortete ich dem Wirt, »ich bin selbst überrascht, aber ja, ich traue ihm.«

»Pah, wenn er beim Geist schwört, ist der Vater bereits tot, was nützt dann ein solcher Eid!«, rief Zokora aufgebracht und funkelte Janos an.

»In diesem Fall«, sagte ich und sah dabei Janos in die Augen, »ist es ein bindender Schwur.«

Zokora betrachtete Janos und mich und nickte dann widerwillig. »Dein Wort gilt«, meinte sie dann zu mir und ging zur Leiter. Ich nahm Leandra beim Arm und zog sie zur Seite.

»Hast du mir etwas zu erklären? Dieser Blitz erschien mir ganz und gar nicht harmlos, ich dachte, du beherrschst solche Magie nicht?«

Sie sah zu mir hoch, schmiegte sich an mich, und das Glühen in ihren Augen schwand. »Ich war sauer. Das ist alles.«

»Ich hoffe, du wirst nie so wütend auf mich.«

»Gib mir einfach keine Gelegenheit. Sei immer nett zu mir.«

»Das«, sagte ich, als ich sie umdrehte und zur Leiter schob, »werde ich dir bestimmt nicht versprechen.«

34. Nicht für Geld und gute Worte

»Was wollt Ihr? Ihr seid von Sinnen!« Es war Holgar, der andere Händler, der das rief. Wir befanden uns alle wieder im Gastraum, unten im Keller des Turms lag aufgerollt das Seil aus dem Schacht. Der Baron war uns entkommen, und dass er zurückkehrte, zumindest auf diesem Weg, war unwahrscheinlich.

Ein jeder hatte seine Waffen wieder an sich genommen, die Leiche des unglücklichen Bergarbeiters war ins Lager gebracht worden, und zum ersten Mal seit Tagen atmeten alle leichter, die Bedrohung schien zu Ende.

Sieglinde war auch wieder auf den Beinen, ihr aufgeplatztes Auge war verschwunden, nachdem Zokora ihr dort die Hand aufgelegt und ein Gebet an ihre Göttin gemurmelt hatte. Sie bediente wieder die Gäste, gegen den Willen Eberhards, aber ihre Miene war zugleich zornig und nachdenklich.

Auch Timothy ging es besser. Er saß bleich und verängstigt auf einem Stuhl, noch ganz verwirrt von dem Schlag, den er erhalten hatte. »Es ist ihm nichts passiert«, sagte die Dunkelelfe, nachdem sie ihn kurz berührt hatte. »Er hat einen harten Kopf. Etwas Ruhe, und es wird ihm bald besser gehen.«

Ruhe fand der Junge im Moment nicht; es war laut geworden, als die anderen begriffen hatten, was ich zu tun beabsichtigte.

»Wir müssen diesen Mann unschädlich machen«, sagte ich zum wiederholten Mal. »Und deshalb brauche ich Männer, die ihn mit uns verfolgen und ihn seiner Strafe zuführen.«

»Er ist ein Mörder. Ein Magier! Und er hat elf Leute bei sich!«

»Zehn«, korrigierte Janos. »Er hat einen weiteren verloren.«

Palus, eine der Wachen Rigurds, hob beschwichtigend die Hände. »Es sind zu viele. Habt ihr gesehen, was er mit dem Bergarbeiter getan hat? Wie nanntet Ihr ihn, Dunkelelfe?«

»Ja, fragt sie!«, rief Holgar. »Sie scheint sich ja in dunklen Mächten auszukennen!« Er sah sie giftig an.

»Ich nannte ihn Nekromant. Und wenn du, Holgar, mich noch einmal so verächtlich ansprichst, dann schneide ich deine Zunge heraus, grille sie im Feuer, würze sie mit deinen Eingeweiden und gebe sie dir zum Fraß. Ich nannte meinen Namen, benutze ihn.«

»Ich ...«, fing Holgar in empörtem Tonfall an.

»Du wirst höflich sein«, unterbrach ich ihn. Er sah meinen Blick, murmelte etwas vor sich hin, nickte dann aber.

»Verzeiht, Zokora«, sagte er mit einiger Überwindung, immerhin brachte er die Worte über seine Lippen. Allerdings sah er aus, als würde er fast daran ersticken.

»Was ist ein Nekromant?«, fragte Palus Zakora.

»Eine Legende«, mischte Leandra sich ein.

Zokora zog die Augenbrauen hoch. »Hast du nicht gelernt, Leandra, dass Legenden wahr sein können? Du bist zu jung, aber ich habe bereits den einen oder anderen Nekromanten gesehen.« Zokora schaute in die Runde. »Es gibt Magier, die die Kräfte der Magie für sich nutzen, die überall zu finden sind. Priester, die göttliche Gaben missbrauchen, die ihnen zuteil werden, da sie die Gunst ihrer Götter durch treues Dienen erlangten. Es gibt Talente, die manche von uns haben, der eine vermag mit Tieren zu sprechen, der andere immer zu sagen, wie spät es ist, andere können schweben oder über Wasser gehen.«

Verschiedene Leute nickten. Diese kleinen Talente waren manchmal sinnlos, manchmal überaus nützlich. Meistens aber hielt man sie verborgen, um nicht den Neid anderer zu erwecken.

»Die Fähigkeit, Magie zu nutzen, ist auch ein solches Talent. Ein weiteres ist, anderen diese Gaben zu entreißen, und mit ihnen das Leben, den Geist, die Seele. Wenn man nicht weiß, worauf man achten muss, kann man einen Magier nicht von einem Nekromanten unterscheiden, ein Grund, warum in manchen menschlichen Ländern jeder Magier verfolgt und verbrannt wird.«

»Bei uns nicht!«, warf jemand ein.

»Ja«, nickte Zokora. »Denn Nekromanten sind selten. Seelenmörder ist ein anderes Wort für sie. Sie stehlen und töten, um Magie zu wirken.« Sie wandte sich an einen der überlebenden Bergarbeiter. »Welches Talent besaß Euer Freund?«

»Er ... er konnte im Dunkeln sehen. Ohne Lampe«, antwortete dieser zögerlich.

Sie schaute sich um. »Jetzt kann der Baron im Dunkeln sehen.«

»Nicht für Geld und gute Worte werde ich einem solchen Nekromanten in die eisigen Tiefen folgen«, sagte ein Wächter Holgars.

»Das will ich auch meinen! Ich verlange, dass ihr mich beschützt, dafür bezahle ich«, rief Holgar. »Lasst sie diesen Irrsinn allein begehen!«

»Rigurd hielt Euch für einen Freund«, sagte Zokora ruhig.

Holgar machte eine wegwerfende Geste. »Ein Geschäftsfreund, nichts weiter, ich kannte ihn nur ein paar Jahre. Kein Grund, für sein Andenken zu sterben.«

»Nicht für Geld und gute Worte?«, fragte Sieglinde hinter mir. Sie schob sich an mir vorbei nach vorne.

»Ich habe etwas anderes anzubieten.« Sie leckte sich über die Lippen und musterte die Männer vor sich. In ihrer Stimme lag ein Timbre, das Aufmerksamkeit forderte.

»Ich werde mit jedem schlafen, der sich Ser Havald und Sera Leandra anschließt.« Ungläubiges Gemurmel erfüllte den Raum, auf einmal war die Luft wie elektrisiert. Urplötzlich lag nackte Lüsternheit in den Augen der Wachen.

»Das wirst du nicht!«, rief Eberhard entsetzt. »Ich verbiete es!«

»Das kannst du mir nicht verbieten, Vater. Ich will Rache. Ich kann kein Schwert führen oder mit einer Armbrust umgehen, aber ich kann das Angebotene tun.«

»Sie meint es sowieso nicht ernst«, sagte eine der Wachen.

»Nicht?«, sagte Sieglinde und ging mit wogenden Hüften zu ihm. Sie zog die Schnur ihrer Bluse auf und gab den Blick auf ihren Busen frei. »Hier«, sagte sie, ergriff die Hand des Mannes und legte sie auf ihre nackte Haut. »Fühlt sich das an, als ob ich es nicht ernst meinte?«

»Ich werde es nicht zulassen«, rief Eberhard und eilte auf sie zu, aber sie drehte sich um und funkelte ihn an.

»Dann wirst du mich verlieren, Vater. Ich schwöre, ich werde euch verlassen und mein Glück auf der Straße suchen, wenn du mich hinderst!«

Eberhard wurde bleich und taumelte nach hinten, als ob sie ihn geschlagen hätte. Ich hingegen fühlte einen echten Schlag, Leandra hatte mir ihren Ellenbogen in die Seite gerammt.

»Tu etwas ...«, zischte sie mich von der Seite an.

»Warte«, sagte ich leise zu ihr, während ich mit mir selbst im Wettstreit lag. Bis jetzt waren wir zu viert, das waren zu wenige, wir brauchten weitere Mitstreiter. Aber auch um diesen Preis, dass sich das Mädchen hier offen prostituierte?

»Ich verbiete es«, sagte Janos überraschend. Sieglinde fuhr zu ihm herum, den Busen immer noch entblößt, und lachte schallend.

»Du? Ausgerechnet du? Was hast du mir zu sagen? Warst du es nicht, der mir als Erster lüstern nachgestiegen ist, der mir versprach, das Leben meiner Geschwister und meines Vaters zu schonen, wenn ich mich dir hingebe? Ausgerechnet du willst es mir verbieten?«

Sie lachte, und dieses Gelächter trieb Janos zurück. Sieglinde stand vor uns, ließ ihre Hände über ihren Körper gleiten, und ihre Augen waren wieder die einer Fee. »Ich schwöre bei allen Göttern, dass ich jedem Mann, der diesem Mörder folgt, um ihn zu richten, eine Liebschaft sein werde, für die es sich lohnt zu sterben! Oder seid ihr alle feige und entmannt?« Sie hob den Kopf. »Und ich werde euch nichts verwehren, macht mit mir, was ihr wollt!«

Leandra trat vor und fasste Sieglinde am Arm. »Sieglinde, das seid nicht Ihr!«

»O doch, das bin ich. Und wisst Ihr was, Sera, der Gedanke erregt mich sogar! Es erregt mich, mich all diesen lüsternen

Männern hinzugeben, hier, auf diesem Tisch, so dass alle sehen können, wie ich meine Versprechen halte, wenn es diesen Baron nur den Kopf kostet! All dies für einen guten Zweck ... ja, Sera, das bin ich! Ein jeder hier hat nach meinem Körper gegeifert, hat mich aus gierigen Augen angesehen, berührte mich verstohlen oder offen, machte mir Angebote ...« Sie fuhr zu mir herum. »Auch Ihr, Ser Havald, habt mich so angesehen, Ihr gabt mir sogar den Rat dazu, also schweigt!«

Ich hob die Hände, ich hatte nichts gesagt. Sieglinde stand mit wogendem Busen vor uns, grenzenlose Verführung, ein geheimnisvolles und zugleich entschlossenes Lächeln auf ihrem Gesicht.

»Also! Wer den Mut hat, diesem Mörder zu folgen, kann bei mir liegen, hier und jetzt!«

»Sieglinde.« Zokoras Stimme war kalt und schnitt in diese angeheizte Stimmung wie eine Klinge aus Eis. »Sera Leandra hat Recht. Dies bist nicht du. Deine Erregung kommt von der Traube, die ich dir verabreicht habe.«

»Was?« Leandra fuhr herum. »Was sagt Ihr da?«

Zokora legte den Kopf zur Seite. »Du hast nach einer Möglichkeit gefragt, die Empfängnis zu verhüten. Bei uns müssen junge Frauen einmal im Jahr im Tempel der Weiblichkeit huldigen. Obwohl es sonst für uns so wichtig ist, dass wir die Väter mit Bedacht aussuchen, können wir das zu dieser Zeit nicht. Also verhindern wir so das Empfangen. Auf der anderen Seite sorgt der Zauber für Erregung, so dass wir uns wieder und wieder paaren wollen. Ihr nennt so etwas, glaube ich, eine Orgie.«

Leandra stand da und sah sie fassungslos an. Ich hatte gerade einen Schluck Wein genommen und hustete.

Sieglinde lachte. »Da hört Ihr es. Ich spreche die Wahrheit, ich bin erregt und stehe zu meinem Wort! Na los, wer ist der erste Mann, der mich nimmt!«

»Ich!«, rief eine der Wachen und trat vor, als Sieglinde sich breitbeinig auf einen der Tische setzte.

»Nein«, sagte ich. Ich war zu einer Entscheidung gekommen. Sieglinde mochte jetzt so denken, aber wenn die Wirkung der

Traube nachließ ... Ich konnte es einfach nicht zulassen. Es musste auch so gehen.

»Denn ich werde niemanden mitnehmen, der das tut! Ein Mann sollte nicht nur Mut zeigen, wenn es darum geht, bei einer Frau zu liegen, er muss auch Ehre besitzen, wie sonst kann man sich auf ihn im Kampf verlassen? Und wie lange hält solcher Mut an?«

»Das könnt Ihr nicht tun!«, rief Sieglinde. »Dieser Nekromant ist der wahre Grund für unser Leid! Er muss sterben!«

»Das wird er«, sagte ich. Ich ging zu Eberhard. »Gebt mir das Wagenrad.« Wortlos griff er in seine Weste und gab mir das Goldstück.

»Nicht für Geld und gute Worte, hieß es«, sagte ich und trat vor, zwischen Daumen und Zeigefinger hielt ich die große Goldmünze, die wir bei dem armen Martin gefunden hatten. Ich hielt sie hoch, so dass ein jeder sie sehen konnte.

»Dreitausend dieser Münzen liegen dort unten. Wer uns folgt, bekommt einen Anteil an diesem Gold, zu gleichen Teilen.«

Die Gier, die nun aus diesen Augen leuchtete, sah nicht viel anders aus als bei Sieglinde, gefiel mir allerdings besser. Gold war das Einzige, das ihr Angebot übertraf. Eine einzige dieser Münzen, und jeder gierige Bock konnte sich ein Dutzend Frauen kaufen. Nicht eine davon so viel wert wie Sieglinde. Ich verstand sie, es war, wie sie sagte: Sie konnte nicht kämpfen, aber nicht für einen Moment bezweifelte ich, dass sie uns in diese eisigen Höhlen folgen würde, wenn sie es könnte.

»Ist die echt?«, fragte eine der Wachen atemlos.

»Ja«, sagte ich. »Hier.« Ich legte die Münze auf einen Tisch, gegenüber des Tisches, von dem Sieglinde sich gerade erhob. »Seht sie euch an.«

Die Männer stürzten sich darauf, selbst Holgar begab sich dorthin. Ich nutzte die Gelegenheit und ging hinüber zu Sieglinde, die nun hemmungslos weinte. Ich nahm sie in die Arme und strich ihr über das Haar, während mich Leandra nachdenklich ansah.

»Sieglinde, das war tapfer von dir, aber es braucht dieses Opfer nicht.«

»Ich...« Sie hatte Schluckauf. »... ich hätte es gemacht ...«

»Ich weiß«, sagte ich und zog ihr mit zwei Fingern die Bluse zu. »Aber ich weiß, wovon ich rede. Ich will niemanden bei mir haben, der nur mutig tat, weil er bei dir liegen will. Auch wenn ich zögerte, denn du hast sie wahrlich motiviert.«

Sie wischte sich die Tränen ab. »Ser Havald, es ist etwas, was ich tun will, nein, ich fühle, dass ich es tun muss. Die Männer sollen motiviert sein, nicht wahr? Geradezu verrückt, fast wahnsinnig, um dort in die Kälte zu steigen ...«

»Ja.«

»Gut. Dann werde ich ...«

Ich legte ihr einen Finger auf die Lippen. »Warte erst ab, was ich noch sagen werde. Wenn du dann darauf bestehst, noch etwas anzubieten, werde ich dich nicht weiter hindern.«

»Versprecht Ihr es?«

Ich zögerte, sah ihren ernsten Gesichtsausdruck und nickte dann. »Ich gebe dir mein Wort.«

»Gut, ich warte, bis Ihr gesprochen habt.«

Ich wandte mich den anderen zu. »Wenn euch das Gold nicht reicht, gebe ich euch einen weiteren Grund.«

Die Männer, die sich um die Münze scharten, sahen zu mir. »Und was wäre das?«

»Euer Leben.«

»Droht Ihr uns?«, fragte Holgar. Ich konnte den Händler weniger und weniger leiden.

Ich schüttelte den Kopf. »Nein. Aber es gibt etwas, von dem ihr nichts wisst! Es ist so, dass die Kälte magisch erzeugt wird, sie wird von dem Ort unter uns angezogen. Wenn wir nicht hinuntergehen und der Maestra die Möglichkeit geben, den Fluss der Magie zu richten, dann wird jeder hier erfrieren. Ihr, der Wirt, die Tiere und auch Sieglinde und ihre Schwestern.«

»Ist das wahr?«, fragte eine der Wachen Leandra.

Sie nickte. »Ja. Allerdings kann ich ...«

»... nicht sagen, wie viel Zeit das Ganze in Anspruch nehmen wird. Wir müssen Vertrauen zu den Göttern haben!«, unterbrach ich Leandra. Zokora musterte uns und zog eine Augenbraue hoch, sagte aber nichts.

Die Leute sahen sich gegenseitig an, aufgeregtes Gemurmel erfüllte den Raum.

»Warum hast du mich unterbrochen?«, fragte mich Leandra leise.

»Damit du ihnen nicht erzählst, dass du nicht weißt, wie du die Magie richten sollst.«

»Aber so ist es!«

Ich schüttelte den Kopf. »Ich weiß, dass du eine Möglichkeit finden wirst.«

»Aber ...«

»Wenn nicht, macht es keinen Unterschied, wer geht oder wer bleibt. Also, warum sollte jemand mit uns kommen? So haben wir eine Chance.«

Sie nickte verständig.

»Da Ser Havald«, fing Sieglinde hinter mir an zu sprechen, ihre Stimme klang ruhig und bestimmt, »mich darauf aufmerksam gemacht hat, dass der Mut einen Mann wieder verlässt, nachdem ich mein Wort gehalten habe, gebe ich ein neues Versprechen. Wer nach dem Kampf zurückkehrt, dem gebe ich meine Liebschaft.«

»Ich werde das sein. Niemand außer mir«, sagte Janos.

»Was, du? Du hast uns das alles eingebrockt, warum sollte sie dich wählen!«, rief einer der Männer erzürnt.

»Es gibt keinen Grund«, sagte Janos ruhig. »Nur den, dass ich sie liebe.«

»Liebe?«, rief Eberhard, »aus Eurem Mund hört sich das an, als ob ein Steuereintreiber die Messe lesen will!«

»Ein Dieb, meint Ihr«, sagte Janos. »Aber es ist wahr. Ich schwöre es vor allen Göttern. Gebt mir ihre Hand und lasst sie mich zum Weib nehmen, denn es ist mir ernst. Und zwar bevor ich in das Eis hinabsteige.«

»Ich mich Euch zum Weib geben? Ihr seid verrückt!«, rief Sieglinde.

»Ich werde die Höhlen wohl kaum überleben. Und wenn doch ...« Er warf einen Blick auf Leandra. »Die Sera will mich jagen und hängen.«

»Nein«, sagte Sieglinde. »Ich versprach, mit denen zu schlafen, die nach dem Kampf zurückkommen.« Sie hob stolz das Kinn. »Ich gebe meinen Körper, aber nicht meine Hand.«

Jemand räusperte sich. Wir sahen ihn alle überrascht an. Es war Varosch, einer der Wächter, bisher eher einer der Stilleren. Der, den Rigurd als stetig bezeichnet hatte und der bereits einmal sein Talent mit Armbrust und Bolzen bewiesen hatte.

»Freunde«, sagte er. »Ich gehe mit. Nicht für ihre Gunst oder das Gold. Sondern weil es richtig ist. Ser Havald hat Recht: Ein Mann sollte seinem Namen Ehre machen.« Er verbeugte sich vor Sieglinde. »Überlebe ich, wird es mir eine Ehre sein, um Euch buhlen zu dürfen. Aber ich werde nicht Euren Körper fordern. Und ich will niemanden Freund nennen, der sich so ehrlos benimmt.« Er sah zu mir. »Wann brechen wir auf?«

Zu meiner großen Überraschung nickten die anderen ebenfalls. Ein Weiterer trat vor. Es war Palus, der andere Wächter Rigurds. »Varosch hat Recht. Wir sind nicht ohne Ehrgefühl. Verzeiht, Mädchen, aber Eure Schönheit betörte uns. Kein Mann kann Eure Reize übersehen, aber es ist nicht richtig. Ihr seid keine Hure.« Er sah seine Kameraden an. »Wir retten unser Leben vor der Kälte, töten einen Nekromanten, werden reich mit Gold entlohnt und können unseren Stolz bewahren. Was sagt ihr dazu?«

Einer nach dem anderen nickten sie.

»Ihr könnt mich hier nicht unbewacht zurücklassen.« Holgar war aufgesprungen, die Fäuste geballt. »Wir haben eine Vereinbarung!«

Varosch drehte sich zu ihm um. Sein Gesicht war ausdruckslos. »Herr, wir schützen Euer Leben. Hier oben droht keine

Gefahr mehr, außer dem Tod durch das Eis. Genau diesen versuchen wir von Euch zu wenden.«

»Aber ...«

»Wenn wir überleben, braucht Ihr Schutz für den Rückweg«, sagte einer der anderen Wächter. »Ich jedenfalls werde mein Leben nicht für jemanden geben, der so wenig Anstand besitzt, dass er mir verbieten will, meinen Weg zu gehen.«

Holgar merkte, wie die Männer ihn ansahen, und warf die Arme in die Luft. »Geht, in Soltars Namen! Ihr werdet sehen, was ihr davon habt!«

»Wir vier kommen auch mit, wenn ihr uns dabei haben wollt«, meinte Simon, der Bergarbeiter. »Wir sind nicht die besten Kämpfer, aber wir kennen uns unter der Erde aus. Wir werden euch nützlich sein.«

Ich atmete erleichtert, aber heimlich aus. »Sieglinde, einen Grog für uns alle.« Ich wandte mich an die Männer, die ihre Aufmerksamkeit nun auf mich richteten. »Als Erstes werden wir uns ausrüsten ...«

Aus den Augenwinkeln sah ich, dass Sieglinde aufstand und zur Theke ging. Als sie mir etwas später den Grog in die Hand drückte, lächelte sie ein wenig.

»Ich hatte es ernst gemeint«, sagte sie leise zu mir, bevor sie weiterging. »Aber ich danke Euch trotzdem.«

35. Aufbruch in das dunkle Land

»Es tut mir leid, Wirt, dass wir deine ganze Ware entführen«, sagte Leandra später. Wir befanden uns noch immer im Gastraum, dort wurde gerade eine weitere Kiste geöffnet, die von zwei Männern aus dem Lager geholt worden war. Die Männer standen am Kamin, nicht nahe, denn davor war die Hitze unerträglich, und massierten ihre Hände. Der Weg durch die Schmiede zum Lager und zurück war grausam: Schlug man ein Tuch vor das Gesicht, gefror darin augenblicklich der Atem.

Eberhard machte eine vage Geste. »Mir ist es gleich. Die Ware liegt hier und erscheint mir jetzt von größerem Nutzen, als wenn ich sie horten wollte.« Er sah sie an. »Ich kann Euch nicht sagen, wie dankbar ich bin, dass Ihr Sieglinde an ihrem Vorhaben gehindert habt.«

»Das waren nicht wir«, sagte Leandra leise. »Letztlich zeigte es sich, dass Ehre kein unbekanntes Wort ist.«

Sie griff in die Kiste und entnahm ihr einen langen Mantel aus hellgrauem Leder mit einem schwarzweißen Innenpelz.

»Was ist das für ein Tier?«, fragte sie, als sie das weiche Fell durch ihre Finger gleiten ließ. »Es ist wunderschön!«

Eberhard zuckte mit den Schultern. »Ich habe nie einen gesehen, aber es soll ein Eisotter sein. Diese Ware hat mein Vater gekauft. Es sind gute Wintermäntel, aus den Barbarenlanden, wo man sich täglich vor der Kälte schützen muss, und er schrieb daneben, dass ein jeder drei Goldstücke kosten solle. Seht.«

Er nahm einen Becher und füllte ihn mit Wasser, um dann den Inhalt über den Pelz zu schütten. Das Wasser lief ab und hinterließ den Pelz so trocken wie zuvor.

»Dieser Mantel ist wirklich sein Gold wert«, sagte einer der Wächter ehrfurchtsvoll. »Ist es Magie?«

Der Wirt hob die Schultern. »Davon ist mir nichts bekannt.«

»Wenn ich daran denke, wie oft ich nass und durchgefroren und mit wundem Hintern auf meinem Sattel saß, dann sage ich euch, dass dieser Mantel sein Gold wert ist«, meinte der Wächter.

»Wie ist dein Name, junger Mann?«, fragte ich ihn bei dieser Gelegenheit.

»Joakim, Ser.«

»Bist du in etwas besonders geschickt?«

Er schüttelte den Kopf. »Ich bin recht gut mit dem Schwert und einer Armbrust, aber das ist alles.« Er sah auf und schaute etwas verdrossen drein. »Ich kann auch kochen.«

Ich schlug ihm auf die Schultern. »Glaub mir, du bist wahrscheinlich der wichtigste Mann.«

Ich wandte mich an den Wirt. »Eure Töchter sind nun sicher. Holt sie und lasst sie für uns Nahrung vorbereiten, für vier Tage. Joakim wird ihnen helfen, Rationen zu packen.«

Er nickte und wollte sich abwenden, aber ich hielt ihn zurück. »Sagt, habt ihr in Eurem wundersamen Lager auch Nüsse?«

Eberhard rieb sich grübelnd die Nase. »Ich glaube schon, nur weiß ich nicht, ob sie noch gut sind.«

»Geht und findet es heraus. Habt Ihr vielleicht auch Rosinen?«

Er nickte. »Ja, aber kein ganzes Fass, ein halbes vielleicht. Mehr konnte ich mir nicht leisten.«

Ich klopfte ihm auf die Schultern. »Die Götter seien gepriesen, dass Ihr sie Euch überhaupt leisten konntet. Es gibt kaum eine bessere Nahrung als Rosinen und Nüsse.«

»Ich habe noch nie Rosinen gegessen«, sagte einer der Bergarbeiter mit andachtsvoller Stimme. Er zupfte mit nervösen Händen an seinem Kettenmantel. »Ich wusste nicht, dass diese Mäntel so schwer sind, ich kann mich kaum darin bewegen«, sagte er.

»Was habt Ihr darunter?«

»Zu viel«, antwortete Leandra für ihn. »Zieht die Kette wieder aus und lasst nur ein Wams an. Lasst die Mäntel auf der Kette liegen und nicht darunter.«

»Ja, Sera.«

Schließlich warf ich einen Blick auf unsere kleine Armee. Überall lagen Schwerter, Schilde und Äxte sowie Rüstungsteile herum, in einer Ecke stapelten sich die Kisten, alsbald würden sie im Feuer landen. Die Männer standen um die Tische herum, probierten Kleidung und Rüstung an, schwangen Waffen, um die Balance zu testen, oder schlugen sich den Magen voll.

»Was hältst du von ihnen?«, fragte mich Leandra leise.

»Ich hatte schon schlechtere Männer. Die meisten wissen, wie man mit einem Schwert umgeht. Und Simons Leute ... schau.« Die Bergarbeiter hatten sich Pickäxte gegriffen, deren Schäfte sie kürzten und mit Leder einbanden.

»Keiner von ihnen kann ein Schwert halten, aber treffen sie mit ihren Picken, geht es durch die Rüstung wie heißes Eisen durch Butter.«

»Ja, aber nur wenn sie nicht zuerst aufgespießt werden«, sagte sie.

»Dann geben wir ihnen Armbrüste.«

»Solange sie nicht hinter uns stehen, wenn sie abdrücken. Bei den Göttern, sieh nur!«

Vorhin hatte sich Zokora Rigurds Körper geschnappt und mit ihm entfernt. Ein paar der Wachen boten ihr Hilfe an – sie hatte es geschafft, sich den Respekt der Männer zu verdienen –, aber sie schüttelte den Kopf. Sie wollte ihn waschen und segnen, ein Ritual, das sie allein durchführen wollte.

Jetzt war sie zurück, und ich verstand, warum die Dunkelelfen Furcht in die Herzen der Menschen treiben konnten. Auch sie trug nun einen Kettenmantel, nicht minder fein gearbeitet wie der von Leandra, nur war das Material ihrer Rüstung schwarz wie die Nacht.

»Antamihrl«, erklärte Leandra leise. Ein rauchschwarzer Umhang mit sparsamen silbernen Verzierungen wallte um die Dunkelelfe, und wie unten im Keller tanzten kleine silberne Funken um sie herum. Sie hatte sich das Gesicht geschminkt. War sie vorher dunkel gewesen, so war ihr Gesicht unter der Haube ihres Mantels nun ein schwarzes Loch, in dem ihre Augen rötlich glühten. Unter den schrecklichen Augen leuchteten fahl zwei silbernen Linien im Schatten ihrer Kapuze. Auf ihrem Busen lag eine schwere silberne Kette mit einem Anhänger, der den Kopf einer Eiskatze darstellte. An ihren Händen trug sie Kettenhandschuhe, die an den Fingern verstärkt waren und zu Krallen ausliefen. Sie sah die Blicke und lächelte grimmig.

»Niemand hier muss Angst vor mir haben«, sagte sie und zeigte blutrote Zähne.

»Götter, da bin ich aber froh!«, entfuhr es einem Wächter.

»Ja«, sagte sie in ihrer ruhigen Stimme. »Seid froh, dass ihr nicht die Gejagten seid.«

Ich war nicht leicht zu beeindrucken, aber als ich sie so sah, lief mir ein Schauer über den Rücken.

»Siehst du die Kette?«, fragte ich Leandra. Sie nickte. Zokoras Halskette unterschied sich kaum von der Wolfskette, die ich in meiner Tasche trug, und jetzt erst verstand ich, was sie damals meinte, als sie gesagt hatte, ihr Omen wäre die Katze.

Zokora gesellte sich zu uns und schaute zu mir hoch. »Ich bin bereit.« Ich sah sie, doch ich spürte sie nicht, üblicherweise fühlte ich die Nähe anderer Personen, aber von ihr ging nichts aus, ich wusste nur, wo sie stand, weil ich sie sah. Erblickte man etwas und schloss dann die Augen, sah man es zwar nicht mehr, konnte sich aber vorstellen, dass es hier oder dort sein müsste. Schloss ich die Augen, war es, als ob ich Zokora vergessen würde.

»Was tut Ihr da?«, fragte ich sie leise.

Sie lächelte. Die blutroten Zähne waren wahrhaft ein Anblick für starke Nerven. »Die dunkle Schwester verleiht ihren Dienerinnen die eine oder andere Gabe, auch gibt es Fähigkeiten, die in unserem Blut liegen. Ihr seht mich, weil ich es will. Andere werden mich nicht sehen.«

»Und Eure Spuren wird man wohl auch nicht finden können, nicht wahr?«, fragte Leandra.

»Ja«, antwortete Zokora.

Ich zögerte. »Zokora, erlaubt mir eine Frage. Wer seid Ihr? Ich meine, wir ziehen zusammen in den Kampf, ich würde …«

»Eine Dunkelelfe.« Sie sah meinen Blick und lächelte. »Diesmal werde ich Eure Neugier befriedigen. Mein Name ist Zokora a Zerash, erste Tochter der obersten Säule, oberste Dienerin der dunklen Schwester. Nach Euren Jahren bin ich siebenhundertundzwanzig Jahre alt. Im Namen meiner Göttin erschlug ich vierundvierzig Krieger und zweihundert andere. Seit dreihundertundzwölf Jahren stelle ich mich jedes Jahr der Herausforderung der Göttin.«

»Ein ritueller Zweikampf gegen eine andere Dienerin?«, fragte Leandra leise.

Zokora nickte. »Die zähle ich nicht zu den Erschlagenen, denn es war die Göttin, die meine Hand führte.«

»Was bedeutet Tochter der obersten Säule?«, fragte ich.

Sie lachte. »Das bedeutet, dass ich nach dem Tod meiner Mutter über das dunkle Land herrschen werde.« Sie ballte die Fäuste. »Rigurd war nur ein Mensch, aber er war mein, und sein Blut wird in den Adern meiner Söhne fließen. Ich mochte ihn.« Das Glühen ihrer Augen wurde stärker. Obwohl sie direkt vor mir stand, sah ich nichts von ihrem Gesicht außer diesen Augen, die silbernen Linien darunter und ihre blutroten Zähne.

»Dieser Nekromant hat sich in mein Reich begeben«, zischte sie. »Einen größeren Fehler hat er nie begangen.«

Ich schaute ihr nach, als sie sich in ihre Ecke setzte, um dort regungslos zu verharren.

»Erinnere mich daran, niemals einen Dunkelelfen zu verärgern«, sagte ich leise zu Leandra.

»Sie ist eine Prinzessin. Meinst du, dass das stimmt?«

»Sie hat keinen Grund, nicht die Wahrheit zu sagen«, antwortete ich. »Auch wenn ich nicht glaube, dass es der passende Titel ist. Wer weiß schon, wie Dunkelelfen ihre Herrscher sehen. Ich mache mir vielmehr Gedanken darüber, ob sie wirklich so viele Gegner erschlagen hat. Wenn ja, hatten wir hier Glück, dass Zokoras Zorn nicht uns traf.« Ich beugte mich zu Leandra hinunter und strich ihr über ihre glatte Wange.

»Sag, was ist das mit deinen Augen? Ich weiß, dass das Rot in ihnen oft mit Zorn einhergeht, aber was bedeutet es?«

Leandra sah zu mir hoch, das rote Glühen verblasste, und ich sah wieder das Violett der Augen, die ich so liebte.

»Dunkelelfen haben mehr als Elfen die Fähigkeit, im Dunkeln zu sehen. Wir sehen Wärme. Wenn es so kalt ist wie jetzt, offenbart sich diese Fähigkeit mit diesem roten Leuchten.«

»Kein Zauber?«

Sie schüttelte den Kopf. »Nein. Wenn ich wütend bin, zeigt das rote Leuchten auch meinen Zorn.« Sie sah zu Zokora hinüber. »Deutlicher kann man unsere gemeinsame Herkunft kaum erkennbar machen, oder?«

»Bist du sicher, dass du nur eine halbe Elfe bist?«

Leandra lachte. »Nein, denn so kann man es nicht sagen. Niemand kann wissen, wie sich das Blut von Elfen und Menschen mischt, es ergibt sich mit der Zeit. Es gab Kinder, die Elfen wurden, andere wurden Menschen oder eine Mischung, wie ich es bin.« Sie lachte. »Ich weiß nicht, ob es stimmt, wenn ja, ist es ein Gerücht, das Elfen ungern hören, denn es heißt auch, dass manchmal der Verbindung zweier Elfen ein Mensch entspringt. Es gibt Elfen, die sagen, ein Mensch sei ein Elf ohne Magie – was niemand unter den Elfen gerne hört, halten sie sich doch für etwas Besseres als unsereins.«

»Und wozu zählst du dich, Leandra?«, fragte ich leise.

»Einst hätte ich gesagt, zu beiden. Aber nun bin ich älter. Mein Herz ist das eines Menschen. Aber wenn ich Zokora sehe, schwingt in meinem Blut der Wunsch nach der dunklen Jagd mit.«

»Die dunkle Jagd?«

»Vergiss nicht, ich wuchs nicht bei den Elfen auf, also ist es nicht eigenes Wissen. Aber ich habe viel in den Archiven der Tempelschule gelesen. Du hast von der wilden Jagd gehört?«

Ich nickte. »Man sagt, dass einmal alle hundert Jahre oder so Elfen zu einer heiligen rituellen Jagd aufbrechen. Ein Mensch sollte sich dann von ihnen fern halten, denn alles, was ihnen im

Weg steht, ist gefährdet. Angeblich sind sie dann nicht bei Sinnen.« Das war auch schon alles, was ich wusste.

»Da ist etwas Wahres dran. Es ist ein heiliges Ritual, und jene, die daran teilnehmen, atmen heilige Kräuter ein und werden dadurch wohl etwas ekstatisch. Die dunkle Jagd ist ein ähnliches Ritual der Dunkelelfen, doch niemand hat je eine gesehen und konnte davon berichten.«

Ich sah zu Zokora hinüber. »Sie wirkt nicht so, als ob sie betäubende Dämpfe eingeatmet hätte.«

Leandra lachte kurz und trocken. »Die Elfen auf der wilden Jagd atmen sie, um den Blutdurst zu wecken, der sonst von jedem Elfen ein Leben lang unterdrückt wird. Meinst du, man müsse diesen Blutdurst bei Zokora noch wecken?«

Ich musterte Zokora. Sie sah auf und lächelte mich grimmig an.

»Nein«, sagte ich. »Ich glaube, das ist wirklich nicht nötig.« Ich betrachtete das Treiben um mich herum. »Ich werde es Zokora gleichtun und rasten, bis es losgeht.«

Ich ergriff einen jener Wintermäntel, begab mich zu unserem Tisch, setzte mich nieder, so bequem es ging, und deckte mich mit dem Mantel zu.

»Weckt mich in drei Stunden«, bat ich Eberhard, der herbeieilte, um zu fragen, ob er etwas für mich tun könnte. »Dann brechen wir auf.«

»Erst dann?«, fragte er. »Hat dann der Baron nicht einen zu großen Vorsprung?«

Leandra setzte sich zu mir. »Nein. Wir sind einfach noch nicht so weit. Drei Stunden sind optimistisch geschätzt.«

»Werdet Ihr auch schlafen wollen?«, fragte Eberhard.

Leandra schüttelte den Kopf. »Ich nicht.«

36. Ein Gespräch

Ich war schon fast eingeschlafen, als ich Janos' Stimme hörte.
»Habt Ihr an Eurem Tisch Platz für einen Halunken?«
Ich öffnete meine Augen einen Spalt. »Das muss ich mir noch überlegen.«
»Sagt mir, wie Ihr entschieden habt, wenn es so weit ist«, antwortete Janos und nahm Platz.
»Was ist mit Euch geschehen?«, fragte ich nicht ohne Grund, denn der Banditenführer sah verändert aus. Er hatte sich gewaschen, die vormals wilden Haare sauber zu einem Zopf geflochten und sich neu eingekleidet. Er sah richtig manierlich aus, selbst seine Hände waren sauber.
»Ich mochte den Dreck und den Gestank nie.« Er sah auf seine Hände herab. »Aber hätte ich das zu erkennen gegeben … Manchmal kam es mir vor, als ob sich jeder Bandit im Dreck suhlt.«
»Liegt vielleicht daran, dass kaum ein ehrbarer Bauer oder Freisasse einem Mörder ein sauberes Bett und ein Bad anbietet.«
»Da mag etwas dran sein.«
Sieglinde lief an uns vorbei, er hielt sie an und nahm behutsam einen Teller heiße Suppe von ihrem Tablett. Sie sah ihn ausdruckslos an und ging dann ohne ein Wort weiter. Er schaute ihr wehmütig nach und seufzte. »Oder auch eine ehrbare Frau«, sagte er dann.
»Oh, Ihr wusstet, dass sie ehrbar ist? Das sah nicht so aus«, meinte ich zynisch.
Er blickte zu mir auf. »Was meint Ihr, wie lange hätte es wohl gedauert, bis einer meiner Männer sie sich genommen hätte, wenn ich sie nicht für mich beansprucht hätte?«
»Hätte! Hätte! Ihr wolltet sie schützen? Das ist jetzt leicht zu sagen.«
»Ja. Aber warum solltet Ihr mir auch glauben?« Er seufzte,

nahm einen hölzernen Löffel aus seinem Wams und fing an, die Suppe zu löffeln.

Ich sah keinen Grund, ihm zu antworten. Ich glaubte ihm nicht.

»Sie ist gut, Ihr solltet auch kosten.«

»Ist das der Grund, warum Ihr Euch zu mir gesellt? Um Euch über Suppen zu unterhalten?«

Er hielt inne. »Nein, natürlich nicht. Ich dachte, Ihr wolltet etwas über den Baron erfahren. Ich wundere mich, dass Ihr keine Fragen stellt.«

»So wie ich das sehe, hat der Baron das hier von langer Hand geplant«, sagte ich. Ich hatte so meine Vermutung, wie lange schon.

Janos gestikulierte mit dem Löffel. »Er suchte schon vor Monaten Kontakt zu mir. Er fand mich in Lassahndaar.«

»Warum Ihr?«

»Er suchte jemanden für die Drecksarbeit. Nicht, dass er Skrupel hätte, aber er lässt sie gerne von anderen machen.«

»Und da dachte er an Euch.«

»Janos Dunkelhand hat einen entsprechenden Ruf. Die Sache, vor allem die Bezahlung, sagte mir zu. Ich suchte fünf Leute zusammen, die meinen Ruf kannten, und begab mich hierher.«

»Was war Eure Aufgabe?«

Er lehnte sich zurück. »Außer der Drecksarbeit? Ablenkung. Während ein jeder angsterfüllt auf uns starrte, konnte er unbemerkt agieren.«

»Was könnt Ihr mir über ihn sagen?«

»Ich wusste nicht, dass er ein Nekromant ist, wusste nicht, dass es so etwas überhaupt gibt. Ich hielt ihn für einen Maestro. Er und seine Leute sind sehr gute Kämpfer und absolut skrupellos. Und …«, er zögerte, »irgendwie verrückt. Die zwei Kriegerinnen, die er ja hier als seine Töchter ausgab, und zwei seiner Männer sind ihm absolut untertan. Er kontrolliert sie irgendwie. Bei Sternheim weiß ich es nicht genau. Er ist seine rechte Hand, er übermittelte mir die Befehle.« Er schaute auf seinen Teller herab. »Ich sah einmal, was er mit seinen Frauen trieb. Sie hätten mehr Grund als andere, ihn zu töten. Der Baron zieht seine Macht und Leidenschaft aus Blut, Verzweiflung und Schmerz, vielleicht auch seine magischen Kräfte ... Ihr habt gesehen, was er mit dem Bergarbeiter angestellt hat.«

»Nette Freunde habt Ihr Euch da ausgesucht. Wisst Ihr, was er will?«

»Er bot mir einen Teil des Schatzes an, aber er sucht etwas anderes. Er sucht einen Schlüssel, und er fantasierte davon, dass er der mächtigste Magier werden würde, den es je gegeben habe.«

»Die Imperatoren von Thalak und Askannon werden erfreut sein, das zu vernehmen«, sagte ich trocken.

»Ob Askannon noch lebt, ist mir nicht bekannt. Thalak hingegen sollte von dem Baron bereits wissen. Er gab mir nämlich das rote Gold des Imperiums von Thalak, um die anderen anzuheuern.«

»Er arbeitet für Thalak?«

Janos nickte. »Das denke ich. Ob er nun auch sein eigenes Süppchen kocht, das weiß nur er.«

»Was wisst Ihr noch?«

Janos grinste. »Er hat Albträume. Ein Mann verfolgt ihn im Schlaf. Es ist ein Genuss, ihn wimmern zu sehen, wenn er aufwacht. Ich höre ihn rufen: ›Sergeant, nein, nicht!‹ Immer wieder, immer wieder.« Janos zeigte die Zähne. »Ich gönne es ihm.« Er sah mein Gesicht und zog eine Augenbraue hoch. »Was lächelt Ihr so grimmig?«

»Es ist mir eine Genugtuung zu hören, dass der Sergeant das vollbringt.«

»Kennt Ihr ihn?«

»O ja. Ihr werdet ihn auch kennen lernen.« Etwas anderes kam mir in den Sinn, und ich richtete mich in meinem Stuhl auf, um ihn prüfend anzusehen. »Janos Dunkelhand befehligt hundert Männer. Warum musstet Ihr Euch Leute suchen?«

»Mein Glück verließ mich vor einem halben Jahr, ein Trupp des Königreichs hat meine Männer aufgerieben.«

»Ihr konntet entkommen?«

»Ich sitze hier, nicht wahr?«

»Man hätte meinen können, eine solche Nachricht würde sich verbreiten«, sagte ich.

Er vollführte eine wegwerfende Geste. »Warum die Soldaten der Königin nicht mit ihren Taten prahlten, weiß ich nicht. Vielleicht wollten sie noch andere fangen.«

»Vielleicht.«

Ich lehnte mich wieder zurück. »Was Ihr mir sagen konntet, ist nicht viel. Habt Ihr etwas, was mir nützlich ist? Albträume gönne ich ihm, aber was habe ich davon?«

»Er hat eine militärische Ausbildung, vermag Karten zu lesen und zu zeichnen, kennt ein Dutzend unterschiedlicher Sprachen. Hat außergewöhnlich gute Reflexe, ist ziemlich hart im Nehmen, aber es mangelt ihm an Kraft. Er kann mit einem Schwert umgehen, wird aber versuchen, den Kampf schnell zu beenden, denn er ermüdet rasch. Mehr weiß ich nicht, wir sind nicht direkt Busenfreunde.«

»Sagt, habt Ihr je den Namen Balthasar gehört?«

»Ja. Einmal trank er zu viel. Er sprach davon, dass Balthasar noch immer keine Ruhe gäbe, dass das aber bald vorbei wäre.«

Der Teller war leer, Janos wischte den Löffel an seiner Hose ab und steckte ihn wieder ein. »Nur eines noch«, sagte er, als er sich erhob. »Er will ein Gott werden.«

»Wer will das nicht. Wohin geht Ihr?«

Er hielt den Suppenteller hoch. »Wenn sie mich nicht abweist, etwas Nachschlag holen.«

»Ihr habt einen guten Appetit für jemanden, der sterben wird.«

»Iss, wann immer du kannst. Das lernt man als Soldat zuerst. Zum Sterben ist immer Zeit, zum Essen nicht.«

»Wann wart Ihr denn Soldat?«

Janos grinste. »Nie. Zu viele Disziplinarmaßnahmen.« Und damit wandte er sich endgültig ab. Ich schaute ihm nach, war aber zu müde, um über das zu grübeln, was er mir erzählt hatte.

Es gab noch einige Dinge, die nicht passten. Später. Ich zog den Mantel über mich und schloss die Augen.

»Wir sind bereit«, hörte ich eine Stimme, es war Leandras. Ich gähnte, reckte mich und stand auf. Sie stand nahe bei mir und sah mir unmittelbar ins Gesicht. »Etwas ist mit dir, Havald. Du siehst erholt aus.«

»So ein Nickerchen wirkt Wunder.«

»Ich wünschte, wir hätten eine Stundenkerze, aber es waren eher fünf als drei Stunden. Havald, dein Gesicht ...«

»Was ist damit?«

Sie hob eine Hand und fuhr mir sanft über die Wangen. »Es ist glatter, wirkt jünger.«

Ich nahm ihre Hand und küsste sie. »Da siehst du, wie nötig ein guter Schlaf manchmal sein kann.«

Die anderen standen um uns herum, Janos zur linken Seite, Zokora rechts. Ich musterte meine kleine Truppe. Alle sahen mich erwartungsvoll an. Ich hasste Ansprachen, aber manchmal gab es einen Zeitpunkt, an dem sie nötig waren. Also sah ich jeden von ihnen an, schaute ihnen in die Augen, um zu erkennen, ob sie meinem Blick auswichen. Keiner war dabei, der den Blick senkte.

»Bereit wollt ihr sein?«, fragte ich. »Da fehlt euch noch ein Jährchen Drill, aber das Herz am rechten Fleck ist mir mehr wert. Ich habe das Kommando, Zokora späht, Sera Leandra denkt, und Janos geht vor, wenn's ans Sterben geht. Wenn einer wissen will, warum ich das Kommando habe, die Antwort ist einfach. Ich habe mehr Erfahrung. Wir teilen uns ein in vier Gruppen. Ein Bergarbeiter in jede Gruppe, Vorsicht mit den Armbrüsten. Jeder von uns, mit uns meine ich Janos, Zokora, Leandra und mich, führt eine Gruppe. So. Du, du, du und du, ihr seid meine Gruppe. Folgt mir.«

Ich ging zum nächsten freien Tisch. »Nachdem ihr so schön bereit und reisefertig seid, ausziehen und eure Ausrüstung auf den Tisch hier legen. Wirt!«

Eberhard eilte herbei.

»Ich brauche Schweinefett. Ein Kübel reicht und Ruß.«
»Ruß habe ich genug«, sagte Eberhard.
Zokora sah mich an, hob eine Augenbraue hoch und lächelte. Dann suchte sie sich ihre Leute aus und schickte sie zu mir herüber. »Ihr gehört zu mir. Geht zu Havald und folgt seinen Anweisungen«, sagte sie trocken.

Janos und Leandra suchten ihre Männer ebenfalls zusammen und befahlen sie an meinen Tisch.

Ich hatte meine Vorstellungen von dem, was wir dort unten brauchten, und hatte das meiste bereits vom Wirt beschaffen lassen. Sein Lager und vor allem sein Wissen darüber, was sich wo befand, waren wirklich erstaunlich.

Vier Pakete Rosinen und Nüsse für jeden Mann, vier Rationen Fleisch. Zwei Dolche, zwei Paar Handschuhe, drei Paar Strümpfe. Fünfzig Bolzen für die vier Armbrüste. Wetzstein. Acht Laternen. Jeder Mann zehn Mannslängen Seil um die Hüfte gewickelt. Angelhaken, Angelseil, Wachs. Vierzig Kettenringe und eine Zange für jede Vierergruppe. Gekochtes Leinen in Streifen gerissen, drei Rollen pro Mann. Und so weiter. Es waren keine Elitesoldaten, aber ich sah keinen Grund, sie nicht so zu behandeln.

»Dort unten ist es dunkel, feucht und kalt. Ihr werdet Echos hören, wo keine Stimmen sind. Kaltes Wasser wird euch in den Hemdkragen tropfen, wenn ihr eure Kapuze nicht oben habt. Achtet ihr nicht darauf, wohin ihr tretet, stürzt ihr in einen Spalt, so tief, dass ihr durch die Weltenscheibe fallt. Wenn ihr nicht aufeinander achtet, werdet ihr sterben. Hört ihr? Ein einziger Fehler, und ihr seid tot! So einfach ist das. Damit das nicht passiert, achtet auf eure Kameraden und befolgt meine Befehle. Wenn noch etwas von eurer Ausrüstung klappert und ich es noch mal höre, nachdem ich euch darauf hingewiesen habe, bekommt ihr Ärger. Und jetzt los.«

37. Der Appell

»Da hinunter?«, fragte einer der Männer zweifelnd und begutachtete misstrauisch den Schacht und das Seil. Mittlerweile hatte ich mir die meisten Namen gemerkt. Dieser Mann hieß Jan. Wir befanden uns im ersten Keller unter dem Turm und standen um den Schacht herum: ein dunkles Loch, das geradewegs in Soltars Reich zu führen schien.

Ich grinste den Mann an. »Da hinunter, *Ser*, heißt das, Jan. Lasst uns einfach so tun, als wüssten wir, was wir hier machen.«

»Da durch, Ser?«, fragte Jan mit einem Lächeln.

»Genau. Es sind fünfzehn Mannslängen, und du wärst nicht der Erste, der hier zu Tode stürzt. Aber keine Angst, ich gehe vor dir da runter.«

»Als Erstes gehe ich«, sagte Zokora. Bevor ich etwas erwidern konnte, ließ sie sich kopfüber in den Schacht fallen. Ich hörte die Männer scharf einatmen.

»Götter!«, rief Varosch und eilte an den Schacht.

Aber das erwartete Geräusch des Aufschlags blieb aus. Ein Blitz erhellte den Schacht, dann hörte ich Zokora von unten rufen. »Ich kann hier etwas Hilfe gebrauchen.«

Janos war der Nächste, der sich an den Schacht begab, aber noch bevor sein Oberkörper darin verschwand, hörten wir Zokoras Stimme: »Hat sich erledigt.«

Was sich erledigt hatte, waren zwei untote Zwerge. Sie rauchten noch. Als ich unten ankam, sah ich Zokora mit einem Fuß auf einem stehen. Er bewegte sich schwach.

»Die Rune auf der Stirn. Schneidet sie heraus, und es ist Ruhe«, sagte ich. »Varosch, Jan, nehmt eure Dolche und schneidet die Runen von den Stirnen der beiden da drüben an der Wand. Janos, sichere die Tür dort, Lea, schau nach, ob die anderen Türen unberührt sind.«

Sie waren es. Der Baron hatte uns außer den Zwergen nur einen von Janos' ehemaligen Kumpanen zurückgelassen; die ausgetrocknete Hülle lag neben der Tür mit dem Spinnenmenschenemblem.

»Was ist hier passiert, Ser?«, fragte einer der anderen, Torim war, glaube ich, sein Name.

»Das werdet ihr gleich erfahren«, teilte ich ihm mit und sah mich erst einmal in Ruhe um. Bis auf die Zwerge war der Raum unverändert, außer dass der Eispanzer an der Tür mit dem Spinnenmenschen abgeplatzt war. Der Wachende saß immer noch so, wie ich ihn zuletzt gesehen hatte.

Leandra hatte Recht: Das Gesicht unter dem Eispanzer war meinem nicht ähnlich.

»Hallo, Sergeant«, sagte ich leise und kniete mich vor ihm nieder. Das Schwert steckte in seiner Scheide; die Augen im Drachenkopf, der den Knauf bildete, funkelten bläulich.

»Tut mir Leid, alter Freund.« Ich griff das Schwert und versuchte es unter seinen Händen hervorzuziehen. Seine starren Finger hielten es fest. Ich griff fester zu, es knirschte, aus den Augenwinkeln sah ich, wie fast jeder zusammenzuckte, dann hatte ich das Schwert in der Hand.

Ich spürte Seelenreißer auf meinem Rücken, als ich Eiswehr aus der Scheide zog.

Meine Hände bewegten sich von selbst und stießen die Klinge in den Boden. Die Spitze des Bannschwerts drang gut drei Finger breit in den Stein ein, und blaues Licht lief von ihm über das Eis, über die Wände, über die regungslosen, in Stahl gehüllten Soldaten eines längst vergangenen Reichs.

»Was macht Ihr da?« Es war Zokora, die fragte. Zum ersten Mal sah ich so etwas wie Furcht in ihren Augen.

»Woher soll ich das wissen?«, antwortete ich ihr. Meine Hände ruhten auf der Parierstange der Klinge, locker und entspannt, aber nicht einen Muskel konnte ich bewegen. Denn hier stand nun plötzlich ein anderer als ich.

»Erstes Horn, zweite Tenet, fünfte Lanze, zweiter Bulle«, rief der Sergeant mit dröhnender Stimme aus meinem Mund. Das blaue Leuchten lief über mich, über ihn, sammelte sich auf den Stahlpanzern seiner Leute und nahm Formen an.

»Mikail!«, rief er. Oder war das doch ich?

»Anwesend, Sergeant!«, erklang eine Stimme. Eine Figur aus blauem Licht erhob sich von ihrer eisigen Ruhestätte und nahm vor mir Haltung an.

»Jason.«

»Jawohl, Sergeant!« Eine andere Gestalt erhob sich und trat neben die erste.

»Halmachi!«

»Hab schon drauf gewartet, Sergeant.«

»Kantacho!«

»Für das Imperium!«

»Lipko!«

»Schon wieder? In Ordnung, ich bin dabei.«

»Serafine!«

»Du gönnst mir meinen Schönheitsschlaf wirklich nicht.« Eine weibliche Stimme. Ich sah die weit aufgerissenen Augen unserer Leute, als diese Gestalt sich im bläulichen Licht reckte: trotz des schweren Panzers eine typisch weibliche Geste.

»Jondai!«

»Zu Befehl, Sergeant.«

»Blendheim!«

»Wozu die Eile? Ich bin hier.«

Ich spürte, wie ich mich bewegte und dem ersten der Männer salutierte. »Mikail, übernimm sie.« Es war meine Stimme und doch wieder nicht.

»Erstes Horn, zweite Tenet, fünfte Lanze, zweiter Bulle vollständig angetreten zum Appell, Sergeant. Alle frisch und bereit, Sergeant!«

»Weitermachen.«

»Haltung!« Der Raum vibrierte, als schwere Stahlschuhe auf den Boden trampelten.

»Präsentiert ... das ... Schwert!«

Das Geräusch von Stahl, der aus der Scheide sprang, erfüllte den Raum, und ein Donnern wie von einem fernen Gewitter, als die Spitzen der fahlen Klingen zwischen den Füßen der bläulich leuchtenden Soldaten in das Eis einschlugen.

»Achtung!«

Ein hartes, kurzes Getrampel, dann standen sie vor uns, ein jeder mit offenem Visier, Augen, die uns sahen und doch nicht wahrnehmen konnten, blaues Leuchten und blauer Stahl ... Durch Mikail hindurch erspähte ich die vereiste Bettrolle, aus der er sich erhoben hatte. Noch immer hüllte das Eis seine Konturen in ein ewig glitzerndes Tuch. Für einen Moment rührte sich nichts, nur die Flut aus blauen Funken, die von Eiswehrs Spitze zu den Männern lief.

Es war mir, als würde ich sie alle kennen. Mikail, immer eine helfende Hand, Jason, der nie eine Spur verlor, Halmachi, stets lächelnd, auch jetzt, als ob er sich trefflich amüsierte. Lipko, mit seinen tanzenden Augen, Serafine mit ihrem trockenen Witz, Jondai ... ich kannte sie wie mein eigenes Gesicht.

Ich spürte, wie Tränen meine Wangen herunterliefen und gefroren.

»Hört«, rief meine Stimme. »Hört, ihr, die nach uns kamt.« Durch meine, seine, Augen sah ich die aufgerissenen Augen und die bleichen Gesichter der anderen.

»Wir haben auf euch gewartet, denn ihr musstet kommen. Es war so verfügt.« Ich spürte, wie der Sergeant sich aufrichtete. »Wir schworen dem Reich ewige Treue, über den Tod hinaus, wir schworen, einzustehen gegen das Dunkle, wir schworen, das Reich zu befrieden und jene zu schützen, die wir lieben. Unsere Frauen. Unsere Kinder. Und jene, die nach uns kommen werden! Wer sind wir?«

»Wir sind das Erste Horn des Bullen!«, erschallte es aus geisterhaften Kehlen.

»Was sind wir?«

»Standhaft!«

»Wo stehen wir?«

»Auf dem Boden, von dem wir nicht weichen.«

»Wohin gehen wir?«

»Zu den Göttern, mit Askir, dem Kaiser, unserer Ehre und der Pflicht.« Der Raum hallte wider von den Stimmen, dann ... Stille.

»Ich sehe euch, aber ich kenne euch nicht«, sagte schließlich die Stimme, die nicht meine war. »Vor euch stehen die besten Soldaten, die das Reich je gesehen hat, ein jeder von uns bietet euch seine Dienste an. In Treue ewig fest, schworen wir uns, dass wir nicht ruhen würden, bevor der Verräter gefasst und verurteilt ist. Ein jeder von uns ist bereit, an eurer Seite zu gehen, eure Hand zu lenken, euer Leben zu schützen. Wer von den Lebenden ist bereit, das Geleit der Toten anzunehmen?«

»Ich bin es.«

Sogar der Sergeant schien überrascht. Durch seine Augen sah ich die schlanke Gestalt herantreten, ausgerüstet wie ein jeder von uns ... Sieglinde. Sie war uns gefolgt!

Bevor ich etwas dazu sagen konnte, ertönte die Stimme Serafines. »Ich werde sie führen, Sergeant. Es wird sein wie in alten Zeiten, sie hat Mumm.«

»Ich«, rief Varosch.

»Der gehört mir«, gab Mikail zur Antwort. »Treu und beständig, wir werden gut miteinander auskommen.«

»Ich«, rief Janos.

»Meiner ...«, riefen Lipko und Halmachi gleichzeitig. Die beiden blau Gepanzerten sahen sich an und lachten.

»Er hat meinen Verstand.«

»Damit wäre er gestraft, hätte er nicht auch meine Verschlagenheit und meinen Witz.« Halmachi lachte. Lipko machte eine Verbeugung. »Zu mir«, sagte Halmachi, und ich spürte, wie ich nickte.

Nacheinander entschieden sich die Lebenden für die Toten, ein jeder des Ersten Horns fand einen, den er geleiten konnte.

»Mikail, guter Freund, übernimm ein letztes Mal.«

Mikails schimmernder Kopf neigte sich. »Zu Befehl, Sergeant ... Erstes Horn: Achtung! Wohin gehen wir?«

»Zu den Göttern, mit Askir, dem Kaiser, unserer Ehre und der Pflicht!« Es waren nicht nur die Stimmen der Toten, die nun erklangen, ich hörte andere Stimmen und spürte, wie sich auch meine Lippen bewegten.

»Wann gehen wir?«

»Nicht bevor die Pflicht uns lässt ...«

»Nicht bevor die Pflicht uns lässt«, wiederholte der Sergeant leise. Er griff durch die Achselhöhle seines Panzers und holte ein Buch heraus. Er schlug es auf, ich sah die Namen durch seine Augen. Er fuhr mit meiner Hand über die Seiten und schloss das Buch langsam. »Wir haben unsere Pflicht erfüllt. Mikail, unsere Wachablösung ist erschienen. Lasst sie wegtreten.«

»Jawohl, Sergeant.« Mikail schlug mit der rechten Hand auf seine linke Brust. »Es war eine Ehre, mit dir gedient zu haben, Sergeant. Erstes Horn! Ihr habt den Sergeant gehört, es ist getan ... wegtreten!«

Eine jede der Gestalten aus blauem Licht und kaltem Stahl schlug ihre Faust auf die Brust, der letzte Salut. Es hallte weiter, als die Größe des Raums erlaubte. Jeder nahm sodann den Helm ab und blickte nach oben. Ein Lächeln erschien auf jedem fremden und doch so vertrauten Antlitz, als das blaue Leuchten aus Eiswehrs Spitze nachließ, versiegte, erlosch ... und uns hier zurückließ.

In diesem kalten Raum, in dem die Toten nun nicht mehr warteten, sondern ihre Ruhe gefunden hatten.

Ich bemerkte, dass ich auf dem Boden kniete und weinte. Ich konnte spüren, wie er ging, der Sergeant.

Jemand stand neben mir. Ich sah, wie sich eine schlanke behandschuhte Hand um Eiswehrs Heft schloss. »Es gehört mir«, sagte Sieglinde. War sie es wirklich? Ja, aber es schwang etwas in ihrer Stimme mit, eine Entschlossenheit und eine Ruhe, die ihr bis eben fremd gewesen waren.

»Es hat lange genug auf mich gewartet.« Sie zog ihren Handschuh aus und führte die Klinge durch ihren Handballen, ihr Blut wallte auf und wurde von dem fahlen Stahl gierig aufgenommen. Dann führte sie Eiswehr zurück in die Scheide, um mir ihre Hand zu reichen. Ich ergriff sie.

»Alles in Ordnung, Sergeant ... Havald?«

Ich nickte und richtete mich auf, wischte mir das salzige Eis aus dem Gesicht. Sie sahen mich alle an, Erstaunen, Angst und Ehrfurcht in ihren Blicken.

»Wisst ihr, welche Ehre uns erwiesen wurde?«, fragte ich leise, als ich wieder sprechen konnte.

Einzelne sahen mich nur fassungslos an, andere nickten. Ich blinzelte. Sie hatten sich in einer Linie aufgestellt, standen still und ruhig. Nacheinander sah ich ihnen in die Augen. Sie hatten sich nicht verändert, ich sah nicht das Antlitz der Soldaten des Ersten Horns, aber in ihren Augen erblickte ich das, was ich in diesen anderen Augen schon gesehen hatte: ruhige Entschlossenheit.

Ich schaute zu Zokora hinüber. Sie allein hatte keinen geisterhaften Partner gewählt. Sie legte den Kopf auf die Seite. »Ich fürchte, diese Rüstungen werden euch nicht passen«, sagte sie dann trocken. Ich konnte nicht anders, ich musste lachen, lachen wie seit langer Zeit nicht mehr. Sie fielen alle ein, einer früher, der andere später, entspannendes Gelächter, selbst Sieglinde lachte am Ende mit. Ich sah Zokoras verständnisloses Gesicht und musste an mich halten, um nicht erneut loszuprusten. Aber es gelang mir, und das Gelächter versiegte.

»Wir sind nicht das Erste Horn«, sagte ich ihnen. »Aber sie gehen mit uns, und wir werden ihnen Ehre erweisen.«

Ich wandte mich an Janos. »Es ist Zeit. Öffnet die Tür, wir gehen auf die Jagd.«

Leandra berührte mich an der Schulter. »Du hast etwas fallen lassen.«

Ich sah zu ihrer Hand hinab. Es war das Soldbuch des Ersten Horns. Ich betrachtete den Wachenden. Seine Haltung hatte sich nicht verändert, das Eis hielt ihn so, dass seine Arme immer noch auf dem Schwert ruhten, das nun jedoch Sieglinde hielt. Der Eispanzer war nicht gebrochen, doch ich wusste, dass das Buch vorhin noch über seinem Herzen geruht hatte.

»Und das.« Leandra reichte mir einen ledernen Beutel, in den der goldene Drache des alten Reichs eingeprägt war. Ich öffnete den Beutel und sah hinein: Ein Regenbogen glänzte darin, gut zwei Dutzend Edelsteine in unterschiedlichen Farben, ein jeder auf zwölf Seiten geschliffen, sowie ein schwarzer Stein, der alles Licht zu schlucken schien. Ich wusste, was ich in den Händen hielt.

»Die Torsteine«, sagte ich leise. Ich steckte Buch und Beutel ein. »Was machen sie hier bei ihm? Warum hat Balthasar sie nicht auch an sich genommen?«

»Offensichtlich hat er keine Verwendung für sie«, mutmaßte Lea. »Vielleicht braucht er sie nicht, wenn er den Kreuzungspunkt selbst beherrscht. Über ihn kann er weiter und unbeschränkter reisen, als man es mit den Torsteinen vermag. Das Tor zu Askir schloss sich, als die Steine mit dem Sergeant verschwanden. Die Legion war abgeschnitten. Die Steine waren die ganze Zeit hier, aber man glaubte sie verloren …«

Was auch immer die Erklärung war, ich trat durch die offene Tür in einen schmalen, eisigen Gang; ich kannte ihn aus meinem Traum, dort vorne würde er in den Höhlen enden. Ich warf einen letzten Blick auf den Sergeant; es schien mir, als ob er mir zunickte.

38. Die Eishöhlen

»Hast du eine Idee, warum diese Kammer so erbaut wurde?«, fragte ich Leandra etwas später. Die Spuren des Barons, oder besser Balthasars und seiner Leute, waren leicht zu verfolgen. Hier und dort war das Eis gebrochen, gab es eine Furche, ein helles Glitzern unter Raureif.

»Nur eine vage«, antwortete sie mir, als sie vorsichtig einen gefrorenen Wasserlauf überquerte. Im Eis unter meinen Füßen sah ich einen weißen, augenlosen Fisch, in der Bewegung erstarrt.

»Es gibt einen ähnlichen Raum im Tempel der Kronburg. Auch dort gibt es einen Schacht, in dem ein faustgroßer Kristall ruht ... ein Fokus, der die magischen Energien des Kreuzpunkts durch den Schacht nach oben zum Altarraum leitet.«

»Eine Kanalisation für Magie?«, fragte ich ungläubig. Sie rutschte aus, ich fing sie auf, und im nächsten Moment stützte sie mich.

»Vielleicht etwas in der Art. Sie wurde nie fertig gestellt.«

Es gab einen Pfad in den eisigen Höhlen, ein Stück weit gingen wir ihn, dann verließen Balthasars Spuren den Pfad und somit auch wir. Auch nach Jahrhunderten war hier die Arbeit von Zwergen-Steinmetzen zu erkennen, war hier ein Stück des Weges begradigt, dort ein Stalaktit entfernt, hier sogar eine kleine Brücke erbaut.

Ich blickte dorthin, wo der Pfad im Dunkel verschwand. »Was meinst du?«, fragte ich sie.

Sie folgte meinem Blick. »Er wird zur Festung führen. Das ganze Gebirge ist durchzogen von diesen Höhlen.«

Wir bewegten uns langsam, der Boden war hier, abseits des Pfades, zu unsicher für Eile, aber wir kamen stetig voran. Gesprochen wurde kaum; es schien, als ob ein jeder wüsste, was zu tun sei. Es dauerte nicht lange, dann gelangten wir an einen unterirdischen See. Er war zugefroren. Im Licht der Laternen sahen wir alle auf eine doppelte Kette mit Eimern, die im kalten Wasser verschwand.

Über uns, in wohl zwanzig Mannslängen Höhe, erblickte ich das Loch in der Decke, durch das die Eimerkette nach oben führte.

»Hier also fand Martin sein Ende«, stellte Sieglinde fest. Sie sah meinen Blick. »Vater hat es mir erzählt.«

»Ja. Der Baron sagte an jenem Morgen, er hätte Martin in die Küche gehen und nicht wieder herauskommen sehen. Er vergaß lediglich zu erwähnen, dass er selbst ihn in den Brunnen geworfen hat, da Martin ihn in der Küche offensichtlich bei etwas ertappt hatte.« Ich betrachtete Sieglinde eingehend. »Wie geht es dir?«

Sie blickte zu mir auf. »Ich würde sagen gut.«

»Das freut mich, aber das war nicht der Kern meiner Frage, bist du … du?«

Sie legte sich die Hand auf die Brust. »Ich bin ich. Aber ich weiß, was Ihr meint, Serg … Ser Havald. Ich blicke zurück und weiß, dass ich anders war. Feenberührt. Aber jetzt bin ich ich, dieses Ich, und es ist richtig.« Sie sah mich mit ernsten Augen an. »Es fühlt sich an, wie es sich anfühlen soll. Versteht Ihr?«

»Ja«, sagte ich und tat es auch. Ich tauschte einen Blick mit Leandra.

Varosch testete das Eis mit seinem Fuß und blickte zurück zu mir, er machte eine vage Handbewegung als Zeichen dafür, dass er nicht sicher war, ob das Eis unser Gewicht hielt.

»Lasst mich vorbei«, drängte Zokora barsch. Sie trat an den Rand des Eissees und erhob sich einige Daumenbreit in die Luft. Ich sah meine Leute an – es waren jetzt *meine* Leute –, einige blickten erstaunt, andere teilnahmslos.

Wie ein Schatten glitt Zokora über das Eis, und als ich blinzelte, war sie verschwunden. Es dauerte nicht lange, da erschien sie wieder, sie tauchte aus einem dunklen Schatten vor mir auf, und ich hatte Seelenreißer bereits in der Hand, bevor ich ihre Augen erkannte.

»Achtet darauf, Euch nicht selbst zu schneiden«, sagte sie und lächelte ihr blutiges Lächeln. »Sie sind über den See gerudert«, fuhr sie fort. »Drüben findet sich ein zerstörtes Boot. Der See ist noch nicht lange gefroren, üblicherweise führt er wohl gar kein Eis. Balthasar hat, nachdem sie drüben waren, mit Magie nachgeholfen.«

»Eiszauber.«

»Dort drüben am anderen Ufer ist eine schwere steinerne Tür in der Wand. Zwergenarbeit. Sehr alt.« Sie lächelte grimmig. »Mit einer direkten Aufforderung an meine Rasse, sich zur tiefsten Hölle zu scheren. Ohne Bier. Wir mochten uns noch nie, Zwerge und Dunkelelfen.«

Irgendjemand lachte leise, und auch ich schmunzelte. Zokora zog eine Augenbraue hoch.

»Also, was machen wir? Trägt uns das Eis?«, fragte ich.

»Nein«, meinte Zokora. »Er hat es mit Absicht so dünn gemacht, dass wir daran scheitern müssen.«

»Ich kenne eine Methode«, sagte Simon, der Bergarbeiter.

Ich sah ihn fragend an.

»Manchmal stoßen wir im Berg auch auf solche zugefrorenen Seen. Aber wenn man nicht geht, sondern liegt, ist es, als wäre das Eis dreimal stärker. Vor allem, wenn man sich schnell bewegt.«

»Über das Eis robben erscheint mir nicht schnell«, widersprach ich.

»Und wäre ein Fehler. Mit den Eisenverstärkungen an unseren Ellenbogen kratzen wir am Eis, es würde unter uns brechen. Nein. Wir legen uns auf den Rücken, auf unsere Mäntel, und jemand zieht uns hinüber, so schnell es geht.«

»Und wenn das Eis bricht, ersaufen wir«, bemerkte Janos.

»Ja.« Simon nickte ernst. »Dann ersaufen wir.«

»Wie schnell könntet Ihr uns ziehen, Zokora?«, fragte ich die Dunkelelfe.

»Schnell genug. Aber zuerst nur einen. Unter der Tür aus Stein ist ein schmaler Sims, dort ist kaum Platz für mehr als eine Person. Und die Tür ist verschlossen.«

»Dann lasst mich«, sagte Varosch von hinten. »Türen sind meine Spezialität.«

»Seit wann denn das?«, fragte Palus überrascht.

Varosch lächelte. »Mikail kannte sich damit aus.«

»Du kannst ihn fragen?«, kam eine erstaunte Stimme aus den Reihen der anderen.

»Nein, aber ... aber ich habe so ein Gefühl.«

»Ich weiß, was er meint«, mischte sich Sieglinde ein.

»Das glaube ich dir gerne«, antwortete ich ihr. »In Ordnung. Varosch geht als Erster, wir folgen, sobald er die Tür geöffnet hat.«

Wir sahen zu, wie sich Varosch am Ufer auf den Boden legte, sorgsam in seinen Mantel gehüllt. Er hielt ein Stück Seil über seinem Kopf hoch, Zokora ergriff es, und ohne weiteres Zögern eilte sie los, selbst Varosch war davon so überrascht, dass er beinahe das Seil losließ. Mit einem Ruck schlitterte er auf das Eis und entschwand mit einem leisen Rauschen in die Dunkelheit.

»Bäh«, meinte Janos. »Ich kann nicht sagen, dass mir das gefällt. Auf dem Rücken liegend wie eine Schildkröte und genauso hilflos.«

»Ihr könntet auch aufrecht losmarschieren«, gab Leandra zurück.

»Und aufrecht untergehen, was Euch wohl gefallen würde, ich weiß. Nun, ich hätte es entlang des Randes versucht. Vielleicht kann man den See umrunden.«

»Ihr hättet auch dabei keinen Erfolg gehabt«, meinte Simon. »Es muss einen Zufluss und einen Abfluss geben. Dort wird das Eis dünner sein, und dort wärt Ihr wohl auch eingebrochen.«

»Trotzdem, ich mag es nicht, so auf dem Rücken zu liegen.«

»Ich werde Euch bäuchlings begraben lassen«, bot Leandra an.

»Bitte erst nach dem Hängen!« Janos grinste. »Was war das?«

Wir zuckten alle zusammen, als ein erstickter Schrei jenseits des Eissees ertönte. Varosch. Gleich am Anfang einen Mann zu verlieren war ein schlechtes Omen. Mich fröstelte.

»Verdammt!«, fluchte Janos. »Gerade fing ich an, den Burschen zu mögen, er hat mich immer so böse angeschaut.«

Die anderen sahen nun sehr verunsichert aus und murmelten leise. Ich hörte hier und da ein Gebet. Varosch war ein guter Mann gewesen, ich hoffte, dass die Götter ihn auch mochten. Es dauerte endlos lange, bis Zokora erschien.

»In Ordnung, der Nächste«, sagte sie nur.

»Das ist stark!«, sagte Janos. »Ihr könntet uns wenigstens sagen, wie er starb!«

»Wie wer starb?«, fragte Zokora und musterte verständnislos unsere Gesichter.

»Varosch!«, erklärte Leandra leise. »Wir haben seinen Schrei gehört.«

»Ach das«, sagte Zokora. »Er hat sich nur ein wenig erschrocken.«

Wir atmeten erleichtert auf.

»Wovor denn erschrocken?«, wollte einer wissen, aber Zokora gab keine Antwort.

»Ich gehe als Nächster«, sagte ich, bevor ich es mir anders überlegen konnte. »Ich bin der Schwerste.«

»Dann habt Ihr mächtig zugenommen«, sagte Janos.

»Ja«, antwortete ich nur, als ich mich auf den Rücken legte, Seelenreißer in meine Hände nahm und den Strick packte. Zokora zögerte wirklich nicht lange; kaum hatte ich den Strick in der Hand, eilte sie los.

Es war ein seltsames Gefühl. Das Licht der Laternen bei den anderen am Ufer fiel zurück, und ich glitt in eine endlos erscheinende Dunkelheit. Das Eis rauschte unter dem Pelz meines Mantels, fast lautlos war diese Reise; wären nicht der Wind und der Zug am Seil gewesen, hätte ich nicht gemerkt, dass ich mich bewegte, so glatt war das Eis. Es war eine Erleichterung, als das gelbe Licht über mir auftauchte und ich gegen Stein prallte.

»Vorsichtig«, hörte ich Varoschs Stimme. »Ihr liegt auf dem Sims, verlasst ihn nicht, wenn Ihr Euch aufrichtet.«

Die Tür war anders, als ich erwartet hatte, ein großes, mehr als mannshohes rechteckiges Loch im Fels, mit zwei massiven Steinplatten als Türflügel, fast so breit wie meine Hüfte. Eine stand offen über mir, und ich beeilte mich, unter ihr hervorzukriechen, obwohl es unwahrscheinlich war, dass sie ausgerechnet jetzt auf mich fiel.

Ich trat durch die Tür und wurde überraschend mit einer blutigen Fratze konfrontiert: Eine rostige Spitze trat aus der Augenhöhle aus, der Körper hing senkrecht vor mir in einem Zaun aus stählernen Lanzen.

»Bei den Göttern!«, entfuhr es mir.

»Ich habe mich auch fürchterlich erschrocken, als sich die Tür öffnete und ich ihn sah«, sagte Varosch. Daher war also sein Schrei gekommen. »Aber besser er als wir. Einer weniger. Hhm, es müsste hier irgendwo einen Hebel geben …« Er fuhrwerkte mit dem Arm schultertief in einem Loch in der Wand herum. »Ah, hier. Was ist denn das? Oh …!« Er legte sein Gesicht in nachdenkliche Falten, atmete zischend ein und zog seinen Arm dann ganz langsam wieder aus dem Loch. Trotz der Kälte sah ich plötzlich Schweißtropfen auf seiner Stirn stehen.

»Was ist?«, fragte ich.

»Ich spürte eine scharfe Unebenheit … Ich glaube, es ist eine Falle in der Falle«, beantwortete er meine Frage. »Könnt Ihr mir ein Stück Seil mit einer Schlaufe am Ende geben, Ser?«

Ich wickelte eine Länge von meinem Seil ab, band die Schlaufe und reichte es ihm wortlos. Er führte das Seil durch das Loch, nahm vorsichtig seinen Arm wieder heraus und zog an dem Seil.

Drei Dinge geschahen gleichzeitig. Zum einen fuhren die Lanzen zurück in die Wand, dann fiel der Körper zu Boden, und das Seil folgte.

»Hhm. Dachte ich es mir doch«, sagte Varosch und sah sich das Seilende an. »Glatt abgetrennt.«

Das Loch, durch das er gegriffen hatte, war nun mit Stein verschlossen. Wir untersuchten das Loch, dann holte er tief Luft. »Ziemlich gemein, diese Zwerge, Ser.«

»Ja«, antwortete ich ihm. »Ziemlich.«

»Was ist denn hier passiert?« Es war Janos. Zokora hatte ihn zwischenzeitlich zu uns gezogen. Er musterte seinen toten ehemaligen Kumpanen mit Interesse. »Was hat den denn erwischt? Sieht aus wie Spieße.« Er schaute sich im Eingang um, betrachtete nachdenklich die Löcher und runzelte die Stirn. »Ich dachte, die Soldaten des Sergeant hätten damals die Fallen alle entschärft. Doch es sieht nicht so aus, nicht wahr? Aber Balthasar lässt sich von ein paar Fallen nicht aufhalten. Er wird seine Leute vorschicken. Und der hier hat nicht aufgepasst.«

Varosch nickte. »Scheint so. Ich frage mich nur, wie er sie dazu bringt, voranzugehen.«

»Du kennst ihn eben nicht, glaube mir, er hat Möglichkeiten«, antwortete Janos leise. Dann sah er Varosch und mich fragend an. »Also, wohin soll ich nicht treten?«, fragte er und betrachtete den Boden vor sich misstrauisch.

Varosch zögerte einen Moment und seufzte dann. »Diese Platte dort ist der Auslöser«, sagte er und wies auf einen Bereich knapp vor Janos' Füßen.

Janos nickte und musterte den jungen Mann. »Du hättest mich gerne genau dorthin geschickt, nicht wahr?«

»Ja. Ich kann dich nicht leiden, aber nun ist es irgendwie anders, du bist jetzt ein Kamerad.« Er schaute ratlos drein. »So fühlt es sich jedenfalls an.«

»Dein Rücken ist sicher vor mir Kamerad«, sagte Janos leise, und Varosch nickte dankbar.

»Gut«, sagte ich. »Anders geht es auch nicht. Was machen wir jetzt?« Wir sahen alle drei nach vorne in die Dunkelheit.

Vor uns erstreckte sich ein Gang, vielleicht zwei Mannslängen breit und etwas mehr als eine Mannslänge hoch. Wände, Böden und Decke waren mit rechteckigen Steinplatten versehen, nicht unähnlich denen, die im Gasthof so reichlich Verwendung gefunden hatten. Der Gang ging geradeaus, so weit der Schein von Varoschs Laterne reichte.

»Wir gehen voran, vermute ich«, meinte Janos und deutete eine Verbeugung vor mir an. »Nach Euch, Ser.«

Varosch lachte leise. »*Ich* gehe voran. Aber vorsichtig!«, sagte er und hielt seine Laterne anders, um einen Schatten im Stein zu studieren. »Das braucht seine Zeit.«

Während er den Gang sorgfältig absuchte, kamen die anderen nach. Nicht einer war durchs Eis gebrochen.

Ich trat zu Simon. »Das war eine gute Idee, Simon«, sagte ich, aber seine Aufmerksamkeit war auf den Toten gerichtet.

»Hmm«, meinte Leandra nachdenklich und sah ebenfalls auf den Banditen herab. »Wenn das so weitergeht ...«

»Wie viele hat er noch?«, fragte Sieglinde.

»Mal überlegen.« Leandra runzelte die Stirn. »Er selbst, die zwei Frauen, die drei Wachen, die drei anderen Banditen und drei von Janos' Leuten. Zwölf.«

»Das reicht für ein paar Fallen«, stellte Zokora trocken fest.

»Damit weiß ich, wofür er uns noch gebraucht hat«, meinte Janos zu mir. »Ich wette, er wusste, dass die Fallen noch oder wieder aktiv sind.« Er wischte sich über die Stirn und betrachtete überrascht den Schweiß auf seiner Hand. »Täusche ich mich, oder ist es nicht mehr so kalt?«

Vielleicht. Aber für meinen Geschmack war es immer noch viel zu eisig.

»Mist!«, rief Varosch von vorne. Aus der Ferne ertönte ein dumpfes Grollen.

»Falle!«, hörte ich ihn rufen und sah ihn auch schon angerannt kommen. Wir standen alle in der Mündung des Gangs. Einen Schritt hinter uns war die Tür, danach das tiefe Wasser des Eissees.

»Was ist es?«, rief ich.

»Ich weiß es nicht«, war Varoschs verzweifelte Antwort. »Aber es kommt näher!«

Was folgte, langsam, aber unaufhaltsam, war eine steinerne Walze, die den Gang fast vollständig ausfüllte, nur in der Höhe ließ sie etwa drei Handbreit Platz.

»Ach du heiliges Exkrement!«, entfuhr es Leandra.

Zokora trat einen Schritt nach hinten und schwebte auf das Eis. »Fürchtet nicht, dass eure Taten vergessen werden«, teilte sie uns mit. »Ich werde von euch singen.«

»Sing nicht!«, rief Simon. »Hilf uns besser aus dem Schlamassel heraus!«

Zokora war ratlos. »Sagt mir, wie?«

Gute Frage, dachte ich, aber mir fiel auch nichts ein. Ich konnte nur dastehen und wie gebannt die Walze anstarren.

Das Poltern wurde so heftig, dass der Boden unter meinen Füßen vibrierte und Eis von der Decke brach. Die Walze bewegte sich langsam, aber ich sah keine Möglichkeit, sie aufzuhalten. Ich schaute Leandra an.

»Ich liebe dich«, sagte sie leise, ergriff meine Hand und lächelte tapfer. Für einen langen, ewigen Moment erfüllte mich Panik, dann wusste ich, was ich tun musste. Ich griff sie und schob sie halb, halb trug ich sie, zu der Stufe unter der Tür. »Hierhin legen«, befahl ich ihr. »Die Walze wird über die Stufe springen, ohne dich zu berühren!« Ich holte tief Luft. »Ich liebe dich.«

»Aber ich ...«, wollte Leandra sagen, ich küsste sie und schlug zu.

»Nette Abschiedsgeste«, meinte Janos, als ich ihre bewusstlose Gestalt auf die Stufe bettete.

Die Walze kam unaufhaltsam näher.

»Mist, das wird den Sergeant aber ärgern«, sagte einer der anderen Männer.

»Und mich erst«, sagte Janos.

Die Walze war nun nahe, keine zwölf Schritt mehr entfernt ...

»Es wird nicht alle erwischen«, sagte Varosch. Seine Augen glänzten fiebrig. »Wenn genügend unter der Walze sind ...«

»Gut zu wissen«, sagte Janos. »Das macht es richtig leicht, der Erste zu sein.« Alle wichen wir zurück, einige hatten sogar ihre Schwerter gezogen, als ob sie damit etwas gegen die Walze ausrichten könnten. Der Stein zu meinen Füßen zitterte immer heftiger unter ihrem Gewicht.

»Probieren wir es«, rief Janos und nahm den Toten, um ihn vor die Walze zu werfen, es knirschte und knackte abscheulich, Blut spritzte, aber die Walze rollte weiter.

»Mist! So viel dazu«, meinte Janos und verzog das Gesicht. Doch dann blieb er stehen und lachte laut. »Wir sind bescheuert! Zurück, hinter mich, schnell!« Keiner zögerte. Was auch immer Janos vorhatte, hinter ihm waren sie weiter von der Walze entfernt. Janos stampfte auf den Boden auf und warf sich zurück, als aus Boden, Decke und Wänden jeweils zwölf stählerne Speere schnellten.

Stahl kreischte und bog sich, als die Walze gegen das Geflecht aus Spießen anrollte, diese verbog und verbog und verbog – und zum Stillstand kam.

Blut von dem Toten, ausgedrückt wie von einer Saftpresse, floss zwischen meinen Füßen und gefror, noch bevor es die Stufe erreichte, auf der Leandra lag.

Ich hob sie an und bettete sie in den Gang, damit sie nicht in den See stürzte, sobald sie erwachte.

Wir hatten nun ein Stück des Gangs für uns, von der Kante der Tür bis zur Walze und den verbogenen Speeren waren es nur etwa zehn Schritte.

»Götter!«, flüsterte Varosch ehrfurchtsvoll. »Gute Idee, Janos!«

Der Banditenführer nickte nur und befingerte eine Stelle an seinem Umhang, an der ihm ein Speer ein Loch gerissen hatte. Dann betrachtete er schweigend die Walze.

»Astarte, Boron, Soltar, ach du heiliger Kuhdung!«, flüsterte jemand neben mir.

»Wenn das ein Dankesgebet ist«, hörte ich leise Sieglinde, »mangelt es ihm an Pietät – aber verdammt, ich stimme zu: Das war ganz schöner Mist!«

Simon trat an die Walze heran und musterte die verbogenen Speere. Dann hob er seine Picke hoch, studierte sie genauer und blickte wieder zu dem steinernen Ungetüm auf. »Das wird etwas dauern, Ser Havald.«

»Ihr meint ...?«, fragte ich ungläubig.

»Wir haben uns schon durch anderen Stein gegraben«, sagte Simon. »Nicht wahr, Männer?« Die anderen Bergarbeiter nickten.

»Die Speere werden das Problem sein«, gab Palus zu bedenken. »Das ist richtig solider Stahl. Den Göttern sei Dank«, fügte er mit Inbrunst hinzu.

»Nicht wirklich«, sagte Sieglinde. Sie zog Eiswehr und hielt die Spitze der Klinge gegen den mittleren oberen Speer. Plötzlich überzog eine Eisschicht den Speer, sie tippte mit der Spitze leicht dagegen, und mit einem hellen, singenden Ton zerbarst er in kleine Splitter, die auf uns herabregneten.

»Beeindruckend«, sagte Janos leise. Sieglinde drehte sich, immer noch mit ihrer Klinge in der Hand, langsam zu ihm um, während der größte Teil von uns immer noch überrascht auf die Reste des Speers starrte.

»Ich bin nicht länger hilflos, Janos. Komm mir zu nahe und ...« Sie vollführte eine Geste mit der Klinge.

Janos sah sie an und nickte. »Schon gut.« Er wandte sich an mich. »Ich glaube, wir werden hier eine Rast machen.«

»Müssen wir wohl«, stimmte ich zu. Ich suchte mir einen Platz an der Wand, ließ mich nieder und strich Leandra über ihr Haar. Sie schlug die Augen auf.

»Wenn du das noch einmal machst, bringe ich dich um«, zischte sie erbost. »Ich bin verdammt noch mal kein kleines Mädchen!«

»Ja«, erwiderte ich demütig. »Ich werde an meinem Charakter arbeiten. Aber das hier musste schnell gehen, ich wollte nicht diskutieren, sondern dich schützen.«

»Das war jetzt schon das zweite Mal. Wenn das öfter vorkommt, dann ... Du bist ein ...« Sie verstummte, immer noch zornig.

»Schade«, Zokora unterbrach uns. Sie stand jetzt wieder im Eingang. »Ich hatte mir die erste Strophe für euer Lied schon überlegt. Irgendetwas Heldenhaftes.«

Verschiedene Leute sahen sie mit gefurchter Stirn an.

»Was?«, fragte sie angriffslustig, als sie den Vorwurf in ihren Augen las. »An meiner Stelle hättet ihr euch zerquetschen lassen? Nein? Also schaut nicht so.«

»Sie hat Recht. Könnten wir schweben, hätten wir es alle getan. Also, lasst es gut sein.« Ich bewegte meine Hände, trotz der Handschuhe waren sie steif.

»Ein Feuer wäre nett«, sagte einer der anderen.

»Stellt die Laternen alle in die Mitte und dreht die Dochte hoch. Es ist nicht viel, aber besser als nichts«, schlug Leandra vor.

Wie sie schon sagte, es war besser als nichts, doch nicht viel. Aber als wir den Ausgang zum See mit mehreren Mänteln zuhängten, wurde es besser. Jemand, ich glaube, es war Janos, machte sogar den Vorschlag, die großen steinernen Torflügel zu schließen, aber die meisten waren dagegen. Es hätte sich dann hier wie in einem Grab angefühlt.

39. Geschichten

»Rosinen. So schmecken sie also«, sagte Jan kauend. »Ich könnte mich dran gewöhnen.« Er zermalmte sie mit offensichtlichem Vergnügen. »Seltsamer Geschmack zusammen mit den Nüssen, aber gut!«

»Seht, was ich hier habe«, rief Simon und hielt ein kleines Fässchen hoch. »Ich habe gesehen, dass der Sergeant, ich meine, Ser Havald gerne diesen Wein trinkt, also fragte ich den Wirt, ob er ein Fässchen für uns hätte. Der Wirt war großzügig, wie ihr seht. Lasst mir etwas übrig.« Damit wandte er sich wieder der Walze zu und hämmerte weiter. »Wenn euch kalt wird, könnt ihr helfen«, rief er dann. Er wirkte fast fröhlich.

»Na dann.« Ich schlug den Spundzapfen heraus, füllte meinen Becher und reichte das Fässchen dann weiter.

»Ich frage mich, was Balthasar gerade macht«, sagte Janos und streckte sich. Er saß so, dass er Sieglinde beobachten konnte. Die ignorierte ihn. Meistens.

»Ich hoffe, die Eule friert sich den Arsch ab«, Joakim lehnte sich zurück und nahm mit offensichtlichem Genuss einen Schluck Wein.

Voller Überraschung wandte ich mich um: »Wie nanntest du ihn gerade, Joakim?«

»Was meint Ihr, Ser Havald?«

»Du nanntest Balthasar eine Eule.«

Joakim zuckte mit den Schultern. »Das war er ja mal.«

»Sind wir besessen?«, fragte einer der anderen.

»Wenn, dann nicht von bösen Geistern«, sagte Sieglinde laut und deutlich. »Ich jedenfalls bin es nicht, ich weiß nur mehr als früher. Und dafür bin ich ihr dankbar.« Sie sah meinen Blick. »Serafine.«

Für einen Moment meinte ich in Sieglindes Antlitz das von Serafine zu erkennen, aber es war nur eine Täuschung. Dennoch:

die Art, wie sie nun das Kinn anhob, der feste Blick ... Ich lächelte.

»Sagte sie dir auch, was du mit der Klinge tun kannst?«, fragte Janos.

»Nein«, antwortete Sieglinde. »Das war die Klinge selbst.«

Für eine Weile sahen wir in die tanzenden Flammen der vier Öllampen. Hinter uns erschallte das Hämmern der Picken, und regelmäßig rieselten Steinstücke herab.

»Drei Bannschwerter auf einen Haufen«, unterbrach Jan unsere Gedanken. »Ich frage mich, ob das schon einmal vorgekommen ist.«

»Na, ich denke, als sie an die ersten Träger gegeben wurden«, meinte ein anderer.

Jan streckte sich. »Kennt jemand die Geschichte der Bannschwerter? Ich kenne nur Legenden. Auch wenn ich heute die Magie eines Schwertes gesehen habe, können nicht alle Legenden wahr sein. Und von Eiswehr habe ich nie etwas gehört.«

»Sie wartete ja auch seit Jahrhunderten auf mich«, warf Sieglinde ein.

»Sie?«

»Ja ... es ist, als wäre sie eine Person.«

»Ser Havald«, sprach Janos mich an. »Kennt Ihr die Geschichte der Bannschwerter?«

Ich schüttelte den Kopf. »Nur die meiner eigenen Klinge. Leandra?«

»Ja, etwas davon ist in den Tempelbüchern überliefert. Was dort nicht steht, weiß ich jetzt.«

»Erzählt sie uns, diese Geschichte, Sera«, bat einer der Leute, und auch die anderen nickten. Hinter uns hörte das Hämmern auf.

»Eine Pause können wir wohl auch vertragen«, rief Simon. »Erzählt, was es mit den Klingen auf sich hat.«

Leandra lehnte sich zurück in meinen Arm und legte ihren Kopf auf meine Schulter.

»Vor langer Zeit«, fing sie an, »als es noch kein Imperium gab, herrschte Askannon nur über ein Königreich. Aber schon damals formierte er die Clans, es waren dreizehn an der Zahl. Wie ihr wisst, hat diese Ziffer eine magische Bedeutung. Astartes Licht geht in einem Jahr dreizehn Mal über der Weltenscheibe auf, Borons Hammer sechsundzwanzig Mal. Das ist doppelt so viel wie dreizehn, für die unter uns, die das nicht wussten.«

Ich sah lächelnde Gesichter, hörte sogar ein Lachen.

»Die Krone Askirs hat dreizehn Zacken, und man sagt, das Gelege eines Drachen habe dreizehn Eier.«

»Mann, da haben wir es mit unseren zwei besser«, rief einer der anderen.

»Gelege, nicht Gehänge«, gab Sieglinde lachend zurück.

»Ich kenne eine Hure, die will immer dreizehn Kupferstücke«, meinte Jan grinsend.

Leandra hob die Augenbrauen. »Wollt *Ihr* weitererzählen?«

Janos machte im Sitzen eine Verbeugung. »Fahrt fort, Sera, wir alle hängen gebannt an Euren Lippen.«

»Die Clans waren die Bären, Seeschlangen, Greifen, Adler, Federn, Bullen, Eulen, Nachtfalken, Einhörner, Biber, Schneekatzen, Seeotter und ganz zuletzt die Drachen.«

»Seit wann kennst du die Clans, Leandra? Gestern kanntest du sie noch nicht«, fragte ich sie.

»Nun, Havald, wie ist es mit dir? Kennst du sie jetzt?«, fragte sie.

Ich nickte. Wenn ich die Augen schloss, sah ich die Wappen vor mir.

»Welche Bedeutung hatten diese Clans?« Zu meiner Überraschung war es Zokora, die diese Frage stellte.

»Die Bären waren die schwere Kavallerie«, sagte Sieglinde.

»Ja«, fuhr Jan fort. »Die Seeschlangen die Marine, die Greifen waren die Elfen, die zu Askannon gestoßen waren.«

»Elfen dienten diesem Herrscher?«, fragte Zokora leise. Sie hielt ihr Amulett in beiden Händen, das Amulett einer Eiskatze.

»Vielleicht tun sie es noch.« Leandra lächelte. »Ich weiß, weshalb Ihr fragt. Nein, Dunkelelfen dienten ihm nicht, soviel ich weiß.« Sie kuschelte sich näher an mich. »Die Adler waren die leichten Späher«, fuhr sie dann fort. »Die Federn waren Schreiber und Boten. Die Bullen ...« Sie lächelte.

»Die schwere Infanterie. Wo wir stehen, weichen wir nie!«, riefen sie im Chor. Mir lief ein eisiger Schauer den Rücken herunter, aber irgendwie hatte ich das Gefühl, dass der Sergeant beruhigend lächelte und mir sagte, dass sie gehen würden, wenn alles getan war. Ich glaubte dieser Stimme.

»Die Eulen waren die Maestros, besonders geschult für den Kampf mit der Magie. Sie wussten weitaus mehr, als wir es heute im Tempel gelehrt bekommen. Magie als Kriegskunst ... bei uns gibt es nicht genügend Maestros dafür.«

»Das mit der Tür im Gasthof war schon beeindruckend genug«, erwiderte ich und Leandra lächelte zu mir hoch.

»Ich erklärte doch, dass ich sauer war.«

»Mir fällt auch ein Clan ein. Die Nachtfalken waren die Spione. Es gab nur wenige von ihnen, nicht wahr?«

»Das ist richtig, Janos. Das lag daran, dass man sie nie sah. So wie Zokora hier«, gab Jan zurück.

Zokora grinste und zeigte ihre blutverschmierten Zähne. Es war erstaunlich, woran man sich gewöhnte, denn ich lächelte zurück.

»Die Einhörner bildeten die leichte Kavallerie, eine ganz außergewöhnliche Einheit.« Leandra lachte. »Nur Frauen! Man sagt, sie hätten ganz besondere Fähigkeiten gehabt.«

»Kann ich mir vorstellen«, rief einer der Männer unter Gelächter.

»Die Biber waren die Pioniere. Sie bauten Katapulte und Festungsanlagen«, erklärte Torim.

»Oder unterminierten Wälle«, rief Simon von hinten. »Ich weiß, was ich geworden wäre.«

»Die Schneekatzen waren Gebirgsjäger. Auch eine kleine Einheit, aber für den Winterkampf sehr gut ausgebildet. Die Drachen waren die persönliche Garde Askannons«, fügte Leandra hinzu. »Ich glaube, damit hätten wir alle dreizehn.«

Ich lehnte meinen Kopf gegen Leandras, schloss die Augen, roch ihr Haar. Dreizehn Clans. Spezialisten für jeden Einsatz. Besaß Thalak sie auch? Das glaubte ich nicht. Das Dunkle Imperium unterwarf etliche Königreiche. Es hatte Tausende, nein, Zehntausende von Kriegern. Was brauchte es da Finesse?

»Erzählt weiter, Sera«, bat Simon von seinem Platz bei der Walze.

»Bin schon dabei!«, rief sie zurück. »Nun, als Askannon die einzelnen Clans formte, schmiedete er für jede Gruppe eine Waffe. Die Bannschwerter. Jedes Schwert war mit seinem Träger magisch verbunden, gab ihm etwas Besonderes. Starb ein Träger, konnte der Nächste, der die Klinge erhielt, zu Teilen auf die Erfahrung des Vorgängers zugreifen. Aber es stimmt nicht, dass die Besitzer solcher Klingen in dem Stahl die ewige Ruhe finden.«

»Weshalb heißen sie Bannklingen?«, fragte Palus neugierig.

»Das weiß ich nicht«, Leandra zuckte die Achseln.

Varosch sah sie an. »Und was vermag Steinherz?«

»Steinherz gehörte den Federn. Es ist eine grausame Waffe. Sie vermag Wahrheit von Lüge zu trennen; wird vom Träger ein Urteil verlangt, führt dieser es unerbittlich aus. Deshalb heißt sie so. Steinherz, weil der Richter ein Herz aus Stein haben muss, bis das Urteil vollstreckt wird. Wer auch immer diese Waffe in einem solchen Moment trägt, wird keinen Hass und auch kein Mitleid fühlen.«

»Sie heißt deshalb auch Königsklinge, nicht wahr?«, fragte Janos leise.

»Ja. Sie war lange im Besitz der Könige von Illian. Bis man sie mir gab, damit ich meine Mission durchführen kann.«

»Welche Mission ist das, Sera?«, fragte einer der Männer.

»Ich werde nach Askir reisen und den ewigen Herrscher um Hilfe gegen Thalak bitten.«

»Wenn er noch ewig ist«, gab Janos zu bedenken.

»Irgendwie glaube ich, dass er noch unter uns weilt«, sagte Sieglinde überzeugt und warf ihm einen trotzigen Seitenblick zu.

»Eiswehr war für die Seeschlangen gedacht«, fuhr Sieglinde fort. »Aber sie wurde vertauscht, aus Versehen kam sie zu den Bullen. Sie hatte einst andere Kräfte, aber sie passte sich an. Sie verbrachte so lange Zeit im Eis, dass sie sich erneut veränderte. Allerdings hat der Name eine andere Bedeutung. Bullen sind oft die Ersten, die das Schlachtfeld erreichen. So wie Steinherz das Herz des Richters in Stein verwandelt, um ein Urteil zu fällen, schützt Eiswehr davor, dass die Grausamkeit des Krieges wie Eis in das Herz des Trägers Einzug hält. Eiswehr schützt und bringt Gnade für die Gegner, die ebenfalls treu für ihren eigenen Herrscher kämpfen.«

Sie sah die Blicke der anderen und lächelte. »Nein, Eiswehr wird mich nicht zur Gnade gegenüber Balthasar bewegen, Eiswehr sieht das mit Verrätern anders. Für sie hebt sie sich das Eis auf, denn die tiefste Hölle Soltars ist die aus Eis und, wie jeder weiß, den Verrätern vorbehalten.«

»Und warum frieren wir?«, rief jemand.

»Wir frieren nicht«, warf Janos ein. Überrascht sah ich ihn an, denn er hatte Recht. Es war nicht mehr so kalt.

»Ich hoffe, das bedeutet nicht, dass Balthasar Erfolg mit seinem Unterfangen hat«, sagte Sieglinde.

»Wohl kaum«, warf Janos ein. »Er muss sich einen Weg suchen, allein diese Fallen hier werden ihn Zeit gekostet haben.«

»Nicht so viel wie uns«, meinte Simon. »Wir brauchen hier noch Stunden.«

»Und was ist mit Eurer Klinge, Ser Havald?«, fragte Joakim.

Ich öffnete die Augen und zögerte. Noch nie hatte ich mit anderen über meine Klinge gesprochen, über die Last, die sie mir aufbürdete.

»Sie ist die schrecklichste von allen«, gab ich leise Antwort. »Sie ist die Klinge des Todes. Sie gehörte ursprünglich zu den Nachtfalken, den Spionen des Imperiums. Oftmals nimmt ein gegnerischer Spion sein Wissen mit in den Tod. Die Klinge heißt Seelenreißer. Sie reißt Seelen heraus wie ein Nekromant.«

Alle sahen mich an.

»Nein, ich bin keiner. Aber wenn ich mit dieser Klinge töte, erhalte ich von jedem Gegner etwas. Aber noch nie habe ich etwas durch sie erfahren. Wenn sie einst das Wissen der Toten auf den Träger übertrug, dann tut sie es nicht mehr. Was sie nun vollbringt, ist um vieles schrecklicher.«

Neugierige Blicke lagen auf mir.

»Simon«, sagte ich leise.

»Ja?«

»Kommt her und setzt Euch zu uns.«

Simon erschien im Lichtkreis der fünf Öllaternen.

»Hört zu. Wir wissen nun, dass Balthasar Euren Bruder in einen Werwolf verwandelte, um uns, die wir einen suchten, ein falsches Opfer zu geben. Balthasar hat damals die magischen Ketten der Schamanen gestohlen. Sie hätten wertlos sein sollen, die Magie lange erloschen. Aber, was auch immer er in dieser ersten Nacht hier tat, es brachte diesen Talismanen ihre magische Fähigkeit wieder, und jemand, vielleicht er selbst oder Sternheim, verwandelte sich in einen Wolf und fiel über Theobald her. Es erklärt auch, weshalb die ganze Baronengesellschaft, die im Stall schlief, nichts gehört haben wollte von dem Kampf Theobalds und seines Hundes gegen den Werwolf. Einer von ihnen war es selbst, und der Rest hat interessiert zugesehen, möchte ich wetten. Es war nicht dein Bruder, der den Stallburschen tötete. Balthasar hat ihm erst später die Kette umgelegt und ihn so zu einem Wolf gemacht, um uns zu täuschen.

Maktor wurde von ihm missbraucht. Aber es war *meine* Klinge, die ihn tötete.« Ich sprach leise, es war schwer für mich fortzufahren. Niemand sagte etwas, alle schauten mich an, aber ich selbst sah nur Simons Augen.

Ich schlug die Kapuze zurück, so dass ein jeder mein Gesicht nun deutlicher erkennen konnte. Ich holte tief Luft, bevor ich fortfuhr.

»Seelenreißer gibt mir die ungelebten Jahre der Toten.«

Als sie mein Gesicht sahen, fingen die Leute an zu murmeln. Es war das Gesicht eines Mannes, der kaum drei Dutzend Jahre gesehen hatte. Hier und da sah ich, wie das Dreieck geschlagen wurde. Die meisten wichen meinem Blick aus, nur Leandra schaute überrascht zu mir auf. Ich sprach langsam weiter. »Dein Bruder war jung, wie du es bist. Als er starb, gab er mir seine verbliebenen Jahre, die ich ihm so gestohlen habe.«

»Ihr ... Ihr habt seine Seele gegessen?«, fragte er mit erstickter Stimme.

»Nein, bei den Göttern, nein. Das nicht!«, rief ich entsetzt. »Ich schwöre Euch, seine Seele ist zu den Göttern gelangt.«

»Woher wollt Ihr das wissen?«, rief er mit Tränen in den Augen.

»Diese Klinge trägt auch einen anderen Namen. Die Klinge des Todes. Sie ist Soltar geweiht. Simon, dein Bruder Maktor ging geradewegs in sein Reich, ohne den Schwarzen Fluss überqueren zu müssen. Soltar selbst nahm ihn bei der Hand.«

»Du bist der Wanderer«, hauchte Leandra.

»Ja«, sagte Janos beinahe ebenso leise. Er schien nicht überrascht. Aber die anderen waren es sehr wohl.

Simon sah mich einen endlosen Moment lang nachdenklich an, dann nickte er. »Und so gab mein Bruder Euch Eure Jugend wieder?«, fragte er leise.

»Ja. Es tut mir Leid.«

»Mir nicht«, sagte Simon überraschend. Er sah auf und wischte sich eine Träne aus dem Auge. »Gestorben wäre er so oder so. Hättet Ihr ihn nicht getötet, hätte es ein anderer getan. Aber so gab er Euch das, was Ihr brauchtet, um uns zu führen. Ich war schon beeindruckt, dass ein alter Mann so zäh ist.«

»Ich danke Euch, Simon, für die Vergebung.« Ich sah die anderen an. »Es mag euch verlockend erscheinen. Aber es gibt einen Grund, warum man sagt, Seelenreißer wäre verflucht. Denn ihr wisst nur die Hälfte. Stellt euch vor, ihr müsstet weiterleben, wenn eure Freunde, eure Lieben sterben. Die Kinder eurer Kinder. Das Schwert schenkt mir die gestohlenen Jahre anderer und verflucht mich zugleich zur Einsamkeit. Ich habe es zwanzig Jahre nicht mehr angefasst, in der Hoffnung, endlich zu sterben.«

»Deshalb bist du gealtert?«, fragte Zokora. Ich nickte.

»Und deshalb wolltest du das Schwert mit ins Grab nehmen.« Ich nickte wieder.

»Du hast die Wahrheit gesagt.« Leandra hatte sich aufgerichtet und sah mich prüfend an. »Du bist nicht Ser Roderic, weil es ihn nie gab. Aber du hast seinen Namen getragen, nicht wahr?«

Ich blickte zu Boden, wo meine Klinge lag.

»Ja. Am Pass tötete ich so viele Gegner, dass sich die Wunden, obgleich sie hätten tödlich sein müssen, fast so schnell schlossen, wie ich sie empfing. Zum Schluss war ich unter Leichen begraben. Ich starb so oft, ich konnte es nicht mehr ertragen. Ich blieb liegen und ergab mich meinem Schicksal.«

»Aber die Barbaren hatten es mit der Angst zu tun bekommen. Vierzig Ritter gegen dreitausend Barbaren. Und sie kamen nicht durch. Sie flohen«, sagte Leandra leise.

»Und das war der letzte Barbarenüberfall in diesen Landen. Sie kehrten zu ihren Dörfern zurück und verließen sie, wanderten weiter«, sagte Janos.

»Der Graf hatte achttausend Mann. Wäre er zum Pass gezogen, hätte er uns am dritten Tag erreicht«, sagte ich bitter. »Damals war noch über die Hälfte von uns am Leben. Aber er war zu feige, dachte, es wären dreißigtausend, und saß auf seinem Hinterteil. Später ließ er sich als Retter der Reiche feiern.« Ich ballte die Hand zur Faust. »Er wäre über die Barbaren hinweggerollt, wie es jene Walze dort beinahe mit uns getan hätte. Aber er war feige.«

»Das wusste aber niemand«, sagte Leandra leise.

»Seine ganzen Offiziere wussten es«, sagte Janos.

»Wie habt Ihr das nun wieder erfahren?«

Er zuckte mit den Schultern. »Mein Vater erzählte es mir.«

»Die Königin wusste es nicht«, sagte Leandra leise. »Sie war ein junges Mädchen, gelähmt durch einen heimtückischen Anschlag.«

»Ja. Aber selbst für sie kann man eigentlich nur einmal sterben. Ich starb mehr als einmal, aber wie Janos schon in seiner

Geschichte erzählte, Soltar will mich nicht. Ich habe ihn betrogen, und dies ist seine Strafe. Ewiges Leben durch ewiges Töten. Ich hatte die Nase voll davon.«

»Ser Roderic und die Ritter des Bundes haben Tausende gerettet. Vielleicht das Königreich selbst«, sagte Sieglinde leise. »Ihr habt Leben verschont, Ser ... Havald?«

»Bleibt bei dem Namen, ich bitte euch. Ser Roderic ist tot. Auch das war die Wahrheit, Leandra.«

»Aber nicht die ganze.«

Ich nickte. »Verzeihst du mir?«

Sie grub ihr Gesicht in meinen Hals. »O Havald, wie kannst du das fragen? Du weißt, was ich für dich empfinde.«

»Liebe wird überbewertet«, knurrte Zokora von hinten. Alle sahen sie böse an.

Sie legte den Kopf zur Seite. »Viel wichtiger sind Respekt, Beständigkeit, Vertrauen und Ehrlichkeit. Nur wenn all dies zutrifft, kann man von wahrer Liebe sprechen, dann ist es Gran'mo'hara. Der Götter Segen. Bei uns zumindest kommt es selten genug vor.« Sie starrte Leandra lange an. »Er wird nicht vor Euch sterben. Seid Ihr nun beruhigt?«

Leandra lachte kurz. »Ich glaube nicht. Die Klinge des Todes ist ... unheimlich.«

»Ich würde sie nicht wollen«, sagte Simon und stand auf. »Ich mache mich wieder an die Arbeit.«

40. Der Weg

Als ich in jener Nacht schlief, Leandras Haupt auf meine Brust gebettet, träumte ich nicht, plagten mich keine Erinnerungen. Ich schlief besser denn je zuvor. Ich war der Wanderer, der Schweinehirt mit der Todesklinge, und ich hatte mich zum ersten Mal anderen Menschen anvertraut. Es hatte Linderung gebracht.

Als man uns weckte, sahen wir das müde, aber zufriedene Lächeln von Simon und seinen Leuten.

»Wir können weiter.«

Das Stück Stein, das sie herausgeschlagen hatten, war gerade groß genug, um uns über die Walze durch die Scharte zu pressen, aber es klappte.

Varosch und Zokora eilten erneut vor, aber diesmal hinderten uns keine Fallen. Der Grund dafür war einfach: Ein weiterer von Balthasars Männern lag zweigeteilt auf dem Weg.

»Ich bin mir sicher, dass Lipko alle Fallen entschärft zurückließ«, sagte Varosch. »Balthasar versuchte sie wohl wieder zu aktivieren, aber er hatte nicht Lipkos geschicktes Händchen«, meinte Palus grinsend.

»Vielleicht wurden sie auch von etwas anderem aktiviert«, überlegte Zokora und musterte den Toten, als könnte er ihr Antwort auf diese Frage geben.

»Egal. Wie heißt es? Und da waren es nur noch elf!«, flötete Janos mit Genugtuung.

Wir gingen vorsichtig weiter.

Der Gang endete an einer schmalen Brücke über einem bodenlosen Abgrund. Als wir uns vorsichtig über die Brücke bewegten, sahen wir etwas im Schein der Laterne. Ein Seil lief quer über die Brücke, die Enden verschwanden im Dunkel.

Zokora schickte ihre leuchtende Kugel hinab, um zu sehen, was sich an den jeweiligen Seilenden befand. Zwei von Janos' Männern hingen dort, gespickt mit Armbrustbolzen.

»Neun«, zählte Janos.

Weiter vorne, an einer Kante, lag ein abgetrennter Zwergenarm mit grauer, mumifizierter Haut. Obwohl er im Eis festgewachsen war, bewegten sich seine Finger. Wieder ließ Zokora ihr Licht in den Abgrund gleiten, dort fand sie auf einer Klippe einen der drei anderen Banditen und zwei untote Zwerge. Obgleich ebenso zerschmettert von dem Sturz wie der Bandit, schlug der eine immer noch auf den Leichnam ein.

»Acht«, flüsterte Sieglinde und schlug das Zeichen der Einigkeit.

Kurz darauf erreichten wir ein Schlachtfeld; mir war, als hätte ich es schon einmal gesehen. Ich machte eine flüchtige Bemerkung, und die anderen nickten.

»Seht.« Unter dem Eis, in einer tieferen Schicht, bemerkten wir die Abdrücke von Eisenstiefeln. Fast konnte ich erkennen, wessen Spuren es waren. Um uns herum lagen erschlagene, zerstückelte Zwerge. Wie viele es waren, konnte ich nicht genau sagen. Hier hatte sich das Erste Horn damals den Zwergen entgegengestellt. Eine Schlacht, die sich nun wiederholt hatte.

»Es werden wohl einst drei Mal dreizehn gewesen sein«, sagte Zokora nachdenklich. »Eine heilige Zahl bei den Zwergen. Und auch bei uns.«

Sie zog ihren Dolch und schnitt dem Zwerg vor ihren Füßen die Rune aus der Stirn, und mit einem leisen Seufzer fiel der Untote in sich zusammen.

Ich gab den Befehl, überall wo eine Rune zu sehen war, sie herauszutrennen. Als wir langsam weiterzogen, fanden wir drei weitere Leichen, einen der Wächter Balthasars, den letzten von Janos' Männern und einen der drei anderen Banditen.

»Fünf«, rief Zokora. »Aber sie haben gut und tapfer gekämpft.«

»Nicht gut genug«, stellte Sieglinde trocken fest. »Das Erste Horn ist hier zweimal durch, ohne einen Verlust.«

Zwei Stunden später hob Varosch die Hand. »Hier.« Er deutete auf den Boden abseits des Weges. Dort lag noch einer der Männer des Barons.

»Was ist hier passiert?«, fragte Sieglinde. »Ich sehe keine Kampfspuren.«

Zokora trat aus dem Schatten. »Seht hier und hier. Er ist ausgerutscht, schlug mit dem Kopf gegen den Stein und hat sich das Genick gebrochen. Ein Unfall.«

»Vier«, sagte Varosch nur.

Plötzlich tauchte aus der Dunkelheit vor uns eine Tür auf, wieder Zwergenarbeit, diesmal aber war in den Stein der Tür etwas gemeißelt, ein in der Kälte schnaubender Eiswolf.

»Ich glaube, das ist der Tempel.« Leandra wandte sich mir zu. »Das ging schneller und leichter, als ich dachte.«

Jan trat hinüber zu der Tür und studierte sie. »Ich glaube, wir sind da.« Er hob die Hand.

»Nicht!«, rief Zokora hastig, aber es war zu spät. Ein gleißender Blitz entlud sich aus einer kleinen Rune über dem Tor, und der Gestank von verbranntem Fleisch drang uns in die Nase, noch während unsere Augen sich von dem blendenden Blitz zu erholen suchten.

Ein leises Grollen kam von links. »Werwolf!«, rief Janos, aber dann sprang das Biest auch schon vor. Es war deutlich größer als die Kreatur, die Simons Bruder gewesen war. Schon im ersten Ansturm riss es zwei meiner Männer zu Boden. Dann sprang es in die Dunkelheit davon.

»Verdammt! Sichern!«, rief ich, wütend über mich selbst, dass ich nicht besser Acht gegeben hatte. Ich eilte zu den Verletzten. Einem hatte das Biest den Kopf abgerissen, der andere lag blutend am Boden. Es war Joakim. Im ersten Moment dachte ich, es wäre nicht schlimm, dann sah ich, dass das Wesen ihm die Klaue von unten, unterhalb der Kette, zwischen den Beinen nach oben in den Magen gerammt hatte.

Ich kniete mich neben ihn. Er sah zu mir hoch und hielt meine Hand mit einer überraschenden Stärke fest. Dann weiteten sich seine Augen, er zuckte einmal, seufzte leise und starb. Ich erhob mich und sah die anderen an.

»Wir ziehen uns etwas zurück, in eine besser zu sichernde Position«, sagte ich und trat den Weg an. Eine Weile sprach niemand, wir sahen uns nur um und versuchten in der Dunkelheit etwas zu erkennen.

Die Stelle, die ich aussuchte, war nur von zwei Seiten zugänglich. Besser als nichts. Hier bezogen wir Stellung. Ich dachte an Jan und Joakim und an den Dritten, dessen Name mir nicht einfiel. Ich würde mir die Namen merken müssen. Verdammt.

»Dieses riesige Mistvieh«, brach Janos dann das Schweigen, »muss doch zu erwischen sein.«

»Ja. Aber wie?«, fragte Palus.

»Ich werde es mit etwas ködern«, schlug Zokora vor. Ehe einer von uns reagieren konnte, verschmolz sie mit dem Schatten und war nicht mehr zu sehen.

»Sie ist mir manchmal unheimlich«, sagte Simon.

»Manchmal?« Janos grinste. Seine gute Laune war ihm offenbar nicht vergangen.

»Ich mag sie. Sie ist irgendwie süß.« Alle sahen Varosch überrascht an.

»Sie ist *was*?«, fragte Janos entgeistert.

»Süß. Ich meine, die Art, wie sie schaut, wenn sie etwas amüsiert ....« Er sah unsere Blicke und brach ab.

»Ich glaube nicht, dass sie weiß, was Amüsement bedeutet«, bemerkte einer der anderen trocken. »Und wenn doch ...« Er schüttelte sich.

»Ist ja in Ordnung«, beeilte sich Palus zu versichern. »Jedem das seine.«

Etwa eine halbe Stunde später hörten wir alle ein fürchterliches Geheul, gepaart mit einem Fauchen, das einem die Nackenhaare zu Berge stehen ließ. Der Laut erinnerte mich an einen Berglöwen, aber keiner, den ich je gesehen hatte, besaß dieses Lungenvolumen.

Etwas später kam sie zurück, ihr schwarzer Umhang und Kragen über und über mit Blut bedeckt.

»Es ließ sich nicht ködern.«

»Was habt Ihr getan?«, fragte einer der Leute vorsichtig.

Zokora bedachte ihn mit einem kurzen Blick. »Ich habe ihn aufgeschlitzt und vor seinen Augen seine Eingeweide ausgerollt. Dann habe ich ...«

Sie erklärte es im Detail, bevor Leandra kreidebleich die Hand hob und sie bat, damit aufzuhören.

»Ist er tot?«

»Wer? Sternheim? Er war der Wolf, müsst ihr wissen.« Zokora legte den Kopf auf die Seite. »Ob er tot ist? Vielleicht nicht«, sagte sie mit offensichtlicher Genugtuung. »Aber ich glaube nicht, dass die sechs Teile wieder zueinander finden.«

Im Hintergrund hörte ich Würgen.

»Süß?«, fragte Palus Varosch.

Der sah zu Zokora hinüber. »Nun, vielleicht jetzt gerade nicht.«

»Drei«, sagte sie nur.

Nun, da der Werwolf beseitigt war, wandten sich Zokora und Leandra gemeinsam der Rune über der Tür zu. Sie mussten über Jans verkohlte Leiche steigen, ehe jemand auf die Idee kam, sie wegzuräumen und respektvoll an die Seite zu legen.

»Eine Schutzrune, sehr alt. Ich habe so etwas noch nie gesehen«, erklärte mir Leandra.

»War es Balthasar, oder ist sie schon länger hier?«

»Die Runenmagie ist alt, die Rune selbst jedoch frisch«, sagte sie. »Solange man sie sieht, hat sie noch Kraft. Wir müssen sie entladen, dann verschwindet sie.«

»Wie entlädt man eine Rune?«

»Man löst sie aus«, informierte mich Zokora. »Das klappt immer.«

Sie sah meinen Blick, und fast schien es mir, als ob sie lächelte.

»Hat nicht der bedauernswerte Jan sie schon ausgelöst?«, fragte ich und deutete vage in Richtung des Leichnams.

»Ja, aber sie hat immer noch Kraft. Es ist eine Rune, die zweimal zündet«, stellte Leandra fest. »Eine heimtückische Falle. Man denkt, sie hätte sich bereits entladen, und dann ... *zisch*.«

»Gibt es keinen anderen Weg?«, fragte jemand.

»Wir kennen keinen«, antwortete Leandra. »Ich bin nicht so gut, dass ich eine solche Rune auflösen könnte, und Zokora ist keine Maestra, sondern eine Priesterin, es ist die falsche Magieform für sie.«

»Wartet hier«, sagte Janos und lief den Gang zurück, den wir gekommen waren. Es dauerte eine halbe Ewigkeit, bis er wiederkam, und in dieser Zeit fanden wir keinen Weg an der Rune vorbei. Einer der Männer erklärte sich sogar bereit, sich zu opfern, aber im selben Augenblick stand Janos vor uns – über seinen Schultern baumelte die Leiche des Mannes, der auf dem Pfad gestürzt war.

»Aus dem Weg«, rief er. Er packte den Leichnam bei den Füßen, drehte sich im Kreis, einmal, zweimal, ließ los und warf so die Leiche gegen die Tür. Ein gleißend heller Blitz erstrahlte, gefolgt von Donnergrollen ... Als der Blitz vor meinen Augen verblasste, war auch die Rune verschwunden. Rauch stieg von dem toten Banditen auf.

»Gut«, sagte Zokora.

Varosch trat an die Tür heran und studierte sie. »Ich habe diese Schlösser schon zweimal gesehen.« Er fuhr mit der Hand über die Kante. »Ich bin mir sicher, der Mechanismus ist ... Autsch.« Es klickte. »Seht ihr. Ich sagte euch doch, ich bekomme die Tür ...« Er krümmte sich plötzlich zusammen, zuckte und fiel zu Boden.

»Varosch!«, rief Leandra und eilte zu ihm.

Als wir ihn erreichten, lag er auf dem Rücken. Schaum und Blut liefen aus seinem Mund, seine Augen waren verdreht, die Augenlider flatterten, und es schien, als ob ihn eine unsichtbare Kraft in der Mitte anhob, um seinen Rücken wie einen Bogen zu formen.

»Drückt ihn nach unten!«, rief Zokora. »Er kann sich selbst etwas brechen! Schnell, beeilt euch!« Ich tat, wie geheißen, aber es war, als wäre sein Körper aus Stahl. Mit vereinten Kräften waren Janos und ich beinahe nicht im Stande, ihn wieder in die Waagerechte zu bringen. Unter meinen Fingern spürte ich, wie Knochen brachen und steinharte Sehnen rissen. Zokora kramte derweil in ihrem Beutel, entnahm ihm ein Glas mit einer lebenden Spinne darin, nahm diese heraus, biss die Spinne entzwei und drückte das grüne Blut über Varoschs offenem Mund aus.

Varosch sackte in sich zusammen.

»Was bei den Höllen …«, rief Leandra.

»Es war Gift an der Tür«, gab Zokora Antwort, ohne von Varosch aufzusehen. Sie massierte seine Kehle. »Es löst den großen Tanz aus. Kaum jemand überlebt das. Er hat Glück, dass ich dabei bin.«

»Was ist mit ihm?«

»Lasst uns zu der Stellung zurückgehen«, sagte Zokora, »dann erkläre ich es euch.« Wir nahmen ihn vorsichtig auf und zogen uns zu unserem Lager zurück. Dort untersuchte sie ihn.

»Was könnt Ihr uns sagen?«, fragte Leandra, als die Dunkelelfe mit ihrer Untersuchung fertig schien.

»Es gibt einen Wahnsinn, der Ähnliches auslöst. Aber dies hier war Gift, ein Gift, das ich gut kenne. Der Wahnsinn ist nicht heilbar, aber dieses Gift wird seine Wirkung verlieren.« Zokora sah uns alle an. »Er wird es überleben. Aber er hat sich den Rücken gebrochen. Hier, hier und hier. Die gebrochenen Rippen und Sehnenrisse … all das heilt. Aber er wird ein Jahr nicht laufen können. Vielleicht länger!«

»Wird es so lange dauern, bis er wieder zusammenwächst?«, fragte einer der anderen.

Zokora schüttelte den Kopf. »Er wird nicht von selbst zusammenwachsen. Aber es wird ein Jahr dauern, bis ich mit einer Heiltraube wiederkommen kann. Dann kann ich ihn behandeln.«

»Ich werde eine Möglichkeit finden, Euch zu bezahlen«, sagte ich zu Zokora.

Bevor ich reagieren konnte, war sie aufgesprungen, hatte ihre klauenbewehrten Handschuhe an meinem Hals und zischte mich an. »Rigurd hat dafür bezahlt! Beleidige mich nicht!«

»Langsam«, gab ich zurück und versuchte ihrem rotglühenden Blick standzuhalten.

»Zokora«, sagte Leandra sanft. »Beruhigt Euch, bevor ihr euch gegenseitig umbringt.«

Zokora holte tief Luft und löste ihre Hände vorsichtig von meinem Hals. Genauso vorsichtig nahm ich meinen linken Dolch von der Stelle hinter ihrem Ohr.

»Als ich mich auf die Jagd vorbereitete, bat ich die Göttin um Mitstreiter«, sagte sie dann etwas leiser. »Ihre Heilung ist meine Pflicht.«

»Ich wollte Euch nicht beleidigen.«

»Ich weiß«, sagte sie. Sie kniete sich wieder neben Varosch. »Wir müssen ihn warm halten.«

Ich entfernte mich etwas, und Leandra folgte mir. »Verflucht, ist sie schnell«, sagte ich dann.

»Das klingt, als würdet Ihr sie bewundern«, sagte Janos, der sich zu uns gesellte.

»Ja. Aber sie könnte sich vielleicht entschuldigen.«

»Ich glaube nicht, dass Dunkelelfen dieses Wort kennen«, meinte Leandra mit einem Lächeln.

»Gift und Magie. Ich mag diesen Kerl immer weniger«, sagte Janos.

41. Der Tempel des Winters

Ich ging vor und öffnete die Tür zum Tempel. Dem uralten Tempel der Zwerge, den die Barbaren für ihre unaussprechliche Magie genutzt hatten.

Es geschah nichts, kein Gift, kein Blitz, keine Falle. Ich gab den anderen ein Zeichen und bewegte mich langsam nach vorne, aufmerksam, vorsichtig und auf der Hut. Aber sie kam hinter mir aus der Wand.

Dies war ein sehr seltenes Talent, die Fähigkeit, durch Stein zu gehen. Sie stieß mir ihren Dolch in den Rücken, verfehlte nur knapp die Wirbelsäule, so dass ich gerade noch Varoschs Schicksal entging, und als ich mit Seelenreißer zustieß, traf ich nur Stein.

»Was ist?«, fragte Leandra hinter mir. Sie hatte den Angriff wohl gar nicht gesehen, so schnell war er vonstatten gegangen.

»Bleib zurück.«

Diesmal kam sie von oben, ein gehässiges Grinsen auf ihrem Gesicht, als sie mir ihren Dolch in die Schulter stieß. Hinter mir ertönte ein leises Geräusch, und sie fiel neben mir zu Boden, das Grinsen erstarrt, nur die Augen bewegten sich noch. Überraschung und Unglauben standen darin.

Zokora trat heran, warf einen Blick auf das Blut, das aus meiner Wunde floss, und steckte ein kleines Blasrohr weg. Sie beugte sich über die Frau und zog mit spitzen Fingern einen kleinen schwarzen Pfeil aus ihrem Hals, packte sie am Haar und zog sie aus dem Gang und dem Tempel heraus.

»Komm mit«, sagte sie mir. Ich folgte ihr, so gut ich konnte. Vielleicht war es die Kälte, aber noch tat es nicht sehr weh. Doch das würde noch kommen.

Die ganze Zeit, in der Zokora meine Wunden säuberte und einen Verband anlegte, lag die »Tochter« des Barons in der gleichen Haltung neben ihr auf dem Boden, als wäre sie zu Eis erstarrt. Aber sie war nur gelähmt. Quicklebendig, aber bewegungsunfähig.

Keiner sagte etwas. Jeder konnte sich an Zokoras Drohung ihr gegenüber erinnern.

Nachdem sie mich verbunden hatte, nahm sie die Frau und ging fort, tiefer in die Höhlen hinein. Ich erwartete, irgendwelche Schreie zu hören, aber Zokora kam nach wenigen Minuten wieder.

»Was schaut ihr so?«, fragte sie.

»Ihr habt gesagt, dass Ihr sie foltern wolltet«, sagte Leandra.

»Werde ich auch. Ich nehme sie mit zu mir in meine Stadt.« Sie lächelte. »Bei guter Pflege hält sie vielleicht ein paar Jahre. Die Novizinnen sind immer dankbar für Übungsobjekte. Sie können beides an ihr lernen, die Kunst der Heilung ... und der Folter.«

Nicht nur ich schluckte, als sie das sagte.

»Warum habt Ihr diese Neigung zur Folter?«, fragte ich sie dann leise. »Mit allem anderen könnte ich mich anfreunden, aber dies ...«

»Habt ihr nicht auch Foltermeister in euren Reichen?«, fragte sie und wirkte wirklich erstaunt.

»Ja.«

»Ich foltere nicht zum Spaß oder um meine Gelüste zu befriedigen.« Sie sah mich an. »Es ist schwierig zu erklären. Durch unsere Heilkunst ist es möglich, jemanden lange zu foltern und dann wieder zu heilen. Es muss kein Todesurteil sein, aber eine Strafe, nachhaltig genug, um für Jahrhunderte denjenigen davon abzuhalten, es wieder zu tun. Damit man jemanden wieder heilen kann, muss man genau wissen, was man beschädigen kann und was nicht.«

»Vollständige Heilung?«

»Ja. In den meisten Fällen. Nur die Herrscherin einer Stadt darf einen Elfen zum endgültigen Tod verurteilen. Wir haben keine Kerker. Wenn die Folter vorbei ist und der Delinquent geheilt, hat er gebüßt und ist wieder frei.«

»Das wusste ich nicht«, sagte ich. Der Gedanke erfüllte mich immer noch mit Grauen, aber es stellte die Sache in ein anderes Licht.

»Deshalb sage ich es dir«, antwortete Zokora. Sie zögerte. »Anderen würde ich es nicht erklären.«

»Danke.«

»Vergiss es.« Sie lächelte mit blutigen Zähnen. »Zwei.«

Der Boden vibrierte leicht unter unseren Füßen, Gesteinsbrocken und Eis lösten sich aus der Decke über uns.

»Verdammt!«, rief ich und rannte los, Janos und Leandra dicht hinter mir.

Am anderen Ende des Gangs zum Tempel war eine Tür. Ich trat sie auf, und die letzte Tochter des Barons stand vor mir, blickte überrascht auf – und starb. Es war Janos' Beil, das an mir vorbeiflog und ihren Kopf spaltete.

In der Mitte des Raums stand Balthasar und lachte. »Ihr kommt zu spät!«

Ich hörte nicht auf ihn, ich rannte bereits.

Der Tempel ähnelte keinem, den ich je gesehen hatte. Er war, wie der Raum unter dem Turm, achteckig, aber es gab nur eine Tür. Er betrug vielleicht zwölf Mannslängen im Durchmesser und war vier hoch, alles gerade Kanten und absolut schmucklos, bis auf die Tatsache, dass das Gestein so fein poliert war, dass es spiegelte.

Vor jeder der acht Wände stand, eine Mannslänge in den Raum hinein, ein rechteckiges Podest. Dort ruhte jeweils in einer Schale aus Mithril ein kopfgroßer blutroter Edelstein. Die Schalen, die diese Steine hielten, hatten einen Deckel, der zurückgeklappt werden konnte, so dass der Stein offen in der Schale lag, oder vorgeklappt, bis der Stein vollständig in einer Kugel aus Mithril eingeschlossen war.

In der Mitte des Raums befand sich Balthasar auf einem weiteren Podest. Es war ebenfalls achteckig und hatte acht Öffnungen. Durch eine solche Öffnung konnte ich einen weiteren großen Rubin erkennen, ebenfalls in einer solchen Schale. Über diesem

Rubin war eine Öffnung in der Plattform darüber, und auf dieser Plattform, scheinbar wehrlos, stand Balthasar. Er hielt den schwarzen Wolf, den ich zuletzt in meinem Traum gesehen hatte, hoch. Weißes Licht umspielte ihn, den Wolf und das Podest.

Dies also war der wiedererweckte Kreuzungspunkt. Und Balthasar stand auf ihm, inmitten dieser magischen Energien, die ihn hätten verbrennen sollen.

Ich hatte diese Kraftlinien, von denen Leandra gesprochen hatte, noch nie zuvor gesehen, aber hier waren sie deutlich erkennbar.

Um jeden der Edelsteine in den Schalen waberte die Luft in den verschiedensten Farben. Von den Edelsteinen ging jeweils ein daumendicker Strahl aus: weiß, golden, blau, grün, gelb, schwarz, silbern und türkis. Alle Strahlen, bis auf zwei, gingen reihum im Kreis. Die beiden anderen Strahlen, golden und silbern, trafen sich in dem Podest unter Balthasar. Er hatte die Energien so manipuliert, dass nur zwei Kraftlinien sich kreuzten. Mehr benötigte er offensichtlich nicht – oder hielt nicht mehr aus.

Ich rannte an der Wand entlang, und jedesmal, wenn ich eines der Podeste passierte, verspürte ich ein seltsames Kribbeln, aber ich achtete nicht darauf. Ich wollte ihn zwingen, sich mir zuzuwenden, oder, wenn er das nicht tat, so in seinen Rücken gelangen.

Simon erschien hinter mir in der Tür, legte an und drückte ab, noch während Balthasar lachte.

Der Bolzen schoss auf Balthasar zu, blieb vor ihm in der Luft hängen, glühte auf und schoss zurück, um Simon genau zwischen die Augen zu treffen.

Janos stieß einen Schrei aus und rannte los, direkt auf Balthasar zu. Doch der machte eine nachlässige Geste, und Janos wurde wie von einem gigantischen Schlag getroffen; ich sah, wie seine Brust eingedrückt wurde, als er nach oben gegen die Decke geschleudert wurde, dort einen Moment verharrte und fiel. Er schlug auf und regte sich nicht mehr.

Balthasar drehte sich kurz zu mir um, machte eine stoßende Geste, und bunte Fäden entsprangen dem Podest, wanden sich um mich, schnürten mich ein. Jede Berührung war wie Eis und Feuer zugleich. Wo diese Fäden mich berührten, sanken sie durch Mantel, Rüstung, Gewand und Fleisch, bis sie meine Knochen erreichten, an denen sie ihr schreckliches Werk verrichteten und mein Skelett in kleine Stücke zerbrachen. Ich versuchte mich mit aller Macht dagegenzustemmen, aber es war sinnlos. Ich vermochte Seelenreißer kurz in den Händen zu halten, aber es konnte mir nicht helfen, und als meine Fingerknochen brachen, fiel es zu Boden.

Das Einzige, was es dazu zu sagen gab, war, dass die Qual nicht lange andauerte. Mit gebrochenen Beinen, Fingern und Armknochen fiel ich zu Boden, dann ließen die bunten Fäden von mir ab.

Ich lag so, dass ich zwischen den Podesten hindurch sehen konnte, wie Leandra und Zokora gemeinsam den Raum betraten. Meine Sicht war nicht besonders gut, denn eines meiner Augen war geborsten, als mein Wangenknochen zersplitterte, das andere voller Blut. Niemals hatte ich solche Schmerzen verspürt; warum ich nicht ohnmächtig wurde, vermochte ich nicht zu sagen. Vielleicht war es auch der Sergeant und nicht ich, der seine Wache trotz allem nicht aufgab.

Weiß und schwarz, Leandra und Zokora, die perfekten Gegensätze, aber der gleiche Gesichtsausdruck.

Zokora lief nach rechts, ein feuriger Strahl traf sie und prallte an einer Handfläche ab, Leandra wählte den linken Weg und wurde in ein Gewitter von Blitzen gehüllt.

Ich erwartete, dass beide genauso schnell fielen wie Simon, Janos oder ich, aber es zeigte sich, dass ich sie unterschätzte, denn sie standen lange, Blitze und Feuer um sie herum; in der Mitte auf dem Podest: Balthasar, lächelnd. Offensichtlich fand er Gefallen an dem Wettstreit!

Leandra brach zuerst zusammen, ihr wunderschönes Haar zu Asche verbrannt, das stolze Gesicht zur Hälfte verkohlt. Sie kniete, aber als sie den Kopf hob, schien das, was von ihrem Gesicht noch erkennbar war, kalt und ruhig.

»Euer Urteil«, sagte sie keuchend, »lautet Tod.«

Während ich ungläubig zusah, richtete sie sich auf und erhob Steinherz. Ein fahler Schein ging von der Klinge aus, und für einen Moment dachte ich, sie könnte gegen Balthasar bestehen, aber eine Geste von ihm riss ihr die Klinge aus der Hand, und sie brach zusammen, wo sie kniete.

Balthasar wandte seine Aufmerksamkeit nun Zokora zu. Es dauerte unendlich lange oder nur einen Herzschlag, dann sah ich auch Zokora in einem Feuerball aufflammen, und auch sie fiel zu Boden. Ich konnte nicht sehen, wie schwer verletzt sie war. Sie krümmte sich zusammen, war noch am Leben, aber es stank nach verbranntem Fleisch. Mein verbliebenes Auge wollte nichts mehr sehen von den Qualen meiner Kameradinnen, meiner Liebsten, mein Geist wollte nicht mehr dieses Ungeheuer auf dem Podest wissen, der Tod war mir nahe und ein Leben ohne Freude, ohne Leandra, ohne meine neuen Gefährten, die tot und sterbend im Gang lagen ... Was sollte mich am Leben halten? Der Tod war die lang ersehnte Erlösung. Warum also nicht loslassen ...

42. Die Macht des Wolfes

»Die Kette.« Der Sergeant stand neben mir. Sein Plattenpanzer war verbeult und verdreckt, als käme er gerade aus einer Schlacht. Er stand neben mir, so solide und fest, dass er realer erschien als die Wirklichkeit, in der Leandra schrie und schrie und schrie, denn nun spielte Balthasar mit den Frauen.

Die Kette? Welche Kette meinte er?

»Die Kette mit dem Wolf.«

Aber das war doch Balthasars Kette.

»Nein, er hat sie gestohlen und ihren Sinn verfremdet.«

Was sollte das ändern?

»Nimm – die – Kette!«

Meine geschundene Hand schob sich irgendwie in meine Tasche. Es schmerzte nicht mehr als sonst auch – schlimmer konnte es gar nicht schmerzen – es war nur ärgerlich, dass sie mir ständig herunterfiel. Letztlich schaffte ich es, einen Fingerknochen, der durch die Haut getreten war, in ein Kettenglied zu haken und die Kette über meinen Kopf fallen zu lassen.

Die ganze Zeit über schrien Leandra und jemand, von dem ich es nicht erwartet hatte: Ich hörte auch Zokoras gequälte Laute. Was machte dieses Ungeheuer mit ihnen, dass selbst Zokora ihren Stolz vergaß ...

»Und jetzt steh auf«, sagte der Sergeant.

Wie? Jeder Knochen war gebrochen, ich konnte mich nicht bewegen.

»Wirklich?« Der Sergeant grinste bösartig. »Werwölfe heilen verflucht schnell, habe ich mir sagen lassen.« Der Sergeant stand da, die Hände über dem Brustpanzer verschränkt, und lächelte grimmig. »Willst du deine Freunde noch länger leiden lassen?«

Ich erhob mich, die Sicht wirkte seltsam gräulich, und irgendetwas stimmte nicht mit meinen Händen: Sie waren zu groß, zu massig, zu ... haarig.

»Aufgepasst«, rief der Sergeant. »Hör zu.« Die Luft roch seltsam interessant, ich schnüffelte, der Bratengeruch war appetitlich.

Der Sergeant trat vor mich und gab mir eine Ohrfeige. Obwohl ich die Hand nicht spürte, schnellte mein Kopf herum, als hätte ihn ein Hammer getroffen.

Er hielt einen gepanzerten Zeigefinger hoch. »Ich weiß, dass du jetzt dumm wie Bohnenstroh bist, aber das schaffst du!«

Was wollte dieser Zweibeiner von mir? Ich hatte Hunger!

»Siehst du diese Schale hier auf dem Rubin? Sie ist gedreht, so dass die magische Energie nicht zum Podest fließt, sondern zu einem anderen Stein. Dreh die Schale, bis der Strahl zum Podest führt!«

Drehen? Was meinte er nur damit ... und was wollte er von mir ... ich wollte fressen.

»Dann klapp die Schale ganz auf, du götterverdammtes, hirnloses Pelztier!«, schrie der Sergeant. »Jetzt mach schon!«

Ich wusste nicht genau, was er meinte, aber es hatte mit diesem Ding vor mir zu tun. Ich fuhr mit der Pranke darüber, das Oberteil der Schale flog in hohem Boden davon, und ein gleißend roter Strahl schoss von dem Rubin auf die Mitte des Raums zu, vermischte sich mit Silber und Gold in dem Rubin im Podest, auf dem der andere Zweibeiner stand.

Der sah überrascht zu mir herüber, dann auf den roten Strahl, der nun von dem Rubin ebenfalls zum Podest ging, wo er auf die anderen beiden traf. Sein Mund öffnete sich zu einem lautlosen Schrei. Ich hatte noch Zeit zu denken, dass diese kleinen Zähne nicht dazu taugten, um durch anständiges Fell hindurchzukommen, da leuchtete er schon auf ... verglühte ... und verschwand. Der Wolfsfokus fiel aus seiner Hand, und noch während er fiel, fiel auch ich.

»Na also«, hörte ich den Sergeant in zufriedenem Tonfall sagen. Als ich erwachte, war ich der einzige unverletzte Überlebende. Bis auf einen Eisengeschmack im Mund fühlte ich mich vollständig in Ordnung.

Ich setzte den Deckel wieder vorsichtig auf den Rubin, nahm die Kette ab und ging zum Zentrum, wo neben dem Podest die Wolfsfigur lag. Ich nahm sie an mich und schritt zu meinen Kameraden.

43. Tauwetter

Drei Tage später hörte der Sturm auf. Leandra und ich saßen an unserem Tisch, Janos und Sieglinde ebenfalls. Neben mir hatte es sich Zokora gemütlich gemacht, während Varosch vor ihr auf dem Boden kniete und ihre neuen Stiefel polierte. Alle drei Frauen hatten extrem kurzes Haar, Leandra und Zokora kaum mehr als einen Millimeter, Sieglinde vielleicht ein paar Millimeter mehr. Sie hatte ihr Haar selbst abgeschnitten.

Es war ruhig und friedlich im Gastraum, der Sturm draußen störte uns nicht, es war warm und gemütlich hier, und wir hatten nichts Besseres mehr zu tun. Außer Varosch hatten noch zwei andere das Abenteuer überlebt. Sie saßen an einem anderen Tisch und überlegten, was sie mit dem Gold machen sollten.

Holgar, der Händler, saß in seiner Ecke und warf uns ab und zu ungläubige Blicke zu. Es war Lisbeth, die heute bediente. Wenn der Händler etwas wollte, ignorierte sie ihn grundsätzlich erst einmal. Holgar hatte sich nur einmal beschwert. Varosch war dann aufgestanden und hatte ihm eine Ohrfeige gegeben. Kommentarlos, wenn man den Blick nicht zählte.

In der anderen Ecke, warm gekleidet und gewaschen, saß die letzte Überlebende von Balthasars Truppe. Zokora kümmerte sich liebevoll um sie, fütterte sie und bettete sie zur Ruhe. Niemand von uns wollte sich dem verzweifelten Blick aus diesen Augen stellen. Einmal nur sprach ich Zokora an, ob es nicht möglich wäre, ihrer Gefangenen einen schnellen Tod zu schenken.

»Was würdest du sagen, wenn ich in die Gerichtsbarkeit eurer Reiche eingriffe?«, fragte sie mich. Danach sagte niemand mehr etwas. Aber ich vermied es, zu dieser stillen, gelähmten Gestalt hinüberzusehen.

Ja, wir hatten das Gold gefunden. Es lag im Eissee unter dem Eimerbrunnen. Ich sah es beim Rückweg unter mir schimmern. Dort lag es jetzt auch noch, das Wasser war noch zu kalt zum Tauchen. Wir hatten es nicht eilig, der Sommer würde kommen. Der unglückliche Martin hatte mir durch seinen Tod bereits vorher verraten, wo der Sold zu finden war. Eberhard, der Wirt, setzte sich zu uns an den Tisch. Zwischenzeitlich hatte er den Gasthof auf den Kopf gestellt, aber nichts anderes gefunden als den zugemauerten Durchgang im Keller. Diesen hatte er mittlerweile freigelegt und festgestellt, dass sich unterhalb des Hofes ein großer Lagerraum befand, voll mit allen möglichen Materialien, von Waffen bis zur Zimmermannssäge. Genug Material, um ein Dorf zu errichten.

Ich knabberte gerade an Leandras Ohr, als es an der Tür klopfte. Die letzten Tage hatten wir uns entspannt, genossen das Leben ohne jegliche Gefahr, dennoch zuckten wir zusammen und mehrere Klingen sprangen aus ihren Scheiden, als dieses Klopfen ertönte.

Sicher, der Sturm war am Abklingen, aber ausgerechnet jetzt ein neuer Gast?

Vorsichtig ging Eberhard zur Tür, gefolgt von mir und Janos. Er öffnete sie.

Im Türrahmen stand ein schlanker, hoch gewachsener Mann. Er war vielleicht drei Dutzend und neun Jahre, hatte eisgraues kurzes Haar und ein Gesicht mit einem energischen Kinn und einer Nase, die einem Adler Ehre gemacht hätte. Seine Augen waren von blassem Grün, und er hatte Lachfalten in den Augenwinkeln. Er kam mir irgendwie bekannt vor, aber woher, vermochte ich beim besten Willen nicht zu sagen.

»Ich hoffe, ich störe nicht«, sagte er. Er sprach sauber und sorgfältig wie ein Gelehrter, aber ich hatte den Akzent noch nie zuvor gehört.

Gekleidet war er in eine lange dunkelblaue Robe, ähnlich der, die Leandra einmal besessen hatte, bevor sie verglüht war. Unter dieser Robe sah ich einen hellen Wintermantel und ein weißes

Leinenhemd. Ein Dolch am Gürtel war seine einzige Waffe. Ein Ring glitzerte an seiner Hand, er trug das Motiv eines Drachen, umsäumt von kleinen Edelsteinen.

»Aber nein, Ser«, sagte Eberhard. »Kommt herein.«

»Danke«, meinte der Fremde. »Mein Name ist Kennard, und ich bin froh, aus der Kälte hierher ins Warme zu können.« Er rieb sich die Hände und sah sich um. Er nickte uns allen freundlich zu und trat an unseren Tisch.

»Darf ich mich zu euch gesellen? Allein an einem Tisch … ich war zu lange allein. Freundliche Gesellschaft schadet nie.«

Damit hatte er wohl Recht. Kennard schien ein liebenswürdiger Mensch zu sein. Offensichtlich war er gebildet, auch wenn er nicht viel von den Reichen und ihren gegenwärtigen Befindlichkeiten wusste. Aber in der Geschichte kannte er sich aus, was nicht verwunderte, denn er war ein Geschichtsschreiber.

Er konnte gut zuhören, und so geschah es, dass wir ihm während der nächsten Tage, in denen der Schnee langsam schmolz, erzählten, was hier vorgefallen war.

44. Kennard

»Gut, dieser Balthasar konnte also die Macht von mehr als zwei Kraftlinien gleichzeitig nicht ertragen und wurde verbrannt, wie Leandra hier es beschrieben hat. Ihr hattet gewonnen. Aber eins verstehe ich nicht«, sagte er und zog an seiner Pfeife. »Alle waren so übel zugerichtet, wie kommt es, dass ihr nun hier sitzt und euch offensichtlich bester Gesundheit erfreut?«

»Das verdanken wir dem Sergeant«, erklärte ich ihm. »Er brachte mich auf die Idee. Seht, ich schloss die Schale wieder, nahm die Kette von meinem Hals und legte sie Leandra um. Dann fasste ich den Wolfsfokus an, die Kette funktionierte, und Leandra verwandelte sich in einen Werwolf.«

Ich sah zu ihr hinüber und lachte. »Sie versuchte mich zu beißen. Ich ließ die Figur los, und sie verwandelte sich zurück und war geheilt. Nur ihr Haar nicht. Sie hatte wunderschönes Haar, müsst Ihr wissen.«

Kennard nickte. »Diese Prozedur habt Ihr bei allen durchgeführt, die noch lebten?«

»Ja«, sagte ich. »Es funktionierte hervorragend.«

»Schlau. Und gefährlich. Hattet Ihr keine Angst, die Magie könnte auch Euch verbrennen?«

»Ich dachte nicht daran. Ich begab mich ja auch nicht auf das Podest.«

»Hmm«, meinte er. »Gut. Dieser Sergeant muss ein außergewöhnlicher Mann gewesen sein. Was ist mit Euch, Janos? Bisher erfuhr ich, dass Ihr ein Spitzbube und Mörder wart, und nun sitzt Ihr hier in trauter Eintracht mit den anderen.«

Wir lachten alle.

»Das«, sagte Leandra mit einem Lächeln, »war die größte Überraschung. Wir hatten uns schon entschlossen, ihn ziehen zu lassen, er hatte ja zu seinem Wort gestanden und war bereit gewesen, mit uns zu sterben. Und wir fühlten alle die alte Kameradschaft, fühlen sie noch immer. Die Soldaten, sie gaben uns mehr, als wir Euch je erzählen könnten. Wir wurden Freunde, ein jeder von uns. Aber das war es nicht. Janos, erzähl du es ihm.«

Janos grinste breit. Er war glatt rasiert und sorgfältig gekleidet, kaum mehr etwas erinnerte an jenen Banditenführer, der uns so in Furcht versetzt hatte.

»Nun, Janos Dunkelhand wurde vor etwa fünf Monaten von einer Einheit der königlichen Kavallerie in eine Falle gelockt. Er wurde auf der Stelle aufs Rad geflochten und dann gehängt. Mein Name tut nichts zur Sache, dazu kenne ich Euch noch nicht gut genug, Ihr könnt es bei Janos belassen. Aber ich war froh, dass ich Leandra hier die Münze zeigen konnte, die ich im Stiefelabsatz versteckt hielt. Sie weist mich als einen Agenten der Krone aus. Ich schlüpfte in die Haut von Janos Dunkelhand, als ich hörte, dass ein zwielichtiger Geselle ihn für einen Auftrag suchte.«

Kennards Augen wanderten zu Sieglinde hinüber, die Falten um die Augen vertieften sich, als er lächelte. »Und dies erklärt auch, warum sie Euch nicht mehr mit Eiswehr aufspießen will.«

Sieglinde lehnte sich an Janos. »Jetzt drohe ich damit, jede Frau aufzuspießen, die ihm zu nahe kommt.«

Kennard lehnte sich zurück und zog an seiner Pfeife.

»Das ist wirklich ein Abenteuer gewesen. Ihr sagt, ihr habt die Soldaten des Ersten Horns begraben? Trotz des Schnees?«

»Nachdem wir wieder zurück waren und bei Kräften«, sagte Leandra leise. »Wir konnten sie einfach nicht dort unten lassen. Es half auch uns, über unsere eigenen Verluste hinwegzukommen. Die, die dort unten im Tempel starben, liegen mit ihnen dort, alle unter dem Banner des Zweiten Bullen, unter dem Zeichen des Ersten Horns.«

»Das«, sagte Kennard mit einem seltsamen Gesichtsausdruck, »erscheint mir nur recht und billig. Ich bin sicher, bessere Gesellschaft gibt es nicht.«

»Ja«, sagte ich.

»Eines noch. Was geschah mit dem Winter?«

»Wir wissen es nicht«, sagte Leandra. »Ein Gutes hat Balthasar getan: Er vermochte es irgendwie, den Kreuzungspunkt zu richten. Ich hätte es nicht gekonnt, nicht eine Kraftlinie hätte ich ausgehalten.«

Kennard nickte. »Ich würde gerne das Grab sehen. Wäre das möglich?«

»Wenn Euch ein wenig Schnee nicht stört.«

»Wohl kaum«, meinte er lächelnd.

Einer von uns ging jeden Morgen hier heraus und kehrte den Schnee weg. Hier lagen sie, die tapferen Männer und Frauen aus vergangener Zeit und unserer. Der Kommandant sowie die alten und neuen Mitglieder des Ersten Horns.

Jedes Grab hatte seinen eigenen Kopfstein mit einem Namen, aber allen zusammen gehörte der dreieckige Gedenkstein in der Mitte. Torim, der einzige überlebende Bergarbeiter, hatte die Inschriften perfekt gemeißelt.

Hier ruht das
Erste Horn, zweite Tenet, fünftes Batallion, zweiter Bulle

Sie waren
das Erste Horn des Bullen

Sie waren
Standhaft

Sie standen
Auf dem Boden, von dem sie nicht wichen

Sie gingen
Zu den Göttern, mit Askir, dem Kaiser, ihrer Ehre und der Pflicht.

Vor dem Monument steckten die Schwerter der Männer und Serafines im Boden. Sie bildeten eine Linie vor einem weiteren

Stein. Dieser lag einen Schritt vor dem Monument selbst. Die Inschrift lautete einfach nur

Der Sergeant

Kennard stand lange dort, sah sich schweigend die Gräber an, und immer wieder blickte er auf die Inschrift des Monuments.

»Wir wissen leider nicht, wie sein Name war«, sagte ich leise.

»Aber wir werden den Appell nie vergessen«, fügte Leandra hinzu.

»Ihr sagtet, Ihr hättet das Soldbuch der Einheit von ihm erhalten«, sagte Kennard leise. »Darf ich es sehen?«

»Es ist in einem Code geschrieben. Als der Sergeant es hielt, konnte ich es lesen, aber jetzt nicht mehr.«

Ich griff in mein Wams und reichte es Kennard. Er hielt es einen langen Moment in seiner Hand, bevor er es aufschlug.

Er blätterte langsam darin, bis er auf einer Seite verharrte.

»Er war Erster-Bullen-Sergeant«, sagte er leise. »Das ist so etwas wie ein Generalsergeant.«

»Und sein Name?«, fragte Janos.

»Jerbil Konai.« Kennard hielt das Buch noch einen Augenblick fest, klappte es dann zu, um es mir wieder zu reichen.

»Wisst ihr, was das Erste Horn ist?«

Wir schüttelten den Kopf. Ich hatte das Gefühl, dass ich es wissen sollte, aber es war, wie der Sergeant mir versprochen hatte: Alles verblasste allmählich.

»Das Erste Horn ist eine Truppe, die regulär nicht existiert. Sie wird geformt, wenn sie gebraucht wird. Sie besteht aus den zehn besten Soldaten einer Legion. Die Zweite Legion war die beste Legion ihrer Zeit, vielleicht die beste, die es je gab«, sagte Kennard leise. Er sah durch uns hindurch, als sähe er etwas in der Ferne. »Als er sagte, sie wären die Besten, hat er noch untertrieben.«

»Jerbil Konai«, sagte Janos. »Seltsamer Name. Aber ich mag ihn.«

»Konai bedeutet in der elfischen Sprache ›Der Aufrechte‹«, sagte Zokora. »Ich werde einen meiner Söhne Rigurd nennen, Konai den anderen.«

»Ein guter Name für einen guten Mann«, sagte Janos leise.

Kennard blickte immer noch auf das Monument und schien tief in Gedanken versunken.

»Es sind keine Jungen«, sagte er abwesend. »Es werden Mädchen.«

Zokora drehte sich langsam zu ihm um und musterte ihn mit einem nachdenklichen Blick.

Leandra und ich sahen uns an, dann wandten wir uns ihm zu.

»Woher wisst Ihr dies alles über das alte Reich?«, fragte Leandra.

»Wer seid Ihr wirklich?«, fragte ich.

Er schien uns nicht zu hören, als er vor dem Monument Haltung annahm und das Erste Horn grüßte, indem er mit der rechten Hand gegen seine linke Brust schlug.

An seiner Hand blinkte der Ring und der Drache auf dem Wappen glänzte in der Morgensonne.

Anhang

Personen

Sera Leandra de Girancourt
    Halbelfe und Maestra des Illianischen Reichs, Trägerin des Bannschwerts *Steinherz*

Ser Havald
    ein alter Mann, der seine Ruhe wollte und nicht bekam

Eberhard
    Wirt des Gasthofs *Zum Hammerkopf*

Sieglinde
    älteste Tochter des Wirts, zu schön für manche

Maria
    zweite Tochter des Wirts

Lisbeth
    dritte Tochter des Wirts

Theobald
    ein Stalljunge

Martin
    einer der Knechte des Wirts

Timothy
    der andere Knecht des Wirts

Rigurd
  Sohn von Anval, ein Händler aus Losaar

Holgar
  ein anderer Händler

Palus
  Händlereskorte

Varosch
  Händlereskorte, ein guter Mann mit einer Armbrust

Joakim
  Händlereskorte

Jan
  Händlereskorte

Ulgor
  Händlereskorte

Maktor
  Bergarbeiter, Bruder von Simon

Simon
  Bergarbeiter, Bruder von Maktor

Torim
  Bergarbeiter

Ser Klemmfels
  Baron

Sternheim
  Eskortenführer des Barons von Klemmfels

Das Erste Horn des Bullen

Jerbil Konai	Generalsergeant der zweiten Bulle
Mikail	Feldwebel
Halmachi	Schwertmeister
Lipko	Späher
Serafine	Zeugmeisterin
Jondai	Belagerungsingenieur
Kantacho	Waffenwart
Jason	Späher
Blendheim	Waffenmeister
Balthasar	Eule und Kampfmagier

Weitere Personen von Interesse

Ser Roderic von Thurgau
  ein Ritter des Königreichs Illian, der zusammen mit vierzig anderen Getreuen, den Rittern des Bundes, vor dreißig Jahren den Pass von Avincor gegen die einfallenden Barbaren hielt und so das Königreich rettete; er und seine Männer fielen.

Graf Filgan
  Heerführer des Königreichs Illian; bekannt durch seine Fähigkeit, andere seine Schlachten schlagen zu lassen.

Jamal
  ein berühmter Söldner und Eskortenführer, der dafür bekannt war, dass er niemals eine Karawane verlor.

Malorbian
  Kaiser des Imperiums von Thalak

Askannon, »der ewige Herrscher«
  legendärer Maestro und Kaiser des ebenso sagenumwobenen
  Reichs von Askir

Orte von Interesse

Die drei Reiche
  auch als die drei Königreiche bekannt, bestehend aus Illian,
  Jasfar und Letasan

Flamen
  ein Herzogtum in Illian

Fiorenza
  eine Grafschaft im Süden von Letasan, bekannt für ihre vorzüglichen Weine

Ortenthal
  ein magisches Tal, in dem Elfen einen Wein anbauen, der
  noch besser ist als der Fiorenzer. Kaum jemand weiß, wo
  diese Trauben wachsen.

Kish
  legendäres Königreich jenseits des Meeres der Stürme,
  angeblich von Echsen bewohnt

Xiang
  legendäres Reich im Nordosten. Die Straßen sind dort mit
  Gold gepflastert.

Thalak
  ein Reich im Süden der drei Reiche und im Krieg mit ihnen.

Askir
ein legendäres Reich im Nordwesten der Reiche, einst Heimat der Kolonisten, die die drei Reiche gründeten.

Avincor
ein Pass an der Ostgrenze des Königreichs Illian und ein berühmtes Schlachtfeld; über die Reichsgrenzen hinweg bekannt durch die Ballade über Ser Roderic von Thurgau und die Ritter des Bundes, die hier fielen.

Askir
Hauptstadt eines sagenumwobenen Reichs im Nordwesten der drei Königreiche.

Kelar
eine der wichtigsten Städte der drei Reiche, bekannt für ihren Schiffsbau und Handel; ehemals freie Reichsstadt.

Melbaas
eine Stadt in Jasfar, bekannt für ihre hohen Mauern, die sie uneinnehmbar machten; bester Seehafen der drei Reiche.

Angil, Jatzka
weitere Städte in Jasfar

Lassahndaar
eine Stadt im Norden von Letasan

Coldenstatt
die nördlichste Stadt der drei Reiche; es ist kalt dort.

Illian
Hauptstadt des Königreichs Illian

Kronburg
　　Festung in Illian, Sitz des Königshauses

Die Götter:

Astarte	Göttin der Natur, Weisheit und der Liebe
Boron	Gott des Krieges, der Gewalt und des Feuers
Soltar	Gott des Todes, der Nacht und der Erneuerung
Solante	die dunkle Schwester Astartes

ENTDECKE NEUE WELTEN
MIT PIPER FANTASY

Mach mit und gestalte deine eigene Welt!

PIPER

www.piper-fantasy.de